目次

第二章　伊勢物語の方法

第四章 解釈をめぐって

第五章　伊勢物語から源氏物語へ

第六章　伝説と享受

第七章 注釈書と絵画

はじめに

本書は、前著『伊勢物語論　文体・主題・享受』（平成一三年五月・笠間書院）に続く、伊勢物語についての探究の報告である。内容は、成立論、作品論、享受史論など多岐にわたっているが、それらはすべて多様に連環して伊勢物語という作品全体についての議論となっているので、あわせて一書とした。

第一章「物語の始発」では、伊勢物語の始発について、その原型を在原業平が創造したと考えざるを得ないことを論証し、次に、業平の歌に用いられている「神代」の語から、伊勢物語にとっても重い意味を持つ日本神話との関わりについて考察した。

第二章「伊勢物語の方法」では、さまざまな視点から、伊勢物語という作品の基本的な性格を明らかにしようと試みた。特に、この章の最初に置いた「伊勢物語『初冠』考」「『いちはやきみやび』——伊勢物語の草子地——」「段末注記という方法——伊勢物語と毛詩——」の三つの論は、伊勢物語全体の性格を考える上で重要な問題について考察しており、本書の中でも根幹をなす部分と考えている。

第三章「恋愛譚としての伊勢物語——中国説話との関わり——」では、仙女譚や『遊仙窟』にはじまる唐代伝奇小説、中国の説話などを受容することによって、伊勢物語がどのような世界を作り上げているか、その様相を探究し、これとあわせて、密通という主題、そして虚構の創出という、ともに伊勢物語にとって重要な問題についても論じている。

第四章「解釈をめぐって」では、通説が疑われる伊勢物語のいくつかの部分について、さまざまに考えられる解釈の中から本来の正しい理解を探索しようと試みた。伊勢物語の各章段が、それぞれの時代にどのように理解されていたか、その姿を留めているものとして絵画資料が重要であることについてもふれている。

第五章「伊勢物語から源氏物語へ」では、源氏物語を生み出した基盤としての伊勢物語について考え、そこから逆に伊勢物語の世界を探ることを試みている。

第六章「伝説と享受」では、伊勢物語の享受のひとつの形として伝説について考えている。特に、奈良県櫟本《いちのもと》の業平伝説について、その淵源が平安末期以前にさかのぼることを知ることができ、また同じ伝説が注釈書とも関わりつつ現代にまで伝えられていることも明らかになった。伊勢物語の享受を考える上で、きわめて興味深い考察ができたと考えている。

第七章「注釈書と絵画」では、伊勢物語の享受史について、注釈書と絵画という二つの視点から考えているが、その絵画には、絵巻・絵本や版本の挿絵などさまざまなものが含まれている。本章では、いくつかの基本的な事項について通説を再考し、今後の探究のための報告と提言をおこなっている。

伊勢物語については、なお考えなければならない問題が数多く残されている。本書はその探究の、ひとまずの中間報告にすぎない。今後の研究の進展のために、本書の内容について率直な御意見、御批正をいただけることを願うものである。

第一章

物語の始発

一　在原業平と伊勢物語の始発

1　古今集と伊勢物語

古今和歌集に在原業平の作として収載されている和歌の詞書と、同じ歌を含み持つ伊勢物語章段の文章の関係は、すでにさまざまな視点から論じ尽くされた感があるが、ここでいま一度、具体的にその問題の道筋をたどり直してみることにしたい。延喜五年に奏上された古今集と伊勢物語の関わりについて明確な見通しを持つことが、歴史上の人物である在原業平について考えるために、まずはどうしても必要だと考えるからである。

これも多くの人々によって検討されてきた事例を、あえてことさらに取り上げることになるが、まず最初に、古今集七四七番歌（巻十五・恋五巻頭）の詞書と伊勢物語第四段の文章を比較対照してみたい。（本書における伊勢物語本文の引用は、特にことわらないかぎり、宮内庁書陵部蔵冷泉為和筆天福本により、一部表記等を改める。）

《古今集七四七》

五条の后宮《きさいのみや》の西の対に住みける人に、本意《ほい》にはあらでもの言ひわたりけるを、睦月《むつき》の十日《とをか》あまりになむ、ほかへ隠れにける。あり所は聞きけれど、えものも言はで、又の年の春、梅《むめ》の花さかりに月のおもしろかりける夜、去年《こぞ》を恋ひてかの西の対に行きて、月のかたぶくまであばらなる板敷《いたじき》に臥せりてよめる

月やあらぬ春や昔の春ならぬわが身ひとつはもとの身にして　　在原業平朝臣

《伊勢物語第四段》

昔、東《ひむがし》の五条に、大后宮《おほきさいのみや》おはしましける、西の対に住む人ありけり。それを、本意にはあらで心ざし深かりける人、ゆきとぶらひけるを、睦月の十日ばかりのほどに、ほかに隠れにけり。あり所は聞けど、人のいきかよふべき所にもあらざりければ、なほ憂《う》しと思ひつつなむありける。又の年の睦月に、梅の花ざかりに、去年《こぞ》を恋ひていきて、立ちて見、ゐて見、見れど、去年に似るべくもあらず。うち泣きて、あばらなる板敷に、月のかたぶくまで臥せりて、去年を思ひ出《い》でてよめる、

月やあらぬ春や昔の春ならぬわが身ひとつはもとの身にして

とよみて、夜のほのぼのとあくるに、泣く泣く帰りにけり。

前者の詞書と後者の物語本文の前後関係については、前述のようにさまざまな議論が交わされてきたが、片桐洋一氏が（四一一番「名にしおはば」歌の場合を例にあげて）『鑑賞日本古典文学　伊勢物語・大和物語』（昭和五〇年・角川書店）等で述べているように、前者のような詞書は「通常の『古今集』詞書とはあまりにも異なっている」。いま、右に揚げた七四七番歌詞書に即して言えば、まず第一に、より簡略にまとめられそうな内容が、和歌の説明としては不必要なほど詳細に述べられていて量的にきわめて長く、しかも一文ではなく途中で文が切れ、二文になっている。また、「睦月の十日あまりになむ、ほかへ隠れにける」と、阪倉篤義氏（「歌物語の文章――「なむ」の係り結びをめぐって――」『国語国文』昭和二八年六月）が「話し手（書き手）が、聞き手（読み手）への確かめを意図した表現」として歌物語の文体の一要素とした助詞「なむ」が用いられているのも、古今集の詞書の文章としては異例である。

古今集の中に見られる、このような異例な詞書は、同一和歌を含む伊勢物語章段の文章と類似する場合にほぼ集

中して見られることが知られている。それを考えれば、早くは奥村恒哉氏（「古今集の詞書の考察――書式および「はべり」の使用に関する諸問題――」『国語国文』昭和三二年四月、『古今集・後撰集の諸問題』昭和四六年・風間書房）、岡村和江氏（「古今集の詞書および左注の文章について」『国語と国文学』昭和三九年十月）、続いて前述の片桐洋一氏や渡辺泰宏氏（『伊勢物語成立論』平成一二年・風間書房）が述べてきたように、古今集以前にすでに「ある形の伊勢物語」（渡辺氏）が存在し、古今集のこの種の詞書がその文章を取り込んで作られたものであることは、もはや否定しがたい事実であると言わねばならない。

古今集以前に成立していたと考えられる、その「ある形の伊勢物語」は、さきに見た助詞「なむ」の存在などから考えて、詞書を伴った歌集ではなく、すでに歌物語の文体を持った文章として書かれていたことが知られる。渡辺氏（前掲書第三章第一節）が詳細に検討しているように、古今集以前の「ある形の伊勢物語」は現在の伊勢物語とは部分的に異なった内容・表現を有していた可能性が大きく、その点には注意を要するが、ともかくもその「ある形の伊勢物語」は、すでにまぎれもない「物語」として成立していたと考えられるのである。

以上のようなことを確認したうえで、次に、古今集六四五～六四六番歌（巻十三・恋三）の詞書と伊勢物語第六十九段の前半部の文章を比較してみたい。

《古今集六四五～六四六》

業平朝臣の伊勢の国にまかりたりける時、斎宮なりける人にいとみそかに逢ひて、又の朝《あした》に、人やるすべなくて思ひをりけるあひだに、女のもとよりをこせたりける

よみ人しらず

君やこし我やゆきけむおもほえず夢かうつつか寝てかさめてか

返し

なりひらの朝臣

かきくらす心のやみにまどひにき夢うつつとは世人《よひと》さだめよ

《伊勢物語第六十九段》

昔、男ありけり。その男、伊勢の国に狩の使《つかひ》にいきけるに、かの伊勢の斎宮なりける人の親、「つねの使よりは、この人よくいたはれ」と言ひやれりければ、親の言《こと》なりければ、いとねむごろにいたはりけり。朝《あした》には狩に出《い》だしたててやり、夕さりはかへりつつ、そこに来《こ》させけり。かくて、ねむごろにいたつきけり。二日といふ夜《よ》、男、「われて逢はむ」と言ふ。女もはた、いと逢はじとも思へらず。されど、人目しげければ、えあはず。使ざねとある人なれば、遠くも宿さず。女のねや近くありければ、女、人をしづめて、子一《ねひと》つばかりに、男のもとに来たりけり。男はた、寝られざりければ、外《と》の方《かた》を見出だして臥《ふ》せるに、月のおぼろなるに、小さき童《わらは》をさきに立てて人立てり。男、いとうれしくて、わが寝《ぬ》る所に率《ゐ》て入りて、子一つより丑三《うしみ》つまであるに、まだ何ごとも語らはぬに帰りにけり。男、いと悲しくて寝ずなりにけり。つとめて、いぶかしけれど、わが人をやるべきにしあらねば、いと心もとなくて待ちをれば、明けはなれてしばしあるに、女のもとより、言葉はなくて、

君やこし我やゆきけむおもほえず夢かうつつか寝てかさめてか

男、いといたう泣きてよめる、

かきくらす心のやみにまどひにき夢うつつとは今宵《こよひ》さだめよ

とよみてやりて、狩に出でぬ。（後略）

この場合は、さきに見た「月やあらぬ」歌の場合と違って、前者の古今集詞書は後者の伊勢物語の文章と比べてきわめて短く、かつ簡潔にまとめられている。伊勢物語第六十九段のうち、かなりの部分の内容が古今集詞書では記述されておらず、たとえばきわめて印象的な場面として知られている、「女」が自分の方から、おぼろ月に照らされ「小さき童」に先導されて深夜に男のもとを訪れる、以下の部分の描写も、古今集の詞書にはまったく見られ

ない。

…使ざねとある人なれば、遠くも宿さず。女のねや近くありければ、女、人をしづめて、子一つばかりに、男のもとに来たりけり。男はた、寝られざりければ、外の方を見出だして臥せるに、月のおぼろなるに、小さき童をさきに立てて人立てり。…

しかしながら、翌朝、「人やるすべなくて思ひをりけるあひだに、女のもとより」届けられた歌には「君やこし我やゆきけむ」という言葉が見えた。男が女のもとを訪ねるという当時の通常の形とは逆に、女の方から訪れたからこそ、女の歌の冒頭に、その事実を朧化したこの表現がことさらに用いられているのであって、「斎宮なりける人にいとみそかに逢ひて」とは言っても、男の方からたずねたわけではなかったことが、女性の歌としては異例なその表現によって暗示されている。その点、女性の方からの来訪であったことを明記しない古今集の詞書には、表現上十分でない点があると言わねばならない。逆に言えば、古今集のこのような詞書以前に、問題の場面の描写を持った「ある形の伊勢物語」の文章が間違いなく存在していたことが、この場合についてもうかがわれるのである。その「ある形の伊勢物語」の文章をきわめて簡潔な形に縮約したものが古今集の「君やこし」歌の詞書であり、あるいは紀貫之かとも考えられる詞書の筆者は、いま問題になっている女の方からの来訪場面を、「ある形の伊勢物語」によってすでに人々によく知られているものとして、この場合はあえて省略したのではないかと考えられる。

2　物語作者としての在原業平

現存伊勢物語の第六十九段に相当する文章が、古今集以前に、「ある形の伊勢物語」の一部としてすでに存在していたことを確認したが、主人公が伊勢の国で斎宮と一夜をすごすという、いわば禁断の恋ともいうべき内容を語ることについては、白居易の友人である元稹が書いた伝奇小説『会真記（鶯鶯伝）』の影響が大きいことが、田辺爵氏（「伊勢竹取に於ける伝奇小説の影響」『國學院雑誌』昭和九年十二月）、目加田さくを氏（『物語作家圏の研究』昭和三九年・武蔵野書院）、上野理氏（「伊勢物語「狩の使」考」『国文学研究』昭和四四年十二月）等によって早くからくりかえし指摘されてきている。両者の類似点を詳細に検討することはいま省略するが、誰の目にもあきらかな最大の共通点は、さきにも取り上げた、「女」が自分の方から、おぼろ月に照らされ侍女に先導されて男のもとを訪れるという類似した場面が、両者にともに見られるという点である。さきに古今集詞書との比較という視点から注目したこの場面は、実は、唐代伝奇小説の一場面を取り入れて、それを日本風に構成しなおした創作、つまりは虚構として作り上げられた物語の一場面だったということになる。

『会真記（鶯鶯伝）』を含む唐代伝奇小説の多くは、男性が仙女と出会って交わりを結ぶという内容を持つ、古くから存在する神仙譚・仙女譚の流れを汲んでおり、『会真記』の、「真人」（仙女）と「会」うという作品名にも、その由来が明瞭に示されている。唐代伝奇の初期の作品である張文成作の『遊仙窟』には、仙女譚との連続性がより顕著にうかがわれるが、その『遊仙窟』は、奈良時代に日本に将来され、万葉集の和歌をはじめ以後の多くの作品にきわめて大きな影響を与えている。男性にとって通常は交わることがむつかしい、俗世間とは別の時空に住む仙女のようなすばらしい女性との交渉が、それらの唐代伝奇小説では描かれているが、同種の事情は、伊勢物語の第六十九段についても、まったく同じように指摘することができる。伊勢物語の第六十九段は、伊勢の斎宮を、普通には触れることが許されない仙女のような存在として取り上げ、それによって、仙女譚に由来を持つ唐代伝奇小説のいわば日本版を作ろうとして創作された物語であったと考えられるのである。

この虚構の創作は、やがてまぎれもない歴史的事実として受け止められるようになり、藤原行成の日記『権記』や大江匡房の『江家次第』には、在原業平の子で高階家を継いだ師尚は実は斎宮の子で、以後の高階家はその子孫であると記されている。『権記』のこの箇所については後の加筆とする見解も示されていて（土方洋一氏「秘事伝承とその成長――『伊勢物語』の周辺――」『日本文学』平成一九年五月）、この「秘事伝承」の成立時期についてはなお問題が残るが、ともかくも、業平と斎宮が密通したという伝承が、伊勢物語の第六十九段をもとに作り上げられた、小野小町や和泉式部の伝説にも類似する性格の伝承であったことは、もはや確実と言わねばならない。

以上のように考えれば、女性の方から来訪したことを前提に詠み出されている「君やこし我やゆきけむ」の一首もまた、実際に女性から詠み贈られたものではなく、上野理氏や片桐洋一氏（前掲書等）がすでに述べておられるように、虚構の物語の一部として作者によって創作された和歌だったということになる。その「君やこし我やゆきけむ」歌を斎宮の作として創作した人物は、当然のことながら、その歌に対する返歌である「かきくらす」歌の作者である在原業平以外には考えられない。だとすれば、必然的に、それらの歌を含み持つ形で創作された伊勢物語第六十九段、ないしはその原形もまた、すでに片桐洋一氏（前掲書、および『伊勢物語の新研究』第三篇第二章・昭和六二年・明治書院）が論じているように、ほかならぬ在原業平自身によって作り出されたと考えられるのである。

古今集以前にすでに成立していた「ある形の伊勢物語」が在原業平自身によって創作されたという上記の結論からは、必然的にいくつかの重要な問題が導き出されてくる。その第一は、勅撰集である古今和歌集の詞書に、必ずしも事実そのままとは言えない虚構の創作をふまえたものが混じっているという問題である。たとえば、伊勢物語の東下り章段について考える際、かつては、勅命を受けて編纂された（虚偽が許されないはずの）古今集の詞書（巻九・四一〇～四一一）にほぼ同一内容の記述が記載されていることが、東下り章段の内容が虚構でなく事実を述べたものであることのひとつの根拠とされることも多かったが、古今集の詞書に虚構の創作が取り入れられているということになれば、吉山裕樹氏（「原型伊勢物語考――その成立をめぐっての試論――」『国語と国文学』昭和五三年六月）が述べているように、そのような議論はもはや不可能である。同様の事情は東下り章段のみにとどまらず、二条后章段や惟喬親王章段など、他の章段の虚実の問題にも及ぶことになるはずである。そして問題はさらに、そのような詞書を含み持っている古今集という歌集の性格にまで広がってゆくはずだが、古今集の性格についての議論は他の機会に譲って、いまは省略しておきたい。

在原業平はこれまで、すぐれた歌人として論じられることが多かったが、彼の詠作には、虚構の物語の一部として詠み出されたものが含まれていて、業平はその物語の作者でもあった。そして、在原業平が作り出したその物語は、内容・形式の両面ともにそれまでには存在しなかった、きわめて新しいスタイルの文学作品として、九世紀後半の貴族社会や宮廷を驚かせたと考えられる。

さきに伊勢物語の第六十九段について、それが、唐代伝奇小説のいわば日本版を作ろうとして創作された物語であったのではないかと考えたが、同様の事情は、実は伊勢物語という作品全体の基本的な姿についても指摘することができる。これまで考えてきたように、古今集以前に成立していた「ある形の伊勢物語」が在原業平自身によって創作されたとすれば、それは、業平が、あたかも自分自身の実体験を語るかのような形をとって書いた虚構の物語であったということになるが、唐代伝奇小説にも同じように、自分の体験を語るかのような形をとって書かれた作品がしばしば見られる。さきにも取り上げた張文成の『遊仙窟』は、実はその種の代表的作品であった。また、主人公張生を作者元稹の親しい友人に設定している『会真記（鶯鶯伝）』についても、それを元稹の若き日の恋愛を記したものであるとする見方が古くから存在する。ただし、もしそうだったとしても、『会真記（鶯鶯伝）』に記された内容がすべて過去の事実をそのままに記したものであるとは考えられないし、作者自身を思わせる主人公が登場する『遊仙窟』についても、仙界を思わせる辺境で繰り広げられるその内容をそのまま事実と考えることはもとより不可能である。すでに奈良時代から日本人に大きな影響を与え続けてきた『遊仙窟』を先駆けとして、当時中国で、特には日本人に愛された白居易の周辺でさかんに創作されていた伝奇小説。そのひとつの特徴は、作者自身の体験談やそれに近い実話のような形をとることによって作品のリアリティを確保しながら、その反面自由に虚構をまじえて物語を展開するところにあった。田中隆昭氏（「源氏物語草子地の機能――『史記』論纂・唐代伝奇とのかかわりから――」『国文学研究』平成六年三月、『交流する平安朝文学』平成一六年・勉誠出版）が述べているように、その流行の伝奇小説の虚実まじりあったスタイルをいち早く取り入れ、それを日本の和歌の世界に導入することによって、「ある形の伊勢物語」は生み出されたのではないかと考えられる。そして、その新しい文学作品のかたちを生み出した人物、伊勢物語という作品の基本スタイルを創造した人物は、ほかならぬ在原業平その人ではなかったかと考えられるのである。

3　二条后と在原業平

在原業平が新しい物語のかたちを創造していった、その背景や事情については、漢文学からの影響だけでなく、虚構的表現によって新しい境地を切り開いた、いわゆる六歌仙時代の和歌の展開など、さまざまな面からの考察が可能だが、それらの考察は別の機会に譲って、ここでは、業平の人生に大きな関わりを持ったと考えられる、二条后・藤原高子と業平の関係について考えておきたい。本論の冒頭で問題にした古今集七四七番歌の詞書と伊勢物語第四段では、はっきりと明示されてはいないが「五条の后宮の西の対に住みける人」という形で、叔母にあたる「五条の后宮」藤原順子のもとに身を寄せていたと思われる入内前の高子と業平の恋愛が語られており、同様の内容は、古今集六三二番「人しれぬ」歌の詞書と伊勢物語第五段でも、さらに朧化した形をとりながら、第四段と同じ「東の五条」という地名を用いて、次のように述べられている。（伊勢物語第五段の末尾には「二条后」の名を明示するいわゆる補注部分があるが、当初の「ある形の伊勢物語」にはまだ記されていなかった可能性が大きい。）

《古今集六三二》

東《ひむがし》の五条わたりに人を知りおきてまかり通ひけり。忍びなる所なりければ、門《かど》よりしもえ入らで、垣のくづれより通ひけるを、たび重なりければ、あるじ聞きつけて、かの道に夜ごとに人を伏せて守らすれば、行きけれど、え逢はでのみ帰りて、よみてやりける　　業平朝臣

人知れぬわが通ひぢの関守はよひよひごとにうちも寝ななむ

《伊勢物語第五段》

昔、男ありけり。東の五条わたりに、いとしのびていきけり。みそかなる所なれば、門よりもえ入らで、わらはべの踏みあけたるついひぢのくづれより通ひけり。人しげくもあらねど、たび重なりければ、あるじ聞きつけて、その通ひ路に夜ごとに人を据ゑて守らせければ、行けども、え逢はで帰りけり。さてよめる、

人知れぬわが通ひぢの関守はよひよひごとにうちも寝ななむ

とよめりければ、いといたう心やみけり。あるじ許してけり。二条后に忍びてまゐりけるを、世のきこえありければ、せうとたちの守らせ給ひけるとぞ。

このような高子と業平の関係の虚実については、いまださまざまな見解があるが、事実がどうであったにせよ、清和天皇の女御で陽成天皇の母后である高子の若き日の恋愛が、この時期にすでにこのような形で語られている、そのことの意味は重要である。これらの章段の成立を当時の高子本人が知らなかったとは考えがたいが、高子が知っていたとすれば、むしろ逆に、これらの物語は高子のために、その要望に応えるような形で作られたのではないかとも考えられる。二条后・藤原高子は、物語中で単に業平の恋愛の相手として語られているだけでなく、吉山氏（前掲論文）が推測したように、業平によって生み出された「ある形の伊勢物語」の成立にも、深い関わりを持っていたのではないかと考えられるのである。

古今集の詞書には、「二条后の東宮の御息所と申しける時〜」という特徴的な表現で始まるものが四例見える。九世紀後半の後宮では、子供が皇太子になってもその母の女御は皇后（中宮）にならず、その子が即位してはじめて国母として皇太夫人または皇太后となるのが常であった（服藤早苗「九世紀の天皇と国母――女帝から国母へ――」『物語研究』平成一五年、『平安王朝社会のジェンダー』平成一七年・校倉書房）。仁明天皇の女御で文徳天皇を生み、後に「五条后」と呼ばれた高子の叔母、藤原順子や、文徳天皇の女御で清和天皇を生んだ高子の従兄弟、「染殿后」藤原明子も、高子と同じくそのような経過をたどって「后」となっているが、彼女たちが、「東宮の御息所」などという呼称で古今集に登場する詞書は見られない。「御息所」すなわち女御の一人でありながら、次代には国母となる存在であることを強く印象づける呼称。そして、二条后にのみ見られるこのような特徴的呼称を用いた詞書の内容からうかがわれるのは、身辺に業平をはじめとする歌人たちを親しく侍らせて、しばしば彼等に和歌の詠作を命じる、あたかも宮廷文化の中心人物ででもあるかのような二条后・藤原高子の姿である。その四例の詞書のうち次に掲げる二例に、在原業平が登場している。

《古今集二九三〜二九四》

二条后の東宮の御息所《みやすんどころ》と申しける時に、御屏風に龍田川にもみぢ流れたる形《かた》を書けりけるを題にてよめる

素性

もみぢ葉のながれてとまるみなとには紅深き浪や立つらむ

業平朝臣

ちはやぶる神代もきかず龍田川唐紅に水くくるとは

《古今集八七一》

二条后のまだ東宮の御息所と申しける時に、大原野に詣でたまひける日よめる

業平朝臣

大原や小塩《をしほ》の山もけふこそは神代のことも思ひいづらめ

二九四番「ちはやぶる」歌は、後に百人一首にも撰ばれて著名な作だが、「東宮の御息所」時代の高子から課せられた、屏風の絵を歌に詠めという「題」に応えて詠進した一首。八七一番「大原や」歌は、おそらくは皇太子の母となった報告のため、藤原氏の氏神である大原野神社に参詣した高子に贈った歌。この両首には、傍線で示したように、ともに「神代」という言葉が使われている。前者の「ちはやぶる」歌は、「神代」にもなかった不思議なことがいま目の前でおこっていると述べ、「神代」よりもすぐれた今の時代、高子が皇太子の母となった「いま」をほめたたえる。一方、後者の「神代」は、通説によれば、『日本書紀』や『先代旧事本紀』に記事が見える、天孫降臨の際に天照大神が藤原氏の先祖神である天児屋根命《あめのこやねのみこと》に対して親しく皇孫を守れと命令したことをさし、一首は、小塩の山の麓にいます天児屋根命も、「神代」に受けた命令がいまこのように実現していることを喜んでいるだろうと述べて、高子が皇太子の母となったことを祝福している。この通説自体には疑問もあるが、「神代」の語がここで、天皇家や藤原家の祖先神が活躍した日本神話の「神代」をさして用いられていることは確実である。ところが、この「神代（かみよ）」という語は、古く万葉集の和歌には多くの用例があるが、古今集にはこの業平の二首以外に見られず、現存する当時の和歌すべてを探しても、ごくわずかしか発見されない。「神代」の語は、当時の和歌の中ではきわめて珍しい表現だったのである。後者「大原や」歌の「神代」は、『日本書紀』等に記されている、天皇家の祖先の神々が活躍した、日本神話の「神代」であった。その言葉をわざわざ意図的に用いることによって、業平は高子を祝福しほめたたえているのだが、それは高子が、次代の天皇である皇太子の母となっていたからにほかならない。一方の前者「ちはやぶる」歌の場合も、「神代」の語は、高子が「春宮の御息所」だったからこそ、ここに意図的に用いられたと考えられる（本書第一章二参照）。

まだ「春宮の御息所」と呼ばれていた時代から、宮廷文化の中心人物のような姿勢で歌人たちを侍らせ、詠歌を命じていた高子。日本神話の「神代」を持ち出し、次代の国母である高子を祝福しほめたたえることによって高子の命に応えていた業平。ここに、単に官人としてだけでない、歌人・文学者としての業平と二条后の関わりの、ひとつの典型的な姿を見ることができる。このような時代に、このような雰囲気の中で、伊勢物語の第四段・第五段などの二条后章段は成立した。虚構であることを互いに承知しつつ、あえて自分たちを当事者に擬して、「秘められた過去の恋の物語」を創作し、それを周囲にも披露して楽しむという、きわめてスリリングな、そしてすぐれて和歌的・叙情的な興趣を、高子をはじめとする当時の宮廷人が高く評価して受け入れたとしても不思議ではない。当時の日本の貴族たちは、たとえば『遊仙窟』のような作品を熱心に読んで、そこに描かれた世界を中国文化のひとつの典型と考え、男性を魅惑する女主人公などの登場人物の姿にあこがれて、そのふるまいを模倣しようとしていたとも考えられるからである（本書第三章二参照）。

4　業平の官歴と卒伝

在原業平が、当時の貴族社会の中で官人としてどのような生涯を送ったかについて、多くのことを知ることはできない。かつては、伊勢物語や、そこから生じた伝説によって、不遇の業平象が描き出されることも多かったが、目崎徳衛氏の考察（「在原業平の官歴について」『古代文化』昭和三九年十月、「在原業平の歌人的形成――九世紀中葉の政治情勢における――」『日本学士院紀要』昭和四一年六月、ともに『平安文化史論』昭和四三年・桜楓社に収録）によって、それらは否定された。目崎氏は、二十五歳（嘉祥二年・八四九）の従五位下から三十八歳（貞観四年・八六二）の従五位上まで十三年間にわたって業平の昇進が停滞した事実を指摘し、その時期に「伝説の核となった青春無頼の行動の大部分があったという仮説」を提示しているが、同時に、それ以降の業平の官歴がけっして不遇とはいえず、「再び至極順調となった」ことも確認している。そして、業平が死の前年の元慶三年（八七九・五十五歳）に蔵人頭に補せられていることに注目し、もし長命に恵まれていれば業平にも「公卿昇進の道が開けていた」ことを指摘して、従来の「悲劇的業平像」を否定した。この蔵人頭任命は、目崎氏も述べているように、業平を高く評価しようとする「高子の意向が強く作用した」ものと考えられる。（業平の蔵人頭就任は『職事補任』等に記されている一方『三代実録』に見えないが、同実録には、業平に限らず、蔵人頭に関する記載がいっさい見られない。）ちなみに、藤原高子が清和天皇の女御となったのは貞観八年（八六六・業平四十二歳）、その子の貞明親王が生後一ヶ月半で立太子し高子が「春宮の御息所」になったのは貞観十一年（八六九・業平四十五歳）、十歳の陽成天皇が即位して高子が「国母」となったのは、元慶元年（八七七・業平五十三歳）のことである。

業平の人となりを伝えるものとしては、その死を伝える『三代実録』元慶四年五月二十八日条の卒伝、とりわけその末尾の次のような人物評が、実在の業平その人の面影について記された唯一の記述としてよく知られている。

業平体貌閑麗、放縦不レ拘、略無二才学一、善作二倭歌一。

この人物評について、今井源衛氏（「業平——三代実録の記録」『日本文学』昭和三二年七月、『王朝文学の研究』昭和四五年・角川書店、『今井源衛著作集7』平成一六年・笠間書院）は国史の用例を探って検討を加えたが、渡辺秀夫氏（「業平伝記解補闕——国史薨卒伝記の記述——」『日本文学』昭和五〇年五月、「『伊勢物語』における漢詩文受容をめぐって——〈片桐氏論文〉に対応して——」『文学語学』昭和六〇年五月、ともに『平安朝文学と漢文世界』平成三年・勉誠社に収録）は、さらに詳細な用例の検討を通して、この人物評の趣旨を解読した。

まず「体貌閑麗」については、今井氏も、国史に他に用例の見られないこの語句が『文選』の宋玉「登徒子好色賦」に見えるものであることを指摘したが、渡辺氏はさらに、この語がこの出典と「切り離して不用意に用いることの憚られる」ものであることを指摘し、業平の「好色」を暗示する表現であるとした。

次の「放縦不拘」について今井氏は「記録者のひそかな許容の心」を読みとったが、渡辺氏はそれを否定して、先に見た「好色」に対する「嫌悪」をそこに察知している。

次の第三句「略無才学」の「略無」については、今井氏も含め、従来は否定を和らげた表現と解されてきたが、渡辺氏はこれを否定し、むしろ「無」の否定を強める語法であることを明らかにした。これについては異論も示されているが、「略無」はさまざまな詩や文に散見する一般的な語法であり、それらの用例を見れば渡辺氏の見解の正しさが納得される。それをもふまえて渡辺氏は、国史に見える他例の分析から、この一句に「僭越不当な栄進への批難」を読み取るべきであるとする。ちなみに渡辺氏は「才学」の語について、国史中の用例から、それを「経史類を中心とする漢籍への学問的修得」の意で用いられたものとしている。

最後の、第三句と対句の形を取っている「善作倭歌」についても渡辺氏は、そこに「淫楽に類しかねない和歌詠作への尋常でない傾倒」への批判と、「撰者にそう記載させずにはおかない具体的な事実」の存在を読みとっている。

このように、業平卒伝の人物評に対する今井氏の解釈と渡辺氏の理解はかなり大きく異なっているが、特に「体貌閑麗」と「略無才学」の読解において渡辺氏の説はすぐれており、それらと関連する人物評全体の解釈も、渡辺氏によるべきかと思われる。いま、渡辺氏の解釈に従いながら、それを私に要約すれば、この業平卒伝のきわめて批判的な人物評からは、好色で、自分勝手にふるまいつつ、淫楽とも言うべき和歌にすぐれているために僭越不当な栄進を遂げたという業平像が浮かび上がってくる。その僭越不当な栄進とは、渡辺氏も推測しておられるように、陽成天皇の国母二条后による業平の重用、とりわけ晩年の蔵人頭への任命を言うと考えられるが、だとすればそこには、単に業平に対する批判ばかりでなく、二条后に対する暗黙の批判も含まれていることになる。

5　業平の死と伊勢物語

業平を蔵人頭に任命した陽成天皇と国母二条后の政権は、摂政であった二条后の兄・藤原基経と二条后の対立のために次第に行き詰まり、元慶七年（八八三）に陽成天皇が清涼殿で乳兄弟を殺害するという事件をおこしたことを契機に、翌元慶八年（八八四）、陽成天皇は退位に追い込まれ、陽成天皇の祖父である文徳天皇の弟にあたる光孝天皇が、急遽選ばれて皇位についた。この事件は、貴族たちの処罰も伴わず、表面上は穏便に行われたので、大きな政変として扱われることが少ないが、これまで藤原北家の勢力に支えられて順調に継承されてきた文徳・清和系の皇統をいったん断絶し、文徳天皇以下三代の天皇を先祖としない新しい王朝を生みだしたという点で、一種のクーデターとも言うべき大きなできごとであったと言わねばならない。上皇となった陽成天皇（天暦三年・九四九没）と二条后（延喜十年・九一〇没）は、この事件の後も長く生き続けるが、光孝天皇のあとを継いだ宇多天皇の日記『宇多天皇御記』等の記述からもうかがわれるように、彼等はクーデターの敗者、つまりは失敗した前王朝の生き残りとして、新しい王朝からきびしい評価を受けることになり、高子は寛平八年（八九六）に、僧侶との密通を理由に后位を剥奪されている。宇多天皇の命で編集作業が始まった『三代実録』の業平卒伝の人物評に見られたきびしい批評の背景には、陽成天皇・二条后政権の雰囲気と、その雰囲気のもとで重用された業平その人に対する、強い批判が込められているように思われるのである。

業平は、陽成天皇・二条后政権の崩壊を見ることなく、元慶四年（八八〇）に五十六歳でこの世を去った。目崎氏は、さきに見たように、長命に恵まれていれば業平にも「公卿昇進の道が開けていた」ことを指摘される一方、「死は際どい所で業平を陽成廃立の大事に巻きこまれる厄から逃れさせたものではあるまいか」（前掲「在原業平の歌人的形成――九世紀中葉の政治情勢における――」）とも述べておられる。業平の実人生はこうして終わったが、業平が生前に、「ある形の伊勢物語」を、どこまで、どのような形で書き終えていたかを示す資料は残されていない。だが、九世紀後半の貴族社会や宮廷を驚かせたと思われるそのきわめて印象的な作品は、本論の最初に検討した古今集の詞書からもうかがわれるように、高い評価とともに次の時代に読み継がれ、さらには人々によって新しい章段が次々と書き加えられることによって、姿を変えつつ後代に継承されてゆくことになったと考えられる。その新しい章段の増益は十世紀後半まで続き、やがて伊勢物語は現行のものに近い姿となったと考えられるが、それらすべての根元は、天才的な才能によって新しい画期的な作品世界を創出した、在原業平という人物から始まったと考えられるのである。

二　在原業平と「神代」
——伊勢物語の日本神話——

1 「ちはやぶる」の歌

古今集の巻五（秋下・二九三）に収められている在原業平の次の歌は、百人一首にも選ばれて一般にもよく知られている一首である。

二条后の東宮の御息所《みやすんどころ》と申しける時、御屏風に竜田川にもみぢ流れたる形《かた》を書けりけるを題にてよめる

もみぢ葉の流れてとまるみなとには紅ふかき浪やたつらむ　素性

ちはやぶる神代も聞かず竜田川唐紅《からくれなゐ》に水くくるとは　在原業平

竜田川の水の上に紅葉が浮かぶさまを描いた、おそらくは大和絵風の屏風の絵を見て詠まれた一首で、第五句の「水くくる」は、水を括《くく》り染めにするという意であることが、すでに知られている。もちろん、青い水面に紅の紅葉が散らばり浮かぶ画中の景を見立てた表現だが、水を括って染めるなどという現実には不可能なことがここでおこなわれている、と述べ、さらに、人知を越えた不思議なことが多かった「神代」にも、こんなことがあったとは

聞いたことがない、と言う。いかにも業平らしい、人の意表をついた、大胆な発想の一首である。(補注1)

だが、それだけではない。そもそもこの歌は「二条后」すなわち藤原高子《たかいこ》の「御屏風」を見て詠まれたものであった。この時、高子はまだ皇后になっていなかったが、詞書によれば、すでに皇太子（後の陽成天皇）の母であり、「東宮の御息所」と呼ばれていた。そして、古今集で素性の歌と並んでいることを考えれば、おそらくはこの両首は、二人の歌人が、高子の命を受けて同時に詠進した作であったと考えられる。だとすれば、業平のこの一首は、「見立て」というレトリックを通しつつ、「神代」にもなかったことがいま実現していると言うことによって、屏風の持ち主である次代の国母、すなわち「東宮の御息所」の、「神」にもまさるすばらしさをほめたたえた作ではなかったかと考えられるのである（山本登朗『伊勢物語論　文体・主題・享受』〈平成一三年・笠間書院〉第一章四参照）。

「神（代）」にもまさる、という言い方で賞賛され得る人物は、皇室、ないしはその周辺の人々に限られていたと考えられる。「神代」は、当時の人々にとって、やはり皇室の祖先神を中心とする日本神話の「神代」をさすと考えられていたはずだからである。高子がもし皇太子を産んでおらず、「東宮の御息所」と呼ばれていなかったら、業平のこの一首の表現は、まったく別なものになっていたのではないだろうか。

2　「大原や」の歌

業平の和歌には、「神代」という語を用いた作がもう一首存在する。古今集の巻十七（雑歌上・八七一）に収められた、次の一首である。

二条后の、まだ東宮の御息所と申しける時に、大原野に詣で給ひける日、よめる

大原や小塩《をしほ》の山も今日こそは神代のことも思ひ出づらめ

詞書の「大原野」は、現在も京都市西京区大原野に鎮座する大原野神社をさす。同社は、奈良の春日大社を勧請して創建された神社で、祭神も春日大社と同一であり、同じように藤原氏の氏神として崇拝された。その氏神に、藤原氏出身の「東宮の御息所」すなわち藤原高子が参詣した日に、この歌は詠まれた。将来の国母の地位が約束されている女性として、高子はこの日、氏神に参詣したのである。ちなみに、藤原氏ではない作者業平自身は、大原野神社参詣には供奉せず、ただこの一首を献上して祝意を表したものと考えられる（山本前掲書参照）。

業平の歌の「大原や小塩の山」は、大原野神社の西にそびえる小塩山をいうが、その小塩山が思い出す「神代のこと」とは、はたしてどのような内容の「こと」なのか。そしてまた、なぜ、小塩山は、ほかならぬ「今日」、「神代のこと」を思い出していると言われているのだろうか。

『古事記』（上）には、藤原氏（中臣氏）の祖神であり大原野神社の祭神でもある天児屋根命《あめのこやねのみこと》が、瓊瓊杵命《ににぎのみこと》（日子番《ひこほ》能邇邇芸命《のににぎのみこと》）の降臨の際、他の四神とともに従者として随伴したことが記されているが、業平の時代に『古事記』以上によく読まれていた『日本書紀』（巻二・神代下）では、天児屋根命は太玉命《ふとだまのみこと》とともに、降臨する瓊瓊杵命の「殿内に侍《さもら》ひ、善《よ》く防ぎ護《まも》りまつることを為せ」と天照大神から命ぜられている。また、聖徳太子等が編集したものと当時信じられ重んじられていた『先代旧事本紀』（巻三・天神本紀）にも、それと同じ内容が記されている。契沖の『古今余材抄』をはじめとする多くの古今集注釈書は、業平の「大原や」の歌の「神代のこと」を、この天照大神の「殿内に侍ひ…」という命令をさして言ったものと理解している。そして、それら多くの注釈書は、「小塩山」に仮託された藤原氏の祖神の天児屋根命が、藤原高子が清和天皇に入内して皇太子を産んだことを、はるか昔の天照大神の命令の成就と考え、「神代のこと」を思い出しながら祝っている、という意に、この歌を解釈しているのである。

天照大神の天児屋根命に対する命令を平安時代以降における藤原氏と皇室の親密な関係の根源と考える、『古今余材抄』以来の多くの注に示されているような神話理解は、現存する文献によるかぎりでは、鎌倉時代初頭（承久元年・一二一九）に書かれた慈円の『愚管抄』（巻三）等に至ってはじめて明確に見られるものである。その『愚管抄』の該当部分を以下に引用しておく。

（前略）天照大神、あまのこやねの春日の大明神に、「同ク侍ヒテ二殿内ニ一、能ク為セ二防ギ護ルコトヲ一」とご一諾終はりにしかば、臣下にて王を助け奉るべき期いたりて、（中略）「唯国王之威勢ばかりにて、この日本国はあるまじ。ただ乱れに乱れなんず。臣下のはからひに仏法の力を合わせて」と思し召しけることのはじめ、あらはに心得られたり。

『愚管抄』にやや先だって成立した『顕昭古今集注』には、この「大原や」の一首について、ただ「大原野は氏神にて参りたれば、先祖を思ひて来たり給へるとぞ神もおぼしめすらんと詠めるなり」などと記されているのみで、そこに『愚管抄』のような神話理解をうかがうことはできない。藤原教長の『古今集注』や二条為世の説を伝える『六巻抄』、そして『親房古今集注』等、平安時代末期から南北朝時代にかけての他の古今集注釈書についても、その事情は同じである。『愚管抄』に見られた神話理解に近い内容が、古今集注釈書の「大原や」の歌注にはじめて見られるようになるのは、現存資料によるかぎり、東常縁から伝授された内容を宗祇がまとめた『古今和歌集両度聞書』の次のような注記が最初である。

「神代の事も」とは、天照大神・春日大神は陰陽の二神にて、君臣合体の御神也。今、二条の后は御子に東宮を持ち奉り給へば、又君臣の契かはり給はず。されば小塩の山も神代を思ひ出づらんと云へり。（下略）

さきに見たような『古今余材抄』等の解釈によれば、『愚管抄』にきわめて近い神話解釈が、在原業平の時代に、早くも一般的におこなわれていたということになるが、このような古今集注釈書の内容の推移を見ても、その推測はいささか疑わしいと言わざるを得ない。そもそも『日本書紀』における天照大神の命令は、天児屋根命と太玉命の二神に対して述べられたものであった。そのうちの天児屋根命だけを特に取り上げて「臣下にて王を助け奉らるべき期いたりて」などと論じるのは、『日本書紀』の読みとしてはいささか強引な曲解と言わざるを得ない。このような強引な神話解釈は、藤原氏が摂関の地位に着くことがほぼ慣例化した後に、その現状の説明のために発想されたものであったと考えられる。そして、それはまた、当代の社会や思想の現状にあわせて『日本書紀』等の本文を恣意的に解釈しようとする、中世的な性格を強く帯びた神話理解であったのではないかと考えられるのである。

しかしながら、「東宮の御息所」の大原野神社参詣という場面の性格を考えれば、業平の「大原や」の歌で言われている「神代」は、やはり、『日本書紀』等が語る皇室の祖先神話と無関係ではなかったように思われもする。業平が生きた平安時代前期には、約三十年に一度、宮中で『日本書紀』の公式講義が開かれており、その際の覚え書きである『日本紀私記』や、講義終了時の宴席で詠まれた和歌を集成した『日本紀竟宴和歌』が現在も残っている。そのうち、承和十年（八四三）の講筵の年には、業平は十九歳であり、次の元慶二年（八七八）の講義は、業平五十四歳の年にあたっている。（ちなみに、藤原高子が「東宮の御息所」と呼ばれていたのは、貞観十一年（八六九）二月から同十八年（八七六）十二月までの八年間である。）『日本紀竟宴和歌』に業平作の歌は含まれておらず、業平がそれらの講筵に列席したかどうかは不明と言わざるを得ない。また、上述のような天照大神の命令についての言及も、『日本紀私記』『日本紀竟宴和歌』の両書には見えない。しかし、業平が生きていた当時、彼の周辺で『日本書紀』がある程度さかんに読まれ、学ばれていたことは、このようにまぎれもない事実なのである。「大原や」の歌の背後には、やはり日本神話の世界が、何らかの形で広がっていたと考えるべきであろう。（補注2）

3　万葉集の「神代」

万葉集の巻六には、天平八年（七三六）の聖武天皇の吉野行幸の際に詔を受けて詠まれた、山部赤人の長歌と反歌が収められている。その反歌（一〇〇六）は、次のような一首である。

神代より吉野の宮にあり通ひ高知らせるは山川を良み

万葉集には、この歌をはじめ、「神代」の語が詠み込まれた歌が約十五首見られる。また、次のように、「神代」とほぼ同じ意味の「神の御代」という表現を用いた歌も七首見出だされる。

（前略）山川もよりて仕ふる神の御代かも　（巻一・三八・柿本人麻呂）

ところが古今集には、さきに見た業平の二首以外には、「神代」の語や「神の御代」という表現は用いられておらず、次の後撰集には、「神代」等を詠み込んだ歌はまったく見られない。さらに拾遺集には、ただ一例、住吉神社参詣の際に詠まれた、恵慶法師の次のような歌が見られるのみである。

我問はば神代のことも答へなむ昔を知れる住吉の松　（巻十・五九〇・神楽歌・住吉に詣でて、拾遺抄四三六）

勅撰集以外の歌を見ても、古今集前後までの歌人の作の中では、わずかに凡河内躬恒の次の歌に「神代」の語が見えるのみである。

神代より年をわたりてあるうちに降りつむ雪の消えぬ白山　（西本願寺本躬恒集二六二）

しかも、ここに掲げた恵慶法師の歌や躬恒の歌では、「神代」の語は、単にはるかな昔の意で用いられているのみである。この種の例なら、後撰集前後の歌人の作にも他に例がないわけではないが、人麻呂・赤人や業平の作のように、日本神話にまつわる意味で「神代」等の語を用い、それによって天皇・皇族やその周辺の人物をたたえようとする歌は、万葉集には多く見られるものの、平安時代の歌には他には容易に見出だしがたい。業平の「大原や」「ちはやぶる」の二首は、同時代の和歌に同種の類例がほとんど見られない、きわめて特異な作であったと言わねばならない。

「大原や」「ちはやぶる」の両首でほめたたえられているのは、ともに二条后藤原高子であった。これらの歌が詠まれたのは、その高子が産んだ貞明親王が陽成天皇として即位する以前だが、東宮がやがて即位し、その母である高子が国母となることは、いわば当然のこととして予定されていた。業平の二首は、あたかもその陽成天皇の即位を予祝するかのように、皇祖神たちが活躍した「神代」の語をことさらに用いて詠み出されていた。伊勢物語で語られている、業平と入内以前の高子をめぐる恋の物語が、はたして事実であったかどうかはともかくとして、これらの二首は、業平が高子に親しく近侍する存在であったことをうかがわせる。事実、『職事補任』によれば、業平は陽成朝の元慶三年（八七九）に、天皇の側近の官である蔵人頭に任命されている。

二首の和歌における業平の詠作ぶりには、かくして、万葉集における人麻呂や赤人のそれに通いあうものがあったと言ってよいが、万葉集の歌人たちが、さきに例示した赤人の歌のように、「神代」と「いま」の連続性を強調して「神代」以来の皇室の尊さを強調したり、人麻呂の歌のように、「いま」こそが「神の御代」そのものであると述べて天皇を賞賛したりするのに対し、業平は、「神代」を思い出させるほどの「いま」のすばらしさや、「神代」にもありえなかったことが実現している「いま」の美しさ、みごとさを、歌を通してほめたたえる。業平の歌の中では、「いま」は「神代」と断絶した「いま」でありながら、しかも「神代」を思い出させ、「神代」を超えて輝いている。その点において、「神代」に対する業平の歌と人麻呂や赤人の作の態度は、大きく異なっていると言わねばならない。「大原や」「ちはやぶる」の二首は、その点においても他に類例を見ない、きわめて特異な詠作だったと考えられるのである。

4　「神代」と仙界

その特異な詠作二首の中の一首「ちはやぶる」の歌は、本論冒頭でも見たように、おそらくは屏風が広げられているその場で高子の命を受けた業平が、課せられた「題」に応えて詠み出した一首であった。この詠作事情は、屏風の絵に描かれた情景をその場の景観や庭園の実景に置き換えて考えれば、中国の、そして日本の詩人が侍宴や従駕の際に主催者である帝の命を受けて作った応製詩の詠作事情によく似通っている。それらの応製詩もまた、帝の宴や遊覧に召された文人が、与えられた「題」に合わせてその場の情景のすばらしさを賞賛し、それによって主催者である帝その人をほめたたえることを多く眼目としているからである。渡辺秀夫氏が「『伊勢物語』――漢詩文との響き合い――」（『國文学』平成一〇年二月）の中で述べているように、この種の詩では、次のように、その場を仙界にたとえたり、あたかもそこが仙界であるかのように詠みなしたりして主催者の帝を讃えるのが、ひとつの「常套的な表現」であった。

①［庾肩吾・奉レ和下泛二舟漢水一往中万山上。応教］

誰云李與郭　　誰か云はん李と郭と、
独得似神仙　　独り神仙に似ることを得たりと。

②［李嶠・奉レ和下幸二韋嗣立山荘一侍上レ宴。応制］

雲霞仙路近　　雲霞仙路近し。
琴酒俗塵疏　　琴酒俗塵疏なり。

③［凌雲集・五六・小野岑守・雑言。於二神泉苑一侍レ讌賦二落花篇一。応製］

昔聞一県栄河陽　　昔は聞く一県河陽に栄えしを。
今見仙源避秦漢　　今は見る仙源秦漢を避くるを。

④［菅家文草・巻六・四四三・九日後朝侍二朱雀院一同賦三閑居楽二秋水一。応二太上天皇製一］

池頭計会仙遊伴　　池頭に計会す仙遊の伴。

皆是乗査到漢浜　　皆是れ査に乗りて漢の浜に到らむ。

①は梁の庾肩吾の作。舟に乗った姿が神仙のようだと言われた後漢の李膺と郭太の故事をふまえ、自分たちもまた神仙のようだと述べる。②は初唐の李嶠の作。帝が訪れているその地を、俗塵を離れた仙境であると言う。③は日本の小野岑守の作。引用二句のうちの後句では、嵯峨天皇がいま宴を開いている神泉苑が、陶淵明の「桃花源記」に記された仙境・桃花源に見立てられている。④の菅原道真の詩では、いわゆる仙査説話をふまえて、宇多上皇が九日後朝の宴を催した朱雀院の池の畔が、査（いかだ）に乗って天上に到ることができる、天界に接した場所であるかのように詠まれている（山本前掲書・第一章七参照）。

同種の詩の同様な表現の中には、さらにまた次のように、その場が仙界よりもはるかにすぐれていると述べたり、今の時代が仙界や太古の聖代を超えたすばらしさを持っていると主張したりする表現も多く見られる。これもまた、この種の作品に多く見られる、ひとつの「常套的な表現」であった。

⑤［李嶠・上㆓清暉閣㆒遇㆑雪］

即此神仙対瓊圃　　即ち此れ神仙瓊圃に対す。
何須轍跡向瑤池　　何ぞ須ひむ轍跡瑤池に向かふことを。

⑥［懐風藻・七三・紀男人・扈㆓従吉野宮㆒］

此地仙霊宅　　此の地は仙霊の宅。
何須姑射倫　　何ぞ須《もち》ゐむ姑射《こや》の倫《ともがら》。

⑦［文華秀麗集・一一・淳和天皇・秋日冷然院新林池。探㆓得池字㆒。応製］

景物仍堪遊聖目　　景物仍《なほ》聖目を遊ばするに堪ふ。
何労整駕向瑤池　　何ぞ労せむ整駕して瑤池に向かふことを。

⑤の李嶠の作と⑦の淳和天皇の皇太子時代の詩では、いまの場所が、西王母が住む崑崙山の山上にある瑤池にも負けない、すぐれた景物の地であると述べられており、⑥の紀男人の作では、「此の地」すなわち吉野が、仙人の住む姑射の山以上の「仙霊」の地であるとされている。

これらの詩の表現と「ちはやぶる神代も聞かず」の歌の表現を比べれば、両者の表現構造が基本的には同一であり、「ちはやぶる」の歌において「神代」が、詩における仙界の代わりの役目を果たしていることが容易に理解される。その事情は、たとえば次のような例を見ることによって、一層明瞭に認識することができるであろう。

⑧［韋嗣立・上巳日祓㆓禊渭浜㆒。応制］

還笑当時水浜老　　還《かへ》りて笑ふ当時水浜に老い、
衰年八十待文王　　衰年八十文王を待ちしを。

⑨［懐風藻・七八・守部大隅・侍宴］

幸陪濫吹席　　幸に濫吹の席に陪《はべ》りて、
還笑撃壌民　　還りて笑ふ撃壌の民。

⑧は初唐の韋嗣立の作。年老いて周の文王に見出だされた太公望呂尚の故事を持ち出し、まだ年老いる前から、文王に劣らずすばらしい帝に仕えている自分たちは、太公望呂尚のことをかえって笑ってしまうほど幸せだ、と言う。また⑨の『懐風藻』の詩では、老人が「撃壌」して帝の徳を称えたという中国古代の聖帝堯の治世よりも、今の天皇の方が徳が高く、治世もすぐれているので、「撃壌」した昔の人のことをかえって笑ってしまう、と述べられている。これら二首に共通する、昔の聖代よりも今の代のほうがすぐれているという表現は、「ちはやぶる」の歌の表現にきわめてよく似ている。作者業平は、このような応制詩等の表現類型を学び取り、日本神話の世界を、仙界や中国古代の聖代にも匹敵するような世界として捉えることによって、「神代」を、万葉集の人麻呂や赤人の

歌とは異なった、まったく新しい形で、再び和歌の世界に持ち込むことに成功したと考えられるのである。

侍宴や従駕における応製詩の中でその場が仙界になぞらえられる場合、それはあくまでも作品世界の中での虚構であり、作者も現場の他の人々も、本気でそこが仙界であると思っているわけでないこと、言うまでもない。むしろそこでは、君臣全員が一つの虚構を共有し、同じ虚構の中に心を遊ばせることが、現実の宴や遊覧を盛り上げるための詩作の機能として、強く求められていたと考えられる。同一の事情は、業平の「ちはやぶる」歌にもそのまま指摘することができる。屏風の絵を現実の景のように捉え、しかも、水を括り染めするという、現実にはあり得ないことがおこなわれていると詠む、その詠み方それ自体が、そもそもひとつの虚構にほかならない。先に見たような、「神代」を詠み込んだ万葉集の歌と業平の歌の大きな性格の違いは、根本的には、そのような表現の虚構性、言い換えれば詩歌の作者と周囲の人々が共に承知して共有する「あそび」の有無によるものではなかったかと考えられる。そのような虚構性を強く有する業平の和歌において、日本神話は、もはや神話として「いま」を支配し「いま」に連続しているような存在では必ずしもなかった。それは、遙かなかなたにあって現実とはひとまず隔絶された、だからこそ超現実的な魅力を湛えた世界である「仙界」と、きわめて似通った世界として捉えられ、位置付けられていたように思われるのである。

「ちはやぶる」の歌についてのこのような事情は、さきに検討した、もう一首の「大原や」の歌の場合にも同じようにあてはまるのではないだろうか。高子の参詣に際して「小塩の山」が思い出す「神代」は、一方ではもとより『日本書紀』等に述べられた皇祖神話の「神代」、はるかな歴史を介して現実の世界と強いつながりを持つ「神代」でありながら、また同時に、不可思議なことが実際に起こり得る、中国の仙界にも類似した超現実の世界でもあったのではないかと考えられる。「大原や」の一首は、単に皇室や藤原氏の祖神の伝承に思いをいたすだけでなく、この世のものとは思えないほどに神々しい今日の「東宮の御息所」の行列を、「神代」にも通じる盛事として、次代の国母のためにあえてその「神代」の語を持ち出しつつほめたたえた一首だったのではないかと考えられるのである。

5　伊勢物語の虚構と「神代」

伊勢物語第七十六段は、その「大原や」の一首と古今集の同歌の詞書をもとに作られた、次のような章段である。

昔、二条后のまだ春宮のみやすんどころと申しける時、氏神にまうで給ひけるに、近衛づかさにさぶらひける翁、人々の禄賜《たまは》るついでに、御車より賜りて、詠みて奉りける、

大原や小塩の山も今日こそは神代のことも思ひ出づらめ

とて、心にもかなしとや思ひけむ、いかが思ひけむ、知らずかし。

古今集の詞書の形を借り用いた冒頭の表現から、古今集よりも後に、古今集をふまえて作られたことが知られる章段（片桐洋一氏『鑑賞日本古典文学　伊勢物語・大和物語』昭和五〇年・角川書店）だが、その章段では、歌の後に添えられた草子地的記述によって、この歌の背後に業平と高子のかつての恋の思い出が隠されていることが暗示されている。本来は「神代」を持ち出して「東宮の御息所」の大原野神社参詣の盛大さをほめたたえようとしていた業平の一首は、「神代」すなわち過ぎ去った昔の秘められた恋という別の主題を併せて隠し持つ歌に姿を変えて、虚構の物語を構成しているのである。だが、そのように新しい主題を裏の意味として併せ持ちつつも、「大原や」の一首は、表の意味としては、本来持っていた前述のような意味内容をそのまま変わらず持ち続けてもいる。古今集の「大原や」の歌についてさきに考えた内容は、伊勢物語第七十六段の中の同じ一首についても、そのままにあてはまるはずなのである。

もう一首の「ちはやぶる」歌もまた、次のように姿を変えて、伊勢物語第百六段を構成している。

昔、をとこ、皇子《みこ》たちの逍遥《せうえう》し給ふところにまうでて、竜田川のほとりにて、

ちはやぶる神代も聞かず竜田川からくれなゐに水くくるとは

この第百六段では「ちはやぶる」の一首は、実際に竜田川に出かけてその現場で詠まれた作に読み変えられているが、この段の作者は、その虚構の現場を「皇子たちの逍遥し給ふ」ところに設定している。作者は、業平がこの歌の「神代」の語に託した役割をよく理解し、あえて皇族である「皇子たち」をその遊宴の主催者として登場させているのである（山本前掲書・第一章四）。しかもさらに、この章段の場面設定は、貴人の宴や遊覧に召された文人が詩を作り、その場のすばらしさを賞賛するという、さきにも見た応制詩の詠作場面にきわめてよく類似している。伊勢物語第百六段は、「ちはやぶる」の一首が本来持っていた、さきに考えたような特性を十分に熟知していた人物によって、その特性を十分に生かすような形に作られた章段であったと考えられる。

6　斎宮章段の性格

「神代」の語が詠み込まれた在原業平の二首の歌は、伊勢物語の中では、このようにそれぞれの形で、それぞれの当初の意味内容を生かしながら、本来の詠作事情とは異なった虚構の物語を構成しているが、伊勢物語にはこれ以外にも、「神代」の語を用いてはいないが日本神話に登場する神々と深く関係する内容を持つ章段がいくつか見られる。その中でももっとも中心的な章段のひとつが、言うまでもなく、狩の使となって伊勢国に下った主人公と斎宮の一夜の契りを語る第六十九段であり、そこからは、伊勢の斎宮に題材を取った多くの関連章段（第七十・第七十一・第七十二・第七十五・第百四段等）が派生的に生み出されている。その第六十九段前半の「君や来し」「かきくらす」

の両首は、古今集（巻十三・恋三・六四五〜六四六）にも、次のように、簡略ではあるが伊勢物語とほぼ同内容の詞書を伴って収められている。

業平朝臣の伊勢の国にまかりたりける時、斎宮なりける人にいとみそかに逢ひて、またのあしたに、人やるすべなくて思ひをりけるあひだに、女のもとよりおこせたりける　よみ人知らず

君や来し我やゆきけむ思ほえず夢かうつつか寝てかさめてか

返し　業平の朝臣

かきくらす心の闇にまどひにき夢うつつとは世人さだめよ

さきに見た第七十六段や第百六段とは違って、第六十九段前半の内容は古今集の詞書とほぼ同じであり、伊勢物語の中でも早い時期に、おそらくは古今集に先行して成立した段であることが推定されるが、その第六十九段についてはまた、元稹作の伝奇小説『会真記（鶯鶯伝）』の影響が早くから指摘されてきた（田辺爵「伊勢竹取に於ける伝奇小説の影響」『國學院雑誌』昭和九年十二月等）。「斎宮なりける人にいとみそかに」逢うという内容は、もとより潔斎をむねとする斎宮を汚す行為として禁忌に触れるものであり、勅撰集である古今集にそれを堂々と、このような文面で載せること自体、普通には許されないことであろう。それがこのように記されているのは、この詞書の内容が、虚構の物語を虚構のままに記したものであると、当時の人々に理解されていたからではないかと考えられる。

しかし、いかに虚構の物語とは言っても、皇祖神である天照大神を祭る伊勢神宮の斎宮と夜を共にするという設定はただごとではない。その、ただごとでない設定を可能にしたのが、斎宮を仙女に見立て、『遊仙窟』のような一種の神仙譚としてこの虚構の章段を創作しようとした作者の姿勢だったのではないだろうか。『会真記』の「会真」は、「真人」すなわち仙道を体得した人物に「会」うという意をあらわす。『遊仙窟』がそうであるように、『会真記』の女主人公もまた、仙女を原形として生み出された、男性にとって仙女のような魅力を有する存在であった。

その『会真記』をふまえて、伊勢物語第六十九段は創作されている。「大原や」「ちはやぶる」の両首の場合と同様、ここでもまた日本神話の神の世界は、仙界のような超現実的別世界へと姿を変え、斎宮はあたかも仙女のごとく、「月のおぼろなるに、小さき童をさきに立てて」主人公のもとに、自分の方から突然その姿を現わしていると考えられるのである。

7　住吉の神の出現

伊勢物語中の、日本神話に登場する神々と関係する内容の章段としては、なお、次の第百十七段をあげることができる。

昔、みかど、住吉へ行幸したまひけり。
　我見ても久しくなりぬ住吉の岸の姫松いく代《よ》へぬらむ
おほん神、現形《げぎやう》したまひて、
　むつまじと君はしらなみみづがきの久しき代より祝ひそめてき

「我見ても」の歌は、古今集（巻十七・雑上・九〇五）に「題しらず・よみ人知らず」として収められている。この段は、その一首を利用して作られたと考えられ、成立時期も、当然のことながら古今集以後、それも「昔、をとこ」ではなく「昔、みかど」と始まる冒頭の形等から見て、比較的遅い時期に成立したと推定される章段である。その「我見ても」の歌は、冒頭の文からの続きを考えれば「みかど」が詠んだ歌ということになるが、それではこの章段に主人公の「男」は登場せず、また主人公の歌も見られないことになる。それについては、以下に述べるような異本本文の問題なども含め、さまざまな議論があるが、ここでは、「我見ても」の歌は供奉していた主人公が帝に代わって詠んだ歌であるという理解が、特にその記述はなくても、これが伊勢物語中の一章段であることによって、また、他の章段からの類推によって、十分可能であったと、ひとまず考えておきたい。

そのように考えなければ、この章段は伊勢物語中で唯一、主人公の男が登場しない章段ということになり、伊勢物語にはそのような章段も存在したということになってしまう。大島本系（広本系）に属する阿波国文庫旧蔵本（宮内庁書陵部蔵）では、次のように、さきに見た定家本の形に類似した本文の後に、主人公が登場する場面が付け加えられている。

昔、みかど、住吉に行幸したまひけるに、よみて奉らせたまひける、

　我見ても久しくなりぬ住吉の岸の姫松いく代へぬらむ

おほん神、あらはれたまひて、

　むつまじと君はしらずやみづがきの久しき代より祝ひそめてき

この事を聞きて、在原の業平、住吉にまうでたりけるついでに、よみたりける、

　住吉の岸の姫松人ならばいく代か経《へ》しと問はましものを

とよめるに、翁のなりあしき出でゐて、めでて返し、

　衣だに二つありせばあかはだの山に一つは貸さましものを

このような本文の後半部分は、片桐洋一氏（『伊勢物語全読解』平成二五年・和泉書院）が言うように、前半だけではこの段に主人公が登場せず不自然であると考えた人物が、その問題を解消する必要から、あえて補ったもののように推測される。

いま、定家本の本文に即しつつ、供奉していた主人公が帝に代わって歌を詠んだと考えれば、この段は、主人公が帝に代わって詠んだ「我見ても」の歌に応えて、住吉神社の神が姿を現し「むつまじと」の歌を返したという内

容を語っていることになる。天皇が、皇祖神話にも関わりのある住吉神社にみずから参詣し、姿を現した神と直接対面するという、伊勢物語中でもきわめて特異な内容を語る章段である。『日本書紀』には、同じ住吉神社の祭神である「表筒男《うはつつのを》・中筒男《なかつつのを》・底筒男《そこつつのを》」等の諸神が神功皇后に神託を告げる記事が見えるが、そこでは神々は、「審神者《さには》」を介して「七日七夜」も問われ続けた結果、ようやくその名を名乗っていて、決して直接姿を見せたりはしていない。また、夢中の神託を受けた崇神天皇が大物主神等を祀った記事の中でも、神がその姿を現したとは記されていない。第百十七段の内容は、通常の日本神話の世界とはいささかかけ離れたものであると言わねばならない。ただし、そのような中にあって、『日本書紀』等には、雄略天皇が葛城山で「現人之神《あらひとがみ》」として現れた一言主神と会い、ともに狩を楽しんだ記事が見え、内容的に伊勢物語第百十七段との親近性がうかがわれて注意されるが、その一言主神は皇祖神ではなく、『日本書紀』の神代巻にも登場していない点、伊勢物語第百十七段とは性格が異なる。

さらに、ここで注意しなければならないのは、伊勢物語の第百十七段が、古今集の題知らず・詠み人知らずの歌を利用して、あくまでも虚構の物語として作り出されているという事実である。そのことは、古今集をよく知っていたはずの当時の読者たちには、もとより十分に理解されていたと考えられる。「我見ても」の歌から第百十七段を作りだした作者は、その虚構の物語を、行幸して住吉神社に参詣した「みかど」と、その行幸に供奉して「我見ても」の歌を詠んだ主人公、そして「現形」した「おほん神」との対面の物語として創作した。行幸に供奉していた主人公が「みかど」に代わって詠んだ「我見ても」の歌は、「みかど」の命を受けて詠んだ歌とは記されていないが、その内容は、さきに見た応制詩と同じように、行幸の現場を褒め称えているとも受け取ることが可能である。つまり第百十七段の前半部は、前に検討した「ちはやぶる」の歌を含む第百六段等とよく似た内容を語っていることになる。そして「おほん神」は、その歌の内容に応えるかのように「現形」したのであった。

こう考えれば、第百十七段もまた、これまで取り上げてきた第七十六段・第百六段・第六十九段等と連続する要素を持った章段ではないかと思われてくる。つまり、この段もまた、これまで考えてきたいくつかの歌や章段と同じように、日本神話の神仙的理解の結果生み出されたものではなかったかと考えられるのである。中国の『穆天子伝』には周の穆公が西征して西王母にまみえたという伝承が記され、『漢武内伝』には漢の武帝が西王母の訪問を受けた記事が載せられている。また『三斉略記』には、秦の始皇帝が海神と対面する話も記載されている。神仙譚の世界では、このように、帝が神仙と直接対面する伝承が少なくなく、これらの記事は『芸文類聚』や『初学記』などの類書にも収載されて日本人にもよく知られていた。伊勢物語の第百十七段は、このような神仙伝承を、日本の神話世界にあてはめるようにして作り出された物語ではなかったかと考えられる。伊勢の斎宮が登場する第六十九段がそうだったように、日本の神の世界はここでも神仙の世界に姿を変え、それによって、本来の日本神話そのものからは発想することがむつかしかった、新しい表現や設定による、新しい内容の物語が生み出されていると考えられるのである。

在原業平によって次代の国母を賞賛するために詠まれた「ちはやぶる」「大原や」の両首の表現には、伊勢物語におけるそのような日本神話変質の方向が、すでに明確に示されていた。それは、当時の人々の日本神話理解のひとつの方向性を反映するものであったともひとまずは考えられるが、さきにも見たように、「ちはやぶる」「大原や」の両首に見られるような「神代」の語の表現は、当時の和歌には他に例を見ないものであった。また、第六十九段や第百十七段のような内容の物語も、伊勢物語以外には他に容易に類例を見出だしがたい。業平の和歌や伊勢物語がめざした日本神話の理解や表現のこころみは、そのままの形で広く継承され発展させられることはなかったように考えられる。それはやはり、在原業平という歌人、そして伊勢物語という作品に特徴的な、特異な神話理解の姿であったと考えられるのである。

補注1　業平の「ちはやぶる」歌の大胆な表現が、当時の漢詩に見られる「纈」の譬喩表現に学んだものであることが、大谷雅夫氏「唐紅に水くくるとは――業平の和魂漢才――」(『京都大学国文学論叢』一七・平成一九年三月)、および久保瑞代氏「在原業平の「韓紅に水くくる」と中唐詩――白居易と薛濤の比喩『纈』の受容をめぐる一考察――」(兵庫教育大学『言語文化研究』二三・平成一九年三月)によって、ほぼ同時に指摘されている。

補注2　『愚管抄』に見える、天照大神の天児屋根命に対する命令は、日本史学の世界では「二神約諾神話」と呼ばれ、その成立が『愚管抄』以前、建久年間(一一九〇～一一九九)あたりまでさかのぼり、さらにその萌芽的な姿である「二神関係神話」の形では、長暦四年(一〇四〇)の資料にも見出だされることが指摘されている。(早川庄八氏「長元四年の斎王託宣事件をめぐって」『日本古代官僚制の研究』昭和六一・岩波書店、藤森馨氏「二神約諾神話淵源考」金沢工業大学日本学研究所『日本学研究』八・平成一七、舩田淳一氏「南都の中世神話・中世神道説をめぐって――春日社・興福寺・貞慶を中心に――」『中世神話と神祇・神道世界』平成二三・竹林舎など参照。)業平の「大原や」歌は、それをさらにさかのぼる、より素朴な二神の「神話」の痕跡を留めていると考えられる。

第二章

伊勢物語の方法

一　伊勢物語「初冠」考

1　伊勢物語初段の「初冠」

現在まで伝わっている伊勢物語は、一部の断簡や絵巻の詞章を除けば、そのすべてが「初冠本」と呼ばれる種類の本であり、その初段は次のように、主人公の「初冠」すなわち元服から始まっている。

昔、男、初冠《うひかうぶり》して、奈良の京、春日の里に、しるよしして狩にいにけり。その里に、いとなまめいたる女はらからすみけり。この男かいまみてけり。思ほえずふるさとに、いとはしたなくてありければ、ここちまどひにけり。男の着たりける狩衣《かりぎぬ》のすそを切りて、歌を書きてやる。その男、しのぶずりの狩衣をなむ着たりける。

春日野の若紫のすり衣しのぶの乱れかぎりしられず

となむおいつぎて言ひやりける。ついでおもしろきことともや思ひけむ。

みちのくのしのぶもぢずり誰《たれ》ゆゑに乱れそめにし我ならなくに

といふ歌の心ばへなり。昔人は、かくいちはやきみやびをなむしける。

このように、「初冠本」伊勢物語は主人公の元服から語り出されているが、その元服、すなわち「成年式」について、かつて西郷信綱氏は、『詩の発生　文学における原始・古代の意味』（昭和三五年・未来社）に収録された「鎮魂論」

の中で、次のように述べている（傍線山本）。

…こういう試練による死と再生、つまり苦しみ死ぬことによって生れかわるという復活の秘儀が成年式の核心であり、これを通過して初めて若者としての肉体と魂――魂だけでなく――は、一層高いものと合一し社会化されたのである。この成年式の面影は、日本の古典文学や民俗などのなかに、かなり明瞭な痕跡をとどめている。

成年式での復活の考えが最もよくあらわれているのは、古事記描くところの大国主命であろう。…都合六回、しかもその度ごとに苦難をきりぬけ、死から甦っている。…平安朝の物語の世界では、これが求婚における聟いじめ譚の形式となって残された。かぐや姫に求婚する五人の貴公子たちがそれぞれ難題を吹っかけられ、しくじる話は、明らかにこの成年式の試練の記憶を戯画化した形式に外ならなかったし、民話の世界にもこの記憶は根強く生き残ってゆく。当のかぐや姫にしても、成女になった日に名前をつけてもらい、「このほど三日うちあげ遊ぶ」ということがあって後、男たちがいいよってきたのである。伊勢物語が昔男の恋愛一代記を「初冠して…」と書き出したのも、それが人生の新しい階梯の初まりで、性の解放を意味するものであったからだ。

…

西郷氏のこの著作は刊行当時広く読まれ、多くの学生や研究者に大きな影響を与えたが、「若者の肉体と魂」が「成年式」という試練を経て「一層高いものと合一し社会化され」るという視点も、それまでにない、日本の古典文学についてのきわめて新鮮な論として人々に受け入れられたと思われる。西郷氏のこのような考えによれば、男女の恋愛を主題の一つとする伊勢物語が、主人公の「人生の新しい階梯の初まりで、性の解放を意味する」成年式から語り出されているのも、けだし当然のことであった。

近年になっても西郷氏の論の影響は大きく、たとえば池田節子氏は「物語史における元服と裳着　『源氏物語』『狭衣物語』を中心に」（服藤早苗・小嶋菜温子氏編『生育儀礼の歴史と文化——子どもとジェンダー——』（平成一五年三月・森話社）の中で、西郷氏の前掲の文章とほぼ同じ部分を引用した上で次のように述べている。

成人儀礼は、幼年期の死と成人としての再生の儀式である。上記の『竹取物語』『伊勢物語』『落窪物語』『宇津保物語』には、系図以外の親のこと、成人までの育ち方については描かれていないことにも注意しなければならない。（中略）…「昔男」も、「在原なりける男」（六十五段）、「身はいやしながら、母なむ宮なりける」（八十四段）とはあるものの、父親については、一度も言及されない。新しく生まれ変わって成人になったところから物語は開始するのであるから、それ以前の親のこと、育ち方については物語らないということなのであろう。

池田氏のこの論文には、「物語は、本来、主人公の元服・裳着から語り始められるものであったと思われる」という記述も見られ、それらによれば、伊勢物語の初段が「初冠」から語り出されていることも、きわめて一般的な物語の定型に従った、何の問題もないもののように思われてくる。池田氏のこの論文は全体的には示唆に富む内容が多く、教えられるところも多いのだが、西郷氏の論をふまえて展開されているこの種の記述に関しては、実際に平安時代の物語の内容を具体的に考えてみると、さまざまな疑問が浮かび上がってくるのである。

2　物語と元服

たとえば前掲の論文で池田氏が例示している『宇津保物語』の「俊蔭」の巻を見ると、そこでは、まだ元服以前の「若子君」（後の兼雅）が俊蔭女の相手役として登場し、二人の間には、この物語全体の主人公である仲忠が生まれている。また同じ『宇津保物語』の「忠こそ」の巻の主人公「忠こそ」は、その名前からもまだ元服以前であることが明白だが、後宮の女性である「梅壺の更衣」に懸想もしている。正式な結婚が元服後に行われることは当然だが、元服以前にも、このように、性はそれなりに解放されており、恋愛もさかんに行われていたように見える。原始社会の成人儀礼は「性の解放」を意味していたかもしれないが、すくなくとも当時の物語を見るかぎり、平安時代の元服は、それと必ずしも同一視できないのではないかと考えられる。

さきにも見た『宇津保物語』の「俊蔭」の巻の後半、「若子君」と俊蔭女の間に生まれた仲忠は、まだ幼少の時代から、早くも物語の主人公として、さまざまな活躍を見せている。また、伊勢物語の第六十五段には「女がたゆるされ」た、つまりは後宮への出入りを許された「殿上にさぶらひける在原なりける男のまだいと若かりける」男が主人公として登場する。その主人公は、「在原なりける男」という表現からは成人の男性かと思われもするが、「まだいと若かりける」にもかかわらずすでに「殿上にさぶらひける」という記述や、あまりにも素朴で衝動的なそのふるまいからは、童殿上している元服以前の男子の姿が浮かび上がってくる。周知のように、この第六十五段をもとにして、『源氏物語』「桐壺」における元服以前の光源氏の藤壺に対する恋が描き出されていると考えられるが、それを考えればいっそう、第六十五段の主人公は、まだ元服以前の男子として描き出されている要素が大きいのではないかと考えられる。このように、元服以前の、ないしは元服以前のように見受けられる男子が主人公として活躍する物語は、他にも多いように思われる。さらに視野を広げて、稚児を主人公にした後世の説話・物語や、「説経」の『愛護の若』『俊徳丸』の世界などを考えれば、むしろ、そのような成人以前の「童」が、恋愛も含めたさまざまな局面で大いに活躍するところに、日本の説話や物語の大きな特徴があるのではないかとさえ思われてくるのである。

なお、万葉集（巻十六・三八二二）には、「古歌に曰く」として、

橘の寺の長屋に我が率寝《ゐね》し童女放り《うなゐはな》は髪上げ《かみあ》つらむか

という、よく知られた歌が収載されている。これは、女性の成人儀礼である「髪上げ」を詠み込んだ珍しい一首だが、ここでは、その「髪上げ」をまだすませていない女性が、歌の詠作者が以前に「率寝」た相手として、堂々と詠まれている。いささか事情は異なるが、元服以前の男子について見たのと類似の状況が女性についてもあったことが、この一首からもうかがわれるように思われる。

3　元服という儀礼

『後撰集』（巻二十・慶賀）には、元服の賀の行事の際に詠まれた、次のような歌が見られる。

章明《のりあきら》の親王《みこ》かうぶりしける日、あそびし侍りけるに、右大臣これかれ歌よませ侍けるに　つらゆき
琴の音《ね》も竹も千歳の声するは人の思ひに通ふなりけり（一三七一）

左大臣の家の男子《をのこご》女子《ご》、冠《かうぶり》し、裳着《もき》侍りけるに　つらゆき
大原や小塩《をしほ》の山の小松原はや木高かれ千代の影見む（一三七三）

人の冠《かうぶり》する所にて、藤の花をかざして　よみ人しらず
打寄する浪の花こそ咲きにけれ千代松風や春になるらむ（一三七四）

十二月ばかりに、冠《かうぶり》する所にて　つらゆき
祝ふことありとなるべし今日なれど年のこなたに春も来にけり（一三八五）

平安時代の和歌の世界で元服（「かうぶり」「うひかうぶり」）の儀式が見えるのは、勅撰集ではこれが初めてである。四首のうち三首が紀貫之の作であることが注意されるが、元服の賀で詠まれた同様の祝賀の歌は、これ以降、数多く見られるようになる。これに対して万葉集の和歌には、女性の「髪上げ」を詠んだ一首が前述のように見えるだ

けで、それ以外には、元服などの成人儀礼を主題的に取り上げたものがまったく見られない。このような状況を見ると、「元服」という成人儀礼はむしろ、平安時代になってから整えられ、祝われるようになった、新しい儀式ではなかったかと考えられるのである。

　そもそも「元服」という語は、『儀礼《ぎらい》』（士冠礼）の「加冠祝辞」を出典とする。「士冠礼」とは「士」がはじめて「冠」を着する成人儀礼だが、そこでは、招かれた「賓客」が三度にわたって「加冠」の行為をおこない、そのたびごとに「祝辞」を述べる。その最初の「加冠」の際の言葉が、『儀礼』には次のように記されている（訓読等は、池田末利氏訳注『儀礼』〈昭和四八年～・東海大学出版会〉を参考にした）。

始加、祝曰、「令月吉日、始加㆓元服㆒。棄㆓爾幼志㆒、順㆓爾成徳㆒。寿考惟祺、介㆓爾景福㆒。（下略）…」
（始めて加《くは》ふるときに、祝《しゆく》して曰《いは》く、「令月吉日《れいげつきつじつ》、始めて元服を加ふ。爾《なんぢ》の幼志《えうし》を棄《す》て、爾の成徳《せいとく》に順《したが》へ。寿考《じゆかう》惟《こ》れ祺《さいはひ》にし、爾の景福《けいふく》を介《おほい》にせん。…」）

　もっとも古い文献の用例としてここに見える「元服」の語について鄭玄の注には「元、首也」とあり、「元服」は「首」すなわち頭に冠を着する意と考えられている。「幼志」はおさなごころ、「成徳」は成人としての徳。「寿考」は、命が長いこと、長寿。「景福」は、おおいなる幸せ。すなわち「寿考惟祺、介爾景福」は、元服した本人の長寿と多幸を予祝する言葉である。同様の予祝の言葉は、二度目、三度目の「加冠」の際にも、同様に繰り返される。

　これを読んで思い出されるのは、さきに見た『後撰集』の元服の賀の歌の内容である。そこでもまた、四首のうち三首に「千歳」「千代」という長寿を祈る言葉が使われ、また、「はや木高かれ」「春になるらん」「春も来にけり」といった、将来の繁栄を予祝する表現が繰り返されていた。貫之をはじめとする歌人たちは、それ以前にはおそらく前例がなかった元服の賀の歌を新しく詠出するにあたって、おそらくは『儀礼』（士冠礼）で賓客が述べている「加冠祝辞」等を参考にしつつ、それに従って、その祝賀の部分にならった歌を詠んでいるのではないかと考えられる。

そしてまた、彼等がこれらの歌を詠んだ元服の賀の行事もまた、中国のそれに通じる雰囲気で行われた儀式ではなかったかと思われるのである。

『漢書』（昭帝紀）には「帝加二元服一」と、皇帝の元服が記されており、その「元服」の語に対する如淳の注には「元服、謂三初冠加二上服一也」と、「初冠」の語例が見える。この「初冠」の語の訓読から、和語「うひかうぶり」が生まれたと考えられる。

万葉集の和歌に元服などの成年式儀礼を取り上げたものが見られないことをさきに述べたが、日本における天皇や皇太子の元服のもっとも古い記録として確認できるのは、『続日本紀』和銅七年（七一四）六月二十五日の条に「庚辰、皇太子加二元服一」と記された、皇太子首《おびと》親王（後の聖武天皇）の記事である。親王は時に十四歳、神亀元年（七二四）二月の即位記事によれば、元服と同時の立太子であった。その後しばらく天皇や皇太子の元服記事は見られず、『三代実録』の貞観六年（八六四）正月に至ってようやく、清和天皇（十五歳）の元服が次のように記されている。

六年正月戊子朔、大雨レ雪。天皇加二元服一、御二前殿一。…七日甲午、…詔曰、「…食国之内無レ事久、平介久之天、御冠加賜比、人止成賜努。…」

（六年正月戊子《つちのえね》朔《ついたち》、大いに雪雨《ふ》る。天皇元服を加へたまひ、前殿に御《ぎよ》す。…七日甲午《きのえうま》、…詔《みことのり》して曰《いは》く、「…食《を》す国の内事《こと》無く、平《たひら》けくして、御冠《かうぶり》加へ賜《たま》ひ、人と成《な》り賜ひぬ。…」）

続いて、同じ『三代実録』の元慶六年（八八二）正月の条には、陽成天皇（十五歳）の元服が、清和天皇の時とほぼ同文の「詔」とともに記されている。

六年春正月甲辰、烈風大雨レ雪、平地二尺。…天皇加二元服一。…七日庚戌、…詔曰、「…食国之内無レ事久、平介久之天、御冠加賜比、人止成賜奴。…」

（六年春正月甲辰《きのえたつ》、烈《はげ》しく風ふき大いに雪雨《ふ》り、平地二尺。…天皇元服を加へたまふ。…七日庚戌《かのえいぬ》、…

詔《みことのり》して曰《いは》く、「…食《を》す国の内事《こと》無く、平《たひら》けくして、御冠《かうぶり》加へ賜《たま》ひ、人と成《な》り賜ひぬ。…」

日本の正史における天皇や皇太子の元服記事は、このように和銅七年（七一四）にはじめて現れ、本格的な記事は『三代実録』になってようやく記されるようになったが、そこからも、元服が新しい儀礼として次第に整備されつつあった当時の状況がよくうかがわれるように思われる。

「初冠」すなわち「元服」は、日本古来の成人儀礼をそのまま継承するものではなく、儒教的な儀礼として中国から導入され、特に平安時代になってから整備されて一般に広まったもののように見える。伊勢物語「初冠本」の初段は、そのような「初冠」を意図的に冒頭に据え、それまでになかった形の物語を創出しようとして作り出された、きわめて新しい試みの産物ではなかったかと考えられるのである。

4　『歩飛烟《ほひえん》』と伊勢物語

元服は、古く周の時代には二十歳の時と定められていたとされ、『礼記』（曲礼）には、そのことが次のように記されている。

人生十年曰レ幼、学。二十曰レ弱、冠。三十曰レ壮、有レ室。四十曰レ強、而仕。…
（人生《うま》れて十年を幼《えう》と曰《い》ふ、学ぶ。二十を弱《じやく》と曰ふ、冠《かうぶり》す。三十を壮《さう》と曰ふ、室《しつ》有り。四十を強と曰ふ、而《しか》して仕《つか》ふ。…）

「二十曰弱冠」というこの記述の、最後の二文字を故意に続けて読むことによって「弱冠」という語が生まれたが、この語は元服の意に用いられる他に、むしろより多く、二十歳という年令の意で用いられている。日本でも、『日本書紀』（仲哀天皇元年十一月）に、次のようにこの語の用例が見えるが、ここでも「弱冠」は、元服ではなく二十歳という年令を意味すると考えられている。

詔二群臣一曰、「朕未レ逮二于弱冠一、而父王既崩之。…」

（群臣に詔《みことのり》して曰《いは》く、「朕《われ》、未《いま》だ弱冠に逮《いた》らずして、父王既に崩《かむあが》ります。…」）

このように、「弱冠」は二十歳の意に使われることが多く、その点「元服」や「初冠」とは意味用法が異なっていると言わねばならないが、その一方で、たとえば、築島裕氏『訓点語彙集成』によれば、石山寺蔵『金剛般若経集験記』（平安初期点）には、「初弱冠時、遊二剣南切州臨渓県一、過二山路峻嶮一…」の「初弱冠」と、「天水郡隴城県遠志通、年未二弱冠一、住持斎戒…」の「弱冠」の二箇所に、「ウヒカガフリ」という訓読が角筆を用いて記されている。これらの二例の場合も、「初弱冠」や「弱冠」は二十歳という年令の意で用いられていると考えられるが、その一方でそれらの語は、「ウヒカガフリ」と訓読されてもいる。これらによれば、「弱冠」の語は、その出典である『礼記』の記述によって、一方ではこの時代までなお、「元服」や「初冠」と類似する意味の語としても認識されていたと考えられるのである。

以上のような、「弱冠」と「元服」「初冠」の意味上のつながりを確認した上で考えておきたいのは、唐代伝奇小説『歩飛烟《ほひえん》』と伊勢物語の関係である。『歩飛烟』は、唐末に長安、洛陽、河南省汝州に住み、唐滅亡後の九一〇年に、伝奇集『三水小牘』を世に出した皇甫枚《こうほまい》の作。『歩飛烟』はその『三水小牘』中の一編として『説郛』巻三三に収められているが、『太平広記』巻四九一には「非煙伝」という題名で収録されている。その冒頭は次のようである（訓読等は黒田真美子氏『中国古典小説選5』〈平成一八年・明治書院〉を参考にした）。

臨淮武公業、咸通中、任二河南府功曹参軍一。愛妾曰二飛烟一、姓歩氏。容止繊麗、若レ不レ勝二綺羅一。善二秦声一、好二文墨一、尤工二撃甌一。其韻与二糸竹一合。公業甚嬖レ之。其比鄰、天水趙氏第也。又衣纓之族。其子曰レ象、端秀有レ文。纔弱冠矣。時方居二喪礼一。忽一日、於二南垣隙中一窺二見飛烟一、神気倶喪、廃レ食忘レ寐。乃厚賂二公業之闇一、以レ情告レ之。…

（臨淮《りんわい》の武公業は、咸通中、河南府功曹参軍に任ぜらる。愛妾を飛烟と曰ひ、姓は歩氏。容止繊麗にして、綺羅に勝《た》へざるが若《ごと》し。秦声を善《よ》くし、文墨を好み、尤《もつとも》撃甌《げきおう》に工《たくみ》なり。其の韻は糸竹と合ふ。公業甚《はなは》だ之を嬖《へい》す。其の比鄰は、天水の趙氏の第なり。また衣纓の族なり。其の子を象《しやう》と曰ひ、端秀にして文有り。纔《わづ》かに弱冠なり。時に方《まさ》に喪礼《さうれい》に居《を》る。忽《たちま》ち一日《いちじつ》、南垣《なんゑん》の隙中《げきちう》に於いて飛烟を窺《うかが》ひ見て、神気倶《とも》に喪《うしな》ひ、食を廃し寐《び》を忘る。乃《すなは》ち厚く公業の闇《こん》に賂《まいな》ひし、情《じやう》を以て之に告ぐ。…）

物語は、趙氏の息子の象が、隣家の武公業の愛妾飛烟に思いを寄せるところから始まるが、そのきっかけとなったのは、趙象がある日、「南垣の隙中に於いて飛烟を窺ひ見」たこと、すなわち「かいま見」であった。その結果、趙象は「神気倶に喪ひ、食を廃し寐を忘る」という状態に陥る。『歩飛烟』のこの冒頭は、主人公が「かいま見」によって「女はらから」を知り、「ここちまどひにけり」という状態になった伊勢物語の初段と、きわめて類似した設定であると言わねばならない。そして、さらに注目されるのは、その男性主人公である趙象が、「纔かに弱冠なり」と紹介されていることである。ここでも「弱冠」は、直接には二十歳の意で用いられていると思われるが、前に見たように、「弱冠」は『金剛般若経集験記』（平安初期点）では「ウヒカガフリ」と訓読されてもいた。『歩飛烟』の「弱冠」は、かくして、伊勢物語初段の「初冠《うひかうぶり》」と意味的な連関を持った、類似の表現とも考えられるのである。陳明姿氏は、「密通物語における女性像――唐代伝奇と『源氏物語』の場合――」（菊田茂男氏編『源氏物語の世界　方法と構造の諸相』〈二〇〇一年・風間書房〉）の中で『歩飛烟』のこの部分を、「ある日初冠した隣家の趙象が非煙を垣間見て彼女の美しさに魅了され」（傍線山本）と要約している。

趙象はその後、隣家の門番に賄賂を贈って味方につけ、二人はやがて結ばれるが、伊勢物語との関係でさらに注目されるのは、二人が互いに数多くの詩を贈答し、それによって物語が進展している点である。唐代伝奇小説には、詩のやりとりが頻繁に繰り返されるもの、詩をそれほど多く含まないものなど、さまざまな形のものがあるが、『歩飛烟』は、後述もする初唐の『遊仙窟』と同じく、多数の詩の贈答を含み持ち、それが物語の大きな要素になっている。この点においても、『歩飛烟』は伊勢物語をはじめとする歌物語に類似する。

もとより、『歩飛烟』と伊勢物語の間には、さまざまな差異も存在する。まず、『歩飛烟』の「弱冠」は、表面的にはあくまでも二十歳という年齢を言う語であって、元服を意味しているわけではないが、さきにも述べたように、「弱冠」と元服の間には当時なお深い意味的連関があったと考えられる。また、『歩飛烟』では二人の逢瀬はやがて露見し、女主人公である歩飛烟は夫の武公業に鞭打たれて壮絶な死を遂げる。そのような悲惨な内容は、伊勢物語の世界には見られないものである。だが、内容的な相違ということなら、深い影響関係にある「長恨歌伝」と『源氏物語』「桐壺」の間にも、互いの内容に、これと類似した大きな隔たりがあることがよく知られている。

伊勢物語全体もそうだが、その中でもとりわけ初段が、初期の唐代伝奇小説である『遊仙窟』から大きな影響を受けて作られていることは、丸山キヨ子氏『源氏物語と白氏文集』（昭和三九年・東京女子大学学会）、渡辺秀夫氏『平安朝文学と漢文世界』（平成三年・勉誠社）等によって繰り返し指摘されており、また、伊勢の斎宮との秘められた契りを語る第六十九段に元稹作の伝奇小説『鶯鶯伝』の影響があることも、すでに早くから知られている（田辺爵「伊勢竹取に於ける伝奇小説の影響」『國學院雑誌』昭和九年一二月等）。伊勢物語と唐代伝奇小説のこのような関係を考えれば、伊勢物語初段が、それまで説話や物語に主題的に描かれたことがなかった元服という成人儀礼をことさらに冒頭に据えた背景に、このような伝奇小説からの影響があったという想定も、けっして無理なものとは思えなくなる。

『歩飛烟』は、唐滅亡後の九一〇年に伝奇集『三水小牘』中の一編として世に出されたが、それ以前に単独の作品として別の形で広まっていた可能性も否定できない。それはともかくとしても、伊勢物語初段の成立を十世紀半ばごろと考えることがもしできるとすれば、『歩飛烟』から伊勢物語初段への影響はけっして不可能ではなくなる。最近、仁木夏実氏は「『新撰万葉集』と唐代伝奇小説」（『アジア遊学』平成一九年一二月・勉誠出版）の中で、唐代伝奇小説『南柯太守伝』が、従来考えられていたよりも遥かに早く日本に伝来し享受されていたことを実証したが、そのように、当時さまざまな伝奇小説が、成立後それほどたたないうちに日本に渡来し、さかんに享受されていたことも、大いに考えられるのである。

だが、それならば、伝奇小説からの影響を受けながら冒頭にあえて設定された「初冠」には、はたしてどのような意味が込められ、またそれによって、物語全体にどのような効果がはかられているのだろうか。

5　「初冠」が意味するもの

そもそも、この伊勢物語初段の「初冠」については、古くから、これを元服と解する説と、はじめて爵位や官職を与えられたことを言うと解する説が対立してきた。たとえば、歓喜光寺旧蔵『書陵部本系　和歌知顕集』（『伊勢物語古注釈大成』第二巻）に「うゐかぶりとは、はじめてつかさ給はるをいふ也」と記されているように、『和歌知顕集』では「初冠」は「つかさ」すなわち官職を賜って任官することと解されている。一方、冷泉家流古注では、鉄心斎文庫蔵『十巻本伊勢物語注』（『伊勢物語古注釈大成』第一巻）に「初冠トハ、元服ヲ云也」とあるように、「初冠」は元服の意に解されていて、鎌倉時代からすでに「初冠」についてふたつの理解が対立していたことが知られる。荒唐無稽な内容の多い古注を否定した室町時代後期のいわゆる「旧注」でも、一条兼良の『伊勢物語愚見抄』が「ここには叙爵をうゐかうぶりとはいふべし」と、「初冠」を五位の叙爵の意に解するのに対し、宗祇・三条西家系統の注釈はすべて、『伊勢物語肖聞抄』に「うゐかうぶり、元服の事なり」とあるように、「初冠」を元服の意に解している。

このうち、『伊勢物語愚見抄』は、すぐれた学者であった一条兼良の著作にふさわしく、次のように、具体的にいくつかの資料を挙げながら結論を示している。（『伊勢物語古注釈大成』第三巻所収の冷泉家時雨亭文庫蔵本による。）

うゐは初也。かうぶりは爵也。五位のかうぶりといふは叙爵をいへば、業平中将はじめて叙爵したることをいへり。かの叙爵は、仁明天皇の御宇、嘉祥二年正月七日とみえたり。『後撰集』などの詞にもいはざるにはあらねども、ここには叙爵をうゐかうぶりとはいふべし。『日本紀』にも、初位とかきて、うゐかうぶりとよめる也。

まず、ここに言われている「『後撰集』などの詞」とは、前に例として掲げた、

章明《のりあきら》の親王《みこ》かうぶりしける日、あそびし侍けるに、右大臣これかれ歌よませ侍けるに　つらゆき

琴の音も竹も千歳の声するは人の思ひに通ふなりけり（一三七一）

等の、元服の賀の行事の際に詠まれた四首の詞書に見える、元服の意に用いられた「かうぶり」の語例などをさしていると思われる。そのような語例の存在を知りながら、兼良があえて「初冠」を叙爵の意に解しているのは、前引部の末尾に「『日本紀』にも、初位とかきて、うゐかうぶりとよめる也」と記されているように、『日本書紀』の古訓の例を重んじてのことであったと考えられる。すなわち、『日本書紀』天武天皇四年正月の条には「壬戌、公卿大夫及百寮諸人、初位以上、射二于西門庭一」とあり、北野本にはこの「初位」に「うゐかふり」という訓が付されている。『日本書紀纂疏』の著者でもある一条兼良は、権威ある書物である『日本書紀』の訓を重んじて、「初冠」の「冠」を位階の意と考え、その方向で「初冠」という語の意味を捉えようとしていたと考えられるのである。

『伊勢物語愚見抄』には引かれていないが、たとえば『後撰集』（巻十五・雑一）には、前に挙げたような例とは別に、「かうぶり」という語を含んだ次のような詞書が見える。

藤原さねきが蔵人よりかうぶり賜りて、明日殿上まかり下りむとしける夜、酒たうべけるついでに、

兼輔朝臣

むばたまの今宵ばかりぞあけ衣あけなば人をよそにこそ見め（一一一六）

この例の「かうぶり賜る」とは、五位に叙爵されることを言う。六位の蔵人として殿上していた藤原真興《さねき》が蔵人の任を終えて五位に昇進し、かえって殿上できなくなることを惜しんで、兼輔はこのような歌を詠んでいるのだが、ここでは「かうぶり」はあきらかに五位という爵位の意で用いられている。「初冠」の「冠」を位階、「初冠」を五位の叙爵の意とする一条兼良の解釈は、後述するように現在は認められないものだが、当時としてはそれなりの根拠をふまえた説であったと考えられる。

伊勢物語初段の「初冠」を元服ととるか叙爵ととるかという意見の対立は、その後も明確な決着を見ないまま近年に至ったが、後藤利雄氏「伊勢物語初段の解釈」（『国文学』昭和三四年七月）等によって、「かうぶり賜ふ」や「かうぶり賜はる」は五位の叙爵、「かうぶりす」は元服の意であることが明らかにされ、現在では初段の「初冠」は元服の意であることが確定している。本論ももとより、その前提のうえに論を進めている。

このように、伊勢物語初段の「初冠」は元服の意であることが今は明確になっているが、それ以前には、元服説と叙爵説は、「身分ある者ならば元服と同時に叙爵された」とされ、「必ずしも別の説とすべきでないのかもしれない」（大津有一『日本古典文学大系　伊勢物語』補注〈昭和三二年・岩波書店〉）などと言われることも多かった。この論は、「初冠」を五位の叙爵と解する説が否定された今は、特に考慮する必要もなくなっているが、そもそも身分の上下を問わず、さらにまた五位の叙爵に限らず、貴族の男子が位階を授かり官職に任ぜられるためには、成人儀礼としての元服をすませることが前提として必要であったことは言うまでもない。元服と叙位任官は、平安朝の官人社会においては、その意味でやはり強い結びつきを有していたと考えられる。『和歌知顕集』の任官説も、一条兼良等が主

張した五位の叙爵説も、語釈としては誤りと言わねばならないが、そのような説があえて主張された背景には、このような事情があったと考えられる。「初冠」すなわち元服は、官人としての人生の出発、すなわち「宮仕へ」のはじまりを意味する儀礼でもあったのである。

これに関連して注目されるのは、今西祐一郎氏が「『まめ男』の背景」（福井貞助氏編『伊勢物語――諸相と新見――』平成七年・風間書房）で述べたように、「『伊勢物語』には、同類の他の作品、すなわち『大和物語』や『平仲物語』と異なって、「宮仕へ」という言葉がしばしば見出される」という事実である。

いま、伊勢物語中の、「宮仕へ」という語を含む章段の該当部分をすべて抜き出し、章段番号順に列挙すれば、次のようである。

（第十九段）むかし、男、宮仕へしける女の方に、ごたちなりける人をあひしりたりける、ほどもなくかれにけり。

（第二十段）むかし、男、大和にある女を見て、よばひてあひにけり。さて、ほどへて、宮仕へする人なりければ、帰りくる道に、…

（第二十四段）むかし、男、かたゐなかにすみけり。男、「宮仕へしに」とて、別れ惜しみて行きにけるままに、三とせこざりければ、…

（第六十段）むかし男ありけり。宮仕へいそがしく、心もまめならざりけるほどの家刀自、まめに思はむといふ人につきて、人の国へいにけり。

（第七十八段）…さるに、かの大将、出でてたばかりたまふやう、「宮仕へのはじめに、ただなほやはあるべき。…」…

（第八十四段）…その母、長岡といふところに住み給ひけり。子は京に宮仕へしければ、まうづとしけれどしばしばえまうでず。

（第八十五段）むかし男ありけり。童より仕うまつりける君、御髪おろしたまうてけり。睦月にはかならずまうでけり。おほやけの宮仕へしければ、常にはえまうでず。されど、もとの心うしなはでまうでけるになむありける。

（第八十六段）…男も女も、あひ離れぬ宮仕へになん、出でにける。

（第八十七段）…この男、なま宮仕へしければ、それをたよりにて、ゑふのすけども、集まりきにけり。この男のこのかみも、ゑふのかみなりけり。…

主人公が第二段で「まめ男」と呼ばれていることと、伊勢物語に「宮仕へ」という語が多く見られることを関連づけようとされる今西氏の論の趣旨については、ここに引用した第六十段で「宮仕へ」に忙しかった主人公が「まめならざりける」と形容されていることなどを考えると必ずしもそのまま同意はしがたいが、伊勢物語に、他の作品には見られないほど多数の「宮仕へ」という語が用いられているという指摘はきわめて重要である。さきに掲げた九つの章段の「宮仕へ」という語の使われ方にはさまざまな種類のものが含まれていて、個々に検討することが必要であるが、一方で、「宮仕へ」という語を含んでいなくても、内容的に同様の要素を含み持った章段はきわめて多い。今西氏が指摘しておられる次の第八十三段も、その一つである。

（第八十三段）…さてもさぶらひてしがなと思へど、おほやけごとどもありければ、えさぶらはで、夕暮に帰るとて…

ここでは「おほやけごと」が「宮仕へ」とほぼ同様の意味で用いられている。また、さきにも取り上げた、伊勢の斎宮との秘められた契りを語る第六十九段で、主人公が朝廷から遣わされた「狩の使」として設定され、その公務のために、斎宮とわずか一夜の契りを交わしただけで伊勢の国を去らねばならなかったとされている点なども、「宮仕へ」に類する要素が物語の中で重要な役割を果たしている代表的な例と言える。伊勢物語の主人公は、このようにさまざまな形で、きわめて意図的に、「宮仕へ」する男として描き出されている。そのような主人公像を持つ伊勢物語の初段が、「宮仕へ」のはじまりを意味する「初冠」すなわち元服からことさらに語り始められているのも、伊勢物語全体の冒頭として、まことにふさわしいことと考えられるのである。

6　官人伝奇小説としての伊勢物語

『遊仙窟』以下の唐代伝奇小説には、官人、ないしは官人をめざしている科挙の受験生が主人公となっているものがきわめて多い。たとえば『遊仙窟』の末尾で、離別の朝を迎えて、「下官」すなわち主人公張生は次のように言う。

下官拭レ涙而言曰、「所レ恨別易会難。去留乖隔、王事有レ限、不二敢稽停一。…

（下官涙を拭《ぬぐ》ひて言ひて曰《いは》く、「恨む所は、別るるは易く会ふは難《かた》きなり。去留乖《そむ》き隔《へだ》たるも、王事《わうじ》限り有れば、敢へて稽停《けいてい》せず。…）

作者自身を思わせる主人公を、作者（語り手）がみずから卑下して「下官」と呼ぶところに、すでに主人公が官人であることが明瞭に示されてもいるが、その主人公は、別れがたくても別れて出発しなければならないその理由を、「王事有レ限」、すなわち帝王から受けた使命は背くことができないから、と言う。『遊仙窟』のこのような末尾は、さきにも見た伊勢物語第六十九段の末尾とよく似ているが、さらに言えば、ここで使われている「王事有レ限」の「王事」という言葉は、伊勢物語に多く用いられている「宮仕へ」という言葉と、意味用法がよく似ている。唐代伝奇小説の作者は、そのほとんどが言うまでもなく男性官人であり、また読者も同様の人々であったと思われる。作者や読者は、自分たちと同じ世界に生きている身近な男を主人公にした伝奇小説の世界を作り出し、それを享受している。伊勢物語もまた、同様な事情のもとに、同様の作品をめざして、「宮仕へ」する主人公を描き出していると考えられるのである。

『遊仙窟』の日本への将来は古く、万葉集にも、すでにその影響を受けた多くの作品があることが知られている。小島憲之氏は『上代日本文学と中国文学・中』（昭和三九年・塙書房）および『国風暗黒時代の文学・上』（昭和四三年・同）の中で、『遊仙窟』とその上代文学への影響について詳細に論じているが、前者の書の中で、その影響のひとつとして、さきにも見た「王事有レ限」という言葉が、万葉集巻十六・三八〇四〜三八〇五番歌に付された次のような長い題詞中に「公事有レ限、会期無レ日」という対句の形で用いられていることを指摘した。

昔者有壮士、新成婚礼也。未経幾時、忽為駅使、被遣遠境。公事有限、会期無日。於是娘子、感慟悽愴、沈臥疾疢。累年之後、壮士還来、覆命既了。乃詣相視、而娘子之姿容、疲羸甚異、言語哽咽。于時壮士、哀嘆流涙、裁歌口号。其歌一首。

如是耳尓有家流物乎猪名川之奥乎深目而吾念有来（三八〇四）

娘子臥、聞夫君之歌、従枕挙頭、応声和歌一首。

烏玉之黒髪所沾而沫雪之零落也来座幾許恋者（三八〇五）

（左注省略）

（昔壮士《をとこ》あり、新《あらた》しく婚礼を成《な》す。未《いま》だ幾時《いくばく》も経《へ》ねば、忽《たちま》ちに駅使《やくし》となりて、遠き境《さかひ》に遣《つか》はされぬ。公事《くじ》は限りあり、会《あ》ふ期《ご》は日なし。ここに娘子《をとめ》、感慟悽愴《かんどうせいさう》、疾疢《やまひ》に沈み臥《ふ》しぬ。累年《るいねん》の後《のち》に、壮士還《をとこかへ》り来《きた》り、覆命《ふくめい》すること既に了《をは》りぬ。乃《すなは》ち詣《いた》り相視《あひみ》るに、娘子《をとめ》が姿容《かほ》の、疲羸《ひるい》せること甚《はなは》だしくして、言語哽咽《ごんごかうえつ》す。ここに壮士《をとこ》、哀嘆《かなし》びて涙《なみた》を流し、歌を裁《つく》りて口号《おら》ぶ。その歌一首。）

かくのみにありけるものを猪名川《ゐながは》の奥《おき》を深めて我《あ》が思《おも》へりける

（娘子《をとめ》、臥《ふ》しつつ、夫君《つま》の歌を聞き、枕より頭《かしら》を挙《あ》げ、声《こゑ》に応《こた》へて和《こた》ふる歌一首。）

ぬばたまの黒髪濡《ぬ》れて沫雪《あわゆき》の降《ふ》るにや来《き》ますここだ恋《こ》ふれば

古橋信孝氏は『物語文学の誕生――万葉集からの文学史』（平成一二年・角川書店）の中でこの影響関係を取り上げ、それが「場面の設定にかかわる」重要な影響関係であったと述べている。たしかに、三八〇四番〜三八〇五番歌の題詞で語られる主人公も、帝の命を受けて遠方に遣わされており、その点で『遊仙窟』の主人公と共通する。だが、この題詞で語られる物語には、『遊仙窟』と違って神仙のような女性は登場せず、『遊仙窟』をはじめとする唐代伝奇小説がしばしば描き出す、仙女譚の世俗化とも言うべき異界の女性との禁断の恋の世界は、ここには出現していない（本書第三章一参照）。『遊仙窟』の影響は、三八〇四番〜三八〇五番歌の題詞では、まだまだ不十分な、いわば表面的な段階に留まってると言わねばならない。

　同じように「宮仕へ」する主人公を設定していても、万葉集と伊勢物語の世界は大きく異なっている。伊勢物語中の「宮仕へ」にはさまざまの用法があって、それによってさまざまな物語世界が繰り広げられているが、いま問題にしている初段では、「初冠」すなわち元服をすませて、官人として「宮仕へ」の生活を始めたばかりの主人公が、鷹狩に出かけた機会に、人々がすでに捨て去った古い都「奈良の京、春日の里」で、予想外に「いとなまめいたる女はらから」を「かいま見」て心を乱す。初段は、主人公がその「女はらから」に性急に歌を贈ったところで終わっているが、そこには、思いがけない場所で美しい女性を見てしまった若い官人の心のときめきが語られている。たとえば第六十九段の斎宮との恋のような、異界の女性、禁じられた女性との関係を語る物語への発展が、初段には、まだ単純な発端のかたちではあるが、すでに暗示されていると考えられるのである。伊勢物語の主人公は、「宮仕へ」すなわち官人としての公務に従事しながら、その一方で、公務以外の、公務を逸脱した人間関係や恋愛に情熱を燃やしているが、「初冠」で始まる初段には、そのような伊勢物語全体に一貫する特質が、すでにはっきりと示されている。万葉集三八〇四番～三八〇五番歌の題詞に語られているような単なる官人の小説ではない、官人伝奇小説の世界が、そこにはすでに開かれていると考えられるのである。

初段はさまざまな点で第四十一段と共通するところが多く、成立論的には、第四十一段をふまえる形で作られた、いささか後発の章段であったと考えられるが、その章段成立以降のある時期に、伊勢物語は、現在の初段を冒頭に据える、前述のような性格を持った「初冠本伊勢物語」として再構成、再編集された可能性が大きい。「初冠」をあえて冒頭に提示する初段は、伊勢物語をこのような、唐代伝奇に類する官人伝奇小説としてまとめようとして、おそらくは『歩飛烟』などから示唆を得て作られた、きわめて新しい趣向の巻頭章段だったのではないだろうか。

二　「いちはやきみやび」

――伊勢物語の草子地――

1　初段の草子地

伊勢物語の初段には、その末尾に、「昔人は、かくいちはやきみやびをなむしける」という、よく知られた言葉が、次のように記されている。

昔、男、初冠《うひかうぶり》して、奈良の京、春日の里に、しるよしして狩にいにけり。その里に、いとなまめいたる女はらからすみけり。この男かいまみてけり。思ほえずふるさとに、いとはしたなくてありければ、ここちまどひにけり。男の着たりける狩衣《かりぎぬ》のすそを切りて、歌を書きてやる。その男、しのぶずりの狩衣をなむ着たりける。

春日野の若むらさきのすりごろもしのぶの乱れかぎりしられず

となむ、おひつぎていひやりたりける。

ついでおもしろきことともや思ひけむ。…《ア》

みちのくのしのぶもぢずり誰《たれ》ゆゑに乱れそめにし我ならなくに

といふ歌の心ばへなり。…《イ》

昔人は、かくいちはやきみやびをなむしける。…《ウ》

元服をすませて大人になった男が、奈良の春日の里で、思いがけず美しい姉妹を見てしまい、着ていた狩衣の裾を切って、そこに歌を書き付けて女のもとに贈ったという内容の段だが、「春日野の」の歌に続く「となむ、おひつぎていひやりける」という記述で、事件のなりゆきそのものを語る部分は終わっている。しかし、初段にはさらに、右の引用部に《ア》《イ》《ウ》という記号を付して示した記述が続いて記されている。

この《ア》～《ウ》は、事件そのものを語っている部分ではない。たとえば一条兼良の『伊勢物語愚見抄』が《ア》の部分に、「これよりは物語の作者の心也」と注し、賀茂真淵の『伊勢物語古意』が同じ部分に「此『ついで』てふより下は記者の詞也」と記しているように、このような部分については、古くから「物語の作者の心」であるとか「記者の詞」であるとかいった説明がおこなわれてきた。最近でも、たとえば清水文雄氏の「いちはやきみやび」（広島平安文学研究会編『源氏物語・その文芸的達成』昭和五三年・大学堂書店）には、この部分について、主人公の行動を「作者の立場で批判した部分である」と述べた、次のような記述が見られる。

伊勢物語の第一段を前後二部に分ける立場からすると、前部は、昔、元服したての「をとこ」が、……の歌を詠んでやった一件を叙した部分であるが、後部はこれを受けて、そのような「をとこ」の行動を、作者の立場で批判した部分であるということができる。

この《ア》～《ウ》のような部分は、このように、「作者」の心を記した部分と考えられていることが多いが、より正しくはこれらは、物語を書いた作者その人ではなく、その作者によって設定され仮構された虚構の「語り手」の立場から記されている部分と考えられるべきであろう。つまり、これらの部分は、源氏物語研究で「草子地」と呼ばれるような部分ときわめて近い性格を持った記述と考えられるのである（山本登朗『伊勢物語論　文体・主題・享受』〈平成十三年・笠間書院〉第一章一参照）。

さて、いま問題にしている末尾部分は、《ア》～《ウ》の記号で示した三つの文から構成されているが、それらの三つの文は、それぞれ内容の趣旨を異にしている。まず《ア》では、主人公のとった行動、すなわち、偶然「かいまみ」た姉妹に、早速、狩衣の裾を切って歌を贈ったという普通ではない行動について、「ことのなりゆきがおもしろいとでも思ったのだろうか。それで、そんなことをしたのだろうか」と、語り手がその理由を推測し、いぶかしんでいる。次の《イ》では、主人公が姉妹に贈った「春日野の」の歌が、源融の「みちのくの」の歌と同じ趣向を用いたものであることが説明されている。そして、これから問題にしてゆく最後の《ウ》では、「昔人」である主人公の行動が、「今」の語り手の立場から「いちはやきみやび」という言葉で批評されている。伊勢物語の草子地的表現を内容別に分類した場合、この初段には、すでに三種類の、互いに性格の異なる表現が並べられていることになる。それでは、そもそも伊勢物語には、どのような種類の草子地的表現が、どのような形で見られるのか。まずは、伊勢物語に見られるこの種の表現の全体像を一覧してみたい。

ちなみに、「草子地」という述語の意味やその範囲については、さまざまな見解もあって、どのような部分を「草子地」と呼べばよいのか、厳密に決定することは容易ではない。もっとも幅広く考えれば、「地の文」と呼ばれる部分のすべてを「草子地」と呼ぶべきだと言うことにもなりかねないが、いまはそのような厳密な議論を避けて、物語「を」語るのでなく、語られた物語に「ついて」語っている部分を「草子地的表現」と呼ぶと簡単に規定して、以下、実際の例に即しながら検討を進めてゆくことにしたい。

2　草子地の種類と語り手の位置

伊勢物語の草子地の全体像がまとめて論じられたのは、中野幸一氏の「草子地攷㈣」（早稲田大学教育学部『学術研究――人文科学・社会科学篇――』第二〇号・昭和四六年）が最初かと思われるが、そこでは、伊勢物語も含めた歌物語の中の草子地が、「イ、説明の草子地　ロ、批評の草子地　ハ、推量の草子地　ニ、省略の草子地（伊勢物語にはない）ホ、伝達の草子地　へ、複合形態の草子地」の六種類に分類されている。しかし、その分類項目の中に、伊勢物語には存在しないとされるニ「省略の草子地」が含まれているなど、伊勢物語に即して考える場合には、なお考えなければならない問題も多く残されているように思われる。いま、この中野氏の分類を参考にしながら、あらためて、伊勢物語の中に見られる草子地的表現を、A「説明」、B「疑問・不審・不明」、C「批評」、D「語りの場」の四種類に分類し、それぞれの実例をあげながら検討してゆくことにする。

まずAの「説明」だが、私見によれば、ここに分類されるものが伊勢物語全体で約二十五例見出だされる。これをさらに、A1「和歌に関するもの」、A2「部分に関するもの」、A3「章段全体に関するもの」、A4「補注的説明」の四種類に分類して、以下にその実例を列挙する。

A……説明（25例）

A1……和歌に関するもの（5例）

①初段

みちのくのしのぶもぢずりたれゆゑに乱れそめにしわれならなくに

といふ歌の心ばへなり。――《イ》

②第四一段

……これをかのあてなる男聞きて、いと心ぐるしかりければ、いと清らなる緑衫《らうさう》のうへのきぬを見いでてやるとて、

むらさきの色濃きときはめもはるに野なる草木ぞわかれざりける

武蔵野の心なるべし。

③第八一段

……そこにありけるかたゐおきな、板敷のしたにはひありきて、人にみなよませはてて詠める。

塩竈《しほがま》にいつか来にけむ朝なぎに釣りする舟はここによらなむ

となむ詠みけるは、陸奥《みち》の国にいきたりけるに、あやしくおもしろき所々多かりけり。わがみかど六十余国の中に、塩竈といふ所に似たる所なかりけり。さればなむ、かのおきな、さらにここをめでて、塩竈にいつか来にけむとよめりける。

A2……部分に関するもの（3例）

④第九段

……三河の国八橋といふ所にいたりぬ。そこを八橋といひけるは、水ゆく河のくもでなれば、橋を八つわたせるによりてなむ、八橋といひける。

A3……章段全体に関するもの（8例）

⑤第五〇段

……また、男、

ゆく水とすぐるよはひと散る花といづれ待ててふ言《こと》をきくらむ

あだくらべ、かたみにしける男女の、忍びありきしけることなるべし。

A4……補注的説明（9例）

⑥第五段

……とよめりければ、いといたう心やみけり。あるじ許してけり。二条の后に忍びて参りけるを、世の聞こえありければ、兄《せうと》たちの守らせたまひけるとぞ。

A1は、物語の中の和歌について、その趣向などを、語り手が読者に説明しているものである。さきに見た初段の《イ》がこれに該当するので、①として右に示した。②としてあげたのは、登場人物が詠んだ歌を、他の歌を引き合いに出して説明するという点で、①ときわめて似通った内容を持っている第四十一段の例である。さらに、A1に属する第八十一段の例をもうひとつ、③としてあげておいた。次のA2は、物語の中の一部分について説明を加えているものである。ここでは、第九段の、「八つ橋」という地名の由来を説明している部分を④として例示した。

次のＡ３は、部分ではなく、一つの章段の物語全体について説明したものである。Ａ４は、江戸時代以来「後人の補注」などと言われてきたもので、虚構の物語の裏に隠された事実を、種明かしのように説明したもの。一段全体を説明しているという点ではＡ３と同じだが、ここでは、ひとまず別に分類した。（第二章三、および山本利達氏「伊勢物語の語り手の言葉」〈『奈良大学大学院研究年報』二・平成九年〉参照。）

Ｂの「疑問・不審・不明」は、語り手が、作中の登場人物の心理などについて疑問をまじえた推測をしたり、それが語り手にも不明であることを、ことさらにことわったりしている部分で、私見では約二十三例が見出だされる。以下、それをさらに、Ｂ1、Ｂ2、Ｂ3の三種類に分類して実例を示しておく。

Ｂ……疑問・不審・不明（23例）

Ｂ1……疑問推量（21例）

⑦初段　……ついでおもしろきことともや思ひけむ。――《ア》

⑧第一四段　……歌さへぞひなびたりける。さすがにあはれとや思ひけむ、行きて寝にけり。

Ｂ2……疑問推量＋不明（1例）

⑨第七六段　……よみて奉りける。
大原や小塩《をしほ》の山も今日こそは神代のことも思ひ出づらめ
とて、心にもかなしとや思ひけむ、いかが思ひけむ、知らずかし。

Ｂ3……不明（1例）

⑩第八二段　……その時、右の馬の頭なりける人を、常に率《ゐ》ておはしましけり。時世経て久しくなりにければ、その人の名、忘れにけり。……

これらは、中野氏の論文ではほとんど取り上げられていないものだが、実は、この種の表現は伊勢物語の文体を形作る上で非常に重要な役割をはたしていると考えられる。伊勢物語には心理描写がきわめて少ないことが、渡辺実氏『平安朝文章史』（昭和五六年・東京大学出版会）等で指摘されているが、⑦・⑧の例を見ればわかるように、伊勢物語では、多くの場合、語り手は、登場人物の内面に入り込んで心理を描写する代わりに、登場人物を突き放すようにして、あくまでも距離を置いた立場から、疑問をまじえた推測をおこなう形で物語を語り進めているからである。それらのうち、B1は、疑問推量の形をとったもの。その一例である初段の《ア》を⑦として例示し、他に、第十四段の例を⑧として加えた。次のB2は、疑問推量に「知らずかし」という言葉が加わったもの。B3は、語り手が登場人物の名を「忘れた」と述べている例である。このB3は、中野氏が「省略の草子地」とされているものとよく似ているが、ここでは忘れた理由が「時世経て久しく」なったこと、つまり物語に描かれた時代と語り手の時代が遠く隔たったからであることが、ことさらに述べられている点が注意される。後でもふれるが、物語の世界と語り手の世界が時間的に遠く隔たっていることは、実は、B1やB2のような表現が伊勢物語に多く用いられている、大きな理由にもなっている。このB3は、人名を「省略」しているのではなく、物語と語り手の間の時間的な遠い隔たりを、そのような形で強調していると考えられるのである。

次にあげるCは、語り手が、登場人物の行動などを批評したり非難したりする場合だが、伊勢物語の場合、批評の対象は、登場人物が詠む和歌に限られている。

C……批評（6例）

⑪第三三段　こもり江に思ふ心をいかでかは舟さす棹のさしてしるべき

ゐなか人の言《こと》にては、よしやあしや。

⑫第三九段　……かの至、返し、

いとあはれ泣くぞ聞こゆるともし消ち消ゆるものともわれはしらずな

天の下の色好みの歌にては、なほぞありける。

⑬第一〇三段　……さて、

寝ぬる夜の夢をはかなみまどろめばいやはかなにもなりまさるかな

となむよみてやりける。さる歌のきたなげさよ。

最後のDは、「昔」「今」「ここ」という言葉が表現中に明示されている場合である。中野氏は、伊勢物語のすべての段の冒頭にある「昔」という語り出しの言葉を、すべて「伝達の草子地」として取り上げられたが、ここでは、これらの章段冒頭の「昔」は、ひとまず省略して特には取り上げないことにする。

D……語りの場（7例）

（全例）

⑭初段　……昔人は、かくいちはやきみやびをなむしける。――《ウ》

⑮第九段　時しらぬ山は富士の嶺いつとてか鹿子まだらに雪のふるらむ

その山は、ここにたとへば、比叡の山を二十《はたち》ばかり重ねあげたらむほどして、なりは塩尻のやうになむありける。

⑯第四〇段　……今日のいりあひばかりに絶え入りて、またの日の戌《いぬ》の時ばかりになむ、からうじて生きいでたりける。昔の若人はさるすける物思ひをなむしける。今の翁、まさにしなむや。

⑰第七七段　山のみな移りて今日にあふことは春の別れをとふとなるべし

とよみたりけるを、今見ればよくもあらざりけり。そのかみはこれやまさりけむ、あはれがりけり。

⑱第九三段　昔、をとこ、身はいやしくて、いとになき人を思ひかけたりけり。……昔もかかること

は、世のことわりにやありけむ。

⑲第九六段　……「かしこより人おこせば、これをやれ」とていぬ。さてやがてのち、つひに今日まで知らず。よくてやあらむ、あしくてやあらむ。いにし所も知らず。かの男は、天の逆手《あまさかて》を打ちてなむのろひをるなる。むくつけきこと。人ののろひごとは、おふものにやあらむ、おはぬものにやあらむ。「今こそは見め」とぞいふなる。

⑳第一〇七段　……返し、例の男、女にかはりて、

あさみこそ袖はひつらめ涙河身さへながると聞かば頼まむ

といへりければ、男いといたうめでて、今まで、巻きて文箱《ふばこ》に入れてありとなむいふなる。

いま問題にしようとしている初段の《ウ》は、いうまでもなくこのDに含まれるので、それを⑭として例示し、以下、このDに属すると思われるすべての例を、ここに⑮～⑳として列挙した。これらの部分で言われている「昔」と「今、ここ」は、片桐洋一氏が「物語の世界と物語る世界」（『言語と文芸』昭和四四年九月、『源氏物語以前』平成十三年・笠間書院）の中で述べている、「物語の世界」と「物語る世界」という概念とほぼ一致する。物語の作中世界と、語り手がいる世界の間の距離が、さきにも述べたように、Bの「疑問・不審・不明」を述べる部分が多く生み出される背景になっていると思われるが、いま仮に「語りの場」と名付けたこれら七例では、そのふたつの世界の片方、または両方が名指しで明示されているのである。

このDの部分のうち、富士山を説明している⑮は、内容的にはA2に入れてもよいものであり、また⑭・⑯・⑰は、内容的には批評のCに入れてもよいものである。さらに、その⑰には、「これやまさりけむ」という、Bと同じ疑問推量の表現も用いられている。すなわち、このDは、内容的には他の分類と一致するものが多く、ただ、「昔」や「今」や「ここ」という言葉が用いられているというだけで、ここにDとして集められている。これを逆に考え

れば、A〜Cに分類した他の部分にも、はっきりと書かれてはいないものの、「昔」すなわち「物語の世界」と「今、ここ」すなわち「物語る世界」という、ふたつの世界・ふたつの時間の間の隔たりが、それらの記述の背後に厳然と存在していたということにもなる。

さて、たとえば⑰で、「今」すなわち「物語る世界」にいる語り手は、「昔」すなわち「物語の世界」で登場人物が詠む歌をを、きびしく批評していた。また、⑱では、あくまでも「今」すなわち「物語る世界」を基準にして、「昔」すなわち「物語の世界」のことが推測されていた。これらの例から考えられるのは、伊勢物語における、「今、ここ」すなわち「物語る世界」の強さである。伊勢物語では、「今」すなわち「物語る世界」にいる語り手が、その位置から「昔」すなわち「物語の世界」の内容を突き放したりいぶかしんだりしながら批評していることが多いが、それがこの作品の持つ本質的特徴の一つでもあることが、これらの例によってうかがわれるのである。

伊勢物語全体からうかがわれるそのような特徴を考えると、ここで問題にしている初段の《ウ》「昔人は、かくいちはやきみやびをなむしける」や、それときわめて似通った形を持っている第四十段の⑯「昔の若人はさるすける物思ひをなむしける。今の翁、まさにしなむや」も、それらと同じように、語り手が、「今」すなわち「物語る世界」から、「昔」すなわち「物語の世界」の主人公を、きびしく批評した言葉ではないかと思われてくる。この二つの部分も、そのように考えた方が、伊勢物語の表現としてきわめて自然に受け取ることができるように思われるのである。

初段と第四十段の、この二つの部分を、いま考えたような方向で解釈することが、はたして可能なのかどうか、それを確かめるために、両者の言葉の意味、特に「いちはやし」と「すく」という二つの言葉の意味について、次に検討してみたい。

3　「いちはやし」と「すく」

まず、「いちはやし」という言葉だが、この語については、築島裕氏が「伊勢物語の解釈と文法上の問題点」（『講座・解釈と文法・4』昭和三五年・明治書院）で述べた、次のような説明がしばしば参照される。

　この語の解は「すばやい」または「てっとりばやい」の意としている説があるが、私はこの語は speedy という、時間的な速度を示す語ではなくて、程度がはげしい、熱烈だ、のような意味に解すべきだと考える。このことは必ずしも私の新説というのではなく、辞書などにも既に説いてあるのだが、現在通行の注釈書などは多く「すばやい」の意に解しているので、特に詳説しておきたいと思うのである。

初段の「いちはやし」を「大変早い」の意に解して、即座に歌を贈った主人公の行為のすばやさをほめて言う言葉ととる解釈を、築島氏は否定し、「いちはやし」は、「はげしい」「熱烈だ」の意味に解すべきだと述べたが、それ以後、初段の「いちはやし」は、築島氏の説に従って解釈するのが通例となっているように思われる。

しかし、たとえば『角川古語大辞典』（第一巻・昭和五七年）の「いちはやし」の項に、③として「早過ぎるさま」という意味が記されているように、多くの辞書が「いちはやし」の語に「早過ぎる」「性急だ」などといった意味の用法があることを明記している。築島氏の説と、最近の古語辞典などに見られる説明は、このようにかならずしも一致していない。この問題を考えるために、いま、平安時代仮名文学の中に見られる、伊勢物語初段の例以外の「いちはやし」の用例十三例のすべてを以下に列挙し、それについて検討してみたい。

［大和物語…1例］

a（第六十四段）……「平中、にくからず思ふ女を、妻《め》のもとに率《ゐ》て来ておきたりけり。……妻、つひに追ひいだしけり。……いちはやく言ひければ、近くだにえ寄らで…。

[宇津保物語……1例]

b（国譲・下）……弱き人は、それに惑ひ給ふものぞ」とて、みそかに読ませ給ふ。真言院の律師一人、いちはやく読む、いと尊し。

[蜻蛉日記……6例]

c（中巻・天禄二年六月）……この時過ぎたる鶯の、木の立ち枯れに、「ひとくひとく」とのみ、いちはやく言ふにぞ、簾おろしつべくおぼゆる。

d（同・天禄三年閏二月）……暗う家に帰りて、うち寝たるほどに、門いちはやくたたく。胸うちつぶれて覚めたれば、思ひのほかに、さなりけり。心の鬼は……

e（下巻・天禄三年六月）……蟬の声いとしげうなりにたるを、おぼつかなうて、まだ耳を養はぬ翁ありけり、庭はくとて、箒を持ちて木の下に立てるほどに、にはかにいちはやう鳴きたれば、驚きて……

f（同・天延二年三月）……見れば、「『この月、日悪しかりけり。月たちて』となむ、暦御覧じて、ただいまのたまはする」などぞ書いたる。いとあやしう、いちはやき暦にもあるかな、なでふことなり、よにあらじ、この文書く人のそらごとならむと思ふ。

g（同・天延二年四月）なほここにはいといちはやき心地すれば、思ひかくることもなきを、……

h（同・天延二年四月）「かくなむはべめる。いちはやかりける暦は不定なりとは、さればこそ聞こえさせしか」とものしたれば、……

[枕草子……1例]

i（苦しげなるもの）……こはきもののけにあづかりたる験者。験だにいちはやからばよかるべきを、さしもあらず、さすがに、「人わらはれならじ」と念ずる、いと苦しげなり。

[源氏物語…4例]

j（賢木）……后の御心いちはやくて、かたがた思しつめたることどもの報いせむと思すべかめり。

k（須磨）「……今は世の中憚るべき身にもはべらねど、いちはやき世のいと恐ろしうはべるなり。……」

l（同）……思ひ知らぬにはあらねど、さしあたりて、いちはやき世を思ひ憚りて参り寄るもなし。

m（若菜上）……院もよろこび聞こえさせたまふものから、「いと、かく、にはかにあまるよろこびをなむ、いちはやき心地しはべる」と卑下し申したまふ。

いま、繁雑さを避けるために、用例をひとつひとつ検討することは省略し、「いちはやし」という語の意味用法を、私なりに以下の三種類に整理して考えてみたい。

〈ア〉神仏に関連することがらが、通常の程度を越えて激しい状態…b・i
（畏怖の対象。不快感や否定的評価はない。）

〈イ〉右以外のものが、通常の程度を越えて、過剰に激しい状態……a・c・d・e・j・k・l
（不快感や否定的評価を伴う。）

〈ウ〉通常の程度を越えて、あまりにも性急なさま……………f・g・h
（否定的評価を伴う。）

まず最初に考えられるのは、〈ア〉として示した「神仏に関連することがらが、通常の程度を越えて激しい状態」という意味である。築島氏が述べたように、「いちはやし」という言葉の本来の意味は、このあたりにあったものと考えられる。宇津保物語のbの用例は出産の場面、枕草子のiは「苦しげなるもの」の段である。どちらの例も他の意味に解釈されうる余地を残していて、いまひとつはっきりしないものの、どちらも僧侶の宗教行為にかかわって用いられているので、ひとまずこの〈ア〉の用例と考えておくことにする。

次の〈イ〉は、〈ア〉の意味が神仏以外のものにまで転用された場合と考えてよいかと思われるが、注意しなければならないのは、〈ア〉では畏怖や崇敬といった肯定的感情を伴って用いられていたこの語が、〈イ〉では、むしろ逆に、不快感や否定的感情を伴って用いられているという事実である。源氏物語の四例のうち、ｊｋｌの三例では、源氏に敵対する弘徽殿后方の、源氏方に対する憎しみの激しさが「いちはやし」の語で言い表されている。すなわち、源氏や左大臣の会話文の中で、敵方のあまりにも過剰な憎悪が「いちはやし」と言われているのである。最初の大和物語のａの例でも、妻のはげしい怒りが、平中の立場から「いちはやし」と表現されている。それ以外のｃｄｅは蜻蛉日記の例である。ｃは、夫に絶望した作者が鳴滝に籠もった、そのはじめの頃の記事の例だが、前後の叙述から、「ひとくひとく」（人が来る人が来る）と鳴く鶯の声に、作者が強い不快感を感じていることが知られる。次のｄは、夫が深夜に突然来訪した時の記事であるが、作者の気持ちは複雑で、必ずしも来訪を素直に歓迎してはいない。ｅは、耳が聞こえにくくなっている翁が、激しい蟬の声にようやく気づいて独り言をつぶやいているのを、作者が「つれづれ」な生活の中の一こまとして描写している記事で、作者は、特に強い嫌悪感を感じているようにも見えないが、逆に、特に積極的に蟬の声の激しさをほめたたえているわけでもない。はっきりした意味を把握しにくい例だが、引用した部分の前後を含めて見ると、このエピソード全体が、真剣な話題などではなく、意味もないこっけいな逸話として記されていることが理解される。ここでは、そのような種類の記事の中に「いちはやし」という語が用いられていることに注意しておくことが必要であろうと考えられる。

さて、最後の〈ウ〉は、ものごとの程度の激しさではなくて、むしろやはり、早さにかかわって用いられていると考えられる例である。蜻蛉日記の残り三例、ｆｇｈがこれに該当するが、この三例は、作者が育てている養女に遠度という男が求婚してくるという一連の記事の中に、ほぼ続けざまに用いられている。遠度の求婚を許そうと考えている夫の兼家は、早速暦を調べて結婚の吉日を選んだりしているが、この求婚に積極的になれない作者は、そんな夫が調べた暦を「いちはやし」と形容しているのである。激しさの意には取りにくいケースだが、それよりもここでは、これら三例の「いちはやし」があきらかに否定的な感情とともに用いられていることに注意しておきたい。

以上の三種類が、平安時代仮名文学の「いちはやし」の用法のすべてと言ってよいと思われるが、a〜mの十三例のうち、源氏物語のmの例だけが、どこにも分類されずに残っている。息子の夕霧に右大将の官職が与えられたことに、源氏が恐縮して謝辞を述べている場面だが、〈イ〉の意味にも〈ウ〉の意味にも解釈可能で、いまどちらとも決しがたい。ただ、どちらに解するにせよ、ここでも「いちはやし」が、あまりにも過分であるという、一種の否定的な意味あいを込めて用いられていることは確実である。

いま問題にしている伊勢物語初段の「いちはやきみやび」の例を、以上の三分類の中にあてはめると、どうなるであろうか。この場合も、最後に残ったmと同じように、〈イ〉の意味にも〈ウ〉の意味にも解釈可能で、どちらにも容易には決めかねるように思われるが、どちらの意にとるにせよ、ここでも否定的な感情や評価を伴って「いちはやし」の語が用いられている可能性が、きわめて大きいと言わざるをえない。

もう一方の、第四十段の⑯の「すく」だが、こちらもまた、源氏物語の頃までは、どちらかというと否定的な評価や感情を伴って用いられることが多い語であったことが、すでによく知られている。いま、その事情がよくわかる宇津保物語の二つの用例だけを掲げておく。

［宇津保物語］

n（国譲下）「…右大臣は、有様、心もかしこけれども、女に心入れて、すいたる所なむついたる。さるべき人は、頼もしげなくなむある。…」

ｏ（同）…宰相の中将、うち笑ひて、「聞こし召し懲りたることやあらむ。さやうにすいたる人も、今は侍らぬものを」と、つれなく言ふ。下には、「いかで、この折りに盗まむ」と思ひたばかる。

以上、検討した結果、「いちはやし」も「すく」も、「いちはやし」が神仏に関連して用いられるような場合を除けば、一般に、否定的評価や否定的感情を伴って用いられる語であったことが判明した。これに従って、否定的評価ないしは否定的感情を述べたものとして初段の《ウ》と第四十段の⑯を解釈してみると、どうなるか、私なりの試解を以下に示しておく。

《ウ》「昔人は、かくいちはやきみやびをなむしける」

a昔の人は、このように、あまりにも度を超えた風雅のふるまいをしたのであった。

b昔の人は、このように、あまりにもせっかちな風雅のふるまいをしたのであった。

⑯「昔の若人はさるすける物思ひをなむしける。今の翁、まさにしなむや」

昔の若者は、そのような、好色に熱中した（困った）物思いをしたのであった。今の老人は、そんな物思いをしたりするだろうか、いや、しない。

《ウ》については「いちはやし」の意味用法によって二通りの意味が考えられるので、a・bという形で、二つの解釈をあげておいた。このように解釈すれば、これら二つの部分も、伊勢物語の他の草子地的部分と同じように、語り手が登場人物を批判、ないしは批評している部分として、伊勢物語の同種の表現全体の中に無理なく位置づけることができると考えられるのである。

4　「嫌退比興之詞」

これまでの検討からもうかがわれるように、伊勢物語は、語り手が、主人公をはじめとする登場人物を、批判したり批評したりしながら物語を語ってゆくところに、ひとつの大きな特徴を持っていると考えられる。現在知られ得るかぎりでは、伊勢物語の、そのような、いわば文体的特徴とでもいったものに気づき、そのことを最初に指摘したのは、藤原定家ではなかったかと考えられる。定家が校訂した定家本伊勢物語のうち、流布本または根源本と呼ばれる本の末尾には、長い奥書が記されていて、そこには、伊勢物語の成立や性格についての定家の見解が示されているが、次に掲げるのは、その定家の奥書の冒頭部分である。

抑、伊勢物語根源、古人説々不レ同。或云、在原中将自記レ之、因レ茲有二其嫌退比興之詞等一。又云、伊勢筆作也。或云、生年十三而書レ之、似二彼家集文体一、是故号二伊勢物語一。以二此両説一案レ之更難レ決レ之。……

この部分で定家は、伊勢物語の成立についての二つの説を紹介し、検討を加えている。そのひとつは、「在原中将自記レ之」、つまり、伊勢物語は業平自身によって執筆されたという説。もうひとつは、「伊勢筆作」、つまり、歌人として有名な伊勢御が伊勢物語を書いたという説である。このふたつの説のうち、業平自作説の方の根拠として定家が指摘しているのが、傍線部の「嫌退比興之詞」の存在であった。

まず「嫌退」という言葉だが、「きらう」という字を書くこの語は、ほとんど用例が見られず、『大漢和辞典』や『漢語大詞典』などの辞書類にも、熟語として記載されてはいない。わずかに見出だされる一例が、『続遍照発揮性霊集補闕抄』に収められた、空海が最澄にあてて書いた手紙中に見える、次のような用例である。

……法是難思、信心能入。口唱二信修一、心則嫌退、有レ頭无レ尾…。（空海『続遍照発揮性霊集補闕抄』巻十・「答叡山澄法師求理趣釈経書」）

「理趣経」の借用を求める最澄の依頼を空海は拒絶しているが、その理由を述べた中に、口先で信仰を唱えても、心が消極的なようではだめだというところがあり、そこに「嫌退」という語が用いられている。わずか一例だが、これを見る限り、「信じたり求めたりする意欲を失う」といったような意味で、この「嫌退」という語は使われているように思われる。しかし、それでは定家の奥書の文章の意味は適切に理解することができない。また、そのような珍しい言葉が、伊勢物語の奥書になぜわざわざ使われているのかについても、疑問が残る。

ところが、この「きらう」という字を書く「嫌退」ときわめてよく似た、「謙遜」の「謙」を書く「謙退」という語があって、こちらは用例も大変多く、「謙遜」とほとんど同じ意味で普通によく使われている。確証はないが、定家は、「嫌退」という語を、「謙遜」の「謙」を書く「謙退」という語のつもりで、「謙」と「嫌」の二字を通用させて書いているのではないかと考えられる。

それなら、定家は、伊勢物語の中のどのような表現をさして「謙退」と呼んでいるのだろうか。「謙退」は「謙遜」と同じ意味で、しかも、それが、業平自記説の根拠でもあるというのであるから、定家は、語り手が、物語の主人公でもある自分自身のことを謙遜して表現している部分を、この「謙退」という語で呼んでいたように思われる。だとすれば、さきほど見た草子地的部分の⑬や⑰なども、定家が「謙退」と考えていた部分の中に、まちがいなく含まれていたのではないかと考えられる。⑬や⑰では、語り手によって主人公が批判されていたが、もし語り手と主人公が同一人物であるとすれば、語り手は読者の前でことさらに自分自身を批判していることになり、それは「謙退」と呼ばれるにふさわしいと考えられるからである。

この「嫌退」に続けて記されている「比興」という言葉は、もともとは、『毛詩（詩経）』の序に書かれている、いわゆる「詩の六義」のうちの「比」と「興」のふたつを一括して言った、歴史の古い言葉であり、その後、さまざまな意味に用いられてもいるが、ここでは、ものごとをそのまま表現せずに飾って言う、おもしろく工夫をこらして表現するといった意味で使われていると考えられる。定家の奥書と比較的近い意味に用いられた、近い時代の一例を次にあげておく。

不レ避二禁忌一、不レ覓二比興一、纔以述レ懐、偏叩レ神而已（源頼信「八幡大菩薩祭文」永承元年・一〇四六……『平安遺文』による。）

さて、それでは、これらの二つの語を並べた「嫌退比興之詞」という表現は、全体でどんなことを言い表しているのだろうか。その可能性は二つ考えらる。まず一つは、「謙退」であると同時に「比興」でもある、そんな表現をさしてこう言っているという可能性。そしてもう一つは、「謙退」の言葉と、「比興」の言葉という、二種類の別々の言葉をまとめてこう言っているという可能性である。前述のように「比興」の語にはさまざまな意味用法があり、定家が、伊勢物語のどのような部分のことを、「比興」という言葉で呼んでいたのか、容易に確定はしがたいが、おそらく、伊勢物語にしばしば見られるユーモラスな表現、滑稽な表現に定家は注目していたのではないかと思われる。すでに指摘されてもいるように、伊勢物語にはその種の表現が多く見られ、それが伊勢物語の表現のひとつの特徴にもなっているからである。たとえば、第九段の八橋の場面には、「からごろもきつつなれにし」という主人公の歌を聞いて、人々が食べていた「かれいひ」、つまり旅行用の乾燥食が、涙でふやけて、柔らかく食べやすくなった、という滑稽なオチがついている（本書第二章四参照）。しかし、この種の滑稽表現だけから、伊勢物語の作者は業平自身であったと推測することは困難である。業平自作説の根拠になった「謙退比興」は、やはり、「謙退」であると同時に「比興」でもあるという意味の、四文字一組の「謙退比興」でなければならないと考えられる。

第八十一段では、主人公は「かたゐおきな」と呼ばれ、「板じきの下にはひありきて、人にみな詠ませはてて」から、ようやく「しほがまに」の歌を詠んだと語られている。また、第百一段では、「あるじのはらから」にあたる主人公は、「もとより歌のことは知ら」なかったが、むりやりに人々に歌を詠まされ、その「咲く花の」の一首について、「などかくしも詠む」と詰問されてもいる。主人公がことさらにおとしめられて表現され、それが同時にユーモラスな滑稽表現にもなっているこれらのような部分に、定家は特に注目し、それを「謙退比興」の語で呼んだのではなかったかと考えられるのである。

そこで、さきほど見た、草子地的表現の⑬⑰などをあらためて見てみると、そこにも、第八十一段や第百一段と共通する、一種独特のユーモラスな雰囲気が漂っているのが感じられる。⑬で「さる歌のきたなげさよ」と言ってはいても、古今集にも入集している「寝ぬる夜の」の歌を、作者ないしは語り手が、本気で「きたな」い歌であると考えているようには思えない。⑰についても事情は同じで、これらの批評、つまりは「謙退」の背後には、同時に意図的に巧まれたユーモラスなたわむれ、つまりは「比興」があるように思われる。語り手が、主人公でもある自分自身の物語を、意図的にユーモラスに謙遜しながら語っているかのような、そのような伊勢物語の表現を、定家は伊勢物語業平自作説の有力な根拠と考えていたのではなかったか。

もとより定家は、ここで伊勢物語について、業平自作説と伊勢筆作説の両説を提示して検討しているのであって、前者の正しさのみを主張しているわけではない。しかし、その業平自作説の当否はいまともかくとして、定家がここで鋭く着目していたのは、伊勢物語の語り手と主人公の間の、一種独特の親密な関係であったように思われる。語り手は主人公を手きびしく批判はするが、その批判はことさらになされた、多分にユーモラスな要素を含み込んだものであった。親しい間柄の人物を、読者の前でことさらに批判してみせる伊勢物語の語り手の語り口には、自分の子供のことを、他人の前で、わざと謙遜しながらおとしめて言ってみせる、そんな父親や母親のものの言い方に近いものが感じられる。批判や批評をしていても、実はそれは、親密さに裏付けられた、どこかユーモラスな雰囲気を伴ったものであったと考えられるのである。いま問題にしている初段の《ウ》についても、同様のことが考えられてしかるべきであろう。

5　「いちはやきみやび」の意味

次に引用するのは、秋山虔氏「『源氏物語』から『伊勢物語』へ」（福井貞助氏編『伊勢物語――諸相と新見――』平成七年・風間書房）の一部である。（①と②は本来連続して書かれているが、いま、便宜上区切って引用する。）

①　…そのような私の目にたまたま触れたのが永田義直著『伊勢物語新講』（昭7）に述べられている解釈であった。永田氏は「いちはやきみやび」を「こざかしき風流といふことの意」とし、「今の世の中にこんな所謂『いちはやきみやび』などをしたならば、早速ブラック・リストにのせられて警戒せられて了ふ」と述べている。「いちはやし」をこざかしいなどの意に解するのはもとより従えないが、にもかかわらず右の見解を読み過ごせなかったのは、「いちはやきみやび」が必ずしも全的に称揚されてはいないからである。

②　いかにも、前記光源氏の好奇心の発動が、「癖」として貶されていた、それと同じように「昔人は、かくいちはやきみやびをなむしける」には常軌を踏み越えた行為として、非難というほどではないとしても困ったものよとはらはらするような語り手の面持ちが読み取れないだろうか。今の人にはとてもこのようなまねのできるわけがない、が含意されているが、それは「昔」にてらして「今」を貶しているのだと一概にはいえなかろう。このようなとんでもない男が昔はいたのだ、とその逸脱に匙を投げているといった感触を私は払いのけることができないのである。

伊勢物語初段の「いちはやきみやび」を、主人公のふるまいをほめたたえた表現ととる一般的理解に疑問を感じていた秋山氏は、①として引いた部分に書かれているように、昭和七年に出版された永田義直氏の『伊勢物語新講』をたまたま目にし、そこに示された初段の理解、とりわけ「いちはやきみやび」という言葉を「こざかしき風流」

の意であると解し、はっきりと否定的な意味にとろうとする理解に注目した。そして、それに触発された形で、秋山氏は自身の「いちはやきみやび」に対する解釈を、②の部分で、おおまかな仮説の形で示している。

秋山氏が注目した永田義直氏の『伊勢物語新講』の「いちはやきみやび」に対する解釈は、秋山氏は触れてはいないが、実は、江戸時代の文政三年（一八一八）に刊行された藤井高尚の『伊勢物語新釈』の解釈を、そのまま踏襲したものである。『伊勢物語新釈』が初段の「いちはやきみやび」を、なぜそのように解釈しようとしたのか、その背景にどのような事情が考えられるか、などという問題（山本前掲書第三章十参照）については今は省略するが、その『伊勢物語新釈』が広く読まれて後世に大きな影響を与え続けた、その実態が、このような例からも確認されるのである。

秋山氏も述べておられるように、「いちはやきみやび」を「こざかしき風流」の意に解する『伊勢物語新釈』や『伊勢物語新講』の理解は、語の意味用法から見て不可能な解釈と言わざるを得ないが、秋山氏は、それに触発されて、「『昔人は、かくいちはやきみやびをなむしける』には常軌を踏み越えた行為として、非難というほどではないとしても困ったものよとはらはらするような語り手の面持ちが読み取れないだろうか」と述べておられる。本論で考えてきた「いちはやきみやび」の意味と、この秋山氏の理解の方向は、ある面できわめて近いと言ってよいと思われる。そのような秋山氏の理解は、実は、②の冒頭に書かれているように、『伊勢物語新講』に触発される以前に、源氏物語の理解からすでに導かれていたものでもあった。

さきに、伊勢物語の語り手が、主人公と一種独特の親密な関係を持ちながら、あえてことさらに距離を置いて主人公たちを批評・批判している様子をうかがったが、物語の語り手と主人公のそのような関係は、伊勢物語から源氏物語へと受け継がれていったように思われる。たしかに、源氏物語の草子地的表現の多様な展開は、伊勢物語には見られない独自のものを多く含むと言わねばならないが、たとえば帚木の巻の冒頭の「光源氏、名のみことごとしう、言ひ消たれたまふ咎多《とが》かなるに…」という有名な記述をはじめ、語り手が光源氏と親密なミウチ的つながりを持ちながら、あえてその光源氏を距離を置いて非難してみせる、その両者の基本的な関係の持ち方は、実は伊勢物語から学ばれ、模倣されたものではなかったかと考えられるのである。

源氏物語から出発して伊勢物語を考察された秋山氏の推論の順序とは逆に、実際には、伊勢物語の草子地的表現のあり方、つまりは主人公をはじめとする登場人物と語り手の関係のあり方が、源氏物語の世界を生み出すもとになっていたのではないか。そして、伊勢物語初段の最後に記された「昔人は、かくいちはやきみやびをなむしける」という記述も、そのような方向で、すなわち語り手が主人公を、親しみを込めながらもことさらに批判してみせる、定家に言わせれば「謙退比興」の表現として解釈されるべきではないかと考えられるのである。

三　段末注記という方法
――伊勢物語と毛詩――

1　伊勢物語第六段の構造

芥川の段として知られている伊勢物語第六段は、二種類の異質な部分の結合によって成り立っている。いま、全段の約三分の二程度を占めている、物語の出来事そのものを語っている部分を「物語部」、それに続く末尾部を「段末注記」と仮に名付け、章段全体を二つに分けて引用しておく。

《物語部》

むかし、男ありけり。女のえ得《う》まじかりけるを、年を経てよばひわたりけるを、からうじて盗みいでて、いと暗きに来けり。芥川といふ川を率《ゐ》ていきければ、草の上に置きたりける露を、「かれは何ぞ」となむ男に問ひける。ゆく先多く、夜もふけにければ、鬼ある所とも知らで、神さへいといみじう鳴り、雨もいたう降りければ、あばらなる倉に、女をば奥におし入れて、男、弓やなぐひを負ひて戸口にをり。はや夜も明けなむと思ひつつゐたりけるに、鬼はや一口に食ひてけり。「あなや」と言ひけれど、神鳴るさわぎに、え聞かざりけり。やうやう夜も明けゆくに、みれば率てこし女もなし。足ずりをして泣けどもかひなし。

白玉か何ぞと人の問ひし時つゆと答へて消えなましものを

《段末注記》
これは、二条后の、いとこの女御の御もとに、仕うまつるやうにてゐたまへりけるを、かたちのいとめでたくおはしければ、盗みて負ひていでたりけるを、御兄《せうと》、堀河の大臣、太郎国経の大納言、まだ下臈《げらう》にて、内裏《うち》へ参りたまふに、いみじう泣く人あるを聞きつけて、とどめてとりかへしたまうてけり。それをかく鬼とはいふなりけり。まだいと若うて、后のただにおはしける時とや。

前半の物語部では、男に「盗み」出された女が、「芥川といふ川」のほとりの「あばらなる倉」で「鬼」に食われてしまう話が語られ、その末尾には女を失った男が詠んだ「白玉か」の歌が記されている。登場する男女の名は記されておらず、場所は都から離れた摂津国三島郡の芥川のあたりとなっている。都びとたちの日常から離れた場所で起こった、素性も不明な人物にまつわる伝承、しかも女が鬼に「一口に」食われてしまうという、非現実的伝承とでも言うべき内容が、ここでは語られているのである。

それに対して、段末注記の内容は大きく異なっている。ここでは物語部の登場人物が、実は「二条后（藤原高子）」「堀河の大臣（藤原基経）」「太郎国経の大納言（藤原国経）」といった、歴史上実在の人物であったとされ、それぞれの身分にふさわしい敬語も用いられている。しかも彼等は、読者によく知られている人物として通称によって紹介され、場所も都を離れた芥川などではなく、実は基経や国経が内裏に参内した際のできごとであったとされる。すなわち段末注記の解釈によれば、前半の物語部で語られている話は、実は、後に二条后と呼ばれることになる藤原高子が「ただにおはしける時」、すなわち皇太子に入内する以前に、都の貴族たちにとって身近な場所で実際に起こった事件だったということになる。

江戸時代前期の国学者・荷田春満《かだのあずままろ》は、伊勢物語は本来、歴史的事実とは無関係な虚構の物語であったと強く主張し、注釈書『伊勢物語童子問』の中で、第六段のこの段末注記について、「後人の筆」すなわち後世の人が加えた部分であると主張した。この見解は賀茂真淵などの国学者たちによって継承され、広く読まれた注釈書である藤井高尚の『伊勢物語新釈』では、同様の見解によって、この種の部分はすべて不要な後補部とされて、伊勢物語本文から削除されている。

しかし現在では、第六段をはじめとする段末注記を、伊勢物語の本来の一部と考える説が主流となっている。その中でも特に第六段については、段末注記が当初から章段の一部であったとする見解がとりわけ強く主張されている。伊勢物語の主人公が在原業平をモデルにして造形された人物であることはほぼすべての章段に共通する前提条件となっているが、第六段の場合は、段末注記を除いた物語部だけを読むと、主人公をそのような人物と考えることが困難である。片桐洋一氏が「実相と仮相――伊勢物語の方法と古注の方法――」（『伊勢物語の新研究』昭和六二年・明治書院）で述べているように、在原業平をモデルにした主人公が、都から離れた摂津国三島郡の芥川のあたりの「あばらなる倉」で同行の女性を鬼に食われて失ってしまうことは容易には考えられず、この物語部を在原業平と結びつけるためには、すなわち伊勢物語の一章段とするためには、どうしても段末注記による解釈が必要であったと考えられる。少なくとも第六段に関するかぎり、伊勢物語の一章段として成立した当初から、段末注記はその必須の一要素として存在していたと考えられるのである。

このように、伊勢物語第六段は当初から、物語部と段末注記が結合されることによって成立したと考えられるのだが、それではなぜ、どのような事情のもとに、このような形の章段が作り出されたのだろうか。また、そのような第六段の成立は、伊勢物語全体の成立の中で、どのような意味を持っているのだろうか。

2　毛詩（詩経）の方法

伊勢物語第六段では、まず都から離れた場所を舞台とする、素性不明の人物が登場する伝承的とも言うべき物語が語られた後、それに注釈が加えられ、さきに示された内容が実はよく知られた歴史上の人物にまつわる実際のできごとであったと述べられている。このような形と似通った方法が、儒教の重要な経典のひとつとして重んじられた毛詩（詩経）の「国風」にも見られる。

毛詩の「国風」は、本来は各地の素朴な民謡を集めたものと考えられ、作者やそこに詠み込まれている人物は原則として無名であるが、毛詩では、その一つ一つの詩の前に、それらを解釈した「毛序」と呼ばれる序が付けられており、そこでは、本来の詩の表現は比喩であるとされ、その真意はよく知られた歴史的人物の事跡や評価を述べるところにあると解釈されて、詩の表現の裏にある歴史的事実が示されている。

一例として、まず「唐風」に収められている「無衣」と題された詩を示し、書き下しと仮の訳文を加えておく。（毛詩の本文や個々の詩の解釈については多くの論があり、現行の諸訳注の内容も必ずしも一致していないが、毛詩研究の詳細に立ち入ることは本論の範囲を越えている。いま、おもに高田真治氏『漢詩大系・詩経』（昭和四一年・集英社）、石川忠久氏『新釈漢文大系・詩経』（平成十年・明治書院）等を参考にして、適宜私解を加えた。）

　豈曰無衣七兮。不如子之衣安且吉兮。
豈曰無衣六兮。不如子之衣安且燠兮。
　　豈《あに》、衣《ころも》七つ無しと曰《い》はんや。子《し》の衣の安《あん》にして且《か》つ吉《きつ》なるに如《し》かず。
　　豈、衣六つ無しと曰はんや。子の衣の安にして且つ燠《いく》なるに如かず。
（衣はあるよ。七着あるよ。でも君からもらう衣服がいちばん、美しくて清潔。）
（衣はあるよ。六着あるよ。でも君からもらう衣服がいちばん、美しくて暖い。）

毛詩では、この「無衣」の詩に、次のような序が加えられている。

無衣、刺二晋武公一也。武公始併二晋国一。其大夫為レ之請二命乎天子之使一。而作二是詩一也。

無衣は、晋の武公を刺《そし》るなり。武公、始めて晋国を併す。其の大夫、之が為に命を天子の使に請《こ》ふ。

而して是の詩を作るなり。

すなわち毛序は、この「無衣」の詩を、武公が武力によって晋を制圧した際に作られたものとする。その時に、武公の配下の大夫たちは周王（天子）の使に対し、武公を正当な晋の支配者と認めて諸侯に列するよう賄賂を贈って頼んだ。この詩はそのことを述べて風刺しているとするのである。ここでは、無名の人物の気持ちをうたった素朴な恋愛詩のように見える本来の詩が、晋の武公と結びつけられ、「子」が周王の譬喩、「衣」が諸侯という身分の譬喩であると解釈されることによって、歴史上の人物である晋の武公の部下たちの行動を批判した、儒教の経典にふさわしい諷喩の詩として読み替えられているのである。（毛序の「刺」を「美（ほむる）」とするテキストもあるが、それに従えば、この詩は武公の配下の大夫たちによって、前述のような目的で周王に贈られた作そのものと解される。その場合も、毛詩がこの詩を後世に伝えているそのこと自体が、武公に対する諷喩であるということになる。）

さらにもう一例、「衛風」の「河広」を、同じように示しておく。

誰謂河広。一葦杭之。誰謂宋遠。跂予望之。
誰謂河広。曾不容刀。誰謂宋遠。曾不崇朝。

誰か謂《い》ふ河《か》広しと。一葦《いちゐ》もて杭《わた》らん。誰か謂ふ宋《そう》遠しと。跂《つまだ》てば予《もつ》て望まん。
誰か謂ふ河広しと。曾《かつ》て刀《たう》を容《い》れず。誰か謂ふ宋遠しと。曾て朝《てう》を崇《を》へず。

（黄河が広いと誰がいう。葦舟一そうでも渡れるよ。宋が遠いと誰がいう。つま先立てば見えるよ。）
（黄河が広いと誰がいう。小舟だっていらないよ。宋が遠いと誰がいう。朝の間に着いてしまうよ。）

この詩には、次のような毛序が加えられている。

河広、宋襄公母帰二于衛一思而不レ止、故作二是詩一也。

河広は、宋の襄公の母、衛に帰り、思ひて止《や》まず、故にこの詩を作る也。

すなわち毛序は「河広」について、宋の桓公の妻となって襄公を生み、後に離縁されて衛に帰った宣姜の娘が、子の襄公を思って作った詩である、と述べる。ここでも、無名の作者による望郷の詩が、歴史上の人物である宋の桓公とその妻の離婚問題を背景にした詩と解釈されている。

いま二例のみを見たが、このように、本来の民謡的な無名の詩を、序を加えることによって歴史上実在の人物の事跡に関わる作に解釈し読み替えるという毛詩の基本的な方法は、さきに見た伊勢物語第六段の、物語部が段末注記によって読み替えられている姿によく類似していると言わねばならない。

もっとも、言うまでもないことだが、毛詩の本体をなしているものが詩であるのに対し、伊勢物語の物語部は和歌を含んではいるものの、その全体はひとつの物語である。また、毛詩の序は、これも言うまでもなく詩の前に置かれていて、その点、伊勢物語の段末注記とは異なっている。さらに、伊勢物語の段末注記は、毛序のような諷喩性・教訓性を持っているとは言いがたい。このような点で、毛詩と伊勢物語第六段の姿は大きく異なっている。しかしながら、毛詩は『学令』でも五経のひとつとして重んじられており、菅原道真の『菅家文草』（41）には毛詩の講書に題した詩も見える。毛詩の享受の様相はまた、たとえば古今和歌集の仮名序が毛詩の大序から大きな影響を受けていることからも明らかである。当時の貴族たち、とりわけ学者たちは、先に見たような毛詩の方法に親しみ、よく理解していたはずであって、伊勢物語第六段のような特異な構成を持つ章段が、さまざまな違いを越えて、毛詩の方法を応用するようにして作り出された可能性も、けっして小さくはないと考えられる。

3　伊勢物語第六段と毛詩

工藤重矩氏は、論文「詩経毛伝と物語学――源氏物語螢巻の物語論と河海抄の思想――」（『源氏物語　重層する歴史の諸相』日向一雅編・平成一八年・竹林舎）の第七章「隠された歴史的事実を顕わす注釈書――伊勢物語と古今集の場合――」で、鎌倉時代に成立したいわゆる伊勢物語古注（和歌知顕集、冷泉家流古注など）や「毘沙門堂本古今集注」などについて、これらに詩経の毛伝や鄭箋と類似した性格が見られることを、次のように指摘している。

（前略）詩の表現の裏に隠されている史実を明らかにし、その表現の意図を説明するのが、毛伝や鄭箋にとっての注釈である。注釈の役割をそのようなものと理解したとき、我が国において河海抄よりも早くしかももっと顕著な形でそれを行った注釈書がある。いわゆる冷泉家流の注釈書群がそれである。（中略）この注釈書（和歌知顕集）の特徴は、『伊勢物語』の事件・人物等に全て具体的史実・人物を当てることである。例えば初段の、春日の里に狩りに行った日を、「承和八年二月二十二日にゆく。三月二日かへる」と特定したり、女はらからを「雅楽のかみ近江の権の大丞紀有常がむすめども也。この時、あねは十九歳、いもうとは十七歳也」とする。（中略）冷泉家の古注を集成した注釈書で、「冷泉家流伊勢物語抄」と称されている伊勢物語抄（宮内庁書陵部蔵）という注釈がある。この注も伊勢物語の記事の一々に史実（史実めいたもの）を当てる。例えば、初段の年月日を承和十四年二（三か）月二日の春日の祭の勅使として行ったとする。また、業平は十一歳で東寺の真雅僧正の弟子となり十六歳の年、勅使の前日、承和十四年三月二日内裏で元服した。童名を曼荼羅という等。（下略）

工藤氏が注目する毛伝や鄭箋は、毛序が付けられた詩経の詩に、さらに注釈を加えたもので、『学令』にも毛詩の鄭箋が大学の「正業」として規定されているように、平安時代の貴族達はこれらの注釈を通して毛詩を学んでいた。工藤氏は、毛伝や鄭箋の本質が「詩の表現の裏に隠されている史実を明らかにし、その表現の意図を説明する」ところにあると述べているが、このような性格は、さきに見たように、そもそもすでに毛序によって方向付けられていたものであった。

この工藤氏の論にさきだって、片桐洋一氏は、このような伊勢物語古注の方法が伊勢物語そのものの第六段等に見られる段末注記の方法ときわめてよく類似していることを、『伊勢物語の研究・研究篇』（昭和四三年・明治書院）の第八篇第五章「鎌倉時代勢語注釈書の方法」で、すでに次のように指摘している。

（前略）後人書入注とおぼしきものは、いずれも、既に物語られている作中世界について、実はこうこうだと説明する態度で注されているのである。「二条后がまだ入内せぬ前」だとか、「水の尾の御時なるべし」というように時代を設定するのもあれば、「これは二条后」とか、「至は順が祖父」とか、「大御息所は染殿の后なり」とか、「これは貞数の親王」とか、「斎宮の宮」とか、人物をあてるものもあるし、（中略）いずれも鎌倉時代の勢語注釈書におもしろいほどによく似た姿勢と方法なのである。

片桐氏はこの時点では、これらの段末注記を「後人」の「書入注」と捉えていたが、さきにも引いた「実相と仮相――伊勢物語の方法と古注の方法――」（『伊勢物語の新研究』昭和六二年・明治書院）では、第六段の段末注記について、前述のように「この段が「伊勢物語」のこの場所に付加せられる時に、「これは、二条の后の……」という注釈的後書《あとがき》が作られたとしなければならぬと思うのである」としたうえで、このような「注釈的後書」と「古注」の方法の類似性をあらためて強調している。

片桐氏が早くからくりかえし指摘しているように、伊勢物語第六段の段末注記の方法と鎌倉時代の伊勢物語古注の方法は、きわめてよく類似する一面を有しているが、両者が共有するその一面とは、すなわち、工藤氏が詩経の毛伝や鄭箋の本質と共通すると指摘した、「『伊勢物語』の事件・人物等に全て具体的史実・人物を当てる」姿勢にほかならない。すなわち、古注について工藤氏が指摘された毛伝や鄭箋との共通性は、伊勢物語そのものの第六段段末注記についても、そのまま同じように当てはまることになる。本論が考察してきた詩経毛序と伊勢物語第六段段末注記の類似性は、このように、間接的にではあるが、先学によってすでに指摘されてもいたのである。

4　第六段以外の段末注記

第六段以外にも、伊勢物語にはさまざまな段末注記が見られるが、その中には第六段と同じように「事件・人物等に全て具体的史実・人物を当てる」注記もいくつか存在する。ここではそれらの中から、まず次に掲げる第五段の場合に注目してみたい。

《物語部》

むかし、男ありけり。ひんがしの五条わたりに、いとしのびていきけり。みそかなる所なれば、かどよりもえ入らで、わらはべの踏みあけたるついひぢの崩れより通ひけり。人しげくもあらねど、たびかさなりければ、あるじ聞きつけて、その通ひ路に夜ごとに人を据ゑて守らせければ、行けどもえ会はで帰りけり。さてよめる、

人しれぬわが通ひ路の関守はよひよひごとにうちも寝ななむ

とよめりければ、いといたう心やみけり。あるじ許してけり。

《段末注記》

二条后にしのびてまゐりけるを、世の聞こえありければ、せうとたちの守らせたまひけるとぞ。

この第五段の「人しれぬ」の歌は、古今和歌集（巻十三・恋三・六三二）にも、伊勢物語本文と類似した長大な詞書を伴って次のように収載されており、それによって、古今集以前から、現在の第五段と類似した文章の物語がす

でに存在していたことが推測される。すなわち第五段は、伊勢物語の中でも最初に、おそらくは九世紀末以前にすでに成立していたと考えられる章段のひとつなのである。

ひんがしの五条わたりに、人を知りおきてまかり通ひけり。しのびなる所なりければ、かどよりしもえ入らで、垣の崩れより通ひけるを、たびかさなりければ、あるじ聞きつけて、かの道に夜ごとに人を伏せて守らすれば、行きけれどえ会はでのみ帰りて、よみてやりける　業平朝臣

人しれぬわが通ひ路の関守はよひよひごとにうちも寝ななむ

歌集である古今集では、左注という形を除けば歌の後ろに注記を記すことはできず、ここでもそのような注記は存在しないが、それはこの場合、本来あったものが入集の際に省略されたのではなく、古今集以前の章段成立当初の時点では、そもそもこの章段に段末注記は存在していなかったものと考えられる。元慶八年（八八四）に二条后の子である陽成天皇が藤原基経によって退位させられ、急遽光孝天皇が即位するという一種のクーデターが起こり、以後天皇の血筋は陽成天皇の後胤ではなくなるが、それ以前には、天皇の母であった二条后を名指しにして、「二条后にしのびてまゐりけるを、世の聞こえありければ」と書くことは困難だったはずである。今西祐一郎氏は、「『伊勢物語』の形成とその背景」（『伊勢物語　創造と変容』山本登朗・ジョシュア・モストウ氏編・平成二一年・和泉書院）で、この事情について次のように述べている。

（前略）同じ皇統であったら書き記されなかったであろう事柄、それを記したのが『伊勢物語』のいわゆる「後人注記」であり、それがこの物語の要になっているのは、周知のことである。とすれば、『伊勢物語』という作品は、文徳、清和、陽成の三代の皇統が途絶え、光孝を中興の祖とする皇統下において、今日見られるような形を取ることのできた作品なのだ、ということになる。

古今集ではこの「人しれぬ」の歌は「業平朝臣」すなわち在原業平を作者と明示して収録されている。「ついひ

ぢの崩れより」通ったとする設定には中国にすでに類話があり、伊勢物語第五段はそれを取り入れた虚構的要素の強い物語と考えられるのだが（本書第三章三参照）、その一方でこの物語は、『遊仙窟』がそうであるように、作者自身の実話であったかのような形で語られ、おそらくは虚構性を認められながら、そのような形のままに受け取られもしていたことが、この古今集の作者名によって知られる。さきに見た第六段と違って、第五段は、物語部そのものが、在原業平その人の実体験を語った物語としてもそれなりに通用する、そのような内容を持っていたのであり、ここでは段末の注記は、本来必ずしも必要ではなかった。伊勢物語のもっとも古い章段のひとつである第五段は、当初は注記のない物語部のみの形で成立していたと考えられるのである。

そのような第五段の段末に、いつかある時点に注記が付加され、それによって第五段は、業平と無名の女性の人目を忍ぶ恋の物語から、入内以前の二条后と業平の秘められた恋の話へと、姿を変えることになった。第六段とはやや事情が異なるものの、ここでも同じように、段末注記は、「『伊勢物語』の事件・人物等に全て具体的史実・人物を当てる」役割を果たしている。このようにして、段末注記によって、伊勢物語の中に「二条后章段」と呼ばれる章段が、はじめて出現したと考えられるのである。

この他にも、同種の注記を持つ章段はいくつか存在する。そのうち第三段は短小な章段だが、そこにも次のように段末注記が見られる。

《物語部》

むかし、男ありけり。けさうじける女のもとに、ひじきもといふものをやるとて、

　思ひあらばむぐらのやどにねもしなむひしきものには袖をしつつも

《段末注記》

二条后の、まだみかどにもつかうまつりたまはで、ただ人にておはしましける時のことなり。

この「思ひあらば」の歌は、大和物語（第百六十一段）では業平と入内以前の二条后の贈答と明記されて語られているが、それを考慮に入れてもなお、この第三段の場合には、章段そのものの成立時期が第五段のように推測できないこともあって、段末注記が章段成立当初から存在したのか、それとも成立後のある時期に付加されたのかは、容易に断定しがたい。

第三段とは逆に長大な物語部を持つ第六十五段と第六十九段の段末にも、それぞれ次のような短い注記が見られる。このうち第六十九段については、第五段と同様の事情が考えられ、段末注記は章段の成立より後のある時期に付加されたと考えられるが、第六十五段の場合は、第三段と同じように、章段そのものと注記の成立時期の関係について必ずしも確定的なことは言いがたい。

《第六十五段・段末注記》

水の尾の御時なるべし。大御息所も染殿の后なり。五条の后とも。

《第六十九段・段末注記》

斎宮は水の尾の御時、文徳天皇の御むすめ、惟喬の親王の妹。

このように、成立事情を確定しがたい場合が多く、また長短の違いはあるものの、これらの注記はすべて、第六段の段末注記と同様の姿勢で、同様の目的のために記された注記、すなわち毛詩の毛序に類似する性格を持った注記であると考えてよい。これらの注記によって、物語部で語られていることがらは、特定されない人物が登場する虚構性の強い物語から、読者もよく知っている特定の人物をめぐる歴史的事実へと、その姿を変えているのである。

5　伊勢物語の変貌

これまで検討してきた第三段、第五段、第六段の間に配されている第四段は次のように語られているが、そこには、前記の三章段とは違って、阿波国文庫旧蔵本・神宮文庫本の二本以外のほとんどの現存諸本では、段末注記が付せられていない。

むかし、ひんがしの五条に、大后の宮おはしましける、西の対にすむ人ありけり。それを、本意《ほい》にはあらで心ざし深かりける人、ゆきとぶらひけるを、む月の十日ばかりのほどに、ほかにかくれにけり。ありどころは聞けど、人のいき通ふべき所にもあらざりければ、なほ憂しと思ひつつなむありける。またの年のむ月に、梅の花ざかりに、去年《こぞ》を恋ひていきて、立ちて見、ゐて見、見れど、去年に似るべくもあらず。うち泣きて、あばらなる板敷に、月のかたぶくまでふせりて、去年を思ひ出でてよめる、

月やあらぬ春や昔の春ならぬわが身ひとつはもとの身にして

とよみて、夜のほのぼのと明くるに、泣く泣く帰りにけり。

この第四段の冒頭の「ひんがしの五条に、大后の宮おはしましける」という記述から、当時の人たちは、文徳天皇の母で東五条第を里邸としていた五条后・皇太后藤原順子を想起したと思われるが、第四段は、その邸宅の「西の対にすむ人」と主人公にまつわる物語を語ってゆく。この「月やあらぬ」の歌は第五段の場合と同様に、古今集(巻十五・恋五・七四七)に、これも伊勢物語本文と類似した長大な詞書を伴って収載されているが、その冒頭は「五条の后宮の西の対にすみける人に…」となっており、こちらにはよりはっきりと、五条后・皇太后藤原順子の名が示されている。古今集の詞書が伊勢物語のこの段の成立当初の本文を伝えているとすれば、この第四段では、在原

業平を思わせる主人公の恋の相手は、固有の呼称こそ示されていないものの、五条后の里邸の「西の対にすむ人」という、いかにも特定の女性を思わせるような表現で示されていることになる。相手の女性をここまで具体的に暗示した表現が、物語の冒頭にすでにあるために、この章段には、一部の伝本を除いて段末注記が加えられていないのであろうと考えられる。（阿波国文庫旧蔵本・神宮文庫本にのみ段末注記が加えられている事情やその時期については別途に考えたい。）

しかし、この第四段でも、その「西の対にすむ人」の実名は語られておらず、その女性に対する敬語もまったく見られない。その女性はここでは、あくまでも不特定のひとりの女性として語られているのである。また、この章段の内容や表現については、古くは江戸時代初期の切臨『伊勢物語集注』以来、『韓詩外伝』や『本事詩』等との類似がくりかえし指摘されている（山岸徳平氏「韓詩外伝及び本事詩と伊勢物語」『桃源』二号・昭和二二年一月等）。高貴な女性との秘事の暴露を思わせる内容をおそらくは意図的に語りながら、伊勢物語第四段は、やはりあくまでも、特定されない女性にまつわる虚構性の強い物語として創作されたと考えられるのである。

このような、始発の時期の、特定されない人物が登場する虚構性の強い物語から、読者もよく知っている特定の人物をめぐる歴史的事実を暗示する物語へと、伊勢物語は、ある時期に、とりわけ「二条后章段」と呼ばれる章段群において、その基本的な性格を大きく変えたように思われる。段末注記は、そのような新しい性格の章段を生み出すために用いられた、もっとも重要な方法の一つだったと考えられる。芥川の近くで女が鬼に食われたという伝承を実は入内以前の二条后の事件であったと解釈してみせる第六段は初めから段末注記を伴った形で創作されたと思われるが、それと前後して、段末注記を持たなかった第五段などいくつかの章段には、あらたに段末に注記が加えられ、それらの注記が毛詩における毛序のような役割を果たして、本来の章段の性格を大きく変えたと考えられるのである。

段末注記によってそれらの章段が変貌をとげたのがいつであったのかを、いま明らかにすることはできないが、第六段の事例からもわかるように、それは荷田春満が考えたような後世のことではなかった。伊勢物語が数十年以上にもわたって増補や改変を繰り返しながら現在のような姿に至ったことはもはや定説だが、段末注記の登場は、その増補や改変のひとつの過程だったと考えられる。

ちなみに、第三十九段の末尾には、物語に実名で登場する「あめのしたの色好み、源の至《いたる》といふ人」について、彼が源順の祖父であることを述べた「至は、順《したがふ》がおほぢ也」という一種の段末注記が見えるが、そこに敬称を付けずに名を挙げられている源順（延喜十一年・九一一〜永観元年・九八三）は、和漢の才にすぐれた当代随一の学者として知られている。順自身ないしはその周辺の誰かが伊勢物語の増補改変に関わったことは上記の注記によって明らかだが、おそらくは学者であったその人物が、毛詩を手がかりに第六段をはじめとする段末注記を「創作」したと考えることもあながち不自然なことではない。

6　虚と実

本来の詩経に毛序が加えられたのは、言うまでもなく事実・真実を重んじる儒教の価値観によるところが大きい。個々の詩の背後に、実在した歴史的人物の行動や言動が隠されているとし、諷喩や批判、ないしは賞賛といった教訓性をそこに読み取ることによって、毛詩は尊重されるべき経典となったと考えられる。それに対して、伊勢物語の段末注記には、前述もしたように、そのような諷喩性・教訓性は乏しいと言わねばならない。

また毛序が示す解釈は、その性格上きわめて断定的だが、伊勢物語の段末注記は、本論で特に問題にした第六段や第五段の場合、よく見ると、「…后のただにおはしける時とや」（第六段）、「…せうとたちの守らせたまひけるとぞ」

（第五段）という伝聞の形で終わっている。すなわち 伊勢物語の段末注記は、毛序とは違って、それ自身がひとつの伝承として語られているのである。本体の物語部分を虚構的伝承と呼び得るとすれば、段末注記は実録的伝承の形で、物語部分に対する別伝を語っていることになる。

第六段や第五段以外の、第三段・第六十五段・第六十九段の場合、段末注記は伝聞の形で終わってはいないが、本体の物語部分との関係については、第六段や第五段と同様の事情を考えてよいように思われる。これらの伊勢物語各章段で強調されているのは、二条后や在原業平に対する諷喩でも批判でもなく、むしろ物語部で語られている伝承と段末注記の解釈によって作り出される、虚実が重なり合い融合した世界のおもしろさであろう。言うまでもないことだが、物語は経典ではなく、おもしろくなければ存在の意味を失うのである。

鎌倉時代に原本が描かれたと考えられる「異本伊勢物語絵巻」は、現在東京国立博物館に江戸時代の模本があってもとの姿を如実にうかがうことができるが、第六段を描いた絵の一部で、主人公は芥川らしい川のほとりを女性を背負って歩いている。この図柄は、その後もさまざまな絵巻や絵本に継承され（羽衣国際大学日本文化研究所編『伊勢物語絵巻絵本大成』平成一九年・角川学芸出版等を参照）、江戸時代の浮世絵にまで大きな影響を与えたことが知られている（仲町啓子氏「浮世絵が記憶した「伊勢物語絵」」『実践女子大学文学部紀要』平成一一年三月、鈴木健一氏『伊勢物語の江戸』平成一三年・森話社など）。しかし、そもそも伊勢物語の本文では「芥川といふ川を率ていきければ…」という記述は物語部、「負ひていでたりけるを」という記述は段末注記に見えており、「川のほとり」と「女を背負う」という二つの要素は本来、別個の文脈で語られている、互いに無関係なことがらであった。芥川の場面は、このように、虚構的な物語部と、それを歴史的事実にあてはめる段末注記の双方を、自由に重ね合わせるようにして享受されているのである。

数十年以上にわたって増補と改作が続けられた伊勢物語の、ある時期の作者によって、おそらくは毛詩の方法にならって作り出された段末注記は、毛序の場合とは異なり、虚と実の二つの世界を重ね合わせて楽しむことのできる新しい物語の形をおそらくは意図的にねらって、生み出されたと考えられる。やがて形を変えて源氏物語のいわゆる「準拠」にまで展開してゆくことになる、虚と実をめぐる伊勢物語の大きな達成のひとつを、そこに見ることができるように思われるのである。

四　「かれいひ」の意味
――伊勢物語第九段・八橋の場面をめぐって――

1　珍しい食事場面

現代の日本のテレビドラマに食事の場面が多いことはよく知られているが、それとは逆に、平安時代の物語には、ものを食べる場面はめったに登場しない。宴会の場面が多く、しかもその様子が詳細に描写される宇津保物語や、写実的と言われる落窪物語はともかく、源氏物語になると、あの長大な物語の中で、光源氏たちが食事をする場面はほとんど語られることがない。事情は伊勢物語でも同じ、というよりもむしろ、各章段が短く記述が簡単な歌物語では、食事場面の出番はより一層少ない。もっとも、第六十九段に、伊勢国守が主人公をもてなして「夜ひとよ、酒飲み」したことが記されているように、酒宴の場面は伊勢物語にも多いが、そこで必ず供せられたはずの食事のことは、それらの場面では一言も述べられていない。食事や排泄といった実生活に密着した事項を忘れ、あえてそれを語らないところに、平安貴族の、そしてこれらの物語の基本的な美意識があった。第二十三段の高安の女が、「手づから飯《いひ》がひとりて」飯を盛ったために、いかに主人公に嫌悪されたかを考えれば、そのことは容易に理解されるはずである。

ところが、その伊勢物語の第九段、あのよく知られた八橋の場面では、「沢のほとりの木のかげ」で馬を下りた主人公たち一行は、次のように、そこで「かれいひ」を食したと語られている。

三河の国、八橋といふ所にいたりぬ。そこを八橋と言ひけるは、水ゆく川のくもでなれば橋を八つわたせるによりてなむ、八橋とは言ひける。その沢のほとりの木のかげにおりゐて、かれいひ食ひけり。…

同じ第九段の隅田川の場面には都鳥が「水の上に遊びつつ魚《いを》を食ふ」と記されているが、鳥ではなく人が何かを「食ふ」ことが語られている場面は、伊勢物語中に他にはまったく見られない。なぜ、この八橋の場面に、わざわざ食事のことが記されているのだろうか。

2　下馬の理由

この問題に答えることは、ひとまずは容易である。さきに前半を掲げた第九段の八橋の場面は、次のような後半に続いているが、その末尾にはもう一度「かれいひ」についての言及があって、さきの食事の場面がこの末尾の記述を導き出すための伏線であったことは、誰の目にも明らかだからである。

その沢に、かきつばたいとおもしろく咲きたり。それを見て、ある人のいはく、「かきつばたといふいつもじを句の上にすゑて、たびの心をよめ」と言ひければ、よめる。

から衣きつつなれにしつましあればはるばるきぬる旅をしぞ思ふ

とよめりければ、みな人、かれいひの上に涙落としてほとびにけり。

「かれいひ」とは、「一度炊いた米飯を干し固めた、携行用の食料」（『小学館古語大辞典』）で、「通常は湯や水でもどして」（同）食した。その「かれいひ」が大量の涙のためにふやけて、湯も水も不要になったというのである。

稲田利徳氏「人が馬から下りるとき――「伊勢物語」の世界――」（『国語と国文学』昭和五三年八月）は、伊勢物語中他に二箇所に存在する、主人公が「馬から下りる」場面では、主人公は美しい風景を愛でるために下馬しているのに、この八橋の場面だけは、その本文の記述によれば、休息して「かれいひ」を食べるために下馬したことになっている点を問題にする。そして、「木陰に下馬してから杜若を発見したのではなく、杜若の美しさにひき寄せられて下馬したとするのが、原作者の、ここに企画した表現ではなかったのか」と述べたうえで、古今集に収録された「から衣」の歌（巻九・羇旅・四一〇）の、次のような詞書に注目する。

（前略）その川のほとりにかきつばた、いとおもしろく咲けりけるを見て、木のかげにおりゐて、かきつばたといふいつもじを句のかしらにすゑて、旅の心をよまむとてよめる

ここでは「かれいひ」も食事場面も登場せず、主人公は美しい杜若を見て下馬したことになっている。稲田氏は、このような形の本文が伊勢物語第九段の原型であった可能性を示唆し、さらに、現存しない小式部内侍本（狩使本）の内容を伝える『異本伊勢物語絵巻』の、次のような詞書にも注目する。

（前略）其河に、杜若、面白さきたり。其河のほとりの木のかげにおりゐて、かれいゐくゐけり。この花を見て、京いとこひしくおぼえけり。さりければ、ある人、かきつばたといふ五文字を、句の首におきて旅の心をよめといひければ、あるひとのよみける。

から衣きつゝなれにしつましあればはるばるきぬるたびをしぞ思ふ

といひたりければ、みな、かれいゐのうへに、涙おちてほとびにけり。

この文章には「かれいゐ（ひ）」も登場しているが、ここでは「杜若、面白さきたり」という文が「其河のほとりの木のかげにおりゐて」という記述に先だって記されているため、下馬の理由を、美しい花を愛でるためであったと解釈することが可能である。稲田氏は、伊勢物語の本文の原型は古今集の詞書に近い形であったのではないかと想定し、それが「後人」の手によって増補されて『異本伊勢物語絵巻』の詞書のような形になり、さらにそれが

現在の定家本の本文のように改変されたのではないかと推定する。
　この場面で主人公たちが食する「かれいひ」が、「俳諧味の感ぜられる趣向の伏線となっている」ことを、稲田氏はもとより承知のうえで、その要素を排除した形の原型を求めようとするが、それは、稲田氏が伊勢物語の主題を「みやび」という「平安貴族の美学」に求めたことからもたらされる、当然の志向であった。食事の場面が平安貴族の美学にそぐわないことは、すでに見たとおり自明の事実だったからである。
　だがそれならばなぜ、そのような美学に反してまで、「かれいひ」は八橋の場面にこのように用いられているのだろうか。その問題をあらためて考えるためには、八橋の場面の末尾に述べられている「みな人、かれいひの上に涙落としてほとびにけり」という記述の意味するところを、もう一度考え直してみることが必要である。

3　涙のための伏線

伊勢物語第九段の最後は、先にも見た隅田川の場面だが、その末尾は、次のように語られている。

（前略）渡し守に問ひければ、「これなむ都鳥」といふを聞きて、
　名にしおはばいざ言問はむ都鳥わが思ふ人はありやなしやと
とよめりければ、舟こぞりて泣きにけり。

ここでも、主人公の歌を聞いて、人々は泣いている。また、第六十六段の末尾には、次のような記述が見える。

昔、男、津の国にしる所ありけるに、兄おとと友達率ゐて、難波の方にいきけり。なぎさを見れば、舟どものあるを見て、
　難波津を今朝こそみつの浦ごとにこれやこの世をうみ渡る舟

これをあはれがりて、人々かへりにけり。

ここでは人々は泣いてはいないが、主人公の歌に心を打たれ、それに満足して帰路に就いている。これらの記述は、主人公の歌に対する人々の反応を語っているが、八橋の場合も含め、これら三場面の記述では二つのことが同時に表現されている。すなわち一つは、主人公の歌がすぐれていて、だからこそ人々の心を打ったということと、もう一つは、その場に、主人公と心を共有することができる複数の「友達」や兄弟がいたということである。第九段の記述によれば、都を捨てた主人公の旅は、一人旅ではなかった。彼には同行してくれる「友達」がいた。「から衣」の歌はそもそも、そのような友達の言葉に応えて、一行の前に詠み出された、いわゆる「座の文学」として産み出されたものだったのである。

それに対して、さきに見た古今集の「から衣」の歌の詞書には、「かれいひ」だけでなく、「友達」も登場していない。そこでは、美しい花を見た作者は、自分で自分に「かきつばたといふいつもじを句のかしらにすゑて、旅の心をよまむ」という課題を課し、一人でそれに応えている。それはどこまでも独詠歌の世界であって、涙で「かれいひ」を濡らして同感してくれる「友達」は、そこにはいない。だからこそ、そのための伏線としての食事場面も、そこには登場していなかったのである。

4　伊勢物語の諧謔

だが、歌に対する人々の反応を語るだけなら、食事の場面を設定したり「かれいひ」を持ち出すことは特に必要がなかったはずである。言うまでもないことだが、そこにはさらに、稲田氏の言う「俳諧味の感ぜられる趣向」があった。「みな人、かれいひの上に涙落としてほとびにけり」という末尾の表現は、平安朝の貴族たちの美学に反することを承知のうえで、というよりも、美学に反するからこそ、読者の笑いを誘うユーモラスな諧謔表現として、ここにこのように、ことさらに記されているのである。伊勢物語に、しばしばこのようなユーモラスな表現が見られることは、古く室町時代から注意されており、当時はこれらの表現は「伊勢物語の誹諧」等という用語で呼ばれてもいた（山本登朗『伊勢物語論　文体・主題・享受』〈平成一三年・笠間書院〉第三章三参照）。

たとえば伊勢物語第六十三段は、三人の成人した子を持つ老女が「心なさけある」恋人を求めるという、冒頭の設定そのものが「誹諧」的といってよい章段だが、この第六十三段の末尾には、主人公が「思ふをも思はぬをもけぢめ見せぬ心」の持ち主であったと語られている。そのような、非現実的な、極端に理想化された人物像を表現するためには、通常の設定よりも、このような「誹諧」的設定の方が適切であった。「伊勢物語の誹諧」は、単に読者を楽しませるためだけでなく、その表現内容とも密接に関わった語りのスタイルの一種として、意図的に用いられているのである。

主人公の歌に感動して一行が涙を流すこの場面で、なぜ諧謔表現が仕組まれているのか。説明は容易ではないが、だからといってその笑いの要素を切り捨ててしまうことは、さまざまな要素を豊かに含み持つ伊勢物語の表現世界を、単調なものに変えてしまう。いまはひとまず、この、いわば「泣き笑い」ともいうべき末尾表現を、そのままに受け取り、伊勢物語の豊かな表現の一つとして味わっておきたいと考えるのである。

五　伊勢物語の「みちのくに」
――「歌さへぞひなびたりける」――

1　万葉集歌の利用

伊勢物語の第十四段は、陸奥国《みちのくに》（以下、平安時代の呼称に従って「みちのくに」と呼ぶ。）を舞台に、その土地の女性と主人公のかかわりを語る章段だが、その冒頭は次のように始められている。

昔、男、みちのくににすずろにゆきいたりにけり。そこなる女、京の人はめづらかにやおぼえけん、せちに思へる心なんありける。さて、かの女、

なかなかに恋にしなずは桑子にぞなるべかりける玉の緒ばかり

歌さへぞひなびたりける。

藤原俊成は、歌論書『古来風体抄』の中で、万葉集所収の歌が後代の物語等にも見える例としてこの部分を取り上げ、それについて次のように述べている。（『新編日本古典文学全集　歌論集』〈平成一四年・小学館〉所収の再撰本〈有吉保氏校注〉による。以下同じ。）

また、同じき物語に、「男、陸奥国《みちのくに》までずずろに往《い》にけり。そこなる女、京の人をばめづらかにや思ひけむ、せちに思へる心なんありける。さて、かの女の詠みける」とて、

なかなかに人とあらずは桑子にもならましものを玉の緒ばかり

これまた、万葉集の同じき第十二の巻の歌なり。されば、これも陸奥《みちのおく》の女のことををかしくいはんとて、万葉集の歌のさもありぬべきを、いはせたるにもやあらんとも覚え侍るを、（下略）

俊成が指摘するように、伊勢物語第十四段の「なかなかに」の一首は、万葉集巻十二（三〇八六・寄物陳思）に次のように見える一首にきわめてよく似ている。

中々《なかなか》二《に》人《ひと》跡《と》不在者《あらずは》桑子《くはこ》爾《に》毛《も》成益物《ならましもの》乎《を》玉之緒《たまのを》許《ばかり》

第十四段の作者が、どのような形でこの一首を知り得たかは、当時の他の文献に見える数多くの万葉集歌、ないしはその類歌の場合と同様、不明であり、伊勢物語と万葉集の関係を具体的に探ることは困難だが、両者は同一の歌の異伝という関係にあると考えて、ほぼ問題がない。

比較すればすぐわかるように、俊成は伊勢物語を引いているように見えて、実は万葉集に見える本文に従って、この歌を引用している。そして、伊勢物語の歌と万葉集の歌が同一の歌であることを確認したうえで、俊成は両者の関係について、「これも陸奥《みちのおく》の女のことををかしくいはんとて、万葉集の歌のさもありぬべきを、いはせたるにもやあらんとも覚え侍る」と述べる。俊成は同じ『古来風体抄』の別の部分で、万葉集について、次のように述べてもいた。

また、（万葉集の）歌どもは、まことに心もをかしく、詞づかひも好もしく見ゆる歌どもは多かるべし。

万葉集の歌の「心」と「詞」をともにほめたたえたこの記述を考え合わせれば、いま問題にしている伊勢物語第十四段について言われている「をかしくいはん」の「をかし」という言葉も、やはり同様に、滑稽やユーモラスという意味ではなく、趣深いという意味に用いられていることは、ほぼ確実である。すなわち俊成は、伊勢物語第十四段の作者が「陸奥《みちのおく》の女のことををかしく」、つまりは趣深く表現しようと思って、万葉集から「さもありぬべき」、すなわち適切な歌を選び出し、女の歌として用いていると言うのである。

俊成はまた、『古来風体抄』の別の部分で、万葉集の歌について、次のように述べてもいる。

ただし上古の歌は、わざと姿を飾り、詞を磨かんとせざれども、代《よ》も上がり人の心も素直にして、ただ、詞にまかせて言ひ出だせれども、心深く、姿も高く聞こゆるなるべし。

ここで言われているのは、万葉集に収められた「上古の歌」の、「素直」な心から生み出される「心深く、姿も高」いという美質である。もっとも俊成は、『古来風体抄』の、さきに引いた「また、歌どもは」以下の記述に続く部分で、大伴旅人の讃酒歌や巻十六の戯笑歌について、「学ぶべしとも見えざるべし」と述べており、さらに、それに続く部分で、「万葉集の歌は、よく心を得て、取りても詠むべきなりとぞ、古人申し侍りし」とも記すなど、万葉集の一部の歌や言葉に対する否定的な見解も述べてはいるが、それはあくまでも、後代の歌人が古歌を取って作歌することに関する注意であって、俊成にとって万葉集の歌そのものは、基本的にはやはり讃仰すべきものであったと考えてよい。

万葉集や「上古の歌」に対するこのような評価は、俊成によってはじめて提唱されたものではけっしてない。寛平五年（八九三）の年時が記されている『新撰万葉集』上巻の序文では、その冒頭に次のような記述が見える。（訓読は、『新撰万葉集注釈　巻上（一）』〈平成一七年・和泉書院〉所収の新間一美氏「新撰万葉集序注釈」による。）

夫万葉集者古歌之流也。非㆑未㆔嘗称㆓警策之名㆒焉。況復不㆑屑㆓鄭衛之音㆒乎。

夫《そ》れ万葉集は古歌の流《りう》なり。未《いま》だ嘗《かつ》て警策《けいさく》の名を称せずんばあらず。況《いは》むや復《ま》た鄭衛《ていゑい》の音を屑《もののかず》とせざるにおいてをや。

いま、前掲の新間氏「新撰万葉集序注釈」の言葉を借りれば、ここでは万葉集は「古えの名歌集と位置づけ」られ、さらに「古典的な『万葉集』の素晴らしい歌は、新しい流行の歌（鄭衛之音）などよりずっと優れている」とされて、高い評価を与えられている。

また、古今集の真名序には、万葉集について、次のような記述が見える。（訓読は『日本古典文学大系　古今和歌集』〈小島憲之・新井栄蔵校注、平成一年・岩波書店〉による。）

昔平城天子、詔㆓侍臣㆒、令㆑撰㆓万葉集㆒。自㆑爾以来、時歴㆓十代㆒、数過㆓百年㆒。其後和歌棄不㆑被㆑採。

昔平城《へいぜいの》天子、侍臣に詔《みことのり》して、万葉集を撰ばしめたまふ。爾《そ》れより以来、時は十代を歴《へ》、数は百年を過ぐ。其の後和歌は棄てて採《と》られず。

この後の部分では、醍醐天皇が「既に絶えにし風を継がむと思ひ、久しく廃《すた》れにし道を興《おこ》さむと欲」して古今集が編纂されたことが述べられている。これらの記述によれば、ここで万葉集が、かつての和歌隆盛時代が生み出したすぐれた勅撰和歌集として高く価値づけられていることは明白である。そのことはまた、同じ古今集の仮名序の記述からも、同様に確認することができる。

藤原俊成が『古来風体抄』で示していた万葉集に対する高い評価は、細部にはさまざまな異なりを含んではいるものの、『新撰万葉集』や古今集の序文に見られた万葉集の評価や位置づけを、基本的にはほぼそのままに継承した、きわめて正統的なものであった。その、オーソドックスな万葉集観に支えられて、俊成は伊勢物語第十四段の冒頭部の「なかなかに」の歌について、前述の如く「これも陸奥《みちのおく》の女のことををかしくいはんとて、万葉集の歌のさもありぬべきを、いはせたるにもやあらんと覚え侍る」と述べていたのである。

しかしながら、俊成のこの理解は、当の伊勢物語第十四段の「なかなかに」の歌の直後に記されている「歌さへぞひなびたりける」という記述とは、合致しない。言うまでもなく、この記述は、直前に紹介された「なかなかに」の一首を「ひなびた」歌と規定し、その歌にきわめて低い評価を与えていると考えられるからである。

2　虚構の「みちのくに」

実は俊成は、『古来風体抄』の、冒頭に引いた第十四段についての記述の直前の部分で、同じ伊勢物語の第二十三段に見える万葉集歌についても、次のように述べていた。

伊勢物語にも、「大和の国に女と住む男、年ごろ経《ふ》るほどに、河内国《かふちのくに》高安の郡《こほり》に、また行き通ふ所出《い》で来《き》にけり。かくて通ふほどに、本の女、『沖つ白波たつた山』と詠めるを聞きて後、河内へも行かずなりにければ、かの高安の女詠めるとて、

君が辺《あたり》見つつを居《を》らん生駒山雲な隠しそ雨は降るとも

と詠みてなん見出《みい》だすに、辛《から》うじて大和人『来ん』といへり」など書きて侍るを、この歌また、万葉集の第十二巻の歌なり。伊勢物語はまことあることをも書けり。また、田舎人などの有様は、さしもなきこともをかしきさまに書きなし、ものもいはせ、歌をも詠ませたることもあれば、古き歌に合ひたることのある時は、その歌をいはせても侍らん。（下略）

俊成は、右の引用部の最後の部分で、伊勢物語には「まことあること」すなわち事実にもとづいて書かれた部分もあるが、その一方で、特に「田舎人などの有様」については、あらたに創作を加えて「さしもなきこともをかしきさまに書きなし、ものもいはせ、歌をも詠ませた」部分があると言う。その後者の場合、創作された内容に「合ひたることのある時」は、その適切な「古き歌」が創作に利用されることもあったのではないかと俊成は述べている。ここでも俊成は「をかしきさま」という言葉を用いて、「古き歌」に高い評価を与えようとしているが、第二十三段の高安の女は、よく知られているように、「手づから飯がひ」を取るという下賤な行為によって主人公に「心

う」がられた女性であった。俊成の主張は、伊勢物語本文の語るところと、ここでもやはり矛盾している。「君が辺《あたり》」の一首もまた、むしろ下賤な「田舎人」の女性にふさわしい、「ひなび」た一首として、ここに用いられているのではないかと考えられるのである。

伊勢物語第十四段の作者は、「みちのくに」の女性を創作するにあたって、その女性が詠むにふさわしい一首として、実生活に密着した事物である「桑子」すなわち蚕《かいこ》が詠み込まれている歌を古歌から選び、それを物語に用いた。その趣向は、第二十三段の作者が、高安の女に「手づから飯がひ」を取らせたのとよく似ている。実生活をそのまま恋愛の場に持ち込むことは、当時、下賤なこととしてさげすまれたと考えられるが、ここでは、その種のことがらを含む和歌が意図的に用いられ、「みちのくに」の女性の「ひなび」た造形に利用されているのである。そこに用いられている「なかなかに」の歌は、さまざまな形ですでに古歌として人々に広く知られていた可能性が大きいが、その事情を承知のうえで、人々はこの部分を享受し、創作された「ひなび」た女性の姿を虚構として楽しんだと考えられる。事情はまた、第二十三段の高安の場面の「君があたり」の一首についても、ほぼ同様であったと思われる。讃仰され、高く評価されていたはずの「上古の歌」が、これらの場面では、主人公に嫌悪される女性にふさわしい「ひなび」た一首として、ことさらに用いられているのである。

伊勢物語第十四段は、冒頭に引用した部分の後、次のように続けられている。

（歌さへぞひなびたりける。）さすがにあはれとや思ひけん、行きて寝にけり。夜深く出でにければ、女、

夜もあけばきつにはめなでくたかけのまだきに鳴きてせなをやりつる

と言へるに、（下略）

この「夜もあけば」の歌は、類似の作が現存する万葉集その他の文献にはまったく見えないが、現存しないなんらかの歌集などから取られた古歌であったことも十分に考えられる。この一首についても、さきの「なかなかに」

「君が辺《あたり》」の両首と同様の事情があった可能性はきわめて大きいと言えよう。

『新撰万葉集』や古今集の序文では、万葉集は高い評価を与えられていたが、そこではそれらの集は、さきに見た古今集真名序の記述からも明らかなように、万葉集以来の和歌の流れを継承、ないしは再興するものとして自らを位置づけていた。藤原俊成も同じように、自らの和歌を万葉集以来の歴史を継ぐものと考えていたことは、『古来風体抄』を見れば明らかである。万葉集は上古の時代のものだからこそ、和歌の歴史の初期を飾る始発の歌集として讃仰されたのである。

しかしながらその一方で、万葉集に収められているような古い歌の多くは、平安時代の歌人たちにとっては、やはり古めかしい、時代遅れの歌でしかなかった。さきに引いた俊成の言葉を借りれば、「わざと姿を飾り、詞を磨かんと」せず、「詞にまかせて言ひ出だ」すばかりだった上古の歌は、技巧を重んじて現実とは別の言語世界の構築をめざした平安時代の歌人たちから見れば、あまりにも素朴な、時代遅れの作品でしかなかったと考えられる。もっとも、古歌の中には、「心深く、姿も高く聞こゆる」歌として平安時代にも高く評価されたものも多く、万葉集歌と後世の関わりには一概には言えないさまざまな要素が含まれているが、ここで見てきた伊勢物語の第十四段では、古歌の持つ時代遅れの古めかしさが、「みちのくに」の女性の「ひなび」た姿を作り出す手段として利用されていたのである。

伊勢物語の「みちのくに」は、このように、古歌をことさらに用いて意図的に作り出された、いわば虚構の「みちのくに」だったと考えられる。

3　交流不能の世界

第十四段の冒頭部には「昔、男、みちのくににすずろにゆきいたりにけり」と記されている。「すずろ」とは、ここでは、理由や目的が明確に自覚されていない状態を意味する。男は「みちのくに」に、ただ何となく、わけもなくたどり着いたのであって、はじめから具体的な理由や目的があって「みちのくに」に行こうと思っていたわけでは、必ずしもなかった。そして、いつのまにかたどり着いた「みちのくに」で、主人公に対して思いを寄せてきたのが、前述のような「ひなび」た女性だったのである。

伊勢物語の広義の東下り章段は、それをさらに、東下り章段と武蔵国章段と「みちのくに」章段の三つに分けることができる。東下り章段には、主人公とともに旅をしてくれる友人たちがいて、主人公の歌に涙を流してくれた。武蔵国章段の第十段では、主人公は現地の女を「よばひ」、第十二段では同じく土地の娘を「ぬすみ」出していた。しかるに、最後の「みちのくに」章段では、主人公の友人はもはや姿を見せず、また少なくとも第十四段には、主人公の方から心を寄せるような女性も、もはや登場していない。思いを寄せてきた「ひなび」た女性と主人公はかかわりを持つが、その女性の言葉やふるまいは主人公に受け入れられることはなく、又逆に、そのような主人公の気持ちも女性には伝わっていない。女性に幻滅して「夜深く」帰った主人公の行為は「くたかけ」の早鳴きのせいにされ、帰京に際して男が贈った、

　栗原のあねはの松の人ならば都のつとにいざと言はましを

という侮蔑的な歌を見ても、女性は意味がわからず、「思ひけらし」と言って喜んでいる。ここに描かれているのは、相互の理解やコミュニケーションが失われた、交流不能の世界なのである。

現存する多くの本で、これまで見てきた伊勢物語第十四段の次に配列されている第十五段は、同じ「みちのくに」を舞台にした、次のような章段である。

昔、みちのくににて、なでうことなき人の妻《め》に通ひけるに、あやしう、さやうにてあるべき女ともあらず見えければ、

しのぶ山しのびて通ふ道もがな人の心のおくも見るべく

女、かぎりなくめでたしと思へど、さるさがなきえびす心を見てはいかがはせんは。

主人公が通っていた「みちのくに」の女性は、「なでうことなき人の妻《め》」つまりは現地の平凡な人妻だったが、主人公には、そんな境遇にいるべきでない、もっと人品高雅な女性に見えた。そこで主人公は、こっそりその人の心の奥をのぞきたいという趣旨の「しのぶ山」の一首を贈る。ここでは一見、さきの第十四段と違って、「みちのくに」にも主人公が心を寄せるような女性が存在していたことが語られているかのように見える。

しかしながらこの章段の末尾、和歌の後には、「女、かぎりなくめでたしと思へど、さるさがなきえびす心を見てはいかがはせんは」という一文が添えられている。物語を語る通常の地の文として読もうとすると、特に最後の「いかがはせんは」という終わり方などがいささか異様で意味の取りにくいこの文に対して、古くからさまざまな解釈が示されてきたが、なお決定的な解決には至らなかった。しかるに近年になって、『校注古典叢書　伊勢物語』（片桐洋一氏校注、昭和四六年・明治書院）や『新潮日本古典集成　伊勢物語』（渡辺実氏校注、昭和五一年・新潮社）などによって、この文を語り手の立場からの一種の草子地的記述と見る見解が示され、それによって、この文が「いかがはせんは」という形で終わっている理由なども、ようやく明らかとなった。語り手はここで、あなたの心の奥をのぞきたいという主人公の歌を批評し、のぞいても見えるのは「さがなきえびす心」だけなのに、それを見ていったい何になるのかと、主人公を揶揄し、罵倒していると考えられるのである。主人公とこの女性の間には、一見、心の交流が実

現しているように見えるが、それがどこまでも主人公の錯覚でしかないことを、ここで語り手は暴露し、批判する。ここでも結局、「みちのくに」の女性と主人公は、本当の心の交流を持つことができてはいないのである。

「みちのくに」に迷い込んだ主人公が、心の通じない女性とちぐはぐな関係を持ったことを第十四段は語るが、一見そうではないように見えて、実はこの第十五段でも、事態はまったく変わっていなかった。語り手はその事実を突きつけ、「～いかがはせんは」という強い口調で主人公を批判する。ここで揶揄され批判されているのが、直接には「みちのくに」の女性ではなく、あくまでも主人公であることに注意しなければならない。あてもなく「みちのくに」に迷い込み、何の交流もできない現地の女性とかかわりを持ってしまう主人公の姿は、実はどこまでも滑稽でしかない。「さがなきえびす心」という激しい表現で「みちのくに」の女性はおとしめられているが、それによって同時に、主人公の姿もまた相対化され、笑われている。それは、第十四段にもほぼ共通して指摘できる、「みちのくに」章段に特有の文体であったと言える。

第十四段に見える万葉集歌は、あくまでも今とかけ離れた古い世界の歌として、そのような「みちのくに」の世界をかたちづくるために利用されていると考えられるのである。

六　仙査説話の意味
——伊勢物語第八十二段をめぐって——

1　伊勢物語の仙査説話

伊勢物語の第八十二段は、主人公と惟喬親王の親しい交わりを語る章段である。主人公「右のむまのかみ」は、惟喬親王の供をして訪れた交野の渚の院で「世の中にたえて桜のなかりせば…」の歌を詠むが、その後、帰路の途中に届けられた酒を飲もうと、「よき所をもとめ」た一行は、「天の川といふ所」にたどり着き、やがてその河原で、あらためて酒宴が始まる。

…みこにむまのかみ、おほみきまゐる。みこのたまひける、「『交野を狩りて天の川のほとりに到る』を題にて歌よみて、さかづきはさせ」とのたまうければ、かの馬のかみ、よみて奉りける。

かりくらしたなばたつめにやどからむ天の河原にわれは来にけり（下略）

目前の「天の川」という川の名を利用して、それを天上の「天の川」に見立て、「たなばたつめ」つまり織女に宿を借りようと言い立てた一首だが、この歌は、すでに言われているように（後藤祥子氏『源氏物語の史的空間』昭和六一年・東京大学出版会など）、単に七夕だけをふまえて詠まれた作ではない。そもそも季節は春、桜の花盛りの頃であって、七月ではないのである。

ここでふまえられているのは、一般に「仙査天漢訪問説話」などと呼ばれている中国の伝承である。「仙査」の「査」は「槎」に同じく、いかだ。「仙査」は、仙界に行くいかだの意。「天漢」は天の川をいう。漢の武帝から黄河の河源を探るよう命じられた張騫《ちょうけん》が、いかだに乗って黄河を遡り、天上の「天の川」に到達して引き返したという話（『歳時広記』所引、荊楚歳時記）と、海岸に住む男が、毎年近くに漂着する不思議ないかだに興味を持ち、食糧を持ってそれに乗り込んで、これも同じく天上に到ったという話（荊楚歳時記・七月）の二つの形が伝わっているが、そのどちらかをふまえて、「かりくらし」の一首は詠まれている。「我々もまた、あのいかだに乗った人々と同じように、いつのまにか天上の『天の川』にまで来てしまった」と、一首は言うのである。

2　惟喬親王と神仙世界

この仙査天漢訪問説話は、はやく奈良時代の『懐風藻』以来、しばしば日本人の漢詩に詠み込まれてきた。中でも平安時代初頭、山崎の離宮を愛した嵯峨天皇が現地で詠作し、後に『文華秀麗集』に収められた次の作（河陽十詠・四首・其二・江上船）は、よく知られている。

一道長江通千里　　一道の長江千里に通ひ、
漫々流水漾行船　　漫々たる流水行船を漾《ただよ》はす。
風帆遠没虚無裡　　風帆《ふうはん》遠く没す虚無の裡《うち》。
疑是仙査欲上天　　疑ふらくは是れ仙査の天に上《のぼ》らむとするかと。

ここでは、淀川での船遊びの情景が、仙界に通じるいかだで天に昇っていくようだとたとえられている。
それから約百年の後、菅原道真は朱雀院での重陽の宴の席上、宇多上皇の命に応えて、次のような詩句（菅家文草443）を詠作している。（前半四句を省略する。）

潭菊落粧残色薄　　潭菊《たんぎく》粧を落として残色《ざんしょく》薄る。
岸松告老暮声頻　　岸松《がんしょう》老を告げて暮声頻《しき》りなり。
池頭計会仙遊伴　　池頭《ちとう》に計会《けいくわい》す仙遊の伴《とも》。
皆是乗査到漢浜　　皆是れ査《いかだ》に乗りて漢の浜に到らむ。

「漢」とは、さきにも述べた天漢、すなわち天上の銀河のこと。ここでは、庭の池の水に船を浮かべておこなわれている朱雀院での宴席の情景が、天上に昇る仙査にたとえられている。

これ以外にもまだ、仙査天漢訪問説話をふまえた当時の日本人の漢詩作品はあるが、いま注目したいのは、それらのほとんどすべてが、天皇の行幸や上皇の御幸、ないしは天皇・上皇主催の宴会の際に、天皇・上皇自身、ないしは供奉・侍宴している臣下によって詠まれているという事実である。神仙にも似た天皇・上皇が遊び、また宴するその場を、作者は仙界、ないしは仙界に通じる世界に見立て、そのように詩に詠むことによって、その場の君臣ともども、俗世間を離れた別世界に遊ぼうとするのである。

伊勢物語第八十二段と嵯峨天皇の山崎行幸の際の漢詩の世界がさまざまな点で似通っていることを注意したのは片桐洋一氏（『伊勢物語の新研究』昭和六二年・明治書院ほか）だが、両者の舞台となった場所がきわめて近いことなど、いくつか挙げられる類似点のひとつに、両者に共通して、この仙査天漢訪問説話がふまえられているという事実を指摘することができる。さきに見たいくつかの場合、この説話は天皇の行幸や上皇の御幸、ないしは天皇・上皇主催の宴会の際に作られた詩に用いられていた。いま、伊勢物語第八十二段で天の川に来ているのは、天皇でも上皇でもない、惟喬親王というひとりの皇子である。あえて図式的に言えば、ここで惟喬親王は、神仙の世界に遊ぶ天皇や上皇に準じる存在として扱われていることになる。天皇になれない運命を背負った、皇太子でもない親王とその一行が、それにもかかわらず、ここでは、まるで神仙界に往来する人々であるかのように扱われている。この章段、そしてこの場面が持つ、歓楽と屈折の入り交じった独特の雰囲気の源泉のひとつは、まちがいなくそこにあったと言ってよいだろう。

3　侍宴歌と神仙世界

数多くの漢詩に用いられてきた仙査天漢訪問説話が和歌に用いられたのは、現存する作品に限って言えば、この「かりくらし」の歌がはじめてである。漢詩には多用されながら和歌には用いられることがなかった素材を、この歌の作者である「右のむまのかみ」すなわち在原業平は、ここではじめて、和歌に導入することに成功した。それが可能だったのは、この歌が、皇族である惟喬親王の命を受けて、命じられた「題」のもとで、あらたまって詠まれた一首だったからである（山本登朗『伊勢物語論　文体・主題・享受』〈平成一三年・笠間書院〉第一章七参照）。さきに見た菅原道真の作のように、帝王の宴席で帝王から題を賜って詠まれる詩を「侍宴詩」ないしは「侍宴応制詩」などというが、この「かきくらし」の一首は、下命者が天皇ではなかったことをひとまず度外視すれば、いわば「侍宴応制詩」ならぬ「侍宴応制歌」ともいうべき作品であった。

万葉集以後、和歌はながらく公の場から姿を消し、「色好みの家に埋もれ木の、人知れぬこととなりて、まめなるところには、花すすき、穂に出だすべきことにもあらず」（古今集仮名序）という状態に陥っていたとされるが、その和歌が、いまここでは、貴顕の宴席で、漢詩と同じような役割を果たそうとしている。もとより、伊勢物語第八十二段に描かれた交遊は、立太子の道を閉ざされた惟喬親王を囲んで持たれた、純粋に私的なものではあったが、そのような場であったにもかかわらず、皇族である惟喬親王に対して仙査天漢訪問説話をふまえた歌を奉り、その場をあたかも神仙世界であるかのように取りなしてみせた表現のありかたは、前述のように一種屈折した感情を通してではあるが、公的な場で詠み続けられていた漢詩の表現世界を一方で強く意識し、それを和歌の世界に取り込むことによって、はじめてもたらされていると考えられるのである。

在原業平の同時代人であり、同じく六歌仙の一人とされる僧正遍昭に、次のような一首（古今集八七二・巻十七・雑上）がある。

　　五節《ごせち》の舞姫を見て詠める
天つ風雲のかよひ路ふきとぢよ乙女の姿しばしとどめむ

百人一首にも選ばれてよく知られている一首だが、この歌は、神事にも関わりを持つ日本の宮廷行事である五節の舞の舞姫を、漢詩文にしばしば見える中国風の仙女に見立てて詠み出されている。五節の舞は本来、吉野山での天武天皇と天女の出会いをもとに始められたという伝承を持つ。この伝承それ自体が、神仙思想の影響を強く受けたものであったが、それを考えれば、五節の舞姫は、本来は遍昭のためでも誰のためでもなく、ほかでもない天皇のために舞を舞う存在と考えられていたはずである。天皇にとって、天女すなわち仙女とのふれ合いは、たとえば楚の襄王が巫山の仙女と契り（宋玉「高唐の賦」文選巻十九）、漢の武帝が西王母と逢ったとされる（「漢武内伝」など）ように、まことに帝王にふさわしいおこないであった。「天つ風」の一首は、美しい舞姫を見た自分自身の気持をそのまま詠んだだけの詠作ではなく、むしろ天皇をはじめとするその場のすべての人々の、そしてもちろん、とりわけ天皇自身の気持ちを代弁して詠まれた歌であったと考えられる。

だとすればこの歌も、さきの業平の「かりくらし」の一首と同じように、五節という一種の公的な場で、その場にいる人々を代表して詠まれた、いわば侍宴詩のような性格を持った歌であったと考えられる。それらの歌がそのように、帝王ないしはそれに準ずる人物が主宰する公の席で詠まれるためには、一首の中に中国風の神仙的な要素を盛り込むことが、やはり必要であった。それら神仙にまつわる素材を漢詩から移入したり、神仙的伝承をことさらに強調することによって、「かりくらし」と「天つ風」の二首の歌は、これまで漢詩だけが果たしていた役割の一部を、和歌としてはじめて担うことに成功していると考えられるのである。

4　神話世界と神仙世界

遍昭の「天つ風」の歌は五節の舞を詠んだ作だが、その五節の舞は新嘗祭・大嘗祭に宮中で舞われたものであり、日本古来の神事に深いかかわりを持った行事であった（新間一美氏『平安朝文学と漢詩文』平成一五年・和泉書院）。その五節の舞姫が、遍昭の歌では、あたかも中国の仙女であるかののように詠み出されている。天皇が臣下と異なるのは、その系譜が日本神話の神々に連なるからにほかならない。その神格化された帝の尊さが、日本人の漢詩では、中国風に神仙の世界を持ち込むことによって表現されていた。「天つ風」の一首に見られるのも、それらと同様の、日本の神と中国の神仙の混合、ないしは一体化である。

伊勢物語八十二段の「かりくらし」の一首についても、それと同じ事情を指摘することができる。皇族である惟喬親王に命じられた一首だからこそ、主人公「右のむまのかみ」は、目前の川の名をふまえつつ、あえて仙査天漢訪問説話を用いて、その場を神仙世界であるかのように言い立てていると考えられる。皇族の背後にあるはずの日本の神話世界が、ここでは神仙世界に姿を変えて提示されているのである。

ながらく和歌に詠まれることのなかった日本神話の神々の世界は、ほかならぬ在原業平によって、次のように「神代」の語とともに再び詠み出されるようになる（本書第一章二参照）。

ちはやぶる神代も聞かず竜田川から紅に水くくるとは　（古今集二九四）

大原や小塩《をしほ》の山も今日こそは神代のことも思ひ出づらめ　（同八七一）

「かりくらし」の一首には、これらの詠作に至る業平の歌の展開のみちすじが、はっきりと示されているのである。

七　沈黙と死
――初冠本伊勢物語の結末――

1　はじまりとおわり

現在完全な姿で伝えられている伊勢物語伝本は、定家本・非定家本の区別を越えて、すべて「初冠本《ういこうぶりぼん》」であり、それらすべての本は、元服した主人公が春日の里で「かいまみ」た姉妹に「春日野の若紫の」の歌を贈る初段（初冠の段）から始まり、死を予感した主人公が「つひに行く」の歌を詠む臨終の段で終わっている。途中の章段の配列は必ずしも年代順にはなっていないが、少なくとも冒頭と末尾だけは、主人公の成人としての人生の出発である元服から始まり、その終末としての死で終わっているのである。この「初冠本」以外に、完本としては残っていないが、主人公と伊勢の斎宮の禁断の交わりを語る定家本第六十九段（狩の使の段）を冒頭に据えた、「狩使本《かりのつかいぼん》」と言われる本がかつて存在したことが知られている。その「狩使本」では、臨終の段は末尾に置かれてはおらず、巻末を巻末らしく構成しようという意図はそこには感じられない。それと比べて、初冠本伊勢物語の冒頭と末尾には、編者の明確な構成意図がうかがわれるのである。

2　臨終歌の特異性

初冠本伊勢物語の末尾、定家本等では第百二十五段にあたる章段は、いま定家本の本文で示せば、次のようである。

昔、男、わづらひて、心地しぬべくおぼえければ、

つひにゆく道とはかねてききしかどきのふけふとは思はざりしを

右の一首は、古今集（巻十六・哀傷・八六一番）に、次のように収められている。

病《やまひ》して弱くなりにける時、よめる　　業平朝臣

つひにゆく道とはかねてききしかどきのふけふとは思はざりしを

伊勢物語の当該章段は、この古今集所収歌をもとにして作られた可能性が大きい。古今集の詞書、伊勢物語の散文部のどちらを見ても、この歌は明らかに辞世の作である。

元禄時代に、後に国学と呼ばれることになる新しい古典研究の世界を拓いた真言僧・契沖は、注釈書『勢語臆断』の中に、この一首について、それまでの諸注釈とはまったく異なった、次のような注記を記している。（『契沖全集』翻刻の円珠庵蔵如水浄書契沖自筆書入本により、表記などを一部改めた。）

死ぬる事のがれぬ習ひとはかねて聞きおきたれど、きのふけふならんとは思はざりしをとは、たれたれも時にあたりて思ふべき事なり。これまことありて人の教へにもよき歌なり。後々の人、死なんとするにいたりて、ことごとしき歌をよみ、あるひは道を悟れるよしなどをよめる、まことしからずしていとにくし。たゞなる時こそ狂言綺語もまじらめ、今はとあらん時だに心のまことに返れかし。業平は一生のまこと此歌にあらはれ、

後の人は一生のいつはりをあらはすなり。

業平の辞世の歌を、飾ることなく「心のまこと」を述べた一首と見て、「後の人」の辞世歌に見える「一生のいつはり」を「まことしからずしていとにくし」とする、契沖自身の熱い思いが込められた注記だが、後の時代の「ことごとしき」歌はともかくとしても、同じ古今集（巻十六・哀傷）で業平歌に先立って並べられている次のような歌の「道を悟れる」ごとき内容を見ても、業平の歌の特異性はたしかに際だっている。

病にわづらひ侍りける秋、心地《ここち》の頼もしげなくおぼえければ、よみて人のもとにつかはしける　大江千里

もみぢ葉を風にまかせて見るよりもはかなきものは命なりけり（八五九）

みまかりなんとてよめる　藤原惟幹

露をなどあだなるものと思ひけむ我が身も草に置かぬばかりを（八六〇）

ちなみに、古今集の業平歌の次には、その子滋春の次のような歌が巻末歌として収められているが、その内容には父の辞世歌に近いものがある。

甲斐の国に、あひ知りて侍りける人とぶらはむとてまかりけるを、道なかにて、にはかに病をして、いま〳〵となりにければ、よみて京にもてまかりて母に見せよと言ひて、人につけ侍りける　在原滋春

かりそめの行きかひ路とぞ思ひこし今はかぎりの門出なりけり（八六二）

臨終歌の歴史の中で、業平のこの作はどのような位置を占めているのか、契沖を感動させたその特異な表現の意味や背景については今後さらに追究されねばならないが、今はとりあえず、この作が「道を悟れるよし」をまったく詠んでいないこと、不思議なまでに世俗的な「驚き」だけを詠み込んで成り立っていることを確認しておきたい。

契沖が「これまことありて人の教へにもよき歌なり」と賞賛したのは、実は皮肉なことにその世俗性、言い換えれ

ばその非教訓的な率直さ、素直さであった。契沖は、古今集の注釈書『古今余材抄』の中でも、業平のこの一首に、「人のためによき教への歌なり」と注している。

たとえば、さきに挙げた大江千里や藤原惟幹の辞世の歌は、古今集に選び入れられたということからも、当時においてすぐれた詠作であったと考えられるが、それらがもし伊勢物語の最終章段に、次のように使われていたら、私たちは強い違和感ををおぼえずにはおれないだろう。

（昔、男、わづらひて、心地しぬべくおぼえければ、
　露をなどあだなるものと思ひけむ我が身も草に置かぬばかりを）

どこまでも率直な「驚き」だけを述べた辞世歌だからこそ、「つひにゆく」の歌は、伊勢物語という世俗的な物語世界の結末を結ぶのにまことにふさわしい一首として、その最終章段を成立させているのである。

3　定家本第百二十四段の表現形態

実は、初冠本伊勢物語諸本の末尾部には、もうひとつ、ほとんどすべての伝本に共通した構成上の特徴がある。すなわち、これまで見てきた最終章段の直前に、これも定家本の本文で示せば次のような章段が置かれているのである。

昔、男、いかなりける事を思ひけるをりにか、よめる、
　思ふこと言はでぞただにやみぬべき我とひとしき人しなければ

ただし、たとえば初冠本伊勢物語諸本の中でも「塗籠本」の最終章段には、さきに見た臨終の歌の記述の前に、東山で死んだ主人公が蘇生して「わが上に露ぞおくなる」という歌を詠んだと述べる定家本の第五十九段にあたる

内容が加えられていて、その前に右の章段が置かれており、末尾部の形が他の本と異なっているが、この場合でも、臨終章段の直前に定家本第百二十四段にあたる右の章段が配置されているという点については、他の諸本と同じであると言ってよい。また、広本系の一本である「大島本」（歴史民俗博物館蔵伝為氏筆本）では、巻末増補部を除いた本体部の最終章段の前に、芹川行幸の時のことを述べる定家本の第百十四段にあたる章段が置かれており、そのさらに前に、右の章段にあたる内容が、次のような特異な形で記されている。

　いかなることを思ひけるをりにかよめる、といひてこの歌あり。

　　思ふこと言はでぞただにやみぬべきわれとひとしき人しなければ

このように若干の例外はあるが、初冠本伊勢物語のほとんどの本の末尾部は、さきに見た臨終章段と、その前に置かれた「思ふこと言はでぞただに」の歌を含む章段のふたつの段によって構成されていることになる。

この「思ふこと言はでぞただに」の歌を含む定家本第百二十四段の散文部はきわめて短小だが、伊勢物語にはこの他にも、たとえば次のように、散文部がきわめて短い章段が存在する。

（定家本第二十八段）

　昔、色好みなる女出《い》でていにければ、

　　などてかくあふごかたみになりにけむ水もらさじとむすびしものを

（定家本第三十段）

　昔、男、はつかなりける女のもとに、

　　あふことは玉の緒ばかり思ほえてつらき心のながく見ゆらむ

このような章段と定家本第百二十四段は、散文部がきわめて短いという点で共通するが、実は両者には決定的な違いがあって、それが定家本第百二十四段を、他のすべての章段と異なった特異な段にしている。

伊勢物語には、語り手が物語を語るのでなく、物語について語る、『源氏物語』の草子地と同種の表現が、次のようにさまざまな形で多用されており、それが伊勢物語独特の文体を形作っている（本書第二章二参照）。

それをかのまめ男、うちものがたらひて、かへりきて、いかが思ひけむ、時は三月《やよひ》のついたち、雨そほふるにやりける、（定家本第二段）

昔、男、陸奥《みち》の国にすずろにゆきいたりにけり。そこなる女、京の人はめづらかにやおぼえけむ、せちに思へる心なむありける。（定家本第十四段）

むかし、男、身はいやしくて、いとになき人を思ひかけたりけり。すこし頼みぬべきさまにやありけむ、ふして思ひ、おきて思ひ、思ひわびてよめる、（定家本第九十三段）

伊勢物語の章段の中には、この種の草子地的表現が、章段全体の中でかなり大きい分量を占めている場合が見られる。たとえば冒頭の初段は、春日の里で「かいまみ」た姉妹に懸想した主人公が「春日野の若紫の」の歌を贈ったことを述べた部分、つまりその歌の直後の「となむおいつぎて言ひやりける」というところで物語自体は終わっており、その後の展開については何も語られていない。その後の部分に記された三つの文は、すべて、それぞれ異なったタイプの草子地である。すなわち、最初の「ついでおもしろきことともや思ひけむ」という文は、前に掲げた第十四段や第九十三段の場合と同じく、語り手が主人公の心情や行動の理由をいぶかしがって推測している表現、続く二番目は、「春日野の若紫の」の歌について、人々にすでによく知られていたであろう源融の「みちのくの」の一首を持ち出して説明を加えている部分、最後に記された「むかし人は、かくいちはやきみやびをなむしける」

という記述は、語られた物語をめぐる語り手の感想、ないしはコメントである。このように初段では、後半のかなりの部分が草子地的表現で占められている。また、芥川の段として知られる第六段では、女を失った主人公が「しらたまか何ぞと人の」の歌を詠んだところで物語本体が終わり、その後には「これは、二条后の、…」という、いわば種明かしとも言いうるような段末注記が詳細かつ長大に記されているが、これもまた、物語本体に対する注釈的草子地というべき部分である（本書第二章三参照）。

このように伊勢物語には、長大な草子地的表現を含んだ章段がいくつか見られるが、いま問題にしている定家本第百二十四段でも、「昔、男、いかなりける事を思ひけるをりにか、よめる」という短い散文部のうち、傍線で示した「いかなりける事を思ひけるをりにか」という、ほとんど全部と言っていいほどの部分が、語り手が主人公の心情や行動に対して疑問を投げかける、前に掲げた第二段の場合と同種の、いわば疑問の草子地によって占められている。しかも、さきに見た初段や第六段などの章段の場合、当然のことながら、まず本来の物語本体が語られ、その上でそれに対して、さまざまな草子地が加えられているのだが、この第百二十四段では、草子地を消去してしまうと散文部で残るのは「昔、男、よめる」という、具体性を欠いた記述のみであり、そこでは、実は何の物語も語られていないと言わねばならない。極端な言い方をすれば、定家本第百二十四段の散文部は、そのすべてが草子地なのである。伊勢物語には、他にこのような章段は存在しない。この点において、第百二十四段は、伊勢物語の中でもきわめて特異な表現形態を持った章段であると言わねばならない。

さきに、「大島本」（歴史民俗博物館蔵伝為氏筆本）で、定家本の第百二十四段にあたる章段が、

いかなることを思ひけるをりにかよめる、といひてこの歌あり。

思ふこと言はでぞただにやみぬべきわれとひとしき人しなければ

という形で記されていることを紹介したが、これは、研究的な注記を多く含み持つこの本の原筆者が、この段の表

現の前述のような特異さに留意して、これを通常の章段と同じように扱うことに疑問を感じ、あえてこのような形で記したものと考えられる。

4　孤独と沈黙

この定家本第百二十四段の「思ふこと言はでぞただにやみぬべき」という歌で、主人公が言わずにおこうとしている「思ふこと」の内容については、鎌倉時代の古注の言う「好色の秘事」をはじめ、何種類かの具体的内容が想定されたこともあるが、もとよりそれらはすべて憶測にすぎない。主人公自身が「言はでぞただにやみぬべき」と言っている以上、他の人間にその「思ふこと」の内容は知られないはずである。というよりもむしろ、この歌では、「思ふこと」を正しく理解してくれる「われとひとしき人」がいないことを理由に、主人公が、できれば人に伝えたいと願う「思ふこと」のすべてを、人に言わずに胸に秘めたままにしておこうと述べている。「思ふこと」の内容ではなく、それを伝えたいと思うような「われとひとしき」相手の不在が、言い換えれば主人公の深い孤独が、ここでは嘆かれているのである。

そのような主人公の孤独は、いったいどのようにして生じ、主人公はその思いを、いつ、どんな機会に「思ふこと言はでぞただにやみぬべき」という一首に詠み上げたのか。語り手は、それについて、主人公のその時の心情も含めて、まったく何も知らないと言う。前述のように、ほとんどすべてが疑問の草子地で成り立っているこの章段では、語り手と主人公の間の距離は、他のどのような章段よりも遠く、深い。主人公はここでは、語り手に対しても孤独である。定家本第百二十四段は、散文部のほとんどすべてが疑問の草子地によって構成されているという特異な形態によって、語り手さえ入り込むことのできない、主人公の決定的孤独を表現している。

語り手が主人公の行動や心情について何も具体的に知ることがなく、ただ「いかなりける事を思ひけるをりにか」という疑問だけを語るとき、実は物語はもう終わっている。語り手はもはやここで何の物語も語ってはおらず、ただ自分と主人公の遠い隔たりだけを述べているからである。この定家本第百二十四段と末尾の臨終章段が、さきに見たように、ほとんどすべての初冠本伊勢物語諸本で連続した形で配置され、二つの章段によって伊勢物語の巻末を構成しているのは、かくしてきわめて巧みな、意図的構成であったと考えられる。両段の密接な関わりは、すでに渡辺実氏校注の『新潮日本古典集成　伊勢物語』（昭和五一年）にも指摘されているが、決定的な孤独を見つめた主人公は、死を予期しても、無常観を披瀝したり「道を悟れるよし」を人に伝えたりすることなく、ただ「驚き」だけを詠んでこの世を去ろうとする。主人公の辞世の歌は、やはり契沖を感動させた、あのような一首でなければならなかった。

5　沈黙と死

同じ在原業平の辞世の歌は、大和物語第百六十五段でも「在中将」の辞世の歌として用いられている。その章段では、まず次のように、在中将と、清和天皇の女御「弁の御息所」との、天皇出家後の秘められた恋が紹介される。

水尾《みづのを》の帝の御時、左大弁のむすめ、弁の御息所とていますかりけるを、帝御髪《みぐし》おろしたまうてのちに一人いますかりけるを、在中将しのびて通ひけり。

在中将はやがて重病になったが、人目を忍ぶ関係であった弁の御息所が頻繁に手紙も出せずにいるうち、重体の在中将から歌が贈られてくる。

中将のもとより、

つれづれといとど心のわびしきに今日はとはずて暮らしてむとや

とておこせたり。「弱くなりにたり」とて、いといたく泣きさわぎて、返事《かへりごと》などもせむとするほどに、「死にけり」と聞きて、いといみじかりけり。

このように大和物語では、在中将の死はまず、弁の御息所という秘められた関係の女性の視点から描かれているが、その後、右の文章にすぐ続けて、次のように辞世の歌が示され、もう一度あらためて、在中将の死が語られている。

死なむとすること、今々となりてよみたりける、

つひにゆく道とはかねてききしかどきのふけふとは思はざりしを

とよみてなむ、絶えはてにける。

「思ふこと言はでぞただにやみぬべき」と言って決定的な孤独を見つめていた伊勢物語の主人公は、ここにはいない。それにともなって、同じ辞世の歌が、ここでは伊勢物語と大きく違った相貌を見せている。伊勢物語の巻末構成において定家本第百二十四段が果たしている大きな役割は、両者を比較することによっていっそう明瞭となるように思われるのである。

第三章　恋愛譚としての伊勢物語
――中国説話との関わり――

一　仙女譚から伊勢物語へ

——「かいまみ」を手がかりに——

1　歌物語の原型

万葉集の巻十六前半の多くの歌は、詠作事情を述べる長い漢文の題詞を伴っていて、平安時代の歌物語へと続く、その原型のひとつとも考えられている。たとえば、次に掲げる、親の許可を得ずに男性との恋に陥った「美女」が相手に贈った歌（三八〇三）とその題詞は、主題的にも平安時代の歌物語に近似した一例である。

［原文］

昔者有壮士与美女也。姓名未詳。不告二親、竊為交接。於時娘子之意、欲親令知。因作歌詠、送与其夫歌曰

隠耳恋者苦山葉従出来月之顕者如何

右、或云、男有答歌者。未得探求也。

［書き下し］

昔壮士《をとこ》と美《うるは》しき女《をみな》とあり。姓名未詳なり。二親に告《つ》げずして、竊《ひそか》に交接《けうせふ》を為《な》す。ここに娘子《をとめ》が意《こころ》に、親に知らせまく欲《ほ》りす。因《よ》りて歌詠を作り、その夫《つま》に送り与へたる歌に曰《いは》く

隠《こも》りのみ恋《こ》ふれば苦し山の端《は》ゆ出《い》で来《く》る月の顕《あらは》さばいかに

右、或《あるひと》の云《い》はく、男に答歌ありといふ。未《いま》だ探《さぐ》り求《もと》むること得ず。

また、この歌にすぐ続けて配列されている、二首一組からなる次の作（三八〇四・三八〇五）も、内容は異なるものの、前の歌と同じ様に歌物語に類似した典型的な作例と言ってよい。

［原文］

昔者有壮士、新成婚礼也。未経幾時、忽為駅使、被遣遠境。公事有限、会期無日。於是娘子、感慟悽愴、沈臥疾疢。累年之後、壮士還来、覆命既了。乃詣相視、而娘子之姿容、疲羸甚異、言語哽咽。于時壮士、哀嘆流涙、裁歌口号。其歌一首。

如是耳尓有家流物乎猪名川之奥乎深目而吾念有来（三八〇四）

娘子臥、聞夫君之歌、従枕挙頭、応声和歌一首。

烏玉之黒髪所沾而沫雪之零落也来座幾許恋者（三八〇五）

（左注省略）

［書き下し］

昔壮士《をとこ》あり、新《あら》しく婚礼を成《な》す。未《いま》だ幾時《いくばく》も経《へ》ねば、忽《たちま》ちに駅使《やくし》となりて、遠き境《さかひ》に遣《つか》はされぬ。公事《くじ》は限りあり、会《あ》ふ期《ご》は日なし。ここに娘子《をとめ》、感慟悽愴《かんどうせいさう》、疾疢《やまひ》に沈み臥《ふ》しぬ。累年《るいねん》の後《のち》に、壮士還《をとこかへ》り来《きた》り、覆命《ふくめい》すること既に了《を は》りぬ。乃《すなは》ち詣《いた》り相視《あひみ》るに、娘子《をとめ》が姿容《かほ》の、疲羸《ひるい》せること甚異《はなは》だしくして、言語哽咽《ごんごかうえつ》す。ここに壮士《をとこ》、哀嘆《かなし》びて涙《なみた》を流し、歌を裁《つく》りて口号《おら》ぶ。その歌一首。

かくのみにありけるものを猪名川《ゐながは》の奥《おき》を深めて我《あ》が思《おも》へりける

娘子《をとめ》、臥《ふ》しつつ、夫君《つま》の歌を聞き、枕より頭《かしら》を挙《あ》げ、声《こゑ》に応《こた》へて和《こた》ふる歌一首。

ぬばたまの黒髪濡《ぬ》れて沫雪《あわゆき》の降《ふ》るにや来《き》ますここだ恋《こ》ふれば

この二首の題詞と和歌の内容には適合しない点が多く、既成の和歌を無理にあてはめたための不一致かともされているが、いまはそれにはふれない。このように、万葉集巻十六前半の多くの題詞は、冒頭の「昔～あり」という書き出しをはじめとして、後世の伊勢物語等に類似する点が多く、古橋信孝氏が『物語文学の誕生――万葉集からの文学史』（平成一二年・角川書店）で述べたように、伊勢物語を生み出すに至った母胎が奈良時代からすでに存在していたことを十分に思わせもするが、また同時に、両者の内容には、なお大きなへだたりがあるようにも見うけられる。以下、その違いの一つとして、万葉集巻十六のこれらの作の題詞に、男が女をのぞき見る、いわゆる「かいまみ」の場面がまったく見られないことにあえて注目し、それを手がかりに、両者の世界の根本的な相違点と、その背後の事情を探ってみたい。

2　伝奇小説の「かいまみ」

伊勢物語初段で主人公は、一人の女性ではなく複数の「女はらから」を見て懸想する。丸山キヨ子氏『源氏物語と白氏文集』（昭和三九年・東京女子大学学会）は、その趣向の背後に、主人公が十娘と五嫂という二人の女性と出会う『遊仙窟』の影響を考えたが、さらに渡辺秀夫氏『平安朝文学と漢文世界』（平成三年・勉誠社）は、その想定を章段全体の読解にまで展開して、「それが単なる場面をあやどる趣向、文飾というものでなく、『遊仙窟』という一書が〈典拠〉として、より積極的に冒頭章段としての初段の表現を規定するものであることを強調しておきたい」と述べたうえで、「ナマメク」に対応する漢語が、『遊仙窟』にも見える「婀娜」などの語であることを指摘し、それも含めて「典拠としての『遊仙窟』の主題的な引用による重層的な表現構造が試みられているのである」と述べている。渡辺氏が言うように、初段が『遊仙窟』を部分的にではなく「主題的」に「引用」していることはもはや否定できないように思われるが、さらに、その『遊仙窟』には、次のような「かいまみ」の場面が設定されている。

冒頭部分、召使いの桂心から女主人十娘の人となりを聞いていた主人公の耳に「内裏に箏を調ぶるの声」（以下、訓読は成瀬哲生氏『中国古典小説選4』〈平成一七年・明治書院〉を参考にした）が聞こえ、主人公は十娘に詩を贈る。やがて届けられた返事の詩を読み終え、顔をあげた主人公の視界に、突然十娘の「半面」がちらりと見え、主人公は再び詩を贈ることになる。

［原文］

余読詩訖、挙頭門中、忽見十娘半面。余即詠曰、

斂咲偸残靨

含羞露半脣

一眉猶叵耐

双眼定傷人

［書き下し］

余詩を読み訖《お》へて頭《かうべ》を門中《もんちう》に挙《あ》ぐるに、忽《こつ》として十娘《じふぢやう》の半面を見る。余即《すなは》ち詠じて曰《い》はく、

咲《え》みを斂《をさ》めて残靨《ざんえふ》を偸《ひそ》め、

羞《はぢらひ》を含《ふく》んで半脣《はんしん》を露《あらは》にす。

一眉《いちび》すら猶《な》ほ耐《いかん》ともする叵《な》し。

双眼《さうがん》定《さだ》めて人《ひと》を傷《いた》ましめん。

丸山キヨ子氏は前掲書の中で、すでに早くこの『遊仙窟』の「かいまみ」と伊勢物語初段の「かいまみ」、さらには源氏物語中に見えるいくつかの「かいまみ」を比較し、伊勢物語や源氏物語の「かいまみ」について、「『遊仙

窟』に触発されたものではなかったであらうか」と述べている。『遊仙窟』の「かいまみ」と伊勢物語初段のそれとの間には、いくつかの大きな相違点もあるが、前述のような両者の全般的な関わりを考えれば、このふたつの「かいまみ」は、丸山キヨ子氏も言うように、けっして無関係なものではなかったように思われる。

さらに、唐代伝奇小説のひとつで、主人公の男女がたがいに多くの詩を贈答しあっている点でも注目される『歩《ほ》飛烟《ひえん》』（作者皇甫枚《こうほまい》は九世紀後半から十世紀初頭の人）では、次のように、武公業の愛妾・飛烟《ひえん》と隣家の息子・趙象《ちょうしょう》が出会う冒頭の場面に「かいまみ」が用いられている。

［原文］

（前略）其子曰象、端秀有文、纔弱冠矣。（中略）忽一日、於南垣隙中窺見飛烟、神気倶喪、廃食忘寐。（下略）

［書き下し］

（前略）其《そ》の子を象《しやう》と曰《い》ひ、端秀《たんしう》にして文有《ぶんあ》り、纔《わづ》かに弱冠《じやつかん》なり。（中略）忽《たちま》ち一日《いちじつ》、南垣《なんえん》の隙中《げきちう》に於《お》いて飛烟を窺《うかが》ひ見て、神気倶《しんきとも》に喪《うしな》ひ、食《しよく》を廃《はい》し寐《び》を忘《わす》る。（下略）

この「かいまみ」は、予想外に見てしまったことが懸想のきっかけになるという点で、さきの『遊仙窟』のものよりも、いっそう伊勢物語初段に近い。それに加えて、ここには、主人公・趙象が当時「纔かに弱冠」であったと記されている。「弱冠」は二十歳の意だが、この語は『礼記』（曲礼）の「人生十年曰レ幼、学、二十曰レ弱、冠…」という記述を典拠とする（本書第二章一参照）。すなわちそれによれば、古く周の時代には、男子は二十歳ではじめて冠を加えて元服した。「弱冠」の語の「冠」という文字には、本来、元服の意味が込められている。陳明姿氏は、「密通物語における女性像」（菊田茂男編『源氏物語の世界』平成一三年・風間書房）の中で、『歩飛烟』のこの場面の「弱冠」を「初冠《ういこうぶり》」と訳したうえで、この場面全体を「初冠した隣家の趙象が非煙（飛烟）を垣間見て彼女の美しさに魅了され」たと要約しているが、「うひかうぶり」をした主人公が「かいまみ」をする伊勢物語初段と、『歩飛烟』の冒頭の類似性は、この「弱冠」の語の存在によって、さらに一層強まることになる。

3　仙界の美女

『遊仙窟』の女主人公・十娘が、「神仙窟」に住む仙女になぞらえられていることは、その作品名から考えても明白であるが、冒頭部分で十娘に贈った手紙の中で、主人公は次のように、十娘を「神仙」と呼んでいる。

［原文］

（前略）下官寓遊勝境、旅泊閑亭、忽遇神仙、不勝迷乱。（下略）

［書き下し］

（前略）下官寓《たま》たま勝境《しようきやう》に遊《あそ》び、閑亭《かんてい》に旅泊《りよはく》し、忽《こつ》として神仙に遇《あ》ひ、迷乱《めいらん》に勝《た》へず。（下略）

一方、成立時代の遅れる『歩飛烟』の方にも、女主人公・歩飛烟を「神仙」になぞらえる表現が、たとえば次のように散見する。二人の手紙を取り次いできた門番の妻は、ある日の夕暮れ、主人公・趙象のところに来て逢瀬の好機が訪れたことを告げ、「神仙に見《まみ》ゆるを願ふや否《いな》や」と言う。こうして二人ははじめて夜をともにするが、やがて明け方に別れた後、趙象は門番の妻に頼んで、次のような「後朝《きぬぎぬ》の詩」ともいうべき詩を歩飛烟に贈った。

［原文］

十洞三清雖路阻
有心還得傍瑤台
瑞香風引思深夜
知是蕊宮仙馭来

［書き下し］
十洞三清《じふどうさんせい》路《みち》阻《へだ》たると雖《いへど》も、
心《こころ》有《あ》れば還《ま》た瑤台《えうだい》に傍《そ》ふを得《え》たり。
瑞香《ずいかう》、風は引《ひ》く思《おも》ひ深《ふか》き夜《よる》。
知《し》んぬ是《こ》れ蕊宮《ずいきう》より仙馭《せんぎよ》来《き》たるを。

冒頭の「十洞」と「三清」は、ともに神仙のいる場所。ここでも趙象は、歩飛烟を「神仙」になぞらえている。『遊仙窟』は私娼窟や妓楼の女性との交渉を述べたものともされ、『歩飛烟』は隣人の愛妾との密通をその内容とするが、一方でそれらが、俗世間の男性と仙界の仙女との接触を語る神仙譚の雰囲気を、さまざまな形で継承していることは重要である。

仙界の仙女は、俗世間の男性にとって、どこまでも異次元の、異界の存在である。通常はふれあうことができず、またふれあってはならない両者がふれあうところに、仙女譚の本質があるが、それは『歩飛烟』のような密通物語にも、ほぼ共通して指摘できることがらであった。簡単に言ってしまえば、これらの中で女性たちは、男性にとって、別の世界に住む、他者なる存在として登場する。「かいまみ」は、そのような他者との禁じられた接触や困難な交流を可能にする、あるいは促進する装置として、『遊仙窟』や『歩飛烟』に用いられていると考えられる。そしてその事情は、初段をはじめ数多くの章段に「かいまみ」の場面を有する伊勢物語にも、ほぼ同じように指摘できるように思われるのである。

4　万葉集から伊勢物語へ

冒頭に見た万葉集巻十六前半の歌の題詞には、「かいまみ」の場面が一度も登場しない。極論を承知であえて言えば、そこには他者としての女性は登場していないと言ってよい。さきに題詞と歌の本文を掲げた三八〇四・三八〇五番の場合、妻の「娘子」は、主人公の「壮士」を疑ったり裏切ったりすることはなく、その心情においてまったく「壮士」と一体である。言い換えれば、ここでは「娘子」は、「壮士」が妻として期待するままの、その意味で理想的な女性として描かれている。親の許しを得ずに女性が男性と関係を持った三八〇三番の場合も、女性はすぐに「親に知らせまく」欲している。やはりどこまでも親に忠実でありたいと願う娘、親とともに生きようとする善良な女性が、ここでも描き出されている。これ以外の作品を見ても、巻十六前半に登場する女性たちの多くは、官人として生活する男性から見て理想的な、儒教的にすぐれた女性として登場する。そのような、男性と同じ世界に住む女性たちに対して、男たちはもはやわざわざ「かいまみ」する必要を持たない。そして同時にそこには、他者との接触から生み出される、真の意味での男女のドラマもまた、存在しないのである。

ちなみに、三八〇四・三八〇五番の題詞のうち、「公事《くじ》は限りあり、会《あ》ふ期《ご》は日なし」といった表現に『遊仙窟』の影響が見られることは、小島憲之氏『上代日本文学と中国文学・中』（昭和三九年年・塙書房）にすでに指摘があり、古橋氏は前掲書でそれが「場面の設定にかかわる」大きな影響関係であると述べている。仙女譚の流れを汲む『遊仙窟』をそこまで取り込みながら、万葉集巻十六前半の題詞の作者たちは、仙女のような女性、他者性を持った地上の女性との恋愛を、それらの題詞の中に描こうとはしなかった。

そもそも、小島憲之氏が前掲書で詳細に指摘しておられるように、万葉集の和歌や題詞の表現の中には、『遊仙窟』の影響を受けたものが数多く見られる。丸山氏は前掲書で、そのような作例の中から、巻五（八五三・八五四）の「遊於松浦河序（松浦川に遊ぶ序）」を取り上げておられる。その漢文の序と後続する贈答歌は、「『文選』の情賦群や『遊仙窟』などを模倣して作ったフィクション」（新編日本古典文学全集『萬葉集』②頭注）と考えられている作だが、そこでは、作者ないしは語り手にあたる「余《やつかれ》」は、松浦川の「玉島の淵《ふち》」で仙女と思われる「魚《うを》を釣る女子等《をとめら》」に出会い、「誰《た》が郷《さと》誰《た》が家《いへ》の児《こ》らそ、けだし神仙ならむか」と呼びかけて言葉を交わし、日暮れになって別れを告げている。また、巻十六前半の中には、よく知られた「竹取の翁」の歌（三七九一〜三八〇二番）も含まれていて、そこでは、暮春の丘の上での、「竹取の翁」と呼ばれる老翁と九人の仙女たちとのやりとりがおおらかに語られている。これらのように、『遊仙窟』等の強い影響下に神仙の女性とのふれあいを描いた作例は、万葉集にもしばしば見られるのだが、そこでは、仙女はあくまでも別世界の存在として描かれていて、地上の男女の恋愛に類するような密接な関係は、そこにはほとんど描かれることがない。

万葉集では、このように、仙女譚はどこまでも仙女譚にとどまっており、一方の、さきに見た巻十六前半に登場する女性たちは、仙女のような異界性、他者性を持っていなかった。この両者が融合した、仙女のような他者性を帯びた女性が男性を惹きつけるといった、いわば都会的な恋愛や、そのような内容を語る物語は、平安時代になってはじめて日本に登場すると考えられるが、その背後には、『遊仙窟』をはじめとする中国伝奇小説等からのより本格的な影響が考えられるのである。

5　他者としての女性

万葉集三八〇四・三八〇五番の題詞では、新婚早々公務のために家を離れ、「累年《るいねん》の後《のち》に」ようやく帰宅した夫が、おそらくは寂しさと心労から「姿容《かほ》の疲羸《ひるい》せる」妻の姿をを見て、泣きながら歌を詠んでいた。一方、伊勢物語第二十四段では、「宮づかへしに」と言って出かけたまま三年間帰ってこない夫を待ちかねた妻は、「いとねむごろに言ひける」別の男性と結婚の約束を交わすが、その当日、夫が突然帰宅する。事情を知って立ち去る夫を追いかけた妻は、追いつけずに歌を詠んで死んでしまう。思いあっていながら互いの心をはかりかねた男女の悲劇が、一見単純な設定の中に巧妙に描き出されている章段だが、その根本に、この二人が、すなわち男と女が互いに、完全には一体化しえない他者であるという前提が据えられていることは、さきの万葉集の場合と比べれば明らかである。ここには「かいまみ」は登場しないが、帰宅した夫に対して妻が戸を開けず、ものごしに歌を詠みあう場面が、他者同士の微妙な心の探りあいという意味で、それにあたると言ってもよい。

定家本等でこの段のすぐ前に置かれている第二十三段は、「井のもと」でともに遊んだ幼なじみの夫婦の話であって、一見他者性などとは無縁に見えるが、よく知られた「河内越え」の場面では、男は、河内の女の所に通う自分を「悪《あ》しと思へるけしきもなく」送り出す妻に他の男性がいるのではないかと疑い、「前栽の中に隠れゐて」妻の様子をうかがう。ここでもまた「かいまみ」は、妻を他者として認識してしまった男の、他者に対する行為として設定されているのである。

第二十四段や第二十三段の女性たちには、もはやすでに仙女の面影そのものは感じられない。だが、『遊仙窟』とこれらの章段の間に、伊勢物語第六十九段との関係が確実視されている元稹の『鶯鶯伝《おうおうでん》』や前述の『歩飛烟』のような、仙女譚のさらなる世俗化ともいうべき作品を置いて見ると、両者はともに、男性と他者なる女性との物語として、かならずしも無関係なものとは考えられなくなる。文学作品における「恋愛」は、このような男女のドラマとして、はじめて成立する。仙女譚の流れをくむ女性たちと、第二十四段や第二十三段の女性たちとの間には、言うまでもなく大きなへだたりが存在するが、前者からの影響がまったくなければ、後者のようなドラマが生み出されることもまた、なかったと考えられるのである。

諸田龍美氏は「中唐における『恋愛』の成立と展開――白居易を中心として――」（平成一八年九月・『愛媛大学法文学部論集・人文科学編』21）の中で、儒教倫理による抑制が弱まり「好色の風流」が流行した中唐の状況を詳述しているが、日本における白居易受容の隆盛ぶりを考えれば、海を越えて伝わった時代状況をひとつの背景として、伊勢物語のような作品が生み出されていったことも、むしろ当然のこととして了解されるのである。

二　「女歌」と『遊仙窟』

1　反発的に詠み返す「女歌」

鈴木日出男氏は『古代和歌史論』（平成二年・東京大学出版会）の中で、平安時代の恋の贈答に多く見られる「はじめに男が懸想の内容を詠みかけると、それを受けて立つ女が何らかの形で反発的に詠み返すという作法」について、「こうした反発、切り返しの発想は、贈答歌における返歌の常套としての、女歌に特有のものではないかと思われる」と述べ、さらにそれについて、折口信夫氏（「古代生活に見えた恋愛」その他）の説を継承して「おそらく、贈答歌の最も原初的な形であったらしい歌垣以来の伝統であろう」と説明している。

しかし、これについて藤井貞和氏は『源氏物語論』（平成十二年・岩波書店）の中で「『万葉集』にみると、女から積極的にうたを男に詠みかけるケースがけっしてすくなくないから、折口説はかならずしもなりたつと言えない」と述べた。平安時代になると、万葉集よりもはるかに、男の贈歌に「反発、切り返しの発想」で答える女の歌が多くなり、それが、鈴木氏の言う「男女の恋の贈答歌の一般的な作法」となることが、よく知られている。（たとえば後藤祥子氏「女流による男歌——式子内親王歌への一視点——」〈『平安文学論集』平成四年・風間書院〉を参照。）万葉集にほとんど見られず、平安時代の「女歌」に数多く見られるようになった「反発、切り返しの発想」の背後には、いったいどのような事情が隠されているのだろうか。

『遊仙窟』には男女の詩の贈答が数多く見られるが、女性からの返答の一部には、上述のような日本の「女歌」の作法によく似た「反発的に詠み返す」表現が見られる。たとえば冒頭近く、館の中で奏でられる箏の音を聞いた主人公は、早速aのような求愛の詩を贈るが、それに対して、十娘からbのような詩が届けられる。（書き下しと現代語訳は、成瀬哲生氏『中国古典小説選４』平成一七年・明治書院による。）

a
自隠多㆓姿則㆒　自隠《おも》ふ姿則《しそく》多《おほ》きを。
欺㆑他独自眠　他《われ》を欺《あざむ》きて独《ひと》り自《みずか》ら眠《ねむ》る。
故故将㆓繊手㆒　故故《ここ》繊手《せんしゅ》を将《もち》て、
時時弄㆓小絃㆒　時時《じじ》小絃《せうげん》を弄《ろう》す。
耳聞猶気絶　耳《みみ》に聞《き》きて猶《な》ほ気絶《いきた》えんとす。
眼見若為憐　眼《め》に見《み》なば若為《いか》に憐《あわ》れまん。
従渠痛不㆑肯　従《たと》ひ渠《きみ》の痛《はなは》だ肯《がえ》んぜざるも、
人更別求㆑天　人更《われさら》に別《ことさら》に天《てん》に求《もと》めんや。

（美しい姿を心に思い浮かべて）
（愚かにも一人で眠るとは）
（絶えず白く細い指先が）
（幽《かす》かに弦を掻き鳴らす）
（音を聞くだけで息が詰まるのだから）
（まして姿を見たらどれだけ愛しくなるのだろうか）

（たとえあなたが拒絶しても）
（天上にだって捜し求める人などいないのです）

b
面非二他舎面一　面《かほ》は他舎《ひと》の面《かほ》に非《あら》ず。
心是自家心　心《こころ》は是《こ》れ自家《われ》の心《こころ》。
何処関二天事一　何処《いづく》にか天事《てんじ》に関《あづ》からん。
辛苦漫二追尋一　辛苦《しんく》して追尋《ついじん》する漫《な》かれ。
（私の顔はあなたの勝手な想像とはちがいます）
（でもお断りしたい心はまちがいなく私の心です）
（あなたのお仕事と何の関係があるというのです）
（苦しんでまで追い求めないでくださいませ）

本書第三章一で「かいまみ」の例として見たように、この詩を読み終えた主人公の目に、十娘の姿がちらっと見えたので、主人公は再度cのような詩を贈るが、今回はdのような詩が返されてくる。

c
斂レ咲偸二残靨一　咲《え》みを斂《をさ》めて残靨《ざんえふ》を偸《ひそ》め、
含レ羞露二半唇一　羞《はぢらひ》を含《ふく》みて半唇《はんしん》を露《あらは》にす。
一眉猶叵レ耐　一眉《いちび》すら猶《な》ほ耐《いかん》ともする叵《な》し。
双眼定傷レ人　双眼《さうがん》定《さだ》めて人《ひと》を傷《いた》ましめん。
（消えかかるえくぼに笑顔のなごり）
（半分だけ見えた唇には恥じらいの心）
（横顔だけで人を思い焦がれさせてしまうのだから）

（二つの眼がこちらを向いたらどうなることか）

d
好是他家好　好《よ》きは是《こ》れ他家《ひと》の好《よ》き。
人非㆓着㆑意人㆒　人《われ》は意《こころ》を着《つ》くるの人《ひと》に非《あら》ず。
何須漫相弄　何《なん》ぞ須《もち》ゐん漫《みだ》りに相弄《あひもてあそ》ぶを。
幾許費㆓精神㆒　幾許《いくばく》ぞ精神《こころ》を費《つひや》せる。

（そこまで好い女の人はきっと私ではありません）
（私はあなたの思い焦がれる相手ではありません）
（からかいも度が過ぎていますよ）
（そんなことに心を費やしなさいませぬように）

思いのたけを訴える主人公に、十娘はこのように、けっして積極的に答えようとはしない。このような十娘の態度は、たとえば次に掲げる『蜻蛉日記』冒頭の、兼家の贈歌に対する道綱母の返答ぶりによく似通っている。

（兼　家）音にのみ聞けばかなしなほととぎすことかたらはんと思ふこころあり
（道綱母）かたらはむ人なき里にほととぎすかひなかるべき声なふるしそ
（兼　家）鹿の音も聞こえぬ里に住みながらあやしくあはぬ目をも見るかな
（道綱母）高砂の尾上わたりに住まふともしかさめぬべき目とは聞かぬを
（兼　家）逢坂の関やなになり近けれど越えわびぬればなげきてぞふる
（道綱母）越えわぶる逢坂よりも音に聞く勿来《なこそ》をかたき関と知らなむ

河添房江氏は、「『蜻蛉日記』、女歌の世界——王朝女性作家誕生の起源——」（『平安文学の視角——女性——』一九九五・勉誠社）の中で、右のようなやりとりについて、「…切り返す女歌は、男にとってはむしろ他者なる女の媚態となって作用する。女歌の拒否しつつ、誘いかけになるという両義性がここに生じてくるのである。…道綱母の思惑どおり、兼家はじれている」と述べている（傍点山本）。本書第三章一で見た「かいまみ」の場合と同様、ここでも女性の「他者性」が指摘されていることに注目しておきたい。

また、伊勢物語第九十九段には、牛車の下すだれのすきまから女性の顔をほのかに見た主人公が女性に贈った歌と、その女性からの返歌が、次のように示されている。

見ずもあらず見もせぬ人の恋しくはあやなく今日やながめ暮らさむ

知る知らぬ何かあやなくわきて言はむ思ひのみこそしるべなりけれ

現存本伊勢物語では、右のように「知る知らぬ」という一首が女性からの返歌として載せられているが、小式部内侍本系伊勢物語や大和物語では、「知る知らぬ」歌の代わりに次の一首が返歌とされていて、「拒否しつつ、誘いかけになるという両義性」は、むしろこちらの歌の方に強く感じられる。

見も見ずもたれと知りてか恋ひらるるおぼつかなみの今日のながめや

『遊仙窟』の中で、十娘はやがて主人公の気持ちを受け入れてゆくが、その後も続けられる詩のやりとりには、たとえば次のような知的な遊びがちりばめられ、彼女はしばしば主人公をからかい、言葉でもてあそぶ。

e　下官詠曰、　　　　下官詠《かかんえい》じて曰《い》はく、
忽然心裏愛　　　　忽然《こつぜん》として心裏《しんり》に愛《いと》しきあり。
不レ覚眼中憐　　　　覚《おぼ》えず眼中《がんちう》に憐《あはれ》むあり。
未レ関二双眼曲一　　　　未《いま》だ双眼《さうがん》の曲《まが》れるに関《かん》せずして、
直是寸心偏　　　　直《ただ》是《こ》れ寸心《すんしん》の偏《かたよ》れるなり。
（私は詩を詠じた。）

（ふいに愛しさが心に芽生え）
（我知らず切ない思いが目の中で揺れました）
（私の眼がよこしまであなたを見たのではありません）
（ひたすら心があなたに惹きつけられているせいなのです）

f　十娘詠曰、　　十娘詠《じふぢやうえい》じて曰《い》はく、
眼心非㆓一処㆒　　眼心一処《がんしんいつしよ》に非《あら》ず。
心眼旧分離　　心眼旧《しんがんもと》より分離《ぶんり》す。
直令㆓渠眼見㆒　　直《た》だ渠《きみ》が眼《め》をして見《み》せ令《し》むるのみなれば、
誰遣㆓報㆑心知㆒　　誰《たれ》か心《こころ》に報《つ》げ知《し》ら遣《し》めんや。

（十娘が詩を詠じた。）
（眼と心は場所が違い）
（心と眼はもともと別々で）
（眼だけが私を見たのであれば）
（心は誰に私のことを教えてもらうのですか）

このようなやりとりに類似した雰囲気は、たとえば次のように、平安時代の男女の和歌の贈答にもしばしば見られる。

《古今集恋二・五五六～五五七》
下出雲寺《しもついづもでら》に人のわざしける日、真静《しんせい》法師の、導師にて言へりける言葉を、歌によみて、小野小町がもとに
遣はせりける　　安倍清行朝臣

つつめども袖にたまらぬ白玉は人を見ぬめの涙なりけり　小　町

返し

おろかなる涙ぞ袖に玉はなす我はせきあえずたぎつ瀬なれば

《同・恋三・六一七〜六一八、伊勢物語百七段にも》

業平朝臣の家に侍りける女のもとに、よみて遣はしける　敏行朝臣

つれ〴〵のながめにまさる涙河袖のみぬれて逢ふよしもなし

かの女に代りて、返しによめる　業平朝臣

浅みこそ袖はひつらめ涙河身さへ流ると聞かばたのまむ

敏行と業平の贈答は、実は男性どうしのやりとりだが、言うまでもなく業平の返歌は「家に侍りける女」に代わって詠まれたもので、女性の立場からの返歌である。

『遊仙窟』における十娘の詩と、これらの和歌の詠みぶりは、よく似ている。『遊仙窟』が日本人によく読まれていた、というよりもよく学ばれていたことを考慮すれば、平安時代の女性たちのこのような歌の返し方は、あるいは『遊仙窟』から学び取られたものではなかったかと考えられるのである。

2　『遊仙窟』受容の変化とその背景

本書第三章一では「かいまみ」に注目して、同じように『遊仙窟』の影響を受けているはずの万葉集の和歌と平安時代の和歌や物語の間に見られる大きな相違について考えたが、このような平安時代の「女歌」についても、前述のように、また同様の事情を指摘することができる。『遊仙窟』の影響を受け続けていたはずの二つの時代の文

学作品に見られるこのような異なりは、いったいどのような背景のもとに、どのような理由によって生じたのだろうか。

『遊仙窟』は、日本の文学に大きな影響を与えただけでなく、元夢の『鶯鶯伝』など、中唐の白居易の周辺で数多く作られた伝奇小説にも大きな影響を与え、それらの作品が生み出される母胎のひとつとなったことが知られている。たとえばその『鶯鶯伝』の一場面が伊勢物語第六十九段の印象的な場面の原形になっていることはよく知られた事実だが、それら中唐期の伝奇小説は、それ以外にも数多く日本にもたらされ、成立時代がやや遅れる『歩飛烟』について本書第三章一で見たように、さまざまな形で平安時代の文学に影響を与えていたと考えられる。すなわち平安時代においては、『遊仙窟』は、もはや『遊仙窟』そのものだけではなく、その影響を受けた白居易周辺の『遊仙窟』受容の成果をも含めた形で鑑賞され理解されていたのではないかと考えられる。同じように『遊仙窟』の影響下にあったとは言っても、万葉集の時代とは、その受容の様相は大きく異なっていたと考えられるのである。

万葉集から平安時代への『遊仙窟』受容の姿の変化について考えるためには、同じように『遊仙窟』の影響を受けつつ変化を続けていた中国の文学の歴史をも視野に入れて考えることが必要であろう。同じように『遊仙窟』の影響下にあった日中の文学は、ともに変化しながら、はたしてどのように交流し、どのような結果を生んだのか、それと類似した事情は朝鮮半島をはじめとする中国周辺の諸地域でも同じように見られたのかどうかなど、『遊仙窟』の影響の広がりについて、なお考えなければならないことは多い。

三　中国の色好み

──韓寿説話と伊勢物語第五段──

1　「ついひぢの崩れ」

伊勢物語の第五段は、「ひんがしの五条わたり」に住む女性に「みそかに」通っていた主人公が、事の露見によって通い路を閉ざされ「人しれぬ」の歌を詠む、よく知られた章段である。以下に、その全文を掲げておく。

昔、男ありけり。ひんがしの五条わたりに、いとしのびていきけり。みそかなる所なれば、かどよりもえ入らで、わらはべの踏みあけたるついひぢの崩れより通ひけり。人しげくもあらねど、たびかさなりければ、あるじ聞きつけて、その通ひ路に夜ごとに人を据ゑて守らせければ、いけどもえ会はでかへりけり。さてよめる。

人しれぬわが通ひ路の関守はよひよひごとにうちも寝ななむ

と詠めりければ、いといたう心やみけり。あるじ許してけり。

二条の后にしのびて参りけるを、世のきこえありければ、せうとたちのまもらせたまひけるとぞ。

この「人しれぬ」の歌は、古今集（巻十三・恋三・六三二）にも次のように収載されており、その詞書の文面や内容は伊勢物語にきわめてよく似通っている。

ひんがしの五条わたりに、人を知りをきてまかり通ひけり。しのびなる所なりければ、かどよりしもえ入らで、垣の崩れより通ひけるを、たびかさなりければ、あるじ聞きつけて、かの道に夜ごとに人を伏せて守らすれば、行きけれどえ会はでのみ帰りて、よみてやりける　業平朝臣

人しれぬわが通ひ路の関守はよひよひごとにうちも寝ななむ

この六三二番歌の詞書は、古今集の中でも例外的に長大な記述を有し、しかもその内容や表現が物語的であることから、素材となった歌物語が古今集以前にすでに存在したと考えられているいくつかの詞書のひとつであり、伊勢物語第五段の原型が古今集以前にすでに成立していたことがそれによって確認されもするのだが、いまはひとまず、伊勢物語の方の文章に即して、この章段の内容を考えておきたい。すなわち、左京の五条あたりの邸宅に住む女性に主人公はひそかに通っていたが、その事実はやがて邸宅の「あるじ」の知るところとなり、番人が置かれるようになって密通は不可能となる。しかし、それを悲しんで詠み贈った主人公の歌を見た相手の女性が、「いといたう心やみけり」、つまりことのなりゆきをひどく怒り恨んだ（山本登朗『伊勢物語論　文体・主題・享受』〈平成一三年・笠間書院〉第二章三参照）結果、主人は二人の仲を許した、というのである。

片桐洋一氏『鑑賞日本古典文学　伊勢物語・大和物語』（昭和五〇年・角川書店）にすでに指摘されているように、この第五段は、困難な恋も成就させる和歌の効用を説く、いわゆる歌徳説話のかたちをふまえた章段と考えられるが、その中にあってひときわ印象的なのは、邸宅の門から出入りできないため「ついひぢの崩れ」を通って通ったという、主人公の「通ひぢ」の特異な設定である。平安時代の邸宅の築地塀は上部に瓦を乗せていないものが多かったと考えられており、『新編日本古典文学全集　伊勢物語』頭注（福井貞助氏）に「上を瓦でおおわぬものはとくに崩れやすい」とあるように、それらが崩れやすかったことは事実であろうが、その一方で、枕草子に「人にあなづらるるもの、築地の崩れ、…」と見えるように、「ついひぢの崩れ」がそのまま放置されていることは、その家の主人の貧窮と屋敷の荒廃を人々に暗示するものでもあったと考えられる。章段末の注記部によれば、この邸宅は入内以前

の二条后が身を寄せていた、おそらくは叔母にあたる五条后・藤原順子の里邸と考えられるが、そのような貴人の屋敷の築地が崩れたまま放置されているとは、現実にはおよそ考えられないことである。章段末の注記部はともかくとして（本書第二章三参照）、主人公が人目をはばかって「かどより」通うことができなかったほどしっかり管理された邸宅の「ついひぢ」が崩れたままになっていることは、きわめて不自然な、というよりもむしろきわめて非現実的な設定であると言わねばならない。

これと類似した非現実的設定は、すぐ前の第四段の「あばらなる板敷」という描写にも見ることができる。「あばらなる」という表現は、「大后宮《おほきさいのみや》おはしましける、西の対」という章段の設定にあわせて「（調度を取り払って）がらんとした」などという意味に解釈されることもあるが、他にその種の用例はなく、無理な解釈と言わねばならない。「あばらなる」とは隙間だらけという意味であって、「あばらなる板敷」とはやはり、床板も隙間だらけの、荒廃した屋敷の様子を言う表現と考えざるを得ない。一方で「大后宮」や「二条后」といった実在の人物名をあげて事実性を強調しながら、他方でこれらの章段は、現実にはそれらの人物の住居にはまったくそぐわない非現実的な要素を、おそらくは意図的に用いて、物語の虚構化をはかっていると考えられるのである。それなら、「ついひぢの崩れ」を通って主人公が女のところに通ったというこの第五段の虚構的設定は、いったいどのような素材を発想の源として、ここに用いられているのだろうか。

2　韓寿の説話

『蒙求』に「韓寿竊香《せつかう》」と記載されている晋の人韓寿について、『晋書』（巻四十・列伝十）の賈充《かじゆう》伝には、次のような話が記されている。

韓寿、字徳真、南陽堵陽人、魏司徒曁魯孫。美二姿貌一善二容止一。賈充辟為二司空掾一。充毎レ讌二賓寮一、其女輒於二青瑣中一窺レ之、見レ寿而悦焉。問下其左右識二此人一不上。有二一婢一説二寿姓字一、云二是故主人一。女大感想発二於痦寐一。婢後往二寿家一具説二女意一并言二其女光麗艶逸端美絶倫一。寿聞而心動、便為令レ通二殷勤一。婢以白レ女。女遂潜修二音好一、厚相贈結、呼レ寿夕入。寿勁捷過レ人、踰レ垣而至、家中莫レ知。惟充覚三其女悦暢異二於常日一。時西域有レ貢二奇香一。一著レ人則経レ月不レ歇。帝甚貴レ之、惟以賜二充及大司馬陳騫一。其女密盗以遺レ寿。充寮属与レ寿燕処、聞二其芬馥一、称二之於充一。自レ是充意知二女与レ寿通一。而其門閤厳峻、不レ知三所二由得一レ入。乃夜中陽驚託言有レ盗、因使三循レ墻以観二其変一。左右白曰、無二余異一、惟東北角、如二狐狸行処一。充乃考二問女之左右一、具以レ状対。充秘レ之、遂以レ女妻レ寿。

韓寿、字は徳真、南陽堵陽《とやう》の人、魏の司徒曁魯の孫なり。姿貌美しく容止善《よ》し。賈充辟《め》して司空の掾と為《な》す。充の賓寮を讌するごとに、其の女《むすめ》輒《すなは》ち青瑣中に之を窺ひ、寿を見て悦ぶ。其の左右に此の人を識るや不《いな》やと問ふ。一婢有りて寿の姓字を説き、是れ故《もと》の主人なりと云ふ。女大《おほい》に感想し痦寐に発す。婢後に寿の家に往き、具《つぶさ》に女の意を説き、并《あは》せて其の女の光麗艶逸端美絶倫なるを言ふ。寿聞きて心動き、便《すなは》ち殷勤を通ぜしむ。婢以て女に白《まう》す。女遂に潜《ひそか》に音好を修め、厚く相《あひ》贈結し、寿を呼びて夕《ゆふべ》に入らしむ。寿勁捷人に過ぎ、垣を踰へて至るも、家中知るもの莫し。惟《た》だ充のみ其女の悦暢常日に異なるを覚《さと》る。時に西域奇香を貢ずるあり。一たび人に著けば則ち月を経ても歇《や》まず。帝甚だ之を貴び、惟《た》だ以て充及び大司馬陳騫に賜ふ。其女密《ひそか》に盗み以て寿に遺《おく》る。充の寮属寿と燕する処、其の芬馥たるを聞き、之を充に称す。是より充意《こころ》に女と寿の通ずるを知る。而《しか》るに其の門閤厳峻にして、入るを得たる所由《ゆえん》の所を知らず。乃ち夜中に陽驚して盗有りと託言す。因《よ》りて墻《かき》を循《めぐ》りて以て其の変を観《み》しむ。左右白《まう》して曰《いは》く、余の異無きも、惟《た》だ東北の角、狐狸の行く処の如しと。充乃ち女之左右を考問するに、具《つぶ》さに状を以つて対《こた》ふ。充之を秘

　し、遂に女を以ちて寿に妻《めあ》はす。

美男子の韓寿が賈充の娘と密通し、「香」がきっかけとなって露見した後、許されて夫婦となったというこの話については、『蒙求』の古注や『世説新語』（惑溺）にも、『晋書』とほぼ同内容の記事が、若干簡略化された形で載せられている。前掲した『蒙求』の「韓寿竊香」という句からも知られるように、この話はもっぱら「香」にかかわる説話として知られており、たとえば北周の庾信「燕歌行」に「盤龍明鏡餉二秦嘉一、辟悪生香寄二韓寿一」と見えるように、韓寿の名は多く「香」の語とともに用いられている。また、日本文学に大きな影響を与えたことが知られている『遊仙窟』にも「遙聞二香気一、独傷二韓寿之心一。近聴二琴声一、似レ対二文君之面一」と見えており、韓寿と「香」にまつわるこの話が当時の日本人にも広く知られていたことが、そこからも推測される。

丹羽博之氏は論文「古今集春上91番歌　『香をだにぬすめ春の山風』と『偸香』の故事」（『平安文学研究』六十九輯・昭和五十八年七月）の中で、古今集の九一番「花の色は霞にこめて見せずとも香をだにぬすめ春の山風」（春の歌とてよめる・善岑宗貞）の一首について北村季吟の『教端抄』が、

　私案ズルニ竊《ヌスム》レ香ヲの字は晋書賈謐伝韓寿が古事に出たり。

と記している（賈謐は賈充の養子で、その伝は賈充伝の中に記されている。）ことや、韓寿の説話から生まれた「偸香《とうかう》」の語が「私通」の意に用いられていたことを指摘し、当該歌もそれをふまえて解釈されるべきであることを述べているが、「香をぬすむ」という表現以外にまで範囲を広げれば、「香」と男女関係を取り合わせた表現は、古今集にもこれ以外に、

　梅の花立ち寄るばかりありしより人のとがむる香にぞしみぬる　（巻一・春上・三五・題知らず・よみ人しらず）

などと例が見える。この「梅の花」歌は古今集では春の部に配され、「題知らず・よみ人しらず」とされているが、同じ歌が『兼輔集』にも入れられていて、そこでは「しのびたる人の移り香の人とがむばかりしければ、その女に」

（西本願寺本三十六人集系の本文による）という詞書が付され、男女関係とのかかわりはより明瞭なものとなっている。

また、『源氏物語』宿木巻にも、

かの人の御移り香《が》のいと深くしみたまへるが、世の常の香《かう》の香《か》に入れたきしめたるにも似ずしるき匂ひなるを、その道の人にしおはすれば、あやしと咎め出でたまひて、いかなりしことぞと気色とりたまふに、（中略）…さるは、単衣《ひとえ》の御衣《ぞ》なども脱ぎかへたまひてけれど、あやしく心よりほかにぞ身にしみにける。

と、中の君の体に残る香によって、匂宮が妻の中の君と薫との仲を疑うという場面が描かれていて、すでにさまざまに論じられてもいる。（最近では白雨田「薫の人物造型」〈『詞林』39・平成十八年四月〉がある。他の文献についても同論文を参照。）韓寿の逸話に登場する「香」は厳密には移り香ではなく、そのためか、韓寿の話は従来これらの事例の典拠とされてはこなかったが、男女関係にまつわる「香」の事例として広く知られていたこの話を、それら一連の表現の淵源のひとつに位置づけて考えることは、むしろ適切なことではないかと考えられる。

3　韓寿説話から伊勢物語へ

『遊仙窟』有注本の、さきに挙げた「遙聞二香気一、独傷二韓寿之心一」という部分に対する注記には、晋の郭澄之の著作とされる『郭子』と、現存する『晋書』のもとになったとされる斉の臧栄緒《ぞうえいしょ》作の『晋書』の二書が引用されているが、このうち『郭子』からの引用は、次のように記されている。

郭子曰。陳騫辟二韓寿一為レ掾。毎レ会聞三寿有二異香気一。是外国所レ貢、一着レ衣、歴日不レ歇。騫計武帝唯賜二己及賈充一、他家無二此香一。嫌下寿与二己女一通上、考二問左右一、婢具以レ実対。騫以レ女妻レ寿、未レ婚而亡滅。

郭子曰《いは》く。陳騫韓寿を辟《め》して掾と為《な》す。会ふ毎《ごと》に寿に異香気有るを聞く。是れ外国の貢ずる所にして、一たび衣に着けば、日を歴《へ》ても歇《や》まず。騫計らく武帝唯《ただ》己及び賈充に賜ひ、他家に此の香無し。寿と己が女《むすめ》と通ずるを嫌《うたが》ひ、左右に考問するに、婢具《つぶ》さに実を以て対《こた》ふ。騫女を以て寿に妻《めあは》すに、未だ婚せずして亡滅すと。

さきに見た『晋書』には、西域から進貢された「奇香」を帝から賜った者として、賈充のほかに陳騫の名が挙げられていたが、『遊仙窟』の注に引用された『郭子』では、韓寿を呼んで部下にした人物も、韓寿が密かに通じた娘の父親も、すべて賈充ではなく陳騫となっている。そしてさらにその娘は、正式な婚姻を待たずに死亡したと記されている。

『世説新語』（惑溺）の韓寿の項には、前述のように『晋書』賈充伝とほぼ同内容の記事が記されているが、そこに加えられた梁の劉孝標の注には、『晋書』や『世説新語』に見える韓寿の逸話と『郭子』の韓寿にまつわる記事の異同について、次のような説明が加えられている。

郭子謂。与㆓韓寿㆒通者、乃是陳騫女、即以妻㆑寿、未㆑婚而女亡。寿因娶㆓賈氏㆒、故世因伝㆓是充女㆒。

郭子謂《いは》く。韓寿と通ぜし者は、乃《すなは》ち是れ陳騫の女《むすめ》なり。即《すなは》ち以て寿に妻《めあは》せしに、未だ婚せずして女亡すと。寿因《よ》りて賈氏を娶る。故に世因《よ》りて是れを充が女と伝ふるなり。

すなわち、韓寿と密通していた陳騫の娘が韓寿と結婚する前に死んだので、その後、韓寿は賈充の娘を娶り、そのために世間では両者を混同して、「香」にまつわる密通の相手も賈充の娘だったと伝えるようになったと言うのである。韓寿に「香」を贈ったのは、はたして賈充の娘だったのか陳騫の娘だったのか。それはともかく、このような二種類の伝承の存在は、美男子の韓寿と「香」にまつわる逸話が、それだけ広く、さまざまな異伝を含む形で伝えられていた事情を今に伝えている。

そのような、さまざまな形で伝えられた韓寿の逸話のうち、賈充の娘との密通を伝える『晋書』や『世説新語』

に見える説話では、「香」のほかに、「垣（墻）」が重要な舞台装置として用いられていた。さきに引いた『晋書』賈充伝に傍線を施しておいた部分だけを、次にもう一度抜き出して掲げておく。

　寿勁捷人に過ぎ、垣を踰へて至るも、家中知るもの莫し。…而《しか》るに其の門閤厳峻にして、入るを得たる所由《ゆえん》の所を知らず。…因《よ》りて墻《かき》を循《めぐ》りて以て其の変を観《み》しむ。左右白《まう》して曰《いは》く、余の異無きも、惟《た》だ東北の角、狐狸の行く処なりと。

すなわち、すこぶる「勁捷」だった韓寿は「垣を踰へて」女のところに通っていたが、「香」の一件で疑いを持った賈充は、部下に「墻」の点検を命じ、その結果、「東北の角」にあった韓寿の秘密の通い路は賈充の知るところとなったというのである。この設定は、もはやことさらに言うまでもないほど、伊勢物語第五段の「ついひぢの崩れ」によく似ている。

しかも、韓寿の説話は次のような結末を有していた。

　充之を秘し、遂に以ちて女を寿に妻《めあ》はす。

密通が露見して二人の仲が引き裂かれるのではなく、許されて結ばれるという点においても、両者は一致している。伊勢物語第五段の虚構的設定の発想の源として、当時よく知られていた韓寿の説話を考えることは、かくして、十分に妥当であると考えられるのである。

4　色好みの女性像

さきにも述べたように、『遊仙窟』の「遙聞㆓香気㆒、独傷㆓韓寿之心㆒」という部分に対する有注本の注記には、『郭子』のほかに、斉の臧栄緒《ぞうえいしょ》作の『晋書』が引用されているが、その内容は、現存の『晋書』とはかなり異なっている。その引用部を次に掲げておく。

栄緒晋書曰。賈充前妻李氏、生二二女一。貞淑美令、有レ声二都邑一。後妻郭氏、又生二二女一。少有二淫行一。年十三四、通二於韓寿一。充未二之覚一也。于レ時外国献二奇香一。中国所レ無也。祖二宝之一。唯以分レ充。充賜レ女。其余不レ出二宮門一。充与二韓寿一遇坐、聞二其衣香一。心内疑レ之。充為レ家厳竣、重閣墻高丈五、薦以二枳棘一。於レ此使二登レ垣周行見一、東北角上有レ逕。狸鼠行迹。充潜殺二数婢一、抑密不レ言、使二外訪一レ婚、遂以レ女妻レ寿。

栄緒が晋書に曰《いは》く。賈充の前妻李氏、二女を生む。貞淑美令にして、都邑に声有り。後妻郭氏、又二女を生む。少《わか》くして淫行有り。年十三四にして、韓寿に通ず。充未だ之を覚《さと》らず。時に外国奇香を献ず。中国に無き所なり。之を祖宝とす。唯《ただ》以て充に分かつ。充女《むすめ》に賜ふ。其余は宮門を出でず。充韓寿と遇坐し、其の衣の香を聞く。心内に之を疑ふ。充家を為《つく》ること厳竣にして、重閣墻《かき》高きこと丈五、薦《し》くに枳棘《ききょく》を以てす。此《ここ》に於て垣に登り周行して見するに、東北の角上に逕有り。狸鼠《りそ》の行迹なりとす。充潜《ひそ》かに数婢を殺し、抑密して言はず、外に婚を訪はしめ、遂に女を以て寿に妻《めあ》はす。

臧栄緒の『晋書』では、このように、韓寿にまつわる記事の冒頭部分に、まず、賈充の前妻李氏が生んだ二人の娘と、後妻郭氏が生んだ二人の娘の性格の違いが、ことさらに対照的に紹介されている。すなわち、前者が「貞淑美令」であったのに対し、後者は「少くして淫行」があったというのである。『世説新語』の「惑溺」には、賈充の後妻郭氏が甚だ嫉妬深く、息子の乳母と夫の仲を疑って乳母を殺したために、乳母を慕って他の乳を飲まなかった息子も死に、その結果賈充は遂に男子を持つことがなかったことが記されている。伝承の世界では、この後妻郭氏とその娘の世評はともに、けっしてかんばしいものではなかった。

『遊仙窟』の注に引用された臧栄緒の『晋書』には、賈充の娘と韓寿が結ばれた具体的ないきさつは記されていないが、現存本の『晋書』によれば、その最初のきっかけは、宴席をひそかにのぞき見た賈充の娘が、韓寿の美貌を見て「悦」んだことにあった。また、仲を取り持った「婢」から韓寿の意向を聞いた娘は、親にも告げずに、自分の方から韓寿を呼んで夜に屋敷に入れた。親によって定められた婚姻以外の私通はすべて「淫行」であるとする儒教の原則からすれば、後妻郭氏が生んだこの娘のふるまいは、たしかに「淫行」と言わざるを得ない。事実、『芸文類聚』の「人部・淫」には、臧栄緒の『晋書』のこの部分が掲げられ、後妻郭氏が生んだ賈充の娘のこのふるまいが「淫」の事例のひとつとして記載されている。だが、儒教的倫理からいったん離れて考えれば、『晋書』に「大に感想し寤寐に発す」とあるように、美丈夫の韓寿に一目惚れして寝ても覚めても忘れられなくなった賈充の娘の恋情は、それなりにひたむきで純真なものであった。だからこそ韓寿はその思いを受け入れ、後に事実を知った父の賈充もまた、二人の仲を許したものと考えられる。そもそも『晋書』に「充のみ其女の悦暢常日に異なるを覚る」とあったように、父は、事情を知る以前から、いつもと違って明るく元気な娘の様子の変化に気づいていたが、それもまた、心の底から韓寿を慕う娘の純粋な気持ちのあらわれであった。

伊勢物語第五段では、「通ひ路」が閉ざされたことを男の歌によって知った「女」が「いといたう心やみ」、それを見た「あるじ」が、二人の仲を許したと語られている。ここに用いられている「心やむ」という語は、その用例などから考えて、「腹を立てる」「怒る」「恨む」などという意味の語であり、「胸を痛める」「心が弱る」などの意味に用いられることはない（山本前掲書第二章三参照）。本論冒頭にも記したように、この「ひんがしの五条わたり」に住む女性は、ことのなりゆきをひどく怒り恨んだのであって、その結果、主人は二人の仲を許したと、ここでは語られているのである。人目を忍んできた恋路の露見に弱々しく胸を痛めるのではなく、恋路が妨害されたことに対して「いといたう」、つまりは激しく怒り恨むのが、伊勢物語第五段で語られている「ひんがしの五条わたり」に住む女性の姿であった。

男が築地塀や垣を越えて女の屋敷に通うという設定や、密通した二人の仲が最後には許されるという点において、伊勢物語第五段と韓寿の説話が共通していることをさきに確認したが、両者の共通点は、けっしてそれだけにとどまるものではなかった。この両者の女主人公はともに、恋愛に対してきわめて積極的であり、儒教的見地からは「淫」と呼ばれるような性格を共有していると考えられる。伊勢物語第五段末尾の注記的記述によれば、それはそのまま二条后・藤原高子の人物像として描き出されていることにもなるのだが、そのような、儒教的倫理秩序から見てけっして善良とはいえない女性像の造型もまた、韓寿の説話等によるところが大きかったのではないかと考えられるのである。

伊勢物語では、主人公は「色好み」と呼ばれることはほとんどなく、逆に、「色好み」と呼ばれている人物の多くは女性だった（山本前掲書第二章一参照）。一方、中国の韓寿説話でも、「色好み」と呼ばれるべきは韓寿よりもむしろ賈充の娘である。伊勢物語第五段には「色好み」の語は見えないが、両者には恋愛にきわめて積極的な女性が共通して登場する。このような女性像の一致はさらに、伊勢物語第五段と韓寿説話の類似といった個別の事例を越えた、平安朝物語と中国の恋愛説話等の、より幅広い共通性の存在を示唆しているように思われるのである。

四　王朝物語と宮廷秘話

――第六十五段成立の意味――

1　密通を期待する帝

宇津保物語「内侍のかみ」の巻の冒頭、朱雀帝は、源正頼（左大将）の娘である仁寿殿の女御の局を訪れ、女御の最近の冷淡な態度を恨みながら、その背後に、藤原兼雅（右大将）の女御への懸想があることを推測して、なかば戯れながら告白を迫る。その一連の会話の中で帝は、まず自分の兄弟である兵部卿の親王を話題にして、その魅力を次のように賞賛する。（「内侍のかみ」の巻には諸本共通の錯簡をはじめ、本文の問題も多いが、以下、原田芳起氏の修正案にしたがって改められた室城秀之氏『うつほ物語』〈平成七年・おうふう〉および中野幸一氏校注訳『新編日本古典文学全集　うつほ物語2』〈平成一三年・小学館〉の本文に従い、表記等を一部改める。）

①「かの兵部卿の親王《みこ》、はらからともいはじ、少し見どころある人なり。まづうち見るにも、かの君を女になして持たらまほしく、さならずは、われ持たれまほしくなむ見ゆる。まして少し情けあらむ女の、心とどめてかの親王のいひ戯《たはぶ》れむには、いかがはいとまめにしもあらむと見れば、ことわりなりとてせちにも咎《とが》めず、（下略）」

後述する「内侍のかみ」の巻の後続部では、この兵部卿の親王が承香殿の女御に思いを寄せていることが紹介・

暴露されており、帝のこの言葉は、そこまで読み至ってはじめて読者に真意がわかる、いわばそこに続くための伏線として述べられているのだが、ここで帝は、「かの君を女になして持たらまほしく、さならずは、われ持たれまほしくなむ見ゆる」、すなわち兵部卿の親王を女にして自分の妻とするか、あるいは自分が女になって親王の妻になりたいとまで述べてこの同腹の兄弟の魅力を絶賛し、そんな魅力を持った親王だからこそ、「少し情けあらむ女」が親王に心を許したとしても、自分はそれを「ことわりなりとてせちにも咎めず」、すなわち当然のふるまいと思って特に咎め立てはしないと言う。そして帝の言葉は、仁寿殿の女御に思いを寄せている右大将藤原兼雅の話題へと移ってゆく。

②「（前略）おもとに大将の朝臣馴らしたまはむ、せちにも咎《とが》めざらまし。ことわりなりと見ゆるところぞ少しあらまし。さらに兵部卿の親王《みこ》かへりて苦しき人なり。見む人に心留められぬべきところありて、吉祥天女にもいかがせましと思はせつべき大将なり。（下略）」

さきの引用部①をふまえて帝は、右大将藤原兼雅を、「さらに兵部卿の親王かへりて苦しき人」、すなわち兵部卿の親王がかえって恥じ入るほどの人であると言い、さらに「吉祥天女にもいかがせましと思はせつべき大将」であるとも述べる。そのように魅力的な藤原兼雅に対して仁寿殿の女御が狎れ親しんだとしても、自分はそれを「せちにも咎めざらまし」と、朱雀帝は言うのである。

「内侍のかみ」の巻の冒頭はこのように、朱雀帝の、自分の女御たちと親王・近臣たちとの密通を黙認するかのような言葉によって始まるが、同種の内容の話題は、この巻の中で、その後も繰り返し持ち出され続ける。この巻の前半は、「相撲《すまひ》の節会《せちえ》」の準備とその当日の進行ぶりを中心に物語が展開するが、その当日、節会の朝の陪膳役として簾中に出仕している仁寿殿の女御と、簾の外に右方の担当者として列席している右大将藤原兼雅をともに見て、帝は再びこの二人の関係を想起し、心中に次のように思う。

③帝、この御息所を右大将聞こえ給ふことありき、今も忘れ給ふまじ、と思《おぼ》して、さてはいかがあるべき、と御覧じ比べて、内外《うちと》に御目を配りて御覧じおはしますに、いづれもこともなき男女にてある時に、上思す、この女御と大将と、さてあらむに、なかるまじき仲にこそありけれ。これを同じ所に、労あらむ所に据ゑて、情けあらむ草木、花盛りにも紅葉盛りにもあれ、見どころあらむ所の夕暮れなどありて、行く先をいひ契り、深き心言ひ契らせ、かたみに、あはれならむことを心とどめてうち言はせ、をかしきこと語らはせむに、けしうはあらじ。なほ聞き見む人、目とどめ耳とどめ見ざらむやは。見えじ。さてあらせて聞かばや、など思しつつまぼりおはしますに、（下略）

帝は二人を「御覧じ比べ」、二人が「いづれもこともなき男女にてある」、つまりどちらもすぐれた男女であることをあらためて確認する。そして帝は、この二人を、「労あらむ所」すなわち洗練された風情のある場所に住まわせて、「情けあらむ草木、花盛りにも紅葉盛りにもあれ、見どころあらむ所の夕暮れなど」に、「行く先をいひ契り、深き心言ひ契らせ、かたみにあはれならむことを、心とどめてうち言はせ、をかしきこと語らはせむにけしうはあらじ」、すなわち互いに将来を誓わせたり深い愛情を語らせたりしたら悪くはないだろう、と想像し、ついには「さてあらせて聞かばや」、つまり二人にそうさせて、互いのやりとりを聞きたいものだとまで考える。朱雀帝は、このように、密通をただ黙認するだけでなく、むしろその実現を期待し、その時の二人の様子を秘かに見聞したいとさえ考えているのである。

帝は、このような思いを、ただ心中に秘めていただけではなかった。帝は、仁寿殿の女御を女郎花に譬えた次のような和歌を詠み、簾の外に控えている人々に「これが心、見解きたまふ人ありや」という言葉とともに呈示して、自分の思いを、当事者である右大将藤原兼雅や列席する廷臣たちに伝え、その反応を探ろうとする。

薄く濃く色づく野辺の女郎花植ゑてや見まし露の心を

室城秀之氏『うつほ物語』は、この歌について「帝が兼雅の立場になって、『女郎花』に仁寿殿の女御を、『露』に帝自身をたとえて詠んだものか」と注するが、上述のような帝の心情から考えると、中野幸一氏校注訳『新編日本古典文学全集　うつほ物語２』のように、「『女郎花』は仁寿殿の女御、『露』は兼雅をたとえ」て、あくまでも帝自身の立場から、兼雅をはじめとする廷臣たちの反応を見るために詠まれた一首と考えた方がより適切であるように思われる。

この歌に対する人々のさまざまな思いがそれぞれの返歌を通して述べられ、書き付けられたそれらの歌を帝が見ているうちに、相撲も始まり、時が移って夕刻になると、今度は節会の夜の陪膳役として、承香殿の女御が簾中に出仕する。それを見た帝は、前述した兵部卿の親王の懸想を思い、次のように考える。

④帝、この君を御名立ちたまふ宮兵部卿の宮にご覧じ比べて、げにはただえ見過ごしてあるまじき人の仲にこそはありけれ。男も女も、かたみに見交はしては、げにげに、身はいたづらになるとも、われにてもただにてはえあらじかし。見るに男も女も、深き労ありけりとも、いとど覚ゆるかな。かかる仲の、さすがに色に出でてはえあらず、思ひつつむことありて、その中になでふことを言ひ尽くすらむ。この中には、世の中にありとあることの、少し見どころ聞きどころあるは、言ひ尽くすらむかし。かれを聞き見るものにもがな。とこれかれを比べおはしまして、いかでこれに、いささかなること言はせてもみせてしがな、と思す。

ここでも朱雀帝は、「かれを聞き見るものにもがな」「いかでこれに、いささかなること言はせてもみせてしがな」と、二人の恋が成就し、その情趣あるやりとりを自分が秘かに見聞することを望んでいる。さらに帝はここでも、その思いを心中に留めておかず、二人の密通を黙認するという趣旨の歌を承香殿の女御に贈り、その歌は、酒杯とともに一座の親王や廷臣たちに順次披露され、人々はまたしても、それぞれの思いを込めて返歌を詠んでいる。

2　帝の妻への懸想

以上、宇津保物語の朱雀帝が、女御達に対する親王や廷臣の懸想を黙認するばかりか、その密通の実現を期待し、さらにはその気持ちを和歌に込めて当の親王や廷臣たちに示してさえいるありさまを見たが、「内侍のかみ」の巻には、女御達に対するそのような懸想の実態が、廷臣の側から赤裸々に述べられている場面も存在する。相撲の節会を前に、右方の担当者である右大将藤原兼雅は、左方の担当者で仁寿殿の女御の父でもある左大将源正頼を訪問するが、酒盃を交わすうちに、二人の会話の内容は、これまで遭遇した魅力的な女性、特にはそのような女性から贈られた手紙の話題へと移ってゆく。まず正頼は、前の帝である嵯峨帝の時の承香殿の女御のすばらしさ、そして彼女から自分が受け取った手紙のすばらしさを、次のようにほめたたえる。

⑤「世の中の、心ゆき、なほをかしきものは、労ある女の情けあるが、もの言ひかかりなどするが、かの女のいかにせましと思ひわづらへるが、心とどめて書きたる文見るばかり、労あるものこそなけれ。昔、嵯峨の帝の御時、承香殿の御息所ばかりの女を見たまへぬかな。あやしくめでたかりし人の御心にこそありしか。正頼いまだ中将に侍りし時、かの御息所、内宴の賄《まかな》ひにあたりたまひて、仁寿殿に候ひたまふ方に、透《す》きたる御簾《みす》の内におはしますに、うち見るほどにさらに魂なくなりて、いかでいささかならむことの聞こえてしがなと思ひわたりしに、いかなる折にかありけむ、聞こえ始めて、後々は、せめて聞こえわづらはすほどに、思しわづらふにやあらむと見えしほどの御文見たまへしこそ、よにあはれに労ありしか。正頼が老いの世に、その御文見たまへしばかり、似るもののあはれなむ思ほえぬ。つひに疎くてやみたまひにしものから、のたまひ放たぬことなどのあれば、頼みまさりて、いとどしく魂の行くらむ方も知らずこそありしか。さる女の、

今の世にあらじとや」

「労ある女の情けある」、すなわち洗練された情趣を持ちながらしかも情愛のある女性が、男からの恋文に対して、どうしようかと思い悩みながら心をこめて書いた返事ほど趣深いものはないと、正頼は言い、嵯峨帝の時代の承香殿の御息所ほどすばらしい人を自分は見たことがなく、彼女からもらった手紙以上に「もののあはれ」を感じさせるものはないと続ける。正頼によれば、彼と承香殿の御息所（女御）は結局のところ結ばれることがなかったが、彼女は冷たく拒絶する態度を見せなかったので、正頼の思いはますます強まり、「魂の行くらむ方も知らず」という状態であったという。

「さる女の今の世にあらじとや」、すなわち嵯峨帝時代の承香殿の女御ほどすばらしい人は「今の世」つまり朱雀帝の時代である現在にはいないだろうという正頼の言葉に対して、兼雅は、「今の世の女の深くありがたき御心は、仁寿殿の女御こそおはしますらめ。この承る承香殿に、さらに劣らぬ御心なり」と反論し、以前のことであって今のことではないとことわったうえで、次のように述べる。

⑥「たいだいしきことなれど、むかし聞こゆることありしを、さらにのたまひ放たで、頼めとのみあらせつつ、多くの好きごとを御覧じたるなむ、いとありがたき。今にいとたまさかに聞こえさする時など、同じやうなるものから、遠き御心はなほ同じやうなれど、多くのすきごとをなむ御覧ぜられぬる」

嵯峨帝時代の承香殿の女御と同じように、仁寿殿の女御もまた、はっきりと拒絶する態度を見せることがなく、頼みに思わせながら、多くの恋文を受け取ってくれたという。そして最後に兼雅は、現在もごくまれにではあるが仁寿殿の女御に手紙を送っていることを、女御が「遠き御心」、すなわち兼雅を近づけようとはしない気持ちでいることをことわりながら、当の女御の父である正頼に告白する。この後、最高の女性は誰かという二人の言い争いから、二人が持っている手紙を実際に見せ合って勝負を付けようということになるが、勝負は引き分けに終わって、物語は次の場面へと進んでゆく。

このように、「内侍のかみ」の巻では、朱雀帝と二人の廷臣（正頼・兼雅）の双方の視点から、帝の妻である女御に対する親王や廷臣の懸想が描き出されている。これによって、すぐれた一対の男女がかもしだす禁じられた恋の情趣を、想像や期待の世界も含めて、登場人物の心とともに、読者もまた堪能することになる。その中でも特に注目されるのは、巻の冒頭から、女御たちの夫であるはずの朱雀帝自身が、推測したり告白を迫ったり期待したり、さらには恋のやりとりを秘かに見聞することを願ったりしながら、あたかも密通という物語の熱心な読者、ないしは観客でもあるかのような役割を演じ続けているという事実である。この「内侍のかみ」の巻では実は、右大将藤原兼雅の妻であり主人公仲忠の母でもある俊蔭の娘に対する、この朱雀帝自身の懸想が主題のひとつとして語られてもいるのだが、他の巻にも関わるその大きな主題を取り巻き、支えるかのように、この巻では、情趣にあふれた禁じられた恋、密通の宮廷秘話が、帝自身によって期待され、待望されているのである。

3　伊勢物語の宮廷秘話

源氏物語以前の初期物語の中で、密通の宮廷秘話としてすぐに想起されるのは、伊勢物語の二条后章段であろう。伊勢物語には、周知のように、清和天皇の女御で陽成天皇の母である二条后と在原業平をモデルとする主人公との恋を語る章段（以下「二条后章段」と呼ぶ）がいくつか存在するが、さまざまな点から、それらは一度に作られたのではなく、ある程度の時期を隔てながら順次作られていったものであると推測される。

その中でも、主人公が「月やあらぬ春や昔の春ならぬ」の歌を詠む第四段と、「人しれぬわが通ひ路の関守は」の歌を詠む第五段は、それぞれの歌が古今和歌集に、伊勢物語ときわめて近い長大な詞書を伴って収録されていることから、古今和歌集の成立以前からおおむね現在と同様の本文を持った物語として存在していたことが推測される。すなわちこの二つの章段は、伊勢物語の二条后章段の中でも、もっとも古く成立した章段と考えられるのである。このうち第四段では、二条后を思わせる女性が「東の五条におほきさいの宮おはしましける、西の対に住む人ありけり」という形で紹介されている。また一方の第五段では、冒頭に「東の五条わたりに、いとしのびていきけり」という形で紹介されている女性について、章段末尾にさらに「二条のきさきにしのびてまゐりけるを」という注記が加えられている。はっきりと明示されてはいないが、これらの記述からは、これらふたつの章段が、藤原高子（後の二条后）が入内以前に伯母の藤原順子（仁明天皇の女御・五条の后）の邸に住んでいた時のできごととして作られたことがうかがわれる。つまりこれらの、いわば初発の二条后章段では、二条后と主人公の恋愛は、二条后が清和天皇に入内する以前の、若かりし日のできごととして語られていたと考えられるのである。

また、芥川の段として知られる第六段は、主人公が連れ出した女性が芥川で鬼に食われるという、平安時代の貴族たちの現実から大きくかけ離れた物語をいったん語ったうえで、実名をともなった長大な段末注記（本書第二章三参照）を付け加えることによって、その内容を貴族社会の現実に引き戻しており、その内容と形式から、さきの両章段の存在等を前提にしてあらたに作り出された、二条后章段の中でも後発の章段と考えられるが、その注釈的部分の冒頭は、「これは、二条のきさきの、いとこの女御の御もとに、つかうまつるやうにてゐたまへりけるを…」と始まり、末尾には「まだ、いとわかうて、きさきのただにおはしける時とや」と記されている。入内以前の二条后が住んでいた邸が、さきの両章段では藤原順子（五条の后）の邸のように書かれていたのに対し、この第六段では「いとこの女御」すなわち藤原明子（文徳天皇の女御・染殿后）の邸にいたと書かれていて、その点において両者の記述内容は異なるが、そのような差異を含みつつ、両者はともに、在原業平を思わせる主人公と二条后の恋を、「きさきのただにおはしける時」すなわち入内以前のこととして語っているのである。このほか、大和物語にも類似の話が見える伊勢物語第三段にも、段末注記の形で、「二条のきさきの、まだみかどにもつかうまつりたまはで、ただ人にておはしましける時のことなり」という記述が加えられている。これらの章段が成立する段階になってもなお、在原業平と二条后の恋物語は、二条后の入内以前のできごととして語られていたと考えられる。

ところが、二条后と業平を思わせる男女の恋を、「おほやけおぼしてつかうたまふ女の、色ゆるされたる」と「殿上にさぶらひける在原なりける男の、まだいと若かりける」という二人の男女の間のこととして物語る第六十五段では、引用した女性の紹介からもわかるように、二人の恋は、帝の妻と廷臣（あるいは殿上童）の間の密通として描き出されている。歴史上の在原業平は、二条后よりも十八歳年長であり、その点だけを取り上げても、男女の年令関係が逆転しているこの章段がきわめて虚構的な世界を描き出していることは明白だが、そのことは、この章段の内容を検討すればより一層明らかとなる（本書第三章五参照）。伊勢物語の中ではきわめて長大で、歌物語から作り物語への接近の姿を色濃く見せる（同参照）この章段に至ってはじめて、二条后と業平を思わせる男女の恋は、帝の妻と臣下の間の密通に姿を変えて語られているのである。

なお、これと類似した内容は、業平の兄行平の娘が産んだ清和天皇の皇子・貞数親王の誕生を語る第七十九段の末尾に記された「時の人、中将の子となむいひける」という記述からもうかがうことができる。そこでは、業平と、清和天皇に入内した兄の娘との密通が、人々の噂という形をとってほのめかされている。

以上のように通観すれば、伊勢物語の各章段が順次作られてゆく過程の、おそらくは最終段階に近いある時期に、業平を思わせる主人公が、帝の妻との密通を語る宮廷秘話の主人公へと変身させられたことが、ほぼ確実な想定として考えられる。伊勢物語の、成立時期が推定できる章段の中でもっとも成立が遅れると考えられるのは、橘直幹（天暦九年・九五五没）の作として拾遺抄・拾遺集に収録されている「忘るなよ」の一首を用いて創作された第十一段であり、その成立時期は十世紀の後半と考えられるが、その時期はまた、「円融朝の頃（九六九〜九八四）には、少なくとも第十二巻『沖つ白波』の巻あたりまでは成立」（室城秀之氏前掲書）していたとされる宇津保物語の成立時期と、おおむね接近している。前章で見た宇津保物語の「内侍のかみ」の巻と、伊勢物語のもっとも成立の遅い章段の一部は、おおまかに言えば、ほぼ同時代に作られたと推定されるのである。

そのころ、宇津保物語の作者が、密通をテーマにした宮廷のドラマを作り出そうとしていた様相を、さきに宇津保物語「内侍のかみ」の巻によって見たが、伊勢物語の第六十五段もまた、ほぼ同じ時代の一人の作者によって、既存の二条后章段の世界を大きく改変することによって、宮廷を舞台にした新しい密通の物語として創作されたと考えられる。よく知られた人物のイメージを用いて、リアリティーのある宮廷密通物語を創作しようとする者にとって、二条后は、まことに都合のよい存在であったと考えられるのである。

二条后章段の世界に大幅な改変を加えて、宮廷密通の物語を創造しようとした伊勢物語第六十五段の作者。その作者の志向するところは、さきに宇津保物語「内侍のかみ」の巻の世界で見た密通の宮廷秘話への志向と、もとよりさまざまな点において異なった内容を有してはいるものの、基本的にはよく似通っていると言ってよい。「内侍のかみ」の巻で朱雀帝が、あたかもひとりの物語読者のようにその成立を期待し、待望していた禁じられた恋、密通の宮廷秘話は、ほぼ同時代の作と考えられる伊勢物語第六十五段で、それなりの形をとって実現していると考えられる。

4　年中行事と恋

宇津保物語「内侍のかみ」の巻の冒頭の、朱雀帝と仁寿殿の女御の会話の場面をさきに見たが、物語ではやがてその場に上達部や親王が多数参集し、東宮も同席して酒宴が始まる。その場で話題になったのは、年中行事のことである。その話題はそもそも、朱雀帝の次のような言葉から始まっている。

⑦「久しく由《よし》あるわざせず。やうやう風涼しく、時もはたをかしきほどになりゆくを、世間のことも忘れ、心の中ゆくばかりのことも、この秋してしがな。人々定めたまへ。人の齢《よはひ》といふもの、はかなきものなり。命あらむ限り、興あらむことを見つつこそあらめ」とのたまふ。

はかない人生の「命あらむ限り」、「興あらむことを見つつ」すごしたいので、「心の中ゆくばかりの」「由あるわざ」、つまりは心ゆくまで満足できる行事を催したいと帝は言う。この言葉を受けて東宮は、また次のように言う。

⑧「げに同じくは出で来む節会どもを、なほ御時のめづらしき累代にもしてしがな。かの吹上の九日、少し由ある九日にはなりなむ。またさやうならむことはべらば、よからむかし。年の内出で来る節会の中に、いづれいとせちに労ある、定め申されよや」

東宮は朱雀帝の言葉に同意し、帝の御代に行われるさまざまな節会を、累代の先例になるようなものにしたいと言う。東宮は、その実例として、「吹上・下」の巻で語られている、嵯峨上皇が吹上で催した重陽（九日）の宴をあげ、そのようなことができればよいと言うのである。さらに話題は、一年中の節会の中でどれがもっとも「労ある」、つまり情趣がある行事かということに移り、季節のうつろいの中で行われる年中行事と、それに伴う宴が、さまざまに論評されてゆく。

このようにして始まる「内侍のかみ」の巻の物語は、前述したように、やがて七月の行事である相撲の節会の準備と、その当日の進行にそって語り進められ、最後には節会後の宴の盛り上がりへと展開する。前に見た、親王や廷臣の女御達に対する懸想の話題や、朱雀帝自身の俊蔭の娘に対する懸想は、あくまでも節会の進行の中で、その進行と一体化した形で語られている。節会と恋は、この巻では、分離できない二つの主題として、互いにからみあった形で語られているのである。さきの引用部⑦で朱雀帝は、「世間のことも忘れ、心の中ゆくばかりの」「興あらむこと」をしたいと願っていたが、それは、情趣に富んだ節会への願望であるとともに、同時にまた、情趣に富んだ恋愛や密通への期待でもあったと言ってよい。

　引用部⑧で東宮は、「年の内出で来る節会の中に、いづれいとせちに労ある」（傍点筆者。以下同じ。）と述べていたが、「労ある」という言葉は、この巻の中で、たとえば「三月の節会は、花とく咲く時はいと労あるほどなり」のように、すぐれた節会のすばらしさを形容する用語として、ここ以外でもしばしば用いられている。そして、その同じ言葉が、この巻の中では、「見るに男も女も、深き労ありけりとも、いとど覚ゆるかな」（引用部④）、「世の中の心ゆきなほをかしきものは、労ある女の情けあるが…」（引用部⑤）のように、懸想する男女のすばらしさを言う言葉としても多用されている。すぐれた年中行事の節会と、すぐれた親王や廷臣による女御たちへの懸想は、朱雀帝にとって、どちらも同じように心をときめかせる、「労ある」ものとして、この巻では語られているのである。

　引用部⑧の東宮の言葉を受けて語られる一年間のさまざまな節会は、すべて季節感とあわせてその興趣が評価され、比較されている。すぐれた年中行事は、言うまでもなく季節のうつろいと一体化して宮廷の一年を飾り、帝に「世間のことも忘れ、心の中ゆくばかりの」満足感を与えるものであった。それと同じように、男女の懸想も、平安時代にあっては、常に季節感と深く結びついていた。その事情は、引用部③としてすでに見た、次のような記述によっても明らかである。

　「（前略）この女御と大将と、さてあらむに、なかるまじき仲にこそありけれ。これを同じ所に、労あらむ所に据ゑて、情けあらむ草木、花盛りにも紅葉盛りにもあれ、見どころあらむ所の夕暮れなどありて、行く先をいひ契り、深き心いひ契らせ、かたみにあはれならむことを、心とどめてうちいはせ、をかしきこと語らはせむにけしうはあらじ。なほ聞き見む人、目とどめ耳とどめ見ざらむやは（下略）」

平安時代において恋愛が多く季節感と一体となって進行するという事実は、恋愛が常に和歌のやりとりを通しておこなわれていたことと密接に関連しており、古今和歌集の恋歌の部の次のような和歌の表現を見ればすぐにわかるように、もはやあえて言うまでもない当然のことがらと言ってよい。

ほととぎす鳴くや五月のあやめ草あやめも知らぬ恋もするかな（四六九・よみ人知らず）
初雁のはつかに声を聞きしより中空にのみものを思ふかな（四八一・凡河内躬恒）
秋の夜も名のみなりけり逢ふといへばことぞともなく明けぬるものを（六三五・小野小町）
蝉の声聞けば悲しな夏衣薄くや人のならむと思へば（七一五・紀友則）
秋ならで置く白露は寝覚めするわが手枕のしづくなりけり（七五七・よみ人知らず）

初期の物語でも、この宇津保物語に限らず、たとえば竹取物語の中で、帝とかぐや姫の文通は、「おもしろく、木草につけても御歌を詠みてつかはす」などと語られていた。

あえて極論を言えば、年中行事も恋愛も、どちらも季節の進行の中で、「労ある」こと、すなわち深い情趣を見せるものとして、宮廷の時間と空間を情趣あるものに変える、いわば宮廷文化の不可欠な構成要素と考えられていたのではないか。帝の妻への懸想や密通は、恋の中でももっとも許されない、苦悩に満ちた恋として、見聞する人にひときわ深い情趣を感じさせるものであった。さきに引いた引用部④の、

「（前略）かかる仲の、さすがに色に出でてはえあらず、思ひつつむことありて、その中になでふことをいひ尽くすらむ。この中には、世の中にありとあることの、少し見どころ聞きどころあるは、いひ尽くすらむかし。かれを聞き見るものにもがな。（下略）」

という心中の思いからも明らかなように、「内侍のかみ」の巻で朱雀帝がそのような密通を待望していた理由も、もとよりそこにあったはずである。そもそも、古今東西を問わず、理想の宮廷には、廷臣から真剣に懸想されるような美しく聡明な后の存在が望まれ、またそのような后に本当に懸想してしまうような純真な情熱を持った、すぐ

れた廷臣の存在も必要であった。「内侍のかみ」の巻で主題的に語られている年中行事と密通と。前者が宮廷文化の表だったあらわれであるとすれば、帝の妻への密通という禁じられた恋、苦悩に満ちた懸想は、表にこそ出にくいがさまざまな形で秘かに期待され待望されもしている、その裏の世界に隠された、これもまた実は必須の要素であったと考えられるのである。

そのような密通の宮廷秘話は、しかしながら物語文学の草創期には、物語の主題として取り上げられた痕跡を残していない。密通の宮廷秘話が、説話や伝承の中で、たとえば『日本霊異記』(下)に記されている孝謙(称徳)天皇と道鏡の逸話のように、しばしば帝や后への暗黙の批判や悪意に満ちた好奇心を交えて語られているのとは違って、かぎりなく情趣に満ちた話題として、むしろ苦悩に満ちた登場人物に対する同情や共感の念とともに物語の主題に取り上げられ、取り込まれていったのは、さきにも見たように、伊勢物語の第六十五段や、宇津保物語「内侍のかみ」の巻が成立した、十世紀後半の頃であったと想定される。そのあらたな展開の背景にどのような事情があったかを、いま具体的には明らかにし得ないが、その変化の持つ意味は、平安時代の物語文学の歴史の中で、けっして小さなものではなかったように思われる。

5　密通という主題

源氏物語のもっとも基本的な構想が、主人公光源氏と、父桐壺帝の女御であった藤壺との密通にあったことは言うまでもないが、この構想は、物語の内容や二人の年令関係その他から考えて、伊勢物語第六十五段をふまえて発想されたものと考えられる。この構想の背後に、さらに「準拠」とすべき日本や中国の歴史的事実があったことも考えられはするが、そのような史実や伝承があったとしても、それらを物語の主題として取り入れるためには、やはり伊勢物語第六十五段という、密通を叙情的に語る虚構的な先行物語の存在をふまえることが必要だったはずである。

しかしながら、どこまでも虚構的に、非現実的に、時にはコミカルにさえ語られる伊勢物語第六十五段と違って、源氏物語の世界ははるかに現実的であり、密通の結果生まれた子供がやがて即位するという、長い年月にもわたるきわめて重い内容が、そこでは語られている。当事者である光源氏と藤壺の二人は、「世の人」によって「光る君」「かかやく日の宮」と呼ばれるほどすぐれた男女だったが、秘められた密通という行為とその結果のために、その恋愛はきわめて苦悩に満ちたものとなった。すぐれた廷臣とすぐれた后が、秘められた密通の苦悩に苦しみながら、さまざまに心を通わせようとする物語。宇津保物語「内侍のかみ」の巻で朱雀帝が期待し、待望していた禁じられた恋、密通の宮廷秘話は、伊勢物語第六十五段よりもはるかに完成した形で、ここに実現していると考えられる。しかしながら、それはまた逆に、先行する宇津保物語「内侍のかみ」の巻や伊勢物語第六十五段の成立を前提にして、はじめて生み出された世界だったと考えられるのである。

五　伊勢物語の成熟期
――第六十五段とその周辺――

1　「恋せじといふ祓《はらへ》」

伊勢物語の中でももっとも長大な章段である第六十五段は、二条后を思わせる「おほやけおぼしてつかうたまふ女」と主人公「在原なりける男」の禁じられた恋の発端から破局までを、五首の歌を掲げながら物語る章段である。その前半部、二首目の歌が示される部分で、二人の関係の行く末に危惧の念をつのらせた主人公は、次のような行動に出る。

かく、かたはにしつつありわたるに、身もいたづらになりぬべければ、「つひに滅びぬべし」とて、この男、「いかにせん。わがかかる心やめたまへ」と、仏、神にも申しけれど、いやまさりにのみおぼえつつ、なほわりなく恋しうのみおぼえければ、陰陽師《おんやうじ》・かむなぎ呼びて、「恋せじ」といふ祓《はらへ》の具、具してなむ行きける。祓へけるままに、いとどかなしきこと数まさりて、ありしよりけに恋しくおぼえければ、

恋せじと御手洗川《みたらしがわ》にせし禊《みそぎ》神は受けずもなりにけるかな

と言ひてなむいにける。

神仏に祈っても、御手洗川で祓をしても、主人公は、自分自身の激しい恋心を消すことができなかった。御手洗

川での祓《はらえ》の結果に落胆した男は「恋せじと」の歌を独詠して慨嘆するのだが、この歌は、よく知られているように、古今集の巻十一・恋部一に「題しらず・よみ人しらず」として収録されている一首である。古今集諸本のうち、定家本など多くの本には最後の二句が「神は受けずぞなりにけらしも」となっているが、元永本などでは、この部分も伊勢物語とまったく同じ本文となっている。両者の本文のこのような異同関係については、さまざまな事情が考えられもするが、以下に述べるこの段の種々の様相を考えれば、第六十五段の作者は、古今集のよみ人しらずの一首を、おおむねそのままの形で、主人公の独詠歌としてここに転用していると考えてよい。

　ただし、宗祇の説を伝える室町時代後期の古今集注釈書『古聞』『古柏』『十口抄』などに「伊勢物語には逢ひて後の歌なり。ここにては不㆑逢恋の部なり」（京都大学国語学国文学研究室蔵『古柏』）などとすでに指摘されているように、この歌は古今集では、まだ相手との逢瀬を持ち得ていないばかりか、自分の思いさえ相手に十分には打ち明けていない状態を詠んだ歌が並ぶ巻十一（恋一）の、それも前半に配列されている。古今集五〇一番・よみ人しらず歌としての「恋せじと」の一首は、誰にも打ち明けられない片思いの恋の苦しみに耐えかねている、そんな男の立場で詠まれた歌と考えられる。それに対し、伊勢物語では、主人公はすでに、禁を犯した恋愛の中に泥沼のようにはまりこんでいて、いまや相手の女性から「いとかたはなり。身もほろびなん。かくなせそ」などと、関係の清算を懇願されてさえいる。一首の外形はほぼそのままではあっても、古今集と伊勢物語第六十五段において、この歌の意味するところは、実は大きく異なっていると言わねばならない。

　「恋せじ」という願いを込めて御手洗川でおこなわれたという禊《みそぎ》の実態も、古今集と伊勢物語では、かくして、まったく異なったものとなっているように思われる。古今集では、そもそも、「禊」は言葉の上の比喩であって、実際におこなわれたわけではないようにも読みとられ得る。万葉集には、どうにも抑えきれない自分自身の恋情を「恋《こひ》の奴《やっこ》」という比喩を使って自嘲的に表現した歌が、次のように見られる。言うまでもないことだが、この場合も、「恋の奴」という「奴」がどこかに実在したわけでは、けっしてなかった。

ますらをの聡きこころも今はなし恋の奴に我は死ぬべし　（巻十二・二九〇七）

家にありし櫃《ひつ》にかぎさし蔵《をさ》めてし恋の奴がつかみかかりて　（巻十六・三八一六・穂積親王）

抑えようとしても抑えきれない、どうしようもない恋心を自嘲的に表現しているという点で、「恋せじと」の歌とこれらの万葉集歌は共通している。三八一六番歌の左注によれば、穂積親王は酒宴の席でこの「家にありし」の歌を常に好んで朗誦したという。恋の思いに苦しんでいるポーズを、たわむれながら人々に示すことは、風流人にふさわしいふるまいでもあった。「恋せじと」の歌は、用いられている具体的表現は異なってはいるものの、万葉集以来継承されてきたこの種の歌の系譜をふまえた一首であるように思われる。作者ないしは話者が実際に「禊」を行ったと理解する必要は、必ずしもないと考えられるのである。たとえ、実際に禊が行なわれたように一首の表現を読みとるとしても、それは、片思いの恋の苦しみに耐えかねた男が、心中ひそかに「恋せじ」と願いつつ、その気持ちを表には出さずに行った、ごく普通の禊だったはずである。

ところが、一方の伊勢物語第六十五段では、その「禊」は、散文部では「祓」と言い換えられ、さらに詳細に「陰陽師・かむなぎ呼びて、恋せじといふ祓の具、具してなむ行きける」と述べられていた。すなわちそこでは、主人公は「陰陽師」や「かむなぎ」に対して、特殊な「恋せじといふ祓」を実施することを公然と要望し、そのための専用の道具を持って御手洗川に出かけたということになる。しかしながら、そもそも「恋せじといふ祓」とはどのようなものであり、そこで用いられた「恋せじといふ祓の具」とは、いったいどのような道具だったのだろうか。というよりもむしろ、そのようなものが本当に実在したのだろうか。端的に言ってそれらは、「恋の奴」と同じように、現実の世界にはあり得ない、架空の「祓」や「祓の具」だったのではないかと考えられる。古今集の和歌を利用して作られた伊勢物語第六十五段のこの部分は、本来の古今集歌の意味内容を大きく転換させているだけでなく、実はそれによって、現実にはけっしてありえない、きわめて虚構的・非現実的な世界を作り上げていた。そしてそれは、あまりにも現実とかけ離れた荒唐無稽な内容を有するがゆえに、『鑑賞日本古典文学　伊勢物語・大和物語』（昭和五〇年・角川書店）で片桐洋一氏が指摘しているように、読者に笑いをうながす、滑稽でユーモラスな世界にもなっていると考えられるのである。

2　第六十五段の虚構性

第六十五段の後半、二人の関係は、やがてみかどの知るところとなり、男は流罪に処せられ、女は「いとこの御息所」によって蔵に監禁されてしまう。ところが、流罪になったはずの主人公は、次のように、毎夜、女のいる邸宅の前まで来ては、笛を吹き、歌をうたう。

かかるほどに、みかど、きこしめしつけて、この男をば流しつかわしてければ、この女のいとこの御息所、女をばまかでさせて、蔵にこめてしをりたまうければ、蔵にこもりて泣く。

　あまの刈る藻に住む虫のわれからと音をこそ泣かめ世をばうらみじ

と泣きをれば、この男、人の国より夜ごとに来つつ、笛をいとおもしろく吹きて、声はをかしうてぞあはれに歌ひける。かかれば、この女は、蔵にこもりながら、それにぞあなるとは聞けど、あひ見るべきにもあらでなむありける。

　さりともと思ふらむこそ悲しけれあるにもあらぬ身をしらずして

と思ひけり。

流罪になった男が、その流刑の地である「人の国」から「夜ごとに」都に通って来ることは、現実には考えられないことである。そのような非現実的な内容が、この場面でもまた平然と語られている。「恋せじといふ祓」や「恋せじといふ祓の具」が登場した前の場面と同じように、ここでもまた荒唐無稽な表現内容を通して、登場人物たちのひたむきな心情が描かれているのである。

そもそも、この第六十五段の冒頭部は、次のように語り出されていた。

むかし、おほやけ思《おぼ》してつかうたまふ女の、色ゆるされたるありけり。大御息所《おほみやすんどころ》とていますかりける、いとこなりけり。殿上にさぶらひける在原なりける男の、まだいと若かりけるを、この女、あひしりたりけり。をとこ、女方許されたりければ、女のある所に来て、むかひをりければ、女、「いとかたはなり。身もほろびなん。かくなせそ。」と言ひければ、

思ふには忍ぶることぞ負けにけるあふにしかへばさもあらばあれ

と言ひて（下略）、

主人公の「在原なりける男」は、ここでは「まだいと若かりける」男とされているが、後に記されている「殿上にさぶらひける」「女方許されたり」などといった記述から考えれば、あるいは、まだ元服していない殿上童として設定されているかとも推測される。前引部に続いて語られる、次のような物語の内容も、主人公の「まだいと若かりける」という年齢にふさわしいものとして、ことさらに描き出されているように思われる。

曹司《ざうし》におりたまへれば、例の、この御曹司には、人の見るをも知らでのぼりゐければ、この女、思ひわびて、里へゆく。されば、「なにの、よきこと」と思ひて、行き通ひければ、みな人聞きて笑ひけり。つとめて、とのもづかさの見るに、沓《くつ》は取りて、奥に投げ入れてのぼりぬ。

女を追って、周囲の「人」の目もはばからず曹司や里にまで通ってゆく主人公の行動は、「みな人」に噂され、嘲笑されてもいた。女の里邸から早朝に内裏に帰った主人公は、昨夜からずっと宮中にいたように見せかけるため、

自分の沓を奥の方に「投げ入れて」いたが、その行動もまた、「とのもづかさ」によって目撃されていた。このように、ここでもまた、主人公はひたむきではあるがまだ幼く、万事もの慣れない男性として、ユーモラスに描き出されているのである。

この「在原なりける男」は言うまでもなく在原業平に、相手の女は二条后に、それぞれ擬して語られているが、実在の在原業平は、二条后より十八歳も年長であった。二人の年齢のそのような相対的関係は、当時の人々に、おおまかにではあったとしても、よく知られていたと考えられる。そのような当時の読者にとって、この伊勢物語第六十五段の内容が非現実的な虚構であることは、冒頭の部分を見ただけでも、はや自明のことであったと考えられる。第六十五段の作者もまた、それを承知のうえでこの段を創作したはずである。「在原なりける男」と紹介されていながら、この主人公は、実は、歴史上の人物である在原業平とはかけ離れた虚構の存在として、ことさらに描き出されていたと考えられるのである。

3　虚構世界の創出

第六十五段には五首の歌が掲げられているが、そのうち、さきに見た「恋せじと」の歌と、最後の「いたづらに」の歌は、古今集のよみ人しらずの歌をほぼそのまま転用したものであり、監禁された蔵の中で女が独詠する「あまの刈る」の歌は、これも古今集巻十五・恋五に収められている、典侍藤原直子を作者とする歌であった。さらに、最初に掲げられている「思ふには忍ぶることぞ負けにけるあふにしかへばさもあらばあれ」の一首も、古今集巻十一・恋一によみ人知らずとして収められている「思ふには忍ぶることぞ負けにける色には出でじと思ひしものを」の歌の下の句を、物語の内容に合わせて改作したものであったと考えられる。蔵の中で女が独詠するもう一首の歌として掲げられている「さりともと」の歌を除いたこの段の四首は、このように、古今集によみ人しらず等として収められている歌を、あるいはそのままの形で、あるいは一部の形を変えて転用したものであった。第六十五段は、既成の歌の巧みな利用によって綴り出されていたのである。古今集の歌をよく知っていた当時の読者には、そのような事情もまた明白であったと考えられる。古今集歌の転用によって作られた他の章段の場合と同じように、第六十五段の場合も、むしろその巧みな転用ぶりの妙が読者の興味を引き、鑑賞もされたと考えられよう。

だが、在原業平と二条后を思わせる男女の物語である第六十五段の物語世界、ないしはその発想そのものは、古今集から借用されたこれらの和歌の表現や内容から作り出されたわけではなかった。第六十五段は、第三段、第四段、第五段、第六段、そして第七十六段といった、より初発的な本来の二条后章段群の世界をふまえることによってはじめて生み出されたと考えられる。すなわち第六十五段は、それら初発的な二条后章段群の享受の産物として、そのあらたな発展形として誕生したと考えられるのである。

たとえば、第三段の末尾には、

二条后の、まだみかどにもつかうまつりたまはで、ただ人にておはしましける時のことなり。

という記述があり、そこには二人の関係が二条后入内以前のできごとであったことが明記されている。同様の事情は、第四段・第五段・第六段・第七十六段についても同様であることが、それぞれの章段のさまざまな表現を通して確認され得る。二条后章段群では本来、在原業平と、あくまでも入内以前の二条后の恋愛が語られていたはずなのである。ところが第六十五段では、すでに見たように冒頭から、入内後の二条后を思わせる「おほやけおぼしてつかうたまふ女」と主人公「在原なりける男」の禁じられた恋が語られている。しかも前述のように、業平と二条后の年齢関係が、先行する諸章段がふまえていたはずの歴史的事実とは大きく逆転している。第六十五段は、本来の二条后章段群の世界から大胆に逸脱した新しい内容へと、物語を大きく飛躍させている。しかもその飛躍は、これもさきに見たように、ことさらな虚構や、現実にはとても考えられない荒唐無稽な表現世界の創出によって、はじめて可能となっていたのである。

伊勢物語第十二段は、東国に下った主人公の逸話を語る章段だが、そこでは、「人のむすめを盗みて」武蔵野に逃れた主人公が「盗人なりければ、国の守にからめられ」てしまった事件が語られている。「むすめ」を盗んだといっても、ここでは、女が詠む歌に「夫《つま》もこもれり」とあることから考えて、親の目を盗んで駆け落ちしたに等しい、ほぼ合意の上の行為かと理解される。それを第十二段ではことさらに「盗人」と呼び、「盗人」だから「国の守にからめられ」たのだと説明している。たとえば平中物語の第二十七段では、男が娘に逢おうとしている気配を敏感に察知した母親が、その男を「盗人」と呼んで追いかけていた。

（前略）親聞きつけて、「いづこなりし盗人の鬼の、我が子をば、からむ」と言ひて、出で走り追へば、沓をだにもえ履《は》きあへで逃ぐ。

あくまでも親の立場から、それも「盗人の鬼」という表現からもわかるように強い憎悪の念をこめて、男は「盗人」と呼ばれていた。第十二段の「盗人」も同様に、本来は客観的・第三者的な呼称ではなく、あくまでも親の立場に立った、主観的な罵声に近い言葉であったと考えられる。この種の「盗人」が国守の取り締まりの対象となるかどうかは、『令集解』（戸令）等に記された国司の任務などを見るまでもなく、すでにあきらかであろう。にもかかわらず、伊勢物語第十二段で主人公は、「盗人」のゆえをもって「国の守」に捕縛されている。さらに、捕縛に至る経過を説明していると考えられる後続の場面で、「道来る人」は、「この野は盗人あなり」と言って、二人が潜んでいる野を焼こうとし、それが女の詠歌につながっている。姿を隠している相手を野焼きによって燻し出すという方法は、本来、危険な犯罪者、すなわち文字通りの「盗人」に対してとられる手段であろう。かくして、第十二段の記述の多くは、「盗人」という言葉を巧みに利用した、言葉の上だけの、非現実的で荒唐無稽な設定であったと考えられるのである。

また、第十二段で示される歌は、草むらの中に置き去りにされた女が詠む、

武蔵野は今日はな焼きそ若草のつまもこもれり我もこもれり

の一首だけだが、この歌はそもそも、古今集・よみ人しらずの、

春日野は今日はな焼きそ若草のつまもこもれり我もこもれり

という一首を、初句を変えてここに転用したものであった。その転用の事実や、それに伴う歌の内容の転換等は、当時の読者には自明であって、作者もまた、それを承知でこの章段を創作したと考えられる。そして、ここでもまた、それを可能にしていたのは、早くから伊勢物語の重要な一部をなしていたと考えられる初発の東下り章段や、主人公が女を盗むという内容を持つ第六段の存在であった。先行するこれらの章段の享受の上に立って、第十二段のような世界ははじめて語られることができたと考えられる。第十二段には「在原なりける男」のような主人公の呼称こそないものの、それら先行章段をふまえることによって、主人公はすでに固有の人物像を伴って読者に受け取られることが可能であった。これらの点において、第十二段の性格は、第六十五段ときわめてよく類似している。

第六十五段では主人公は「在原なりける男」と紹介されていたが、第六十三段では、主人公は、よりはっきりと「在五中将」と呼ばれている。そこでは、「世ごころつける」「つくもがみ」の女と主人公の関係が語られ、最後に、

世の中の例として、思ふをば思ひ、思はぬをば思はぬものを、この人は、思ふをも思はぬをもけぢめ見せぬ心なむありける。

という記述で章段がしめくくられているが、この段の内容も、またきわめて非現実的であり、同時にまた滑稽な要素にも満ちていた。ここに登場する「在五中将」もまた、実在の在原業平とはかけ離れた虚構の存在、それも実際に存在するとは思えない非現実的人物として、ことさらに描き出されていると考えられる。一方で在原業平という

実在の人物をふまえ、既成章段が描き出したその既成の人物像に寄りかかりながら、他方ではこのように、極端に非現実的な虚構の世界をことさらに描き出すという、いわばかけはなれた二面性が、これらの章段の世界を成り立たせていたのである。

4　詠作事情の創作

いわゆる三十六歌仙に含まれる歌人たちのうち、在原業平・小野小町・遍昭・素性・藤原敏行・源宗于等の私家集が、古今集・後撰集等から採取した本人の歌に、多く当該歌人以外の作も加えて作られた、特殊な性格を持つものであることは、片桐洋一氏『小野小町追跡』（昭和五〇年・笠間書院）等にも指摘され、すでに広く知られている。そのうち、『小町集』（流布本系・正保版本）には、古今集で「題しらず」とされていた歌に対して、具体的な詠作事情を述べる詞書があらたに付け加えられている例が、たとえば次のように、数多く見られる。

　　花をながめて
花の色はうつりにけりないたづらに我が身世にふるながめせしまに　（一…古今集一一三・題知らず・小町）

　　夢に人の見えしかば
思ひつつぬればや人の見えつらん夢と知りせばさまざらましを　（一六…古今集五五二・題知らず・小町）

　　これを人にかたりければ、あはれなることかなとある、返し
うたたねに恋しき人を見てしより夢てふものはたのみそめてき　（一七…古今集五五三・題知らず・小町）

　　実もなき苗の穂に文をさして、人のもとへやりし
秋風にあふたのみこそ悲しけれ我が身むなしくなりぬと思へば　（二一…古今集八二二・題知らず・小町）

右に掲げた流布本系だけでなく、小町以外の作を含まない、より原初的な姿をその基本部に残していると考えられる（片桐洋一氏前掲書）異本系（神宮文庫本）にも、詞書を補った同種の例が、少数ではあるが次のように見られる。

　　つねに恨むる人に

みるめなき我が身をうらと知らねばやかれなであまの足たゆく来る

（六…古今集六二三・題知らず・小町）

　　同じころ

あまの住む里のしるべにあらねどもうらみんとのみ人の言ふらん

（七…古今集七二七・題知らず・小町）

ちなみに、右に引いた二首のうち「あまの住む」の歌に対して流布本系では、「人のわりなくうらむるに」と、まったく異なった詞書が付けられている。

同種の事例は、『小町集』ほど多量ではないが、他の私家集にも次のように見られる。

　　むめの花を人にやるとて

よそにのみあはれとぞ見しむめの花あかぬ色香は折りてなりけり

（素性集・冷泉家色紙本〈『冷泉家時雨亭叢書・平安私家集一』平成五年・朝日新聞社〉二一…古今集三七・題知らず・素性）

　　中宮の歌合の時

つれもなくなりゆく人の言の葉や秋よりさきのもみぢなるらむ

（宗于集・冷泉家唐紙装飾本〈『冷泉家時雨亭叢書・平安私家集七』平成一一年・朝日新聞社〉二一…古今集七八八・題知らず・宗于）

これらは、古今集に詠作事情が示されていない歌に詞書を加えることによって、詠作事情をいわば新しく創作したものである。中には、小町の「思ひつつ」の歌に「夢に人の見えしかば」という詞書が加えられているように、一首の意味内容から必然的に想起される詠作事情がそのまま詞書とされているだけの例も見られるが、同じ『小町集』で次に並んでいる「うたたねに」の歌に、前の「思ひつつ」の歌を承ける形で「これを人にかたりければ、あはれなることかなとある、返し」という詞書が付けられている場合のように、歌の内容そのものから大きく踏み出して、新しい詠作事情のもとに一首を捉えなおそうとする内容の詞書も多く見られる。同じ小町の「秋風に」の歌を「実もなき苗の穂に文をさして」人に贈った作であるとする、さきに掲げた『小町集』の詞書なども、その典型的な一例といってよい。

「題しらず」ではなく、古今集に詞書が記されていて詠作事情がわかる歌についても、その詞書をことさらに改変して新しい詠作事情を創作している例が、次のように見られる、

春の歌とてよめと人の言ひしかば
いつまでか野辺に心のあくがれん花しちらずは千代もへぬべし
（素性集・冷泉家色紙本一四…古今集九六・春の歌とてよめる・素性）

水の尾のみかどかくれ給へるをさめ奉りて、かへるさのはてに、白河にて人々のよみ侍る
血の涙落ちてぞたぎつ白河は君が代までの名にこそありけれ
（素性集・冷泉家色紙本四二…古今集八三〇・前太政大臣を白川のあたりへ送りける夜よめる・素性）

もの思ふころ、ひとりごとにする
いつはとは時はわかねど秋の夜ぞもの思ふことのかぎりなりける
（宗于集・冷泉家唐紙装飾本四…古今集一八九・是貞親王家歌合の歌・よみ人しらず）

歌合に
山里は冬ぞさびしさまさりける人目も草もかれぬと思へば
（宗于集・冷泉家唐紙装飾本七…古今集三一五・冬の歌とてよめる・宗于）

5　伊勢物語の虚構と私家集の虚構

上述のような事例において、これらの私家集の作者ないしは編纂者は、古今集の歌を利用しつつ、あらたに詞書を加えたり、古今集の詞書を改変したりすることによって、和歌の具体的な意味内容と詠作事情を新しく創作している。その点において、これらは、伊勢物語の一部の章段と、きわめてよく似た性格を有しているといってよい。

たとえば、伊勢物語第百六段は次のように記されている。

むかし、男、みこたちの逍遥したまふ所にまうでて、竜田川のほとりにて、

ちはやぶる神代もきかず竜田川からくれなゐに水くくるとは

よく知られているように、この歌は、「二条后の東宮の御息所と申しける時、御屏風に、竜田川にもみぢ流れたる形《かた》を書けりけるを題にてよめる」という詞書とともに在原業平の作として古今集（二九四）に収められている。伊勢物語第百六段の作者は、この古今集の歌にまったく別個の詠作事情を巧みに付与することによって、一首の具体的な意味内容を大きく転換し、新しい場面を創作している（山本登朗『伊勢物語論　文体・主題・享受』〈平成一三年・笠間書院〉第一章四参照）。この手順は、転用の大胆さの程度や巧拙のほどを除けば、さきに掲げた「いつまでか」の歌以下の諸例の場合と、基本的には同一である。

さらに、本論の冒頭で検討した伊勢物語第六十五段・第十二段・第六十三段等の場合では、古今集の題しらずの歌やよみ人しらずの歌が多く利用・転用されていた。そのうち、よみ人しらず歌を利用した例は、いま問題にしているような種類の私家集にはほとんど見られない。そこに、歌物語とこれらの私家集の性格の違いがうかがわれもするが、その点を除けば、題しらずの歌にあらたな詠作事情を設定するという点で、両者の姿勢はほぼ同一であっ

たと考えられる。

伊勢物語第六十五段の五首の歌のうち、三首目の「あまの刈る」の歌は、さきに見たように、本来は古今集に作者を典侍藤原直子として収められている一首であった。章段の内容とは無関係な人物の作であるこの歌を、第六十五段の作者は、中心的な登場人物の歌として借用しているのである。この種の事例は、伊勢物語には他にも多く見られる。一方、ここで問題にしている私家集にも、前述のように、当該歌人以外の作が、しばしばその歌人本人の作であるかのように加えられていた。この点においても、両者の創作方法は大きな共通点を持っていると言ってよい。

また、『小町集』（流布本系・正保版本）には、次のような贈答歌（一二～一三）が見られる。

人ともの言ふとてあけしつとめて、かばかり長き夜に何事をよもすがら言ひ明かしつるぞと、あいなうとがめし人に

秋の夜も名のみなりけりあひとあへばことぞともなく明けぬるものを

返し

長しとも思ひぞはてぬ昔よりあふ人からの秋の夜なれば

ある人と夜通し「もの言」い続けた小町に、また別の人が、「かばかり長き夜に、何事を、よもすがら言ひ明かしつるぞ」と「あいなう」尋ねた、それに対して小町が答えた一首として「秋の夜も」の歌が掲げられており、さらに続けて、その人からの「返し」の一首も示されている。一首目の「秋の夜も」の歌は、古今集に「題しらず・小町」として収められている（六三五）が、二首目の「長しとも」の歌は、古今集では、さきの「秋の夜も」の歌の次に、「題知らず・凡河内躬恒」として並べられている（六三六）。すなわち、この両首は、古今集でたまたま連続して配列されている二首の歌に、新しく詞書を補うことによって、一対の贈答歌にしたてあげたものだったので

ある。

このような創作方法は、次に掲げる伊勢物語第二十五段でも、同じように用いられている。

むかし、男ありけり。「あはじ」とも言はざりける女の、さすがなりけるがもとに、言ひやりける、

秋の野に笹分けし朝の袖よりもあはで寝る夜ぞひちまさりける

色好みなる女、返し、

みるめなきわが身をうらと知らねばやかれなであまの足たゆく来る

「秋の野に」の歌は、古今集に「題しらず・在原業平」として収められている一首（六二二）だが、物語で「色好みなる女」の返歌として掲げられている「みるめなき」の歌は、古今集では「秋の野に」の歌の次に「題しらず・小町」として並べられている歌（六二三）であった。ここでも、『小町集』の場合と同じように、作者は、古今集でたまたま隣り合って配列された両首を一対の贈答歌に見立て、それによって、それぞれの和歌にあらたな創作事情を付与して、新しい内容を創作していると考えられる。なお、この「みるめなき」の歌は『小町集』にも収められているが、そこでは、流布本系では「常に来れどえ逢はぬ女の、恨むる人に」、異本系では「常に恨むる人に」という詞書がそれぞれ付けられていて、贈答歌とはなっていない。

ところで、さきに見た伊勢物語第百六段の場合、「ちはやぶる」の歌が本来、「二条后の東宮の御息所と申しける時」の「御屏風に、竜田川にもみぢ流れたる形を書けりけるを」見て詠まれた作であることは、人々によく知られた周知の事実であったかと思われる。第百六段で語られる詠作事情が、事実と異なった、創作された虚構であることは、第六十五段等の場合と同じように、当時の人々にとって自明のことがらであって、作者ももとより、そのことをよく承知していたものと考えられるのである。だとすればその事情は、右に掲げた第二十五段の場合も、同様に変わらなかったのではないかと思われる。片桐洋一氏が前掲書で述べているように、やがてこの第二十五段は事

実をふまえて書かれたものと認識されるようになり、それが、小町と業平が恋人どうしであったという伝承が発生するひとつの源泉ともなったと考えられるが、成立当初はそうではなく、第二十五段もまた、むしろ虚構であることを承知のうえで、その応用の妙を賞しつつ享受されたのではないかと考えられるのである。

これまで問題にしてきた伊勢物語諸章段の性格がそのようなものであるとすれば、さらに、それらと類似点の多かった数種類の私家集についても、また同様の事情が考えられるのではないだろうか。たとえば、『敏行集』（西本願寺本・八）には、古今集に「題しらず・敏行」として収められている歌が、次のような詞書とともに掲げられている。

　いかなりけるをりにか
わがごとくものや悲しきほととぎす時ぞともなく夜ただ鳴くらむ

この詞書は、次に掲げる伊勢物語第百二十四段の散文部と、きわめてよく似ている。

むかし、男、いかなりける事を思ひける折にか、よめる。
　思ふこといはでぞただにやみぬべき我とひとしき人しなければ

これらの詞書や散文部の背後には、一首の詠作事情についてことさらにいぶかしんでみせる語り手の姿がうかがわれる。そのような語り手によって、「わがごとく」の歌は、『敏行集』の中にあって、あたかも歌物語を語るように語られているのである。

同様の詞書は、たとえば『一条摂政御集』（四）にも、次のように用いられている。

　同じ女に、いかなる折にかありけむ
からごろも袖に人目は包めどもこぼるるものは涙なりけり

この『一条摂政御集』の、特に冒頭部が、一条摂政と呼ばれた藤原伊尹を「大蔵の史生倉橋豊蔭」という

「下衆《げす》」に仕立てた、物語的性格の強い歌集であって、とりわけ伊勢物語の影響を強く受けていることは、片桐洋一氏「『一条摂政御集』について」（『国語国文』昭和五〇・一二月、後に『古今和歌集以後』――平成一二年・笠間書院――に収録）等によってすでによく知られている。『敏行集』の前述の詞書の性格は、この『一条摂政御集』との類似によっても明らかであろう。

そのような虚構的性格を有するとともに、また一方で、これらの私家集は、人々によく知られた、著名な歌人の集であるという共通点を有している。これらの集が小町や敏行や素性や宗于といった人々の集でなければ、これまで見てきたような一種の付会による虚構の創作は、ほとんど無意味なものになってしまったであろう。片桐洋一氏は『素性集』について、「『古今集』『後撰集』の素性真作歌を中心に、僧侶歌人素性のイメージを享受者に与えるべく増益・削除を繰返しながら今日に至った」と述べている（前掲『冷泉家時雨亭叢書・平安私家集二』解題）が、あくまでも「歌仙」素性の事績として示されるからこそ、新しい詠作事情の創造も、他人の詠作の付会も、時に虚構と知られながら、読者によって享受されることができたはずである。さきに見たように、伊勢物語の第六十五段・第十二段・第六十三段等の章段は、既成章段が描き出した主人公、すなわち在原業平の人物像に一方で強く寄りかかりながら、他方では、極端に非現実的な虚構の世界を新しく描き出していた。『小町集』が小町の集であること、『宗于集』が宗于の集であることは、伊勢物語における主人公・在原業平の存在と、ほぼ同様の意味を有していたと考えられる。この点も含めれば、両者の性格の類似性は、これまで考察してきた以上に、よりいっそう大きいものであったと考えられるのである。

6　『業平集』の性格

片桐洋一氏は前掲書の中で、これらの私家集が勅撰集では古今集・後撰集からのみ歌を採取し、拾遺抄・拾遺集からは採っていないことなどから、その成立を「十世紀の末から十一世紀のごく初め」と推定された。もっとも、これらの私家集と拾遺抄・拾遺集の関係については、たとえば『素性集』（冷泉家色紙本・五〇）の、

延喜御時、月なみの御屏風に

あらたまの年たちかへるあしたより待たるるものはうぐひすの声

という一首が、ほぼそのままの詞書を伴って拾遺抄・拾遺集の双方に収められているなど、なお考えられるべき問題も残されている。しかし、私家集には、さまざまな形で歌の増補・削除等の改変がおこなわれ続けたことが、諸伝本の検討によって明らかにされつつある。そのような改変の事情を考慮に入れつつ、それら私家集の現在の姿ではなく、あくまでも、これまで考察してきたような内容が形成された、その当時の性格を考えようとする時、片桐氏の想定は、おおむねにおいて妥当であると考えられる。

さらに、これまで見てきたように、伊勢物語の第六十五段をはじめとするいくつかの章段とこれらの歌集は、きわめて大きな類似性を有していた。一方の伊勢物語にあっては在原業平を思わせる主人公が、他方の諸家集ではやがて「歌仙」と呼ばれることになる著名な歌人たちが、それぞれふまえられつつ、さまざまな虚構の世界をつむぎ出していた。それは、それらの諸家集が伊勢物語の影響を強く受けたことによって生じた類似性であったとも考えられるが、一方で、その伊勢物語の中でも、第六十五段等の章段は、先行する伊勢物語の既成章段に強く依存しつつ、それらの享受の中から生み出されたものであった。このような事情を考えれば、両者はおおむね、ほぼ同じ時期に、同じような環境の中から生み出されたものではなかったかと考えられるのである。

それら私家集の中にあって、『業平集』は、片桐洋一氏の伊勢物語成立論（『伊勢物語の研究』昭和四三年・明治書院など）とのかかわりもあって、これまでさまざまに論じられることが多かった（鈴木隆司氏「在中将集の性質と成立」『国語

国文』平成一〇年二〜三月、渡辺泰宏氏『伊勢物語成立論』平成一二年・風間書房、その他）。ここでは、その論点を繰り返すことはせず、本論でこれまで考えてきたような視点から、あらためて『業平集』の性格について考えてみることにしたい。

さきに『小町集』等について見たような、古今集の「題しらず」の歌に新しく詞書を加えて詠作事情を創作している例は、『業平集』には見られないが、それは、古今集に収められた業平の歌に「題しらず」のものがきわめて少ないという事実を考えれば、むしろ自然なことがらであったとも考えられる。一方、古今集・後撰集の詞書をことさらに改変して新しく詠作事情を創作している例は、『業平集』にも、たとえば次のように見られる。

身のうれへはべし時、津の国須磨の浦といふ所に住みはじめはべりける日

難波めにけふこそみつの浦ごとにこれやうき世をうみ渡るふね

（群書類従本系・神宮文庫本五四…後撰集一二四四・身のうれへ侍りける時、摂津の国にまかりて住み侍りけるに・業平）

田村の御時、ことにあたりて津の国須磨の浦といふ所にこもりはべりて都の人につかはしける

わくらばにとふ人あらば須磨の浦にもしほたれつつこふと答へよ

（同五五…古今集九六二・田村の御時に事に当たりて津の国の須磨といふ所に籠もり侍りけるに、宮のうちに侍りける人に遣はしける・在原行平）

后の宮の菊召しけるに、掘りてたてまつるとて

うへしうへば秋なき時や咲かざらむ花こそ散らめ根さへ枯れめや

（尊経閣文庫蔵『在中将集』六…古今集二六八・人の前栽に菊に結びつけて植ゑける歌・業平）

身のうれへ侍りける時、津の国芦屋の里に住みけるころ、難波にまかりて

難波津をけふこそみつの浦ごとにこれやこの世をうみわたる舟

（同七九）

最初に掲げた神宮文庫本五四番の「難波めに」の歌と、最後の『在中将集』七九番の「難波津を」の歌は、歌句に若干の異同はあるが、もとより同じ歌の異伝と考えるべきものである。伊勢物語では、この歌は第六十六段に、次のような文章とともに用いられている。

むかし、男、津の国にしるところありけるに、あに、おとと、友だちひきゐて、難波の方にいきけり。なぎさを見れば、舟どものあるを見て

難波津をけさこそみつの浦ごとにこれやこの世をうみわたる舟

これをあはれがりて、人々帰りにけり。

後撰集や伊勢物語ではただ漠然と「摂津の国」「津の国」とされていた地名が、『在中将集』の詞書では「津の国芦屋の里」、神宮文庫本では「津の国須磨の浦といふ所」という形に特定されている。このうち『在中将集』の方は、右にあげた伊勢物語第六十六段の「津の国にしるところありけるに」という記述を、伊勢物語第八十七段の「津の国、むばらのこほり、芦屋の里に、しるよしして、いきて住みけり」という記述と結びつけて、ここにも「芦屋」という地名を加えていると考えられる。それに対して、神宮文庫本の方では、この歌の直後に、本来は行平の作である「わくらばに」の歌が、右に掲げたような詞書と共に収められている。この種の『業平集』では、この「わくらばに」の歌はもとより業平の作として掲げられているのだが、その詞書によれば業平は「田村の御時、ことにあたりて津の国須磨の浦といふ所に」滞在していた。かくして、この系統の『業平集』では、「難波めに」の歌は、業平がその「須磨の浦」に「住みはじめ」た時の作として、あえてこの、「わくらばに」の歌の直前の位置に、このような詞書とともに置かれていると考えられる。『在中将集』でも神宮文庫本でも、出典にはなかったあらたな詠作事情、すなわち業平の事績が、詞書の改変によって、このように創作されていると考えられるのである。

冷泉家時雨亭文庫蔵『素寂本業平朝臣集』の本体部をなす、いわゆる「雅平本業平集」にも、たとえば次のよう

な詞書が記されている。（底本は片仮名表記だが、いま平仮名に改め、傍記等を省略した。）

世の中のむつかしかりしころ、あづまの方に住みどころ求むとてゆきしに、三河の国八橋といふところにやどりしたりしに、かきつばたのいとおもしろく見えしにつけて、京のさすがに恋しかりければ、心まぎらはさむとて、かきつばたといふ五文字をかみにすへてよみたりし

からごろも着つつなれにしつましあればはるばるきぬる旅をしぞ思ふ　（『素寂本業平朝臣集』一三）

伊勢物語の文章よりも古今集の詞書の方に近い内容になっているが、古今集には「木のかげに下り居て」とのみ書かれているのに対し、ここでは主人公は八橋に「やどり」をしたことになっている。また、ここに記されている「京のさすがに恋しかりければ、心まぎらはさむとて」という詠作動機も、古今集には見られない内容である。出典の詞書の一部が改変され、一部がより詳しく記されることによって、一首の詠作事情はかなり大きくその姿を変えている。

ここで注意されるのが、この「雅平本業平集」の詞書に多用されている助動詞「き」の存在である。これは、この種の私家集には頻繁に見られる表現であり、はやく片桐洋一氏が『素性集』を例にとって、「古今集・後撰集から採録したものであるにもかかわらず、詞書を素性自身が書き記したように、一人称に改変し、『し』『しか』などの助動詞を用いているのである」（前掲『伊勢物語の研究・研究篇』）と述べているように、あたかも歌人自身が編集した自撰歌集であるかのように装ったものと考えられる。中でも、この「雅平本業平集」は「き」の使用という点ではきわめて目立っており、その徹底ぶりは他の諸集とは比較にならない。「からころも」の歌の内面的な詠作動機が、さきのようにくわしく述べられていたのも、これと同じように、いかにも自撰歌集の詞書らしく装ったものと考えられる。

同様のことは、また次のような詞書についても考えることができる。

えあふまじき女、みづから来て、ものなど言ひて帰りにしつとめて、これよりは人やるすべもなくてながめしほどに、女のもとより、かく言ひたりき

君やこし我やゆきけむおぼつかな夢かうつつか寝てかさめてか

（『素寂本業平朝臣集』三）

「君やこし」の歌が「斎宮なりける人」の詠作であることは、伊勢物語や古今集によって当時すでに周知のことがらであったと思われるが、ここでは、その「斎宮なりける人」が「えあふまじき女」という形に、いわば朧化され、無名化されている。これも、この歌集が業平自身の手によって編まれたとすれば、当然なされるべき朧化であろう。「雅平本業平集」の詞書は、このように、一貫して、業平自身によって書かれたというたてまえで記されている。これほど徹底した偽装が貫かれている例は他には容易に見あたらないが、たとえば『在中将集』でも、この「君やこし」の歌の詞書は、ただ「いみじうわりなくてあひたる女」とのみ記されていて、そこにも、いかにも自撰歌集らしいカモフラージュが施されている。

このような歌集は、何も知らない読者を欺いて自撰歌集に違いないと思いこませるために偽装されたものとも考えられるが、そうではなく、偽装の露呈を承知のうえで、読者にそのゆきとどいた偽装ぶりを味わい楽しんでもらうために、当初より一種の虚構的作品として作られたものであったとも考えられる。特にこの「雅平本業平集」のように徹底した偽装がおこなわれている場合には前者の可能性も否定はできないが、さきに検討したいくつかの私家集の例から類推すれば、この場合も、むしろ後者の方が事実に近かったのではないかと考えられるのである。

そうであるとすれば、いくつかの種類の『業平集』もまた、伊勢物語のいくつかの章段とほぼ時を同じくして、同じような状況のもとに作られた、虚構的な性格を帯びた作品であったことになる。伊勢物語はあくまでも伊勢物語らしく、私家集はあくまでも私家集らしく、それぞれのスタイルを保ちながら、それらはともに、既成の伊勢物語章段の享受のうえに、あらたな世界を創造していったと考えられるのである。

第六十五段をはじめとするいくつかの章段は、伊勢物語の主人公すなわち在原業平という既成のイメージをふまえながら、一方で架空の事績を自由に創造するという方法によって、初期に成立した章段では考えられなかったような新しい物語世界を生み出していた。第六十五段が生み出した、その新しい物語世界では、先行する二条后章段とは違って、二条后と業平の年齢が逆転し、しかも二条后はすでに入内して帝の寵愛を受ける存在となっていた。この内容は、本来の二条后章段群の内容よりも一層、源氏物語における光源氏と藤壺の物語に近似している。片桐洋一氏が『鑑賞日本古典文学　伊勢物語・大和物語』で注目しているように、第六十五段の和歌はほとんどが「〜と言ひて」「〜と思ひをり」などという形で示されており、そのような形式面からも、歌物語から作り物語への接近の様相がうかがわれる（山本前掲書第一章二参照）。第六十五段と源氏物語の間に何らかの影響関係を考えることは、けっして不自然な想定ではない。

人々の共通認識となっている歴史的な人物をふまえながら、その事績をあらたに、自由な虚構として作り出してゆくという方法。源氏物語の、たとえば桐壺巻が、「亭子院」や「伊勢」「貫之」等という名前を示しながら、自由な虚構世界を存分に展開してゆくための準備は、すでに整いつつあったように思われるのである。

第四章　解釈をめぐって

一　高安の女
――第二十三段第三部の二つの問題――

1　絵が伝えるもの

伊勢物語第二十三段は「筒井づつ」の段としてよく知られた章段である。その第二部の末尾で「風吹けばおきつ白波たつた山…」という歌を女が詠むのを聞いて心を打たれ、「河内へも行かず」なった主人公は、しかしながら次の第三部の冒頭では、「まれまれ」に「河内の国、高安の郡」にやって来たと語られている。その第三部の本文を次に掲げておく。

まれまれかの高安に来て見れば、はじめこそ心にく（く）も作りけれ、今はうちとけて、手づから飯《いひ》がひ取りて、けこのうつはものに盛りけるを見て、心うがりて、行かずなりにけり。さりければ、かの女、大和の方を見やりて、

君があたり見つつをゝらん生駒山雲な隠しそ雨はふるとも

と言ひて見出《い》だすに、からうじて大和人「来む」と言へり。喜びて待つに、たびたび過ぎぬれば、

君来むと言ひし夜ごとにすぎぬれば頼まぬものの恋ひつつぞふる

と言ひけれど、男、すまずなりにけり。

この第三部の本文中、定家本に「今はうちとけて、手づから飯がひ取りて」とある部分は、広本系の阿波国文庫旧蔵本（宮内庁書陵部蔵）では「今はうちとけて、髪を頭《かしら》に巻き上げて面高《おもだか》なる女の、手づから飯がひを取りて」となっている。ここに加わっている定家本にない記述（傍線部）は、広本系の諸本や塗籠本、真名本にも、さまざまに形を変えながらほぼ共通して見られる本文だが、その異同を除けば、この第三部について大きな本文の異同は他には見られない。なお、定家本では「はじめこそ心にくもつくりけれ」となっていて、通常「心にく」の後に「く」の一文字を補って理解しているが、この点は広本系諸本や塗籠本等の主要諸本もおおむね同じであり、一部の伝本を除いて相違は見られない。

この第三部の前半では、主人公の男が「まれまれ」に「かの高安」に来てみたものの、その際に女の下賤なふるまいを見て「心うがりて」行かなくなったという内容が語られている。後述する「けこ」の語をめぐる問題をのぞけば、ここに特に解釈上困難な問題はないように、ひとまずは思われもする。

しかし、伊勢物語を描いた絵巻や伊勢物語の絵入り本などの、文字以外の資料を参看すると、その事情は異なってくる。原本が鎌倉時代に描かれたと考えられる。『異本伊勢物語絵巻』（模本が東京国立博物館に現存）をはじめ、室町時代の『小野家本伊勢物語絵巻』、室町時代末期のニューヨーク・パブリックライブラリー所蔵『スペンサーコレクション本伊勢物語絵巻』、そして嵯峨本以下の絵入り版本に至るまで、数多くの本の中で、この第三部前半は、さまざまな形で絵に描かれてきた。それらさまざまな絵の中で、主人公は一貫して、室内にいる高安の女の様子を戸外から、ひそかに「かいまみ」しているように描かれている（《挿図1》嵯峨本伊勢物語参照）。すなわち、これらの絵から考えるかぎり、伊勢物語第二十三段の第三部は、鎌倉時代から江戸時代のはじめまで、一貫して一種の「かいまみ」の場面として理解され、享受されてきたと考えられるのである。

伊勢物語には、古くからきわめて多くの、そしてさまざまな性格の注釈書が作られてきたが、それらには、「まれまれ」「かの高安」に来た主人公がどのような位置から女のふるまいを見ていたかについて、特に何の注記も記されていない。おそらくは、この第三部前半を一種の「かいまみ」の場面として読み取るという理解が、長期間にわたってあまりにも一般的であったために、それは、注釈書の中にことさらに注記されることもなく、いわば言わずもがなの共通認識として、そのまま受容され続けていたと考えられる。この場面の、前述のような「かいまみ」の場としての享受の姿を、我々は、絵画資料外からはまったく知ることができない。絵はしばしば、このように、ある時代の物語の享受の姿を、文字で書かれた古注釈以上に、ありありと現代に伝えているのである。

《挿図1》嵯峨本・第23段③

2　「かいまみ」としての理解

絵画資料によって知られる第二十三段の第三部前半に対するこのような理解は、しかしながら、現代の一般的な理解とは大きく異なっている。たとえば片桐洋一氏編『鑑賞日本古典文学　伊勢物語・大和物語』（角川書店・昭和五〇年）では、この部分は同氏によって次のように訳されている。

たまたま、あの高安に来て、女を見ると、はじめのうちこそ、男の心を引きつけるように奥ゆかしく粧《よそおい》をこらしていたのだが、今はもうすっかり気を許して、みづからしゃもじを取って、飯椀に盛りつけていたのを見て、すっかりいやになって、通わないようになってしまった。

「今はもうすっかり気を許して」という傍線部の記述から知られるように、この読解では主人公は女の目の前におり、女は主人公に見られていることを十分承知のうえで、「しゃもじ」を取って飯を盛っている。この理解は、そのまま現代の一般的な読みであると言ってよい。

そもそも、この部分の本文には「はじめこそ心にくくも作りけれ、今はうちとけて」と記されていた。そこでは、言うまでもなく、「はじめ」と「今」が対照的に、対をなすような形で語られている。「はじめ」のころはわざと上品に装っていた女が、「今」はうちとけて主人公に気を許し、上品に装うことをやめて素顔を見せるようになったと、本文は語っている。この本文そのものによるかぎり、主人公は女の素顔のふるまいを「かいまみ」によって知るのではなく、女の目の前にいて、女の「うちとけ」た行動をまのあたりにしたとしか考えられない。あくまでも本文の正しい読解をめざすかぎり、この部分は、さきほど『鑑賞日本古典文学　伊勢物語・大和物語』の現代語訳で見たような、現代の一般的理解に即して考えられなければならないはずである。

本文にはそのように記されているのに、それはなぜ、かつてこの部分は、主人公が高安の女をひそかに「かいまみ」する場面として理解されていたのだろうか。その最大の原因になったと思われるのは、伊勢物語第二十三段とほぼ同内容の話を語る大和物語第百四十九段の存在である。周知のように、同じ歌を用いたほぼ同内容の類話とはいっても、伊勢物語と大和物語の話の内容や表現にはさまざまな違いがあって、その結果、両者の雰囲気は大きく異なったものとなっている。いま問題にしている伊勢物語第二十三段の第三部前半に相当する部分は、大和物語では次のように記されている。

かくて月日多く経て思ひやるやう、つれなき顔なれど、女の思ふこと、いといみじきことなりけるを、かく行かぬをいかに思ふらむと思ひ出でて、ありし女のがり行きたりけり。久しく行かざりければ、つつましくて立てりける。さてかいまめば、われにはよくて見えしかど、いとあやしきさまなるきぬを着て、大櫛《おおぐし》を面櫛《つらぐし》にさしかけてをり、手づから飯《いひ》もりをりける。いといみじと思ひて来にけるままに、行かずなりにけり。（下略）

傍線部に述べられているように、大和物語では主人公は、「久しく行かざりければ、つつましくて立てりける」、すなわち、ながらく訪問しなかった遠慮から門内にすぐに入ることができず、しばらく屋外にたたずんで、そこから女の様子を「かいまみ」によってうかがっている。こちらでは主人公は、まぎれもなく「かいまみ」をしているのである。大和物語のこのような本文と伊勢物語のそれを重ね合わせて理解しようとしたことから、伊勢物語第二十三段のこの場面についての、上述のような理解が生まれたのではないかと、まずは考えられる。

次に考えられるのは、伊勢物語第二十三段第三部の直前に記されている、俗に「河内越え」と呼ばれて有名な第二部の存在である。そこでは主人公は、「前栽の中に隠れ」て、ひそかに女の様子をうかがっていた。同じように主人公が見た大和の女のふるまいと、それとはまったく対照的な高安の女のふるまい、このふたつのふるまいを対照的に考えることによって、前者の「かいまみ」をそのまま後者の場面にも設定し、主人公はどちらの場面でも同じように、屋外からひそかに女の様子をうかがったのだと、かつて人々は考えたのではなかったか。いまたとえば、嵯峨本伊勢物語の「河内越え」の場面《挿図2》を、さきに見た高安の場面《挿図1》と見比べてみれば、両者がかつて対照的な場面として人々に理解されていたことが、容易に推測されるのである。

ちなみに、「まれまれかの高安に来て見れば」という本文中の「来て見れば」という表現は、この当時、「来て、そして見ると」という意に用いられていたと考えられる。「（試みに）〜してみる」という、「みる」を補助動詞的に用いる用法は、伊勢物語の時代にはまだ存在しておらず、後代にあっても、古典語としては認識されていなかったと、おおむね考えてよい。「来て、そして見ると」という言い回しは、かつての「かいまみ」的理解にも現代の一

《挿図 2》嵯峨本・第 23 段②

般的理解にも、どちらにも適合する表現ではあるが、かつての読者は、この言葉によって、ものかげからひそかに女の様子をうかがい見る主人公の姿を、ごく自然に想定してしまったのではなかったかと考えられる。

3　読解の変化

伊勢物語第二十三段の第三部前半を、このように「かいまみ」の場面として理解していたかつての読解から、それではいつ、この部分の読みは現代の一般的理解（正しい理解）へと変わっていったのだろうか。前述のように、注釈書に記されることのないことがらだけに、その変化の実態を探ることとは必ずしも容易ではないが、たとえば昭和二十七年に刊行された『新講伊勢物語』（吉沢義則監修・風間書房）の次のような記述、特に傍線部から、そのころすでに、この部分の読解が現在の一般的理解と同じ読みに変わっていたことが推測できる。

> その後、ごくたまに高安の女の所に来てみると、女は初めのうちこそ、奥ゆかしく慎んで化粧をしてゐたが、今ではすつかり気をゆるして、自分で杓子を持つて、家の中に召使ふ者の食器に飯を盛つてゐたのを見うけて、なさけながつて、通はなくなつてしまつた。

《挿図3》鉄心斎文庫蔵扇面画帖・第23段

だが、この場面に対するこのような把握が、実はこれよりもはるかに以前からおこなわれていたことが、やはり絵画資料によって、はっきりと確認できるのである。鉄心斎文庫所蔵の「伊勢物語扇面書画帖」は、伊勢物語中の和歌四十六首を一首ずつ書いた四十六枚の扇面と、その和歌の章段の情景を描いた四十六枚の扇面を、折り本の各丁に、歌を上、絵を下に各一枚ずつ貼り付けたものだが、別紙に記載されている和歌の筆者の官職名から、寛文九年（一六六九）以前に和歌が記され、同じころに絵も描かれたことが推定される。（展観図録『鉄心斎文庫所蔵・伊勢物語とその周辺』平成一五年・鉄心斎文庫による。）その四十六枚の扇面の中に、第二十三段の第三部を描いたもの《挿図3》が含まれているが、そこには、主人公が室内に座り、その目の前で、高安の女がいくつかの器に飯を盛りつけている図が描かれている。現在一般におこなわれている場面理解は、実は江戸時代初期の寛文九年ごろに、すでにこのようにおこなわれていたのである。

さらに、同様の場面理解の痕跡は、より古く、室町時代にまでさかのぼって確認することが可能である。中世小説『窓の教』は、室町時代中期の成立と推定され、もとは絵巻物であったかもと考えられている（市古貞次『未刊中世小説解題』昭和一七年・楽浪書院、その他）。その内容は、主人公である三位の中将が、理想の妻を求めて一年間に十二人の女性を遍歴し、ことごとく失望して出家を考えたが、最終的には帝から女四宮を賜るというものである。その十二人の女性のうち、三月に通っていた裕福な常陸守《ひたちのかみ》の娘は、最初は優雅にふるまっていたが次第に卑俗な本性をあらわし、主人公は嫌気がさして通わなくなってしまう。その部分を、以下に示しておく。（本文は内閣文庫本により、田島一夫氏校注『新日本古典文学大系　室町小説集・下』の翻刻を参考にした。）

　さればよ、はじめの日こそ心にくくも作りつれ、いやしき者をそば近く集め、いとかひがひしく手づから飯匙《いひがひ》とり、けこにもりつつ、明け暮れのいとなみを、さながら御前《みまえ》に並べつつ、御覧じならはぬふしをのみまねべば、これまたこらへがたく、一夜もつらくて、浮寝の床に立ち返り、またもゆかずなり給ひけり。

傍線部を見ればすぐわかるように、この部分は、あきらかに、いま問題にしている伊勢物語第二十三段の第三部前半をふまえて書かれている。というよりもむしろ、この三月の女の話自体が、伊勢物語第二十三段第三部前半の翻案、ないしはパロディーとして作られているのである（撰寛子「『窓の教』について――創作意識と典拠――」『古代中世文学論考　第八集』平成一四年・新典社）。ここでは、裕福な常陸守の娘は、伊勢物語の高安の女と同じく、「手づから飯匙」をとっているが、そのような娘の働きぶりを作者は「明け暮れのいとなみ」、すなわち日々の仕事と呼んでいる。いわば家事労働に属する、優雅とはいえない「御覧じならはぬ」ふるまいの数々を、主人公は「御前」に「並べ」られて「こらへがたく」、伊勢物語の主人公と同じように「またもゆかず」なったのであった。（『新日本古典文学大系　室町小説集・下』の注では「明け暮れのいとなみ」が「毎日の仏事」と解釈されているが、それでは前後の文と意味が続かない。）

ここで注意されるのは、この常陸守の娘が、主人公三位の中将の「御前」で、「手づから飯匙」をとっているという事実である。内閣文庫本『窓の教』には挿絵も描かれていて、それらの絵の図柄は室町時代の絵巻物にまで遡ることができると考えられている（市古貞次前掲書）。その絵は『新日本古典文学大系　室町小説集・下』にも収められているが、この場面の挿絵を見ても、主人公は室内に座り、その近くで女が飯をよそっている。この部分に見られる、原拠の伊勢物語にきわめて密着した翻案ぶりから考えて、『窓の教』の作者は、伊勢物語第二十三段の第三部前半を、「かいまみ」の場面ではなく、あくまでも、主人公の目の前で女が飯を盛る場面として理解していたと考えられる。現代の一般的理解と同じ場面把握の歴史は、実は意外に古く、室町時代にまでさかのぼることができると考えられるのである。

もっとも、これらは、あくまでも例外的な事例であって、この場面に対する当時の一般的な理解はあくまでも、前に見た嵯峨本のように、ここを「かいまみ」の場面として把握するところにあった。嵯峨本は、江戸時代を通じて出版されたおびただしい種類の絵入り版本の最初でもあり、また、特に前期の絵入り本の規範として大きな影響力を持ち続けたが、それら後続の絵入り本でも、この第二十三段第三部前半は、さきに見た鉄心斎文庫蔵「伊勢物語扇面書画帖」のような特別な例外を除いて、嵯峨本とほぼ同様の図柄に描かれており、一部の相違はあっても、そこには、いま問題にしているような場面理解にかかわる変化は見られない。前述のように注釈書には、この点についての記述がなく、文字資料の手がかりも事実上皆無に近い。今はただ、第二十三段第三部前半に対する理解は、「かいまみ」の場面として把握する誤った読み方から、現代の正しい一般的理解へと次第に変化し、現在に至っていると言うほかないのである。

4　「けこ」の問題

以上、伊勢物語第二十三段の第三部前半の理解について、二種類のまったく異なった場面把握と、その両者の変遷について考えたが、この部分には、もうひとつ、すでに以前から指摘されてきた、「けこのうつはものに盛りけるを見て」という部分の「けこ」という語の解釈をめぐる問題が存在する。

まずは、この「けこ」の語の解釈の歴史を概観するために、江戸時代初期までのおもな注釈書の該当部分を列挙しておく。（以下、読解の便のため、句読点・濁点・読み仮名等を加えるなど、表記や本文を適宜改めている。）

〔書陵部本和歌知顕集〕（『伊勢物語古注釈大成』第二巻による。）

…「けこ」とは、家のうちに定まりたる人かずなり。…

〔十巻本伊勢物語注〕（『伊勢物語古注釈大成』第一巻による。）

…「飯貝《イヒガヒ》トリモチテケゴノ器ニ盛ル」トハ、必ワガモルニハ非ズ。懸養《ケンヤウ》ノ物共ニ、ソノ宛物《アテモノ》・相節ヲ計宛《ハカラヒアツル》義也。

…他説ニ云、「食子《ケゴ》」トハ竹ニテクミタルヒゲ籠《コ》也。「イガヒ」トハ海ニアル物也。ソノ貝ヲ業平ノ結構ニモルヲ「イガヒトリモチ食子ノ器ニモル」ト云也。サレドモ実義ハ配分ノ義也。…

〔伊勢物語愚見抄〕（『伊勢物語古注釈大成』第三巻による。）

…「けこ」は家子也。家の中に召し使ふ者のうつは物に、てづから盛りける也。…

〔伊勢物語肖聞抄〕（文明十二年本。宮内庁書陵部蔵伝肖柏筆本による。）

…「てづからいひがひとりて」、古注には、実にとるにあらず、成敗する心也と云々。当流には、此事誹諧也と。成敗するにても幽玄ならず。只其まま心得べし。

〔伊勢物語闕疑抄〕（『伊勢物語古注釈大成』第五巻による。）

…「けごのうつは物」、「家子」と書けり。

右に列挙した注釈のうち、冷泉家流古注を代表する注釈書である『十巻本伊勢物語注』は、女が自分で飯を盛ったと記されていることを、比喩的な表現であって実際に盛ったのではないと説明する。冷泉家流の古注に頻繁に見られる特異な解釈だが、比喩的な表現の裏にある事実は、「懸養ノ物共ニ、ソノ宛物・相節ヲ計宛」こと、すなわち「めんどうを見ている一家眷属の者たちにそれぞれの取り分をはからって与える」ことだと『十巻本伊勢物語注』は言う。注するまでもない事項として直接の説明は記されていないが、『十巻本伊勢物語注』が「けこ（けご）」の語を「懸養ノ物共」すなわち自分が養っている一家眷属の意味に理解していることは明白である。なお、『十巻本伊勢物語注』の引用部の後半には「他説」として、「けご」を竹ニテクミタルヒゲ籠」すなわち竹を組んで作ったひげ籠と解する説が紹介されたうえで否定されているが、これは「いひがひ」と「い貝」、「ひげこ」と「けこ」を強引に結びつけたもので、いまここで特に問題にする必要はない。

『伊勢物語肖聞抄』などに示されている宗祇の解釈は、物語を表面的に読むだけでなく裏に隠されたものをも探るという冷泉家流古注の方法を継承しつつ、背後の事実ではなく物語の表現意図を考える方向へと読みを転換させたものである。ここでは、『伊勢物語肖聞抄』は、「実にとるにあらず、成敗する心也」すなわち「実際に自分が杓子を取って飯を盛るのではなく、その仕事の指図をするという意味である」と古注の説を紹介したうえで、そのように解しても結局「幽玄」にはならないので「当流」はこれを「誹諧」すなわち意図的な滑稽表現と考える、と言う。ここでも、特に説明がない以上、「けこ（けご）」は、古注と同様、「家子」すなわち一家眷属の者たちの意に解されているはずである。

特異な読解を見せる二種の注釈についてまず触れたが、この二種も含めて、江戸時代初期までのおもな注釈はすべて、「けこ（けご）」を「家子」すなわち一家眷属の者たちの意と捉えていると考えてよい。最初の『書陵部本和歌知顕集』の「『けこ』とは家のうちに定まりたる人かずなり」という言い方はわかりにくいが、これはおそらく、複数の器に飯を盛っている光景を前提にして、その器の数が、この家にいる一定の「家子」の数と一致していることを、このように言ったものであろう。この場合、「けこ（けご）」という語そのものの意味は注釈不要として説明されず、ただ文脈的な意味だけが、このように説明されていると考えられるのである。

この「けこ（けご）」の語にまったく新しい解釈を示したのは、賀茂真淵の『伊勢物語古意』であった。そこには次のような注記が記されている。（寛政五年・一七九三版本による。）

…「けこ」は、或説に家の子にて家人奴婢の事といへるも理りなきにあらねど、古本に「餼子」と書、万葉にも「家にあれば笥に盛る飯を」ともあれば、飯餼の器てふ意也けり。

ちなみに、契沖の『勢語臆断』の享和三年（一八〇三）版本の該当部には、頭部欄外に、次のように補注が加えられているが、これはこの版本を編集した田山敬義が、おそらくは右の『伊勢物語古意』を見て補ったものである。

敬義云、けこ、或説、家子《ケコ》にて従者《ズサ》也。又説、笥子《ケコ》、飯もる器なり。笥子にしたがふべし。

契沖は元禄十四年（一七〇一）に没しているが、『勢語臆断』の本来の注記には、この部分に、ただ大和物語の前掲部が引用されているだけであり、契沖自身は、おそらくは中世以来の「家子」説に、何の疑問も持っていなかったと考えられる。伊勢物語第二十三段の「けこ」を「飯餼の器」すなわち「笥子」の意に解したのは、あくまでも賀茂真淵が最初であり、その新説は、『伊勢物語古意』に明記されているように、「古本」すなわち真名本の「餼子」という表記に導かれたものだったのである。

5　真名本と古辞書

その真名本には、問題の部分が次のような表記で記されている。

佺彼高安爾住而見者、最初社曩毛作計礼、今者打解而髪乎巻上而、自飯匙乎取而、餼子之器爾盛計流乎見而、

…

真名本には、「髪乎巻上而（髪を巻き上げて）」という、異本系諸本に共通して見られる本文も含まれているが、そ

れはともかくとして、ここにはたしか、「餼子之器」という表記が用いられている。

この「餼子」という表記は、たとえば室町時代初期の書写とされる『大東急記念文庫本・十巻本伊呂波字類抄』や、文明十六年（一四八四）成立の『温故知新書』、永正七年（一五一〇）から天文十九年（一五五〇）までの間に成立したとされる清原宣賢の『塵芥』（安田章氏「塵芥開題」〈京都大学文学部国語学国文学研究室編『塵芥』昭和四十七年・臨川書店〉）などの古辞書に、次のように掲載されている。

〔大東急記念文庫本・十巻本伊呂波字類抄〕（人倫・付鬼神類）…験者ケンシヤ、餼子ケコ、家口也、遣唐使…

〔温故知新書〕（ケ・気形部）…淑叔人《ケシニン》、餼子《ケコ》、傾城《ケイセイ》…

〔塵芥〕（人倫門）…兄弟《ケイテイ》、茕独《ケイトク》、淑叔人《ケシニン》、下手人、餼子《ケコ》…

これらの辞書では「餼子」の語は、それぞれの分類項目や前後に配されている語を見ればわかるように、人間のさまざまなあり方のうちのひとつの姿を言う語として掲載されているのであって、けっして食器の意味で掲載されているのではない。そもそも、それほど一般的だったとは考えられない「餼子」の語がこれらの辞書に掲載されるもとになった出典は、真名本伊勢物語であった可能性がきわめて大きい。伊勢物語の真名本には、江戸時代以降にさかんに用いられ現在も伝本が多く残っている種類の他に、使用文字の異なる別の真名本が古く存在したことが、源氏物語の注釈書『河海抄』中の引用によって知られているが、そのどちらであるかはともかくとして、おそらくは真名本伊勢物語を出典として、「餼子」の語はこれらの辞書に、一家眷属の者たちをさす言葉として掲載されたと考えられる。賀茂真淵は真名本の「餼子」という表記に導かれて「けこ」を食器と見る新説を提唱したが、その「餼子」は室町時代には、一家眷属をさす言葉と考えられ、その意味に即して分類されて『十巻本伊呂波字類抄』『温故知新書』『塵芥』などに掲載されていたのである。

さらにさかのぼって、平安時代末から鎌倉時代初期にかけて成立した『類聚名義抄』の観智院本や鎮国守国神社本にも「餼」の字が収録され、観智院本では「餼」に「ケコ」、鎮国守国神社本では「餼子」という熟語に「ケゴ」という和訓が示されている。これらと伊勢物語真名本の前後関係などは不明と言わざるを得ないが、そもそも「餼」の字は、『古語大辞典』（中田祝夫氏編監修・昭和五八年・小学館）の「けこ（餼子）」の項の「語誌」（岡崎正継氏執筆）に指摘されているように、食物を贈る、ないしは贈ったり支給したりする食糧という意に用いられる語であって、器という意味とはいっさい無関係である。当時の人々がこの字を、食物を支給して養っている一家の家族や眷属の者の意にあてはめて、「けこ（けご）」という語の表記に用いた可能性はきわめて大きいと言わねばならない。

なお、『大漢和辞典』（諸橋轍次・昭和三四年・大修館書店）は、「餼」の項に「餼子」という熟語を掲げ、用例をまったく示さずに「古、食物を盛るに用ひた器。笥籠」と語義を述べるが、それは賀茂真淵以降の伊勢物語真名本の解釈にそのまま従ったものと考えられる。

一家眷属を言う「けこ（けご）」の語は、竹取物語に、

一人の男、文挟みに文をはさみて申す、「しかるに、禄いまだ賜はらず。これを賜ひて、わろきけこに賜はせむ」と言ひて、ささげたり。

と用いられている。また『角川古語大辞典』（中村幸彦氏他編・昭和五九年・角川書店）には、「『けご』は家子なり」という顕昭『散木集注』の用例も指摘されており、それ以後の例も散見する。それに対して、食器の意の「けこ（笥子）」の語例は、いま問題にしている伊勢物語第二十三段を除けば皆無と言ってよいほど見出されていない。

竹岡正夫氏の『伊勢物語全評釈』（昭和六二年・右文書院）は、さきに見た『古語大辞典』（小学館）の「語誌」等を引いて、伊勢物語第二十三段の「けこ（けご）」を、家族や眷属の者の意に解すべきであると主張する。第二十三段に対する竹岡氏の解釈や見解には従いがたい点も多いが、この「けこ」の語意に関しては、その結論は妥当と考えられる。また、片桐洋一氏の、さきに見た『鑑賞日本古典文学　伊勢物語・大和物語』（昭和五〇年・角川書店）や『校

注古典叢書　伊勢物語』（昭和四六年初版・明治書院）の旧来の版では、「けこ」は食器の意に解されていたが、平成十三年に刊行された『校注古典叢書　伊勢物語』の新装版では、「けこ」に「家子。従僕。」という頭注が付けられていて旧版とは所説が変わっており、その後刊行された『伊勢物語全読解』（平成二五年・和泉書院）でも「『けこ』は『家子』」と記されている。これもまた、妥当な判断と考えられるのである。

6　『窓の教』の「けこ」

ちなみに、本稿前半で検討した中世小説『窓の教』には、「けこ」の語が次のように用いられていた。

されはよ、はじめの日こそ心にくくも作りつれ、いやしき者をそば近く集め、いとかひがひしく手づから飯匙《いひがひ》とり、けこにもりつつ、明け暮れのいとなみを、さながら御前《みまえ》に並べつつ、…

『時代別国語大辞典・室町時代編』（昭和六四年・三省堂）には、「けこ（笥子）」という項目が「食物を盛る器」という説明とともに設定され、そこにはこの『窓の教』の例だけが掲げられている。それに従えば、この『窓の教』の例は、食器という意味の「けこ（笥子）」の語の、現在知られるもっとも古い用例ということになる。しかしながら、さきほど検討したことを考えてみても、賀茂真淵よりはるかに以前の室町時代における、食器の意の「けこ（笥子）」の語の存在は、きわめて疑問であると言わねばならない。

前にも述べたように、この『窓の教』の内閣文庫本には絵が加えられており、その図柄は室町時代の絵巻物にまで遡ることができると考えられている。いま、問題の部分を描いた絵を見ると、飯を盛っている女性と主人公である三位の中将たちがいる部屋の前の濡れ縁に、家来とおぼしき人達が四人描かれ、そのうちの一人が子どもを両手で室内に差し出すようなしぐさをしていて、その近くには「このこにも、くだされよかし」という画中詞が記されている。それと対応するように、飯を盛っている女性の近くには「あのこにも、まいらせん。御こきたまへ」という画中詞が見える。濡れ縁に集まっている家来たちの様子やこれらの画中詞によれば、女性は夫の三位の中将のためではなく、家来や従者たちのために飯を盛っており、それに加えて、画中に描かれた子どもにも飯を与えようとしていると考えられる。事実、女性の前には飯が入っている二つの大きい容器のほかに、小型の器が二つ並べられ、それとは別に女性はもう一つの小型の器を手に持って、いまそこに飯を盛ろうとしている。飯を盛る女性の前に複数の器を並べるのは、本稿前半で見たいくつかの絵入り本や絵巻すべてに共通する描き方であり（挿図1・挿図3参照）、そこからも「けこ」が「家子」の意に解されていた事実を知ることができるが、この絵を見るかぎり、女性はここでも、「笥子」ならぬ「家子」すなわち一家眷属のために、次々と飯を盛っていると考えざるを得ない。

だとすれば、「かひがひしく手づから飯匙《いひがひ》とり、けこにもりつつ」と記されているその「けこ」も、「笥子」すなわち食器ではなく、「家子」すなわち一家眷属の者たちの意であって、「けこにもりつつ」とは、「一家眷属のために次々と」飯を盛っている様子を言っているのではないかと考えられる。かくして、中世小説『窓の教』には、「笥子」の語例は存在しなかったと考えられるのである。やはり賀茂真淵の『伊勢物語古意』より以前には、食器の意の「笥子」という語は存在しなかったと言わねばならない。（この点については、なお本書第四章二を参照。）

7　正しい解釈

以上、伊勢物語第二十三段の第三部の二つの問題について考察してきた。すなわち、前半では、高安の女のふるまいを主人公がどこからどのように見ていたと解するかという問題を考え、後半では、「けこ」の語義理解の問題を考えたが、この二つの問題に対して考えられる、それぞれ二つずつの解答を組み合わせれば、第二十三段の第三部には、あわせて四種類の理解のかたちが存在することになる。

まず第一に考えられるのは、主人公が家の外からひそかに高安の女のふるまいを「かいまみ」したところ、女は「家子」すなわち一家眷属の者たち一人一人の食器に飯を盛っていた、と解する理解である。すでに見たように、中世から賀茂真淵以前までのほとんどすべての注釈や絵巻・絵入り本などが、この理解によってこの場面を享受していた。数多くの一家眷属を養っている高安の女の家の豊かさと、その女主人として食事の配分までみずから手がける女の卑俗さが、このふるまいによって強調される。女は、主人公の前では、このような自分のふだんのありさまをけっして見せることなく、ひたすら上品に取り繕っていたが、主人公の「かいまみ」によって、その日常の姿が知られてしまった、というのが、この種の理解によって把握されたこの場面の内容と言うことになる。

次に考えられるのは、主人公が「かいまみ」をした点はさきの理解と同じだが、男の目に映った光景が、「家子」すなわち一家眷属の食器に飯を盛っていた女の姿ではなく、ただ食器に飯を盛る女のふるまいであったとする理解である。すでに見たように、大和物語第百四十九段には女が「手づから飯もりをりける」とのみ記されていた。この場合、主人公の存在はまだ女に知られていないので、女が飯を盛っていた食器は主人公のためのものではなく、女は、自分自身のために飯をよそって食事をしているところを「かいまみ」されたことになる。

また、『十巻本伊勢物語注』には「他説ニ云」として「『食子《ケゴ》』トハ竹ニテクミタルヒゲ籠《コ》也」という特殊な解釈が紹介されていた。これも、あるいは大和物語と同様の理解にもとづいて語義を解釈しようとするものであったかとも考えられるが、『十巻本伊勢物語注』には続けて「ソノ貝ヲ業平ノ結構ニモルヲ『イガヒトリモチ食子ノ器ニモル』ト云也」と記されていた。それによれば、女は、あらかじめ来訪を予告していた主人公をもてなすために、「イガヒ」という貝を手ずから「ヒゲ籠《コ》」に盛って、食事の準備をしていたことになる。この場合、場面理解の内容は結果的に、次に述べる第三の理解に近いものとなっていると考えられる。

みずから飯をよそう女の姿を主人公が「かいまみ」するというこの種の理解は、大和物語等に、このように例が見られないわけではないが、それらの事例では、「けこ」の語は「笥子」の意に解されていたわけではけっしてなかった。『十巻本伊勢物語注』の「他説」も、すでに見たように、「笥子」説に直結するものではなく、一方の大和物語百四十九段にはそもそも、「けこ」という語は用いられていない。内容的には類似していても、賀茂真淵以前に「笥子」という語が用いられていたわけではなかったことを、ここであらためて確認しておきたい。

三番目に考えられるのは、主人公は女のすぐ前にいて、その存在を承知のうえで高安の女が「笥子」すなわち食器に飯を盛っていたとする理解である。この場合、女は、目の前にいる主人公のために、かいがいしく飯をよそっていたが、それがかえって主人公に嫌悪されてしまったことになる。伊勢物語第十四段に語られている、主人公に「せちに」思いを寄せていた「みちのくに」の女にも似た、けなげだが優雅でありえない女性の姿が、この種の理解からは浮かび上がってくる。言うまでもなく、賀茂真淵以来のほとんどすべての注釈がこの解釈によって第二十三段を把握しており、この理解は現在の通説の位置を占めていると言ってよいが、その「笥子」という語は、すでに何度も確認したように、賀茂真淵以前には存在しなかったと考えられる。通説は、その根底から否定されざるを得ないであろう。

最後に考えられるのは、主人公は女のすぐそばにいて、その存在を承知の上で女が、「家子」すなわち一家眷属の者たち一人一人の食器に飯を盛っていた、と解する理解である。たくさんの眷属を抱え、その家の女主人として食事の配分までみずから手がける、裕福だが卑俗な女は、最初、主人公の前では、このような自分の素顔を見せることなく、ひたすら上品に取り繕っていたが、次第に「うちとけ」るにつれて緊張感もなくなり、生活の実態を平気でさらけだすようになった。というのが、この理解によって把握されたこの場面の内容である。すでに見たように、この解釈こそが、伊勢物語の原文に即したもっとも正しい解釈と考えられる。さきに引用した『新講伊勢物語』

（吉沢義則氏監修・昭和二七年・風間書房）、竹岡正夫氏の『伊勢物語全評釈』（昭和六二年・右文書院）、片桐洋一氏の『伊勢物語全読解』（平成二五年・和泉書院）など、いくつかの注釈にこの種の理解がすでに示されているが、今後、二十三段の第三部は、この読解に即して理解されなければならないと考えられる。

8　伝承の世界

沢井浩三氏執筆の『八尾の史跡』（昭和四八年・八尾市総務部広聴課他）には、かつての「河内の国、高安の郡」に属する「神立茶屋《こうだち》の辻」にまつわる、次のような伝説が紹介されている。

平安時代の六歌仙の一人である在原業平が、大和の龍田に来て、十三峠を越えて玉祖神社に参詣した時、この茶屋辻にあった福屋という茶屋の娘梅野を見そめ、その後しばしばここに通ってくるようになった。その時いつもきまって近くの松の木から笛を吹いて、合図をしてやって来ていたが、ある日笛の合図をせずに来て、ふと東窓があいていたので、そこから内をみると、娘が手ずから御飯を笥にもって食べていたので、急に興ざめてしまって笛を神社に置いて逃げ帰った。娘はそれと気づいて、業平の後を追いかけたが見当たらず、悲しんで淵に身を投げて死んだという。（中略）それ以来高安の里では、東窓をつくることを忌み、東窓をあけると縁遠くなるとのいい伝えがある。

高安の女が「手ずから御飯を笥にもって食べて」いるところを「業平」が「かいまみ」するという点、内容的には大和物語第百四十九段に近いが、大和物語には「高安」という地名は記されていない。それぞれの時代に、さまざまに姿を変えて享受されてきた伊勢物語だが、注釈書や絵巻物・絵入り本、さらには歌学書などの周辺には、より大きく姿を変えた雑多な伝説や伝承の世界が、さらに広がっていた。この伝承もまた、伊勢物語享受のひとつの姿と考えるべきであろう。かつては一般的な理解であったにもかかわらず、今は注釈書などの世界からも姿を消して久しい、高安の女を「かいまみ」する主人公の姿が、ここにはまだ生きている。それは、かつて一般的だった理解を今にまで伝える、いわば由緒正しい誤解の、たしかな痕跡と考えられるのである。

二　「高安の女」補遺
――平安末期における「けこのうつはもの」――

1　前節の過誤

前節（第二章一）の後半で、私は、伊勢物語第二十三段に見える「けこのうつはもの」という表現、中でもとりわけ「けこ」という語の解釈について論じた。伊勢物語第二十三段の第三部で、「まれまれ」高安に来た主人公は、高安の女が「今はうちとけて、手づから飯がひ取りて、けこのうつはものにもりける」姿を見て、「心うがりて」、高安に行かなくなる。この「けこ」について、江戸時代初期までのおもな注釈はすべて「家子」すなわち一家眷属の者たちの意に捉えていたが、賀茂真淵が『伊勢物語古意』に、

…「けこ」は、或説に家の子にて家人奴婢の事といへるも理りなきにあらねど、古本に「笥子」と書、万葉にも「家にあれば笥に盛る飯を」ともあれば、飯笥の器てふ意也けり。

と述べて以来、飯を盛る食器とする説が一般化する。これについて、旧稿では、真淵が新説の根拠としていた「古本」すなわち伊勢物語真名本の表記やさまざまの文献を検討し、この「けこ」はやはり食器でなく一家眷属の者たちの意に理解すべきであることを述べた。そして、「賀茂真淵の『伊勢物語古意』より以前には、食器の意の「笥子」という語は存在しなかったと言わねばならない」と結論づけた。

これに対して、早乙女利光氏は「『伊勢物語』二十三段考――「けこのうつはものにもりける」の解釈と和歌の役割――」（『文学・語学』一八七号・平成一九年三月）で同様の問題を検討し、藤原成範（文治三年・一一八七年没）の作かとされる『唐物語』第四の「孟光、夫の梁鴻によく仕ふる語」に、

…この男をまたなきものに思ひて、かしづき敬ふこと思ふにもすぎたりけり。朝な夕なに飯がひとりて、けこのうつはものに盛りつつ、眉のかみに捧げてねんごろに進めければ、斉眉の礼とぞ今は言ひ伝へたる。

と、伊勢物語第二十三段をふまえた「けこのうつはもの」という表現が見えることを指摘した。早乙女氏は、賀茂真淵以前には「けこ」は「家子」の意であったという前提のもとに、この『唐物語』の該当部分をどう解釈すべきかについて、さまざまな工夫をこらしているが、『唐物語』のこの「けこ」は、食器の意の「笥子」と考えた方がはるかに自然である。「賀茂真淵の『伊勢物語古意』より以前には、食器の意の「笥子」という語は存在しなかった」という私の前節の結論は、間違っていたと言わなければならない。それでは、伊勢物語第二十三段の「けこ」について、どのように考えればよいのか。以下は、早乙女氏の指摘をふまえつつ、前節の論を補訂しようとする試みである。

2　殷富門院大輔の一首から

早乙女氏はまた、同じ論文の中で、「けこ」の語や「けこのうつはもの」という表現を用いた和歌として、次の二首をあげている。

家とうじを思ふ　　知家

（『現存和歌六帖』第五・二三四）

高安のみもとははやくなれにけり手づからけこのそなへをぞやる

また、けこのうつはものなどおきつつ、しひの葉に盛らぬにや、住みなれたるさまどもしたるに

ことわりやおのがさとざとふり捨ててすみよしとのみ思ひがほなる

（『殷富門院大輔集』二二四）

これも『唐物語』と同じように私が見落としていた、重要な用例の指摘であった。いま私が傍点を打った部分を見ればわかるように、この両者はともに、あきらかに伊勢物語をふまえている。早乙女氏はそのことを確認しただけで、それ以上これらの例を検討しておられないが、実は重要なことがらが、ここから浮かび上がってくるように思われる。最初の知家の歌は、どのような趣旨でよまれた歌か、いまひとつ明白でなく、また、ここで「けこ」がどのような意味で使われているかについても、さだかにしがたい。いま注目したいのは、二首目の殷富門院大輔の歌の、おそらくは殷富門院大輔自身によって書かれたと思われる詞書である。そこには「けこのうつはもの」という表現とともに、「しひの葉に盛らぬにや」という言葉が記されている。この言葉は、言うまでもなく、万葉集のよく知られた次の二首（巻二・一四一～一四二）のうち、後者の一首をふまえている。

有間皇子《ありまのみこ》みづから傷《いた》みて松が枝《え》を結ぶ歌二首

岩代の浜松が枝《え》を引き結びま幸《さき》くあらばまたかへり見む

家にあれば笥《け》に盛る飯《いひ》を草枕旅にしあれば椎《しひ》の葉に盛る

この歌がふまえられているとすれば、当然のこととして、『殷富門院大輔集』二二四の詞書の「けこのうつはもの」という表現は、この同じ万葉歌の「笥」という語と同じ意味で使われているということになる。すなわちこれもまた、賀茂真淵以前に用いられた、食器の意の「笥子」という語の用例だったのである。

『殷富門院大輔集』を見ると、この二二四番の詞書と歌は、次のような一首（二二三）に続けて記されている。

長月の十日ごろ、住吉に人々具して詣でて、浜の仮屋どもめづらしくて、壺ども多くとり並べたるに
いちの壺落ち入りてこそゆかしけれこの世のほかの住まほしさに

すなわち、殷富門院大輔は人々を誘って住吉神社に参詣したが、その際、住吉の海岸に作られた仮屋で、おそらくは休息して食事を取った。大輔はそのありさまを珍しがって、それらを二二二三番・二二二四番の歌によんでいると考えられる。二二二三番歌の解釈はいま省略するが、二二二四番歌の詞書に述べられているような、他郷から来たらしい仮屋の住人たちが、椎の葉に飯を盛るのではなく、いかにもそこに「住みなれ」た様子で食器、すなわち「けこのうつはもの」などを並べている情景について、二二二四番の歌はいささか戯れつつ、ここは「すみよし（住み良し）」なのだから、故郷を捨てて住み着こうとするのも当然だとよんでいる。

殷富門院大輔たち歌林苑グループの歌人たちは、しばしば連れだって難波にでかけており、その際、自分たちを、難波に下った伊勢物語の主人公に見立てた歌をしばしばよんでいることが、松野陽一氏「歌林苑の原型——難波塩湯浴み逍遙歌群注解」（初出昭和五七年、後に『鳥帚　千載集時代和歌の研究』〈平成七年・風間書房〉に収録）によって指摘されている。いま問題にしている「けこのうつはもの」という表現は、伊勢物語の難波下向の章段に用いられているわけではなく、また歌ではなく詞書の表現ではあるが、同じ伊勢物語の語がここでことさらに用いられているのも、おそらくは類似の傾向のあらわれであろう。それが有間皇子の歌の言葉と重ねられているのも、都からはるばる住吉までやって来た自分たちを、有間皇子に重ねて表現しようとしたものと考えられる。（たとえば『俊頼髄脳』は有間皇子のこの二首について、「山野にゆきまどひて…よみ給へる歌なり」と記している。）その有間皇子の歌の「笥」を、殷富門院大輔は「けこのうつはもの」と言い換えているのである。

ところが、その一方で、当時、「けこ」は「家子」の意の語としてはっきりと認識されてもいた。前節でも紹介したように、『角川古語大辞典』の「けご」の項には、殷富門院大輔とも親しかった顕昭の『散木集注』の、「流し

つるけごのみわもり…」という俊頼の歌に対する、次のような注記が用例としてあげられている。

けごは家子なり。伊勢物語にも「けごのうつはもの」と書けり。

平安末期には、「けこ」（または「けご」）について、このように、異なった二種類の理解が同時に併存していたと考えられるのである。

3　万葉集享受と伊勢物語

殷富門院大輔集によれば、殷富門院大輔は少なくとも二度、大和国石上の柿本人麿の墳墓を訪れ、経供養などをおこなっている（本書第二章二参照）。この墳墓は、藤原清輔によって発見されたもので、その事情は清輔の『袋草紙』や顕昭の「柿本朝臣人麻呂勘文」に詳しいが、その背景には、元永元年・一一一八に清輔や顕昭の祖父、藤原顕季によって始められた人麿影供に象徴されるような、人麿崇拝の時代風潮があった。そしてさらにその背後には、万葉集をあらためて重視しようとする、当時の歌壇全体の大きな動きがあったと思われる。よく知られているように、このころ、「次点」と呼ばれる万葉集の訓読作業がおこなわれ、また万葉集歌を抄出・部類した『類聚古集』なども編纂されている。平安末期は、万葉集がさかんに読まれ、重んじられた時代なのである。さきに見た、殷富門院大輔集二二四番歌の詞書が、万葉集の有間皇子の歌をふまえて書かれていたのも、そのような時代背景のひとつのあらわれと考えられる。

この有間皇子の歌は、『古今和歌六帖』にも収録され、またさきに見たように『俊頼髄脳』、そしてまた『古来風体抄』等の歌論書にも見える、当時でもよく知られた一首であった。この歌に見える「笥」という語は、他にはほとんど歌に詠まれることのない、それだけに印象的な語と言えるが、それが、殷富門院大輔集の詞書にはっきりと示されているように、伊勢物語の「けこ」という語の解釈にも影響を及ぼし、「けこ」も「笥」と同じく食器の意味の語であると考えられるようになったのではないかと推測される。さきに見た『唐物語』第四に見える用例も、そのような事情によって広まった「けこ」についての解釈（伊勢物語自体にとってはもちろん誤った解釈）に基づいた用例であったと考えられる。

それから五百年以上も後の時代に、先に見たように賀茂真淵は、真名本の表記のほかに、やはりこの有間皇子の一首を根拠に挙げて、「けこ」が「笥」と同じ意味の語であると主張した。時を隔てて、二度にわたって、万葉集のこの歌は、伊勢物語の解釈に、同じような影響を与えたのである。

4　伊勢物語と『唐物語』

さて、早乙女利光氏が問題にしている『唐物語』第四「孟光、夫の梁鴻によく仕ふる語」の全文は、次のようである。

昔、梁鴻といふ人、孟光にあひ具して年ごろ住みけり。この孟光、世に類なくみめわろくて、これを見る人、心を惑はして騒ぐほどなりけれど、この男をまたなきものに思ひて、かしづき敬ふこと思ふにもすぎたりけり。朝な夕なに飯がひとりて、けこのうつはものに盛りつつ、眉のかみに捧げてねんごろに進めければ、斉眉の礼とぞ今は言ひ伝へたる。

さもあらばあれ玉の姿も何ならずふた心なき妹がためには

志だに浅からずは、玉の姿花の形ならずとも、まことに口惜しからじかし。

作者はここで「世に類なくみめわろくて、これを見る人、心を惑はして騒ぐほど」であった醜女孟光が、梁鴻にかしづき仕えたことをおもに述べ、末尾に「志だに浅からずは、玉のすがた花のかたちならずとも、まことに口惜しからじかし」と記しているが、その出典である『後漢書』梁鴻伝によれば、孟光は単に醜女だっただけではなく、賢人を求めて「年三十」まで「嫁」せずにいたところ、乱世を嘆いて「倶《とも》に深山に隠るべき者」を求めていた梁鴻に見込まれて妻となり、「黙々」として行動を起こさない夫を励まして山中に入り共に生きた、尋常ならざる女性である。藤原成範かとされる『唐物語』の作者は、この女性が夫に仕えるさまを描写するために、「けこ」を食器の意と誤解しつつ、伊勢物語第二十三段の描写を借り用いている。だとすれば、『唐物語』の作者が捉えた伊勢物語第二十三段の高安の女は、ひたすら夫に尽くす点で孟光に近い要素を持った女性であったということになる。伊勢物語の主人公は、そんな高安の女を「心うがりて」来訪をやめるが、『唐物語』作者の男女関係についての価値観は、もとより伊勢物語の主人公とはまったく異なっていた。それを承知のうえで、『唐物語』の作者はあえて、人々によく知られていた伊勢物語第二十三段の描写を借用していると考えられるのである。ひとつの個性的な、かつ興味深い伊勢物語享受、批判的享受とも言うべき語句利用の姿が、ここに見られるように思われる。

5　さまざまな享受史

すでに前節でもさまざまな面から考察したように、また竹岡正夫氏の『伊勢物語全評釈』（昭和六二年・右文書院）や片桐洋一氏の『伊勢物語全読解』（平成二五年・和泉書院）で主張されているように、伊勢物語第二十三段の「けこ」は、正しくは「家子」、すなわち一家眷属の者たちを言う言葉であった。第二十三段の高安の女は、主人公にうちとけた後、「手づから飯がひ」を取るという下賤なふるまいを見せただけでなく、せっかく来訪した主人公を放置して、家の従者や下人たちに配分を考えつつ食事をあてがうという、いかにも一家の女主人にふさわしい仕事に没頭した。主人公は、そのような女の姿を「心うがり」、来訪の意欲を失ったのである。

そのような伊勢物語第二十三段の「けこ」の語は、以上のように、平安時代末期にすでに食器の意に誤解されてもいたが、それは一部の人々の間にとどまり、やがて姿を消していった。その後、賀茂真淵に至って再び同じ解釈が主張され、通説となって現代に至っている。

古典文学は、それぞれの時代に、さまざまな思いを抱きさまざまな教養や知識を持った多くの人に読まれ、多様な形で享受されてきた。より古い時代の解釈がより正しいとは限らず、同じ時代にも当然複数の解釈があり得た。本稿は、とりあえず伊勢物語第二十三段について、その複雑な享受史の一端をかいまみたにぎない。

三　「春別」と「春の別れ」
――第七十七段の問題点――

1　「春の別れ」という言葉

伊勢物語の第七十七段は、「田村《たむら》のみかど」すなわち文徳天皇の女御であった「多賀幾子《たかきこ》」が逝去し、安祥寺で「みわざ」がおこなわれた際のできごとを、次のように語っている。

昔、田村のみかどと申すみかどおはしましけり。その時の女御、多賀幾子と申すみまそかりけり。それうせたまひて、安祥寺にてみわざしけり。人々ささげ物奉りけり。奉り集めたるもの、千《ち》ささげばかりあり。そこばくのささげ物を木の枝に付けて、堂の前に立てたれば、山もさらに堂の前に動き出《い》でたるやうになむ見えける。それを、右大将にいまそかりける藤原の常行《つねゆき》と申すいまそかりて、講の終はるほどに、歌よむ人々を召し集めて、今日のみわざを題にて、春の心ばへある歌奉らせたまふ。右の馬の頭《かみ》なりける翁、目はたがひながら、よみける、

　山のみな移りて今日にあふことは春の別れをとふとなるべし

とよみたりけるを、いま見ればよくもあらざりけり。そのかみはこれやまさりけむ、あはれがりけり。

すなわち、右大将であった藤原常行が、「講の終はるほど」に「歌よむ人々」を呼び集め、「今日のみわざ」を題

として「春の心ばへある歌」を献上させたが、その中で、主人公すなわち「右の馬の頭なりける翁」の歌が、もっとも賞賛されたというのである。章段の前半には、多くの人々が奉ったささげ物が木の枝に付けて立てられ、その情景がまるで山が動き出したように見えたという記述も記されているが、それは、「山のみな移りて今日にあふことは」という主人公の歌の表現の意味するところを読者に知らせるために、あらかじめ記された描写であった。

この、主人公が詠んだ歌の中の「春の別れ」という言葉の意味をめぐって、古くからいくつかの説が提示されているが、いまだ完全には決着を見ていない。以下、その諸説をあらためて検討しながら、この章段の理解を試みてみたい。

2　釈迦の涅槃

いわゆる冷泉家流の伊勢物語古注は、この「春の別れ」を、

…彼ノ女御、春宮ノ女御ニテ座《マ》シカバ、春ノ別レヲ問フト云フ也。

（『伊勢物語古注釈大成』第一巻〈平成一六年・笠間書院〉所収の鉄心斎文庫蔵『十巻本伊勢物語注』による。なお、以下、引用にあたっては原本の表記を一部改めている。）

と説明するが、この注記の内容は歴史的事実とは異なっており、古注独特の特異な物語解釈の一部と考えられる。ここではこの種の説をこれ以上問題にしない。

一方、同じ古注でも『和歌知顕集』（島原松平文庫本系）は、次のように、この一首の表現を、釈迦の涅槃をふまえたものと解している。（書陵部本系の『和歌知顕集』には、この部分の注記が記載されていない。）

…これは、さゝげ物を多く集めたりけるが、堂の前に山の出で来るやうに見ゆるを、まことの山にとりなして

詠めり。その故は、二月十五日に、昔、釈迦如来の涅槃に入り給ひし時、その別れを悲しみて、大地震動して、山動きけるなり。しかるに、また今日、この女御の御孝養あり、山の動きて出で来たるやうに見ゆるは、この女御の御別れ惜しみ奉りてぞ、山は動き出で来たるらんと思ひて詠めるなり。

（『伊勢物語古注釈大成』第二巻〈平成一七年・笠間書院〉所収の鉄心斎文庫蔵本により、一部他本によって本文を改めた。）

ここには「春の別れ」という表現についての説明は特に見られないが、同種の理解は、室町時代後期における二条流歌学の継承者であった堯恵（明応七年・一四九八以降没）の高弟・鳥居小路経厚（天文十三年・一五四四没）の説を伝える『経厚講伊勢物語聞書』にも、次のように、「春の別れ」という部分に対する注記の形を取って記されている。

…歌ノ心、「春の別れ」トハ、双林入滅ノ時、四枯四栄ノ相ヲ顕ハスヲ始メテ、残ル物ナク愁ヒ悲シミシ面影ヲウツシテ、山モ此場ニ移リ来テ、永ノ一別ヲ問フニヤト云フ心也。ソレヲ又、女御ノ追善ニ取リ合ハセテ、捧ゲ物ノ山ノ如クナルモ、今日ノ追善ヲ供敬スル歟ト云フナルベシ。

（『伊勢物語古注釈大成』第五巻〈平成二二年・笠間書院〉所収の曼殊院蔵『経厚講伊勢物語聞書』による。）

さらに、この理解が師の堯恵の説でもあったことが、鉄心斎文庫蔵『堯恵加注承久三年本校合伊勢物語』（山本『伊勢物語論　文体・主題・享受』〈平成一三年・笠間書院〉第三章六参照）の、次のような書き入れ注によって確認される。

捧ゲ物ヲ山トサス。仏事ニ山モ来テ会フ歟ト也。仏ノ別レヲ思フ時ノ様ナルベシ。表ハ、二月釈迦入滅ノ時、五十二類、種々ノ物ヲ捧ゲタルガ如ク也。裏ハ、女御ノ事、山モ来テ問ヒ弔フ歟ト云フ心。

主人公の一首の表現を釈迦の涅槃をふまえたものと見る理解は、このように、室町時代にも由緒正しい説として行われていたことが知られるが、これとほぼ同様の注記が、契沖の『勢語臆断』にもまた、次のように記されている。

…「春の別れ」とは、折節春なれば今日の法事を仏の涅槃になずらへて言へる歟。『涅槃経』ニ云ハク「爾ノ時ニ世尊娑羅林ノ下ニシテ寝臥ス二宝牀ニ一於二其ノ中夜ニ一入二第四禅ニ一寂然トシテ無レ声。於レ是時頃便ハチ般《ハツ》涅槃シタマフ。入リ二涅槃ニ一已其ノ娑羅林東西ノ二双合シテ為リ二一樹ト一、南北ノ二双合シテ為ル二一樹ト一。垂レ二覆ヒ宝牀ニ一蓋二覆ス如来ヲ一」。又「大山崩裂ス」ともあれば、山も移り木も移りたるやうに見ゆるは、これらの心にや。又云ふ「世尊已ニ入タマフ二般涅槃ニ一。四天王与二諸ノ天衆一悲哀流涙シテ各弁ジテ二無数ノ香花ヲ一投テ二如来ノ前《ミ》ニ一悲哀供養ス。五天モ如クレ是ノ倍二勝於前ニ一。色界無色界ノ諸天亦如シテ二是ノ一倍二勝於前ニ一」。おほく供養の物のあるは、これらの心地もすべし。

さすがに契沖らしく『涅槃経』の本文を丁寧に引用して「これらの心地もすべし」と述べているが、基本的な理解の方向は、『和歌知顕集』や堯恵流の説と大差はない。この種の解釈は、これ以後、賀茂真淵の『伊勢物語古意』や藤井高尚の『伊勢物語新釈』をはじめ数多くの注釈に受け継がれ、現在に至っている。

3　三月尽

しかしながら、その一方で、冷泉家流などの古注を否定し、新しい伊勢物語注釈の時代を切り開いた一条兼良（文明十三年・一四八一没）の『伊勢物語愚見抄』は、一首の表現を釈迦の涅槃をふまえたものと見る上述のような解釈を採用せず、「春の別れ」という表現についてただ次のように注している。

「春の別れ」は、女御の中陰の果てて、三月の末にあへるにや。（中略）…又、「春の別れ」と歌によめれば、女御の中陰のはつる事、三月の末にあたりて講筵をのべ侍るにや。

（『伊勢物語古注釈大成』第三巻〈平成二〇年・笠間書院〉所収の冷泉家時雨亭文庫蔵『伊勢物語愚見抄』による。）

多賀幾子が実際には天安二年の十一月十四日に没しており、四十九日の法事だとしても三月末にはならないこと、天安二年には常行はまだ右大将になっておらず、業平も右馬頭になっていなかったことなどを中略部に記しながら、その前後に繰り返し記されているのは、この法事が三月末に行われたのではなかったかという記述である。おそらくはあまりにも当然のこととして、はっきりと述べられていないが、兼良は「春の別れ」という表現を、春という季節との別れ、すなわち「三月尽」を意味する言葉として理解しているのである。

同様の理解は、細川幽斎の『伊勢物語闕疑抄』をきびしく批判しながら自説を展開した荷田春満（元文元年・一七三六没）の『伊勢物語童子問』にも、次のように見られる。ここでもまた、「春の別れ」が春との別れの意味であることは、自明の理のように前提とされたうえで、次のような注記が記されている。

> …且つ、普通の本のみを見ては、此の「春の別れを問ふとなるべし」と言ふて、いかが聞こゆべきや。かのたかきこの女御のうせ給へるは、天安二年十一月十四日と国史に見えたるを、「春の別れを問ふとなるべし」は、いかがみて解有りや。真名を見てこそ此の歌も聞こえたり。真名本「昔、田邑帝与申御門御在計利。其時之女御多賀幾子与申、在計利。其疾給而、後御行安祥寺爾而沽洗之晦爾為計利」とあり。是にて詞も歌も「春の別」も聞こえたり。普通の本の詞にて「春別」聞こえず。…（片桐洋一氏編『伊勢物語古注釈コレクション』第四巻による。）

真名本伊勢物語の第七十七段には「其疾給而後御行安祥寺爾而沽洗之晦爾為計利（それうせたまひて、後のみわざ安祥寺にてやよひのつごもりにしけり）」という本文が見えるが、春満は、伊勢物語を歴史的事実とは異なった虚構と見る姿勢と、「普通の本」すなわち定家本よりも真名本を重視する立場から、第七十七段で設定されている法事の時期を、記録に残る十一月十四日から数えて四十九日目と考える通説を否定し、「沽洗之晦」すなわち三月の月末（「沽洗」は三月の異名）と考えるべきであるとし、そのうえで、「春の別れ」という表現を、春という季節との別れ、すなわち「三月尽」を意味する言葉として、あらためて位置づけている。

『伊勢物語童子問』の真名本重視の姿勢を継承した賀茂真淵の『伊勢物語古意』や藤井高尚の『伊勢物語新釈』

は、さきに述べたように契沖の涅槃説をも肯定しているが、同時にまた、真名本による「やよひのつごもりに…」という本文を採用して、次のように、この三月尽説にも賛意を示している。

此の女御の御わかれと、春三月の別れとをかねて、且つ如来入滅には海水飛湧大山崩裂など云ふを思ひよせて、山々もみな此の御庭にうつり来れるは、此別れをとむらふなりけりと詠める也。（『伊勢物語古意』）

此の歌は、臆断に（中略）…と解けるぞよろしかりける。「春の別れ」とは、をりしもやよひのつごもりなれば、女御の御わかれを「春の別れ」といひなしたる也。（『伊勢物語新釈』）

現代の注でも、たとえば講談社文庫『伊勢物語』（森野宗明氏校注・昭和四七年）が定家本の本文を掲げながら「『はるのわかれ』＝三月尽とみる説がしぜんだろう」と注しているように、類似の理解を示している注釈は少なくない。

4　三種の理解

ところが、一条兼良の学を批判的に受容しながら二条流歌学の継承をも標榜して、室町時代後期古典学の主流の位置を占めるに至った連歌師宗祇の説を伝える『伊勢物語肖聞抄』には、次のように、「春の別れ」という表現の背後に釈迦の涅槃を見るという注記も見えず、またこの表現を三月尽の意味に理解するという注記も見ることができない。

数々のささげ物の山の如くなるを、則ちまことの山も今日の別れを悲しむやといふ心也。歌ざま優には見えねど、こけて其の故ありと見る也。（『伊勢物語古注釈大成』第三巻所収の片桐洋一氏蔵文明九年本による。）

このように、あまりにも簡略な『肖聞抄』の注記からは、「春の別れ」という表現に対する宗祇の理解を読みとることは容易ではないが、同じ宗祇の説を伝える『伊勢物語宗長聞書』には、次のような注記が記されている。

「春の別れをとふ」とは、春なればよそへていへり。「別れ」とは此女御の別れ也。

（京都大学国語国文学研究室蔵本による。）

すなわちこれによれば、宗祇は、「春の別れ」という表現を、ただ、春という季節における人（多賀幾子）との別れという意味に理解していたと考えられる。宗祇流歌学の継承者たちの説を伝える『惟清抄』『伊勢物語闕疑抄』など数多くの注釈にも、「春の別れ」という表現を釈迦の涅槃をふまえたものと見る見解はまったく示されておらず、また、それを三月尽の意に解する注記も記されていない。これらの諸注釈では、「春の別れ」という表現は、ただ、春という季節における人（多賀幾子）との別れという意味に理解されていたと考えられるのである。

この種の解釈は、室町時代後期から江戸時代にかけて、いわゆる「古今伝授」とともに継承され、数多くの旧注諸注釈に受け継がれていった。そして、現代の注釈にも、たとえば新編日本古典文学全集『伊勢物語』（福井貞助氏校注・平成六年・小学館）に「『春の別れ』は、春における死別をいう」と注されているように、ほぼ同様の解釈をしばしば見ることができる。

以上、第七十七段の歌の「春の別れ」という言葉についての三種類の解釈を、注釈史をたどりながら概観してきたが、その三種類の解釈を簡略にまとめて示せば、次のようになる。

A「春の別れ」という表現の背後に、二月十五日と伝えられる釈迦の涅槃を見ようとする解釈。

B「春の別れ」という表現を、春という季節との別れ、すなわち「三月尽」の意味に理解しようとする解釈。

C「春の別れ」という表現を、ただ、春における人との別れという意味にとろうとする解釈。

ただし、第七十七段の主人公の一首は、あくまでも「今日のみわざ」すなわち女御多賀幾子の没後の法事を「題」として詠まれたものであった。すなわち、AやBのような解釈が示されている場合でも、そこには、必ずCのような意味が、一首本来の主題として、重ねて読みとられているはずである。また、賀茂真淵の『伊勢物語古意』や藤井高尚の『伊勢物語新釈』では、AとBの二つの解釈が共に重ねて用いられていた。ということは、それらの注釈では、上記の三種類の理解がすべて重ねて行われているということになる。このように、三種類の理解をすべて重ねて示すという読解の姿勢は、現代の注釈にもしばしば見られるところである。

5　漢語と和語

ここで問題にしている「春の別れ」という言葉は、その語形から見て、「春別」という漢語を翻読したものと考えられる。その「春別」の語の例としては、まず梁の蕭子顕「春別四首」（『玉台新詠』巻九）をあげることができる。いま、その四首中の第四首を、次に掲げておく。

銜悲攬涕別心知　　悲しみを銜《ふく》み涕《なみだ》を攬《と》る、別心《べつしん》知る。
桃花李花任風吹　　桃花李花、風の吹くに任《まか》す。
本知人心不似樹　　本《もと》知る、人心は樹《き》に似ざるを。
何意人別似花離　　何《なん》ぞ意《おも》はん、人の別るるは花の離るるに似んとは。

夫ないしは恋人との別離を風に散る花になぞらえた一首だが、この作からもわかるように、「春別」とは、春という季節の中で、夫や恋人と別れる、ないしは別れ別れになっている、という意味であって、内容的には「春閨怨」に近い。『玉台新詠』巻九には、この他に、この蕭子顕の作に和した皇太子簡文（梁の簡文帝）の「和㆓蕭侍中子顕春別四首㆒」や、さらにそれに和した湘東王繹（梁の元帝）の「春別応令四首」が収められているが、その内容はさきに見た蕭子顕のものとよく似ている。

また、晋代の楽府「子夜四時歌七十五首・夏歌二十首」には、次のような作が見える。

春別猶春恋　　春に別れて、猶《なほ》春に恋ひ、
夏還情更久　　夏には還《ま》た、情《おもひ》更に久し。
羅帳為誰褰　　羅帳、誰《た》が為《ため》にか褰《かか》げむ。
双枕何時有　　双枕、何時《いつ》にか有らん。

ここでもまた、「春別」の語は、春における恋人との離別をいう語として用いられている。同種の例は他にも多いが、次にもう一例、日本文学にかかわりの深い白居易の詩から、「独酌憶微之（独酌して微之を憶《おも》ふ）」と題された絶句の例をあげておく。

独酌花前酔憶君　　独《ひと》り花前に酌《く》み、酔うて君を憶《おも》ふ。
与君春別又逢春　　君と春別れて、又春に逢ふ。
惆悵銀杯来処重　　惆悵《ちうちやう》す、銀杯の来処《きを》ること重く、
不曾盛酒勧閒人　　曾《かつ》て酒を盛りて閒人《かんじん》に勧《すす》めざることを。

ここで白居易は、また春がやって来たのに、昨年の春に別れた親友の元稹（微之）にまだ会えずにいることを嘆いている。もはや「閨怨」とは言えない内容だが、「春別」の語が、春における人との別れを意味することは、ここでも変わらない。白居易や唐代の詩人たちの他の用例についても、事情は同じである。

このように、「春の別れ」という表現のもとになったと考えられる漢語「春別」は、春という季節における人との別れを意味する語としてのみ用いられており、釈迦の涅槃は言うまでもなく、春との別れ、すなわち「三月尽」の意味で用いられている例も、見出すことができない。大江維時によって天暦前後、すなわち十世紀なかばに編集されたと考えられる佳句集『千載佳句』には「餞別」「宴別」「秋別」「留別」などと並んで「春別」と題された項目が設けられており、五つの句がそこに部類されているが、それらもすべて、春に人を送別したり別れを惜しんだ

りする内容のものであって、「三月尽」の意味は見られない。（なお、平安時代の日本人が漢詩に用いた「春別」の語の用例を、いま見出し得ていない。）

ところが、その「春別」の翻読語のように思われる和語「春の別れ」については、事情は大きく異なっている。以下に見るように、和歌に見られる「春の別れ」の用例はすべて、春との別れ、すなわち「三月尽」の意味を含み持って用いられているのである。（歌番号は『新編国歌大観』による。）

①a待てといふにとまらぬものと知りながらしひて恋しき春の別れか　（新撰万葉集269・下巻・春）

b暮れはてて春の別れの近ければいくらのほどもゆかじとぞ思ふ　（伊勢集116）

c春ゆかば花とともにをしたひなむ遅れば何のみにかなるべき　（忠見集109・春の別れを惜しむ）

以上の①の例のうち、最後のcは歌題の用例だが、それをも含めて、「春の別れ」という語はすべて、春という季節との別れという意味で用いられている。

②aいつかまた会ふべき君にたぐへてぞ春の別れも惜しまるるかな　（宇津保物語・吹上の上）

b時の間に千たび会ふべき人よりは春の別れをまづは惜しまむ　（同）

c年ごとの春の別れをあはれとも人におくるる人ぞ知りける　（元真集191・ものへ行く人に小袿縫はでやる）

②としてあげたのは、春という季節との別れに、さらに、人との別れがかかわっている事例である。abの二首は、『宇津保物語』吹上の上の巻の歌。紀の国の吹上に源涼《みなもとのすずし》を訪ねた仲忠たち一行は、都への帰途につく前日の「三月つごもり」に宴を開き、「春を惜しむ」という題で歌を詠みあう。その場では惜春の情と離別の情が交錯し、両者をさまざまに組み合わせた歌が詠まれているが、その中で「春の別れ」という表現が用いられているのがabの二首である。cもまた、惜春の情と離別の情がからみあった歌。『和漢朗詠集』などにも入れられた、よく知られた一首である。

これらの歌では、一見、「春の別れ」という言葉に、惜春の情と離別の情の両方が重なって表現されているように見えるが、実はそうではない。歌の表現をよく読めばわかるように、これらの場合も、「春の別れ」という言葉そのものは、あくまでも、春という季節との別れという意味だけを述べている。人との別れを悲しむ離別の情は、「春の別れ」という言葉のいわば外側で、惜春の情にからみあわせて表現されているのである。

以上に見たように、和語「春の別れ」は、漢語「春別」とは異なり、春という季節との別れという意味でのみ用いられていた。これまでに検索し得た「春の別れ」の語例中には、釈迦の涅槃という意味を含んだ例も、人との別れの意味を含んだ例も、ともに一例も見出すことができないのである。

6　あり得ない涅槃説

「春の別れ」の語例の以上のような状況を考えれば、前にAとして示した、「春の別れ」という表現の背後に釈迦の涅槃を見ようとする解釈は、当時の表現としてあり得ないものであったと言わざるを得ない。

そもそも、この解釈は、島原松平文庫本系『和歌知顕集』（鉄心斎文庫本）の中では、「これは、さゝげ物を多く集めたりけるが、堂の前に山の出で来るやうに見ゆるを、まことの山にとりなして詠めり。その故は、…」という記述に続いて提示されていた。すなわち、この解釈は、「山のみな移りて今日にあふことは」という主人公の和歌の上の句の表現と、それに呼応している散文部の、「そこばくのささげ物を木の枝に付けて堂の前に立てたれば、山もさらに堂の前に動き出でたるやうになむ見えける」という特異な描写を理由づけるために、ことさらに持ち出されたものであったと考えられる。その事情が、堯恵や経厚、あるいは契沖の注釈でもまったく同じであったことは、前に引いたそれぞれの注釈の注記を見れば明白である。

しかしながら、実際の涅槃の場面で述べられているのは、「爾時大地諸山大海皆悉震動（爾《そ》の時に大地、諸山、大海、皆悉《ことごと》く震動す）」（『大般涅槃経』序品）といった、山が悲しみのあまり揺れ動くという内容であり、伊勢物語第七十七段のように、山が移動して法事の場に出て来るといった表現は、そこには見られない。

そして、そもそも、山が震動したり移動したりするというだけなら、釈迦の涅槃とは無関係な漢詩文にも、次のように、「山動」や「山移」という言葉が、ごく一般的な表現として用いられてもいるのである。

Ⅰ四辺伐鼓雪海湧　　四辺の伐鼓に、雪海湧く。
三軍大呼陰山動　　三軍の大呼に、陰山動く。
（盛唐・岑参「輪台歌奉送封大夫出師西征〈輪台歌、封大夫の出師西征するを奉送す〉」）

Ⅱ汲水疑山動　　水を汲めば、山動くかと疑ふ。
揚帆覚岸行　　帆を揚ぐれば、岸行くかと覚ゆ。
（晩唐・曹松「秋日送方干游上元〈秋日、方干が上元に游ぶを送る〉」）

Ⅲ雖則事畢功成、然恐山移海変。
則ち事畢《をは》り功成ると雖《いへど》も、然るに恐るるは、山移り海変はること。
（初唐・趙顗「浮図銘」）

Ⅳ海竭山移歳月深　　海竭《つ》き山移りて、歳月深し。
分明斉得世人心　　分明斉《ひと》しく得たり、世人の心。
（晩唐・劉威「感寓」）

ⅠⅡは「山動」（山が震動する）の例。Ⅱは舟で水上を進む場面。水を汲むとその波紋で、水に映った影が動き、まるで山が震動するかのようだと言うのであろう。ⅢⅣは「山移」（山が移動する）の例。長い年月の間には地形や風景も一変するということを言う時、たとえば碑文などにこの「山移」の語が多用される。第七十七段の主人公の歌の「山のみな移りて」という表現は、この漢語「山移」を翻読したものと考えられる。

7 なお残る問題点

さきに見た語例の様相を見るかぎり、第七十七段の主人公の歌の「春の別れ」という語もまた、春という季節との別れという意味だけを述べているものと、ひとまずは考えられる。山々がこの場に移動して来ているのは、今日で過ぎ去ってしまう春という季節との別れを惜しむためなのだと、一首は述べているはずなのである。

こう考えて問題になるのは、ここで述べられている「みわざ」すなわち法事の日付である。一条兼良の『伊勢物語愚見抄』が指摘したように、藤原多賀幾子が没したのは天安二年十一月十四日であったことが『三代実録』によって知られるが、「それうせたまひて安祥寺にてみわざしけり」と語られているその「みわざ」は、葬儀であれば言うまでもなく、また四十九日の法事であっても、三月の末にはならない。兼良が歴史的事実との不一致をいぶかしがりながら疑問文の形で提示した「三月尽」説が、宗祇とその門流たちに継承されなかったのは、同じ兼良によって指摘された、多賀幾子の没した実際の日付との矛盾が、暗黙の内に重視されたためであったとも考えられる。

その点で注目されるのが、荷田春満の『伊勢物語童子問』である。春満はこの注釈書で、『伊勢物語闕疑抄』などの旧注を、伊勢物語の背後に事実を見ようとしているとしてきびしく批判し、伊勢物語があくまでも虚構の世界を描いたものであることを強調しているのだが、特にこの段では、真名本伊勢物語の「後のみわざ安祥寺にてやよひのつごもりにしけり」という本文を重要視し、それによって「三月尽」説をごく自然に主張している。

『三代実録』に記された日付との不一致を承知のうえで「三月尽」説に従ってこの歌を読みとろうとする場合、

伊勢物語第七十七段の内容は、『童子問』が主張するように、事実とは異なった虚構であるということになる。第七十七段の世界では、多賀幾子の葬儀、または四十九日の法事は、あくまでも三月の月末におこなわれているはずなのである。このように、章段の設定を虚構と考えれば、日付の問題は解決するようにも見えるが、実は必ずしもそうではない。

春という季節が去ってゆくのを惜しむ、いわゆる「三月尽」の心情は、よく知られているように白居易が繰り返し詩作の主題としたものであり（平岡武夫氏『白居易――生涯と歳時記』平成一〇年・朋友書店）、平安時代の文学にも大きな影響を及ぼしているが、伊勢物語もけっして例外ではなかった。たとえば、次にあげる第八十段は、その「三月尽」を主題とする、もっとも典型的な章段のひとつである。

昔、衰えたる家に藤の花植ゑたる人ありけり。三月《やよひ》のつごもりに、その日、雨そほ降るに、人のもとへ折りてたてまつらすとて詠める、

ぬれつつぞしひて折りつる年の内に春はいくかもあらじと思へば

平安時代の人々の白居易に対する敬愛と崇拝は、「三月尽」を、風雅を好む教養人がかならず共有しなければならない心情へと高めていった。それを知らなければ、この段の内容を十分に理解することはできない。第八十段では、「三月のつごもりに」という説明が短い本文の中にわざわざ記されていて、その事情を読者に知らせていた。同じ「三月尽」の主題は、第八十三段・第九十一段にも見ることができるが、それらの章段にも、「時は三月のつごもりなりけり」（第八十三段）、「三月つごもりがたに」（第九十一段）という記述がことさらに記されている。ところが、いま問題にしている第七十七段には、定家本を初めとする大多数の本によるかぎり、その日が三月の末であることを示すその種の記述がまったく見られないのである。第七十七段の主人公の歌の「春の別れ」という言葉に対する解釈が、古来さまざまに揺れ動かざるを得なかった最大の原因は、実はそこにあったといわねばならない。

この点で注目されるのが、荷田春満の『伊勢物語童子問』が重視した真名本の「後御行安祥寺爾而沽洗之晦爾為計利（後のみわざ安祥寺にてやよひのつごもりにしけり）」という本文である。この本文は、塗籠本や広本系（大島本系）諸本にも見られない、いわば少数派の本文だが、静嘉堂文庫本伊勢物語絵巻（断簡）の第七十七段の本文は、この部分が「御はてあんしやうじにてやよひのつごもりにしけり」と、真名本に近い形になっていて注目される。同絵巻は、室町時代後期から江戸時代にかけての多くの作例が残る大英図書館本系（小野家本系）伊勢物語絵巻の一点だが、この系統の伊勢物語絵巻には絵と本文の不適合が指摘される部分があって、古くは本文が現状とは異なった非定家本だったのではないかとも推測されている（『伊勢物語絵巻絵本大成』〈平成一九年・角川書店〉研究編を参照）。静嘉堂文庫本がもしその古い非定家本の本文を伝えているとすれば、この系統の絵巻の祖本がかつて依拠した本文は、真名本の祖本と近い関係にあった可能性が大きいことになる。

このように、真名本の本文は、かならずしも孤立したものではなく、おそらくは室町時代に、類似の本文をもとにした絵巻が作られるほど一般的な本文であった可能性を有しているが、それを考えに入れてもなお、少数派の本文であることに変わりはない。「春の別れ」という、あきらかに「三月尽」を思わせる表現の和歌を有するこの段の本文から、もとあった「やよひのつごもりに」という部分をわざわざ削除することは考えがたいことであり、だとすれば、逆に、真名本等の本文の方が後に改められたものである可能性も否定できなくなってくる。この問題については、なお後考を待つことにしたい。

8　特異な表現

第七十七段の主人公の和歌には、さらにもうひとつ問題点が残されている。さきにも述べたように、この歌はあくまでも「今日のみわざ」すなわち女御多賀幾子の没後の法事を「題」として詠まれた作であった。そのように、季節との別れだけでなく、そこに人との別れを取り合わせて嘆いている点で、この歌が詠まれた情況は、前に見た『宇津保物語』（吹上の上）や『元真集』の場合によく似ている。しかしながら、たとえばその『元真集』の一首が、

年ごとの春の別れをあはれとも人におくるる人ぞ知りける

と、「人におくるる」という表現で人との別れを明示していたのに対し、この主人公の一首には、それにあたる表現が見られない。

このままの表現では、この一首は、ただ三月尽という「春の心ばへ」だけを詠んだ歌として受け取られかねないが、それでは「今日のみわざ」という題にそぐわないばかりか、なくなった女御多賀幾子に対しても礼を失したことになってしまう。宗祇とその門流の人々が、頑固なまでに三月尽説を受け入れなかったもうひとつの理由は、あるいはそこにあったとも考えられる。

すでに見たように、漢語「春別」とは違って、和語「春の別れ」は、見出し得るすべての例で三月尽の意味に用いられており、春における人との別れという意味に用いられた例は確認できなかった。だが、この段の主人公の一首を「今日のみわざを題にて、春の心ばへある歌」として理解するためには、用例からの帰納的判断を超えて、この歌の「春の別れ」という表現に、三月尽と、春における女御多賀幾子との別れという意味が、掛詞のように重ねられていると考えることが、どうしても必要である。

かくしてこの一首は、和語「春の別れ」を漢語「春別」と同じ意味に用い、さらにそこに三月尽の意味をも重ね合わせた、特異な表現を用いた一首であったということになる。この第七十七段の末尾には、

とよみたりけるを、いま見ればよくもあらざりけり。そのかみはこれやまさりけむ、あはれがりけり。

という、虚構の語り手からの批評が付されているが、「そのかみ」の高い評価へのいぶかしさを込めた「いま見れ

ばよくもあらざりけり」という評言には、和語「春の別れ」を漢語「春別」と同じ意味に用いたことに対する不審の念が一部に込められていたとも考えられる。もとよりこの批評の眼目は、主人公である「翁」が、木の枝に付けて立てられた多くの「ささげ物」を、「目はたがひながら」すなわち老眼のために見誤り、「山」が「移」ったと誤解したとして批判する点にあると考えられるが、漢語「山移」の翻読語と思われるこの「山…移る」という表現もまた、当時の和歌の中に他に用例を見ない、和語としてきわめて異例な表現だったのである。

四　「千尋あるかげ」
――第七十九段をめぐって――

1　「かげ」と「たけ」

伊勢物語第七十九段は、在原行平の娘文子を母として生まれた清和天皇皇子、貞数親王の誕生に題材をとった、次のような章段である。

昔、氏の中に皇子《みこ》生まれ給へりけり。御うぶやに人々歌詠みけり。御おほぢかたなりけるおきなの詠める、

わがかどに千尋《ちひろ》あるかげを植ゑつれば夏冬誰か隠れざるべき

これは貞数の皇子、時の人、中将の子となむ言ひける。兄の中納言行平のむすめの腹なり。

物語の主人公である「おきな」が詠んだ歌の第二句「千尋あるかげを」の「かげ」は、定家本や塗籠本では「かげ」だが、大島本系（広本系）諸本や真名本では「たけ」となっており、江戸時代の多くの注釈書は後者の本文を採用している。「千尋あるかげ」と「千尋あるたけ」と、どちらの本文がより適切なのか。いま一度、注釈史や典拠、さらには意味内容の面から考えてみたい。

2　典拠についての疑問

室町時代の『伊勢物語肖聞抄』や『伊勢物語惟清抄』等には、この部分について「『千尋あるかげ』とは仙家の竹也」等と記されているのみで、その根拠となる典拠や出典は特に明示されていなかった。契沖の『勢語臆断』に至ってはじめて、具体的な典拠として『山海経』（大荒北経）が、郭璞《かくはく》の注とともに、次のように紹介されたのであった。（以下、漢文の引用にあたっては、便宜上、適宜、振り仮名や訓点を付した。底本の訓点などをそのまま用いた部分もあるが、特にことわらない。）

山海経ニ云ハク「（中略）有リ二岳ノ之山ト云フモノ一、尋竹生《しやう》ズレ焉《ここ》ニ」。注「尋竹ハ、大竹ノ名、長《なが》サ千尋」。

これ以後、「千尋あるかげ」ないしは「千尋ある竹」の「千尋」という表現の典拠としては、この『山海経』の「尋竹」の項が、現代に至るまで一貫して指摘されてきたと言ってよいが、実は、宋代の版本や和刻本も含め、いま確認し得る『山海経』諸本に付せられている郭璞の注には、すべてただ「大竹ノ名」と記されているのみで、「長《なが》サ千尋」という注記をそこに見ることはできない。そして、そもそも、この「長《なが》サ千尋」という注記がなければ、『山海経』の「尋竹」を「千尋」と結びつける明確な根拠は存在しないことになるはずなのである。

同じ『勢語臆断』にはまた、「尋竹」の古い用例として、『文選』（巻三十五）に収められた晋の張景陽（張協）の「七命」の一部が、次のように紹介されている。

文選張景陽ガ七命ニ云「尋竹竦《あ》ゲテレ茎ヲ蔭《かく》スニ其《そ》ノ壑《たに》ヲ一」

「七命」の冒頭部、沖漠公子が世俗を嫌って隠棲している「大荒」の「幽山」の様子を描写した部分だが、この「尋竹」について、『文選』の李善注は、さきに見た『山海経』と郭璞の注をともに引用している。しかし、そこに引かれている郭璞の注もまた「尋竹、大竹也」と言うのみで、『山海経』諸本と若干の文字の異同があるものの、「長《なが》サ千尋」にあたる記述はこちらにも含まれていない。『勢語臆断』が引用している「長《なが》サ千尋」という注記の由来は、かくして不明と言わざるを得ない。

また、『六臣注文選』のこの部分には、李善注とともに、「尋ハ長ナリ」等という劉良の注も記されているが、それによれば「尋竹」の「尋」は「長い」という意味の語で、長さの単位である「千尋」の「尋」とは意味が異なることになる。『山海経』の「尋竹」を「千尋あるかげ」ないしは「千尋ある竹」の典拠と考えてよいかどうか、平安時代の人々が『山海経』の「尋竹」を「千尋の竹」の意に理解していたかどうかは、このように、いささか疑問であると言わざるを得ないのである。

3　「仙家の竹」の淵源

『惟清抄』や『肖聞抄』等の室町時代の諸注釈が、「『千尋あるかげ』とは仙家の竹也」等と注しながら、その根拠を明示していないことをさきに述べた。そもそも定家本を尊重し、「千尋あるかげ」という本文を掲げているこれらの注釈は、いったいどこから、この「仙家の竹」という解釈を導き出しているのだろうか。

一条兼良の『伊勢物語愚見抄』は、それまでのいわゆる伊勢物語古注を否定して新しい注釈の時代を開いたが、その姿勢を継承したはずの『肖聞抄』等の宗祇流諸注釈が、さまざまな面で伊勢物語古注、とりわけ冷泉家流古注の内容を継承していることは、すでによく知られている。その冷泉家流古注を代表する『十巻本伊勢物語注』（『伊勢物語古注釈大成』第一巻）には、問題の部分について、「我門ニ千丈《ちひろ》アル竹ヲ」という形の本文が示された上で、「此歌ノ本文、稽相千丈之竹ノ事也」という注記が加えられている。この「稽相千丈之竹」の故事は、冷泉家流古注の系統に立つ注釈には広く共通して記されているものだが、いま、片桐洋一氏が『伊勢物語の研究・資料篇』に翻刻された宮内庁書陵部蔵『伊勢物語抄』の六段注から、該当する部分を引用しておく。（他本によって一部本文を改めた。）

史記に云はく、「稽相千丈ノ竹、能ク聳エテ日月出デ二葉間ニ一、栄長年重ナリテ露滞滑《ロテイナメラカ》ナリ、門前成シテレ市ヲ得ルモノ二彼ノ薬ヲ一、得テ二上寿ヲ一嘲ル二此命ヲ一云々」と。是は知興と云ふ人山に入りて薪をとるに、庭鳥の鳴く所の有りければたづね行きて見るに、竹一本雲に生ひのぼりて、其の葉の間に日月かがやきて、鶴の鳴く。其の本に仙人ならびゐて、此の竹の葉より落つるしづくをのめば、皆命長き也。知興又此の露をなめて仙人となれり。知興の子にけいさうと云ふ者、親を尋ね行きて、又、此の薬をえて仙人となる。（下略）

『史記』からの引用として掲げられている「稽相千丈ノ竹、能ク聳エテ」以下の文は、漢文としては変則的であり、中国で書かれたものとは思えない。当然のことながらこれは『史記』そのものの中には見えないが、この種の怪しげな用例や典拠は、伊勢物語古注には数多く見出だされる。「千尋ある竹」という本文を用いていた冷泉家流古注は、ここでそれを説明するために、「稽相千丈之竹」という伝来不明の説話を『史記』の名のもとに持ち出しているのである。『肖聞抄』『惟清抄』等の宗祇・三条西家流諸注釈が記していた「『千尋あるかげ』とは仙家の竹也」という注記は、「千尋ある竹」という本文を説明していたこの冷泉家流古注の内容を、そのまま「千尋あるかげ」という本文の説明にまで転用したものだったと考えられる。これによって、「千尋あるかげ」は、そのまま、「千尋ある（仙家の）竹のかげ」という意味に理解されることになったのである。

そして、実は、『山海経』の「尋竹」を「千尋あるかげ」の典拠として紹介した『勢語臆断』にも、その部分の直前に、「『千尋あるかげ』とは仙家の竹の蔭なり」という、前代の諸注釈と同様の注記が記されていた。『勢語臆断』には、それ以前の注にない新見も多く示されているが、その反面、既存の注釈をそのまま用いた部分も少なくなく、いま問題にしている注記もその一例であった。暗黙のうちに冷泉家流古注を継承していた『肖聞抄』や『惟清抄』

等の見解は、その注記を通して、そのまま『勢語臆断』にまで受け継がれていたのである。さきに問題にした『山海経』の「尋竹」という典拠は、このような読解の上に立って見出だされたものであった。

このように冷泉家流古注の影響力は大きく、目に見えない形で『勢語臆断』にまで及んでいたが、その『勢語臆断』で示された「尋竹」という典拠によって、冷泉家流古注の読解は姿を変えてさらに後代にまで伝えられることとなった。そしてそもそも、その「尋竹」を「千尋あるかげ」や「千尋ある竹」の典拠とすることについては、郭璞の注記をめぐる問題もあって、なお疑問とせざるを得ないこと、すでに述べたとおりなのである。

4　白居易詩の「千尋」

「千尋あるかげ」ないしは「千尋ある竹」という本文の理解をめぐる注釈史を概観すると、以上のような問題が浮かび上がってくる。これらの問題の正確な認識なくして、伊勢物語第七十九段の正しい理解は不可能と言わねばならない。だが、それではこの部分の表現について、いったいどのような解釈が可能なのだろうか。

伊勢物語とも深いかかわりを持つ中唐の詩人・白居易の詩には、「池上」すなわち自邸の池のほとりに題材を取った作品が多いが、その中の「池上作」と題された二十句の詩は、次のように始められている。

西渓風生竹森森。　西渓風生じて、竹森森。
南潭萍開水沈沈。　南潭萍《へい》開きて、水沈沈。
（中略）
澄瀾方丈若万頃。　澄瀾方丈、万頃《ばんけい》の若《ごと》し。
倒影咫尺如千尋。　倒影咫尺《しせき》、千尋の如し。

（下略）

白居易はここで、「退老の地」である自邸の庭の池の水面に影を落としている竹の影を、あたかも「千尋」の如き趣があると自讃している。ここでは、「わがかど」に植えられた竹の「かげ」があたかも「千尋」の如くであると述べられていて、その表現が伊勢物語第七十九段の和歌と多くの共通点を持っていることが注目されるのである。白居易の詩の中の「千尋」は、地上の竹とは上下逆に、水面から水底にむかって伸びている竹の「倒影」の長さ、つまりは深さについて用いられているが、それは、峡谷や深海の深さの形容に用いられることが多い「千尋」という語の特性にもかなった用法と言ってよい。和語の「ちひろ」もまた、樹木の高さなどには一般に用いられることの少ない語と言ってよいが、それが「千尋あるかげ」という表現で用いられている背景に、この白居易の詩の影響が考えられはしないだろうか。「わがかどに千尋あるかげを植ゑつれば」という表現から、当時の人々は白居易のこの詩を思い浮かべ、その「かげ」が竹の「かげ」であることを、それによって容易に連想し得たのではなかったかと考えられるのである。すなわちこの場合、本来の本文は「千尋あるかげ」であったことになる。もとより、水面に映る「影」と庇護の意にも通じる「蔭」は本来異なった語であり、安易な混同は避けねばならないが、「影」と「蔭」という二つの文字には意味的に重なる側面もあり、また、ともに「かげ」と訓読される両者が和歌において掛詞的に用いられていることも考えられる。

『勢語臆断』には『山海経』の他に『博物志』の「止此二山ニ多レシ竹。長サ千仞《ちひろ》。鳳食二フ其実ヲ一」という例も示されており、なお残された問題は多いが、「千尋あるかげ」という定家本等の表現の根拠を説明するひとつの方法として、この「池上作」という詩の存在に、いまは注目しておきたい。伊勢物語中には、三月の末日すなわち三月尽の日に主人公が藤の花を人に贈ったことを述べる第八十段のように、白居易の詩をふまえなければ理解できない章段が、他にも見られるからである。

第五章

伊勢物語から源氏物語へ

一　伊勢物語と「準拠」

1　第六段の段末注記

伊勢物語の第六段は、「え得まじかりける」女を「盗み出で」た男が、その女を「鬼」に食われてしまうという内容の、よく知られた章段である。女を失った男が独詠する「白玉か何ぞと人の問ひし時つゆと答へて消えなましものを」という一首によって物語はいったん終わっている。しかし、この段にはさらに続けて、「これは、二条の后の…」で始まる、長大な段末注記が記されている。

物語部分では、女は「芥川」で「鬼」に食われたと語られているが、段末注記は、その女は実は入内前の二条后であり、兄の「堀川のおとど」藤原基経と「太郎国経の大納言」の二人が内裏へ参内した際に泣き声に気づき、妹を「取り返し」たのを、「かく鬼とは言ふ」のだと説明する。

このように第六段では、物語部分と段末注記の内容がきわだった違いを見せながら、それにもかかわらず両者が結合して一段を構成している。特に、物語部分では女は、当時の和歌にもしばしば詠まれている摂津国の「芥川」で死んだはずなのに、段末注記によれば兄の基経や国経によって内裏ないしはその近くで取り戻されたことになり、その点をどう考えるかについて、古来さまざまな読解が試みられてきた。

『和歌知顕集』や冷泉家流古注などは、「芥川」は実は都の中の川であったと説明して、物語部分と段末注記を強引に一体化しようとしているが、室町時代後期の宗祇流や三条西家流の諸注釈は、さまざまに揺れ動きながらも、「芥川」を摂津の国の川として正しく理解し、物語部分と段末注記を互いに次元を異にする記述と考える方向に向かっていったと考えられる（山本登朗『伊勢物語論　文体・主題・享受』〈平成一三年・笠間書院〉第三章二参照）。ところが、近世に入ると、荷田春満や賀茂真淵などの国学者によって、第六段末尾等の段末注記はすべて後人が加えた増補部とみなされるようになり、物語部分のみが本来の第六段として享受されるようになった。文政元年（一八一八）に刊行された藤井高尚の『伊勢物語新釈』では、これらの段末注記はついにその存在をも否定され、本文から削除されるに至っている。

近代になると、さすがにそのような本文改変は姿を消し、第六段はもとの本文のまま提示されるようになったが、段末注記を後人の増補と考える理解そのものは、若干の例外を除けば、近年に至るまでほぼそのままに受け継がれてきたと言ってよい。

2　段末注記の機能

第六段の段末注記に対するこのような理解は、最近に至って、ようやく大きな変化を見せ始めている。石田穣二氏は『新版伊勢物語』（昭和五四年・角川文庫）の中で、この段末注記について「後人の書き加えたものとする説があるが、物語の正文と認むべきである」と注され、片桐洋一氏もまた『伊勢物語の新研究』（昭和六二年・明治書院）第二篇第三章の中で「この段が『伊勢物語』のこの場所に付加せられる時に、『これは、二条の后の……』という注釈的後書《あとがき》が作られたとしなければならぬと思うのである」と述べられた。類似の主張は、この他にも多くの人々の論考の中に、さまざまなニュアンスや視点の違いを伴いながら示されている。

この種の段末注記は、物語の語り手が物語の内容について注釈を加えた、「草子地」の一種ともいうべき記述として理解されるべきであると考えられる（山本前掲書第一章一参照）。語り手によるこのような注釈、ないしは解釈・解説を、伊勢物語は物語の方法として、さまざまな形で多用しており、これもその一種と考えられるからである（同・第一章四）。片桐洋一氏が、前引部にさきだって「一体、この第六段が「伊勢物語」の中に加えられるためには――そして、特に二条の后を思わせるこの位置に加えられるためには――二条の后が鬼に喰われたままでは不都合である。実は鬼に喰われたのではなく、兄によって助けられたのだとしておかねば、この位置には置かれぬ」と述べておられるように、第六段の段末注記は、女が芥川で鬼に食われたという、貴族社会から遠く離れた架空の話を、現実の時空の中に呼び戻す役割を果たしている。この注釈が加えられることによって、六段は、二条后という、貴族たちにとって身近な人物にまつわる物語へと、その姿を変えるのである（本書第二章三参照）。

3　段末注記と「準拠」

かつて清水好子氏は『源氏物語論』（昭和四一年・塙書房）第二章の中で、『弘安源氏論議』を通して源氏物語の「準拠」について考察され、次のように述べられた。

源氏物語はある時代の実際の世の中をそのまゝ写したものだ。少なくともある種の事柄に関しては忠実に模写したものだと了解していたのである。そして、じつはそういう風に思わせるものが源氏物語自体の中にあり、これこそ作者がもっとも苦心したことの一つであったのである。つまり、歴史的事実と符合させたり連想させたりすることによって、物語の内容の実在性を読者に植えつけ信じこませようとの工夫である。

これをいま、伊勢物語に即して考えれば、伊勢物語の場合、その内容について「ある時代の実際の世の中をそのまゝ写したもの」と評することは必ずしも適切でなく、また「ある種の事柄に関しては忠実に模写したもの」であるとも必ずしも言い難い。だが、「歴史的事実と符合させたり連想させたりすることによって、物語の内容の実在性を読者に植えつけ信じこませようとの工夫」ということなら、第六段の段末注記もその役割は、源氏物語の「準拠」とほぼ同じであると言ってよい。

第六段と同様の段末注記は、直前の第五段をはじめ、他のいくつかの章段にも見ることができる。第六段の段末注記はずばぬけて長大であり、また物語部分と段末注記の内容が食い違っていて注目されるのだが、長さはともかくとして、内容の矛盾という点で言えば、第五段でも、「築地のくづれ」が放置され「人」の出入りも「しげく」はない零落した雰囲気の屋敷のはずが、段末注記では「二条后」の住む邸宅とされるなど、物語部と段末注記の内容は必ずしも合致していない。段末注記の形をとってはいないが、「月やあらぬ」の歌で有名な第四段でも、「大后の宮」が居住する邸宅のはずなのに、物語の中ではその「西の対」は、「板じき」が「あばら」すなわちすきまだらけになるほど荒廃している。伊勢物語では、虚構を語る物語部分と、それに歴史上の事実を重ねる部分との間には、しばしばこの種の食い違いや矛盾が、むしろ意図したかのように設定されている。このような実状を考えれば、第六段の段末注記は、長大ではあるものの、内容的には、伊勢物語の中でけっして例外的な事例ではなかったと考えられる。「歴史的事実と符合させたり連想させたりする……工夫」は、伊勢物語では、たとえばこのような形で仕組まれていたと考えられるのである。

4　伊勢物語と源氏物語

もっとも、清水好子氏は前掲書の中で「平安時代の物語の注釈でかように準拠ということがいわれるのは源氏物語だけである。ここにこの物語の特色が存すると私は思う」と述べられ、源氏物語という「作品の独自性」をあきらかにすることに力を注いでおられる。そのこと自体はもっともなことであり、文学史上に屹立する源氏物語のすぐれた独自性については、いくら強調しても足りないであろう。一方、伊勢物語もきわめて強い「独自性」を持った作品であり、源氏物語との間には、さまざまな点で大きな違いがある。源氏物語の「準拠」を、そのまま伊勢物語の類似の技法と同一視することは、言うまでもなく不可能なことである。

しかしながら、いま、小異を認めつつ大同を考えることも重要ではないだろうか。近世以降、清水氏等によって再発見・再評価されるまで、源氏物語が「準拠」を持つという事実は過小評価され、ほとんど無視され続けてきた。その扱いは、伊勢物語の段末注記が受けてきた処遇とほとんど同じである。近世の国学者たちは、儒学の影響のもと、虚構と事実を明確に区別する必要を説き、源氏物語についても伊勢物語についても、その本質が虚構にあることを強く主張した。それらが虚構の作品でありながら歴史的事実ともかかわろうとする性格を併せ持っていることを、国学者たちは極力軽視しようとしたと考えられる。これを逆に見れば、伊勢物語の段末注記と源氏物語の「準拠」は、それぞれの物語にとって、互いに類似した役割を果たしていたということになる。

石田穣二氏は前掲書解説の中で、源氏物語を、伊勢物語という「光源」の「巨大な投影とでも言うべき」ものと規定された。源氏物語が伊勢物語から学び取った要素については、すでに多くのことがらが指摘されているが、それらに加えて、源氏物語の基本的方法のひとつと言ってよい「準拠」についても、伊勢物語をひとつの「光源」として学び取られ、「巨大な投影」にまで発展したものと考えてみることも、あるいは可能ではないかと思うのである。

二　朧月夜と伊勢物語

1　朧月夜と二条后

増田繁夫氏は、「朧月夜と二条后」と題された論文（『人文研究』三一巻第九分冊・昭和五四年）の中で、源氏物語の登場人物である朧月夜について、伊勢物語に登場する二条后を「准拠」として構想された人物であると述べ、その根拠を詳細に示している。増田氏はまず、朧月夜の居宅が源氏物語の中で二条の位置に設定されていることを指摘し、続いて、朧月夜との関係露見が光源氏の須磨退去の契機となるという構想が、二条后との関係露見によって主人公が都を去ることになるという伊勢物語の設定を「准拠」としていると述べている。その部分で増田氏は、

伊勢物語の二条后の話は第三段から六段までの所謂「まだ帝にも仕うまつり給はでただ人にておはしましける時」の話が著名であるけれども、その他にも各所に多く語られてゐて、殊に主人公と二条后との関係をまとめて語ってゐるのは第六五段である。

と述べているが、「第三段から六段までの所謂『まだ帝にも仕うまつり給はでただ人にておはしましける時』の話」が、後続して配列されている第七段以下の章段が語る、いわゆる「東下り」の原因となったということは、章段の配列順や「東下り」章段のいくつかの部分の内容によって暗示されているだけで、必ずしもはっきりと示されてい

るわけではない。それに対して、増田氏が「主人公と二条后との関係をまとめて語ってゐる」章段として挙げられた第六十五段では、二条后らしき女性との関係の露見によって主人公が流罪になったことがはっきりと語られている。それだけでなく、そもそも「第三段から六段まで」の章段では二条后が「まだ帝にも仕うまつり給はでただ人にておはしましける時」、つまり入内以前の二条后の恋愛が語られているのみであって、すでに入内した后と主人公の、文字通りの密通は、第六十五段以外では語られていない。増田氏の論旨に即して考えれば、源氏物語の朧月夜の準拠は、むしろ伊勢物語の第六十五段中に語られている二条后らしき女性であるとすべきであろう。作者は、この伊勢物語第六十五段をもとにして光源氏と藤壺の物語を構想したと考えられるが（本書第三章五参照）、同じ第六十五段からはまた、朧月夜の物語も生み出されているのである。藤壺と朧月夜が一対の対照的存在として設定されていることは、後藤祥子氏「朧月夜の君」（『源氏物語必携Ⅱ』昭和五七年・学燈社）等にくわしく述べられているが、この二人の女性をめぐる構想はともに伊勢物語第六十五段をふまえて生み出されていて、二人は、歴史上の二条の后をもとにして大きく虚構化されている第六十五段の女主人公が持つ二つの側面を、対照的な形で、分担して受け継いでいると考えられるのである。

伊勢物語第六十五段は、このように、二重の形で源氏物語の母胎となっていると考えられるが、その内容は、次に示すその末尾部分において、源氏物語で語られる藤壺や朧月夜の物語と大きく食い違っている。

（前略）かかるほどに、みかど聞こしめしつけて、この男をば流しつかはしてければ、この女のいとこのみやすどころ、女をばまかでさせて、くらにこめてしをりたまうければ、くらに籠もりて泣く。

　あまのかる藻に住む虫のわれからとねをこそ泣かめ世をばうらみじ

と泣きをみれば、この男、人の国より夜ごとに来つつ、笛をいとおもしろく吹きて、声はをかしうてぞあはれに歌ひける。かかれば、この女は、蔵に籠もりながら、それにぞあなるとは聞けど、あひ見るべきにもあらでなむありける。

さりともと思ふらむこそ悲しけれあるにもあらぬ身を知らずして

と思ひをり。男は、女し逢はねば、かくしありきつつ、人の国にありきて、かくうたふ。

いたづらに行きては来ぬるものゆゑに見まくほしさにいざなはれつつ（下略）

伊勢物語第六十五段では、右の引用のように、二条后らしい女性と主人公の密通はついに帝の知るところとなり、主人公は流罪となり、女性は「いとこのみやすどころ」によって宮中から退出させられ、「くら」に監禁される。流罪になったはずの主人公はなぜか「人の国より夜ごとに」来て、女性のいる屋敷の回りで笛を吹き、歌をうたうが、女性はその声を聞いてはいるものの連絡するすべもなく、男はむなしく歩き回る。章段はここで終わっているが、二人の関係の復活は、もはや不可能のように見える。

一方、源氏物語では、いま朧月夜のみに注目すれば、伊勢物語の流罪に相当する光源氏須磨退去以前に、朱雀帝はすでに朧月夜と光源氏の密通に気付いているが、次のように、それをそのままに容認している。

尚侍《かん》の君の御ことも、なほ絶えぬさまに聞こしめし、気色《けしき》御覧ずるをりもあれど、何かは、今はじめたることならばこそあらめ、ありそめにけることなれば、さも心かはさむに、似げなかるまじき人のあはひなりかし、とぞ思しなして、咎《とが》めさせたまはざりける。（賢木）

伊勢物語では帝が主人公を流罪に処したのに対し、源氏物語ではこのような朱雀帝からの断罪はなく、その役目を務めるのは、朧月夜の父の右大臣と姉である弘徽殿の大后である。また、伊勢物語第六十五段では、二人の関係が露見した後はきびしい処分があって、二人はもはや連絡を取り合うこともできない状態に追い込まれ、そこで物語は終わっているが、それに対して、源氏物語では、朧月夜と光源氏の関係は、須磨退去によって終わるのではなく、当面は和歌を含んだ消息の贈答という形をとって、さらに続いてゆく。「須磨」の巻には、須磨退去の直前の和歌の贈答（A）と、須磨と都の間の贈答（B）が、それぞれ一度ずつ、次のように語られている。

（A）尚侍《ないしのかみ》の御もとに、わりなくして聞こえたまふ。「問はせたまはぬもことわりに思ひたまへながら、今はと世を思ひはつるほどのうさもつらさも、たぐひなきことにこそはべりけれ。

逢ふ瀬なき涙の川に沈みしや流るるみをのはじめなりけむ

と思ひたまへ出づるのみなむ、罪のがれがたうはべりける」。道のほどもあやふければ、こまかには聞こえたまはず。女いといみじうおぼえたまひて、忍びたまへど、御袖よりあまるもところせうなん。

涙川うかぶみなわも消えぬべし流れて後の瀬をもまたずて

泣く泣く乱れ書きたまへる御手いとをかしげなり。いまひとたび対面なくてやと思すはなほ口惜しけれど、思し返して、うしと思《おぼ》しなすゆかり多うて、おぼろげならず忍びたまへば、いとあながちにも聞こえたまはずなりぬ。

（B）尚侍の御もとに、例の中納言の君の私ごとのやうにて、中なるに、「つれづれと過ぎにし方の思ひたまへ出でらるるにつけても、

こりずまの浦のみるめのゆかしきを塩焼くあまやいかが思はむ」

さまざま書き尽くしたまふ言の葉思ひやるべし。………

尚侍の君《かん》の御返りには、

「浦にたくあまだにつつむ恋なればくゆる煙よ行く方ぞなき

さらなることどもはえなむ」とばかりいささかにて、中納言の君の中にあり。思い嘆くさまなどいみじう言ひたり。あはれと思ひきこえたまふふしぶしもあれば、うち泣かれたまひぬ。

そもそも、冒頭に引いた増田繁夫氏の論文「朧月夜と二条后」には、次のように記されていた。

…それらにもまして作者が光源氏を須磨に去らせる構想において准拠としたものは、伊勢物語の主人公が二条后との事件によって都を去る所謂東下りの話であったかと思ふ。私は朧月夜はこの二条后を准拠として描かれた人物であると考へるのである。

すなわち増田氏は、須磨退去を導く契機としての役割を負った人物である朧月夜が、伊勢物語の二条の后を準拠として構成されていることを主張されたのだが、関係の露見によって光源氏が須磨に退去する直前、そして退去した後も、二人の「つつむ恋」「くゆる煙」は消えることなく、はるか後の「若菜」の巻（上）での再会へと続いてゆく。それについて増田氏は、前掲論文の末尾で、次のように述べておられる。

朧月夜は、源氏物語の人物としてみる時、二条后のもどきとして物語の筋を展開させる役割だけを与へられた人物ではなく、作者は人物自体に対する関心をももって描いてゐるやうに私は思ふ。

このように、朧月夜が「二条后のもどき」に留まらない登場人物であること、すなわち準拠としての二条の后を逸脱する存在であることを増田氏は述べておられるが、それでは、二条后のもどきを逸脱した朧月夜は、その逸脱した部分においては、伊勢物語と無関係な存在になっているのだろうか。増田氏は、右に引いた部分の直前の部分では、次のように伊勢物語について述べておられる。

伊勢物語が平安朝の貴族たちにあれほど関心をもって読まれた理由の一つは、…ことにその主人公は、…多くの貴族たちにとっては、浄土教とはまた異なった浪漫主義的なあり方であったかと思ふ。…権門の家に生れて、当時にあってはほとんど絶対的な価値であった后がねとしての身を捨てて男にはしる二条后のあり方は、主人公たち男性以上に当時の強固な秩序からの解放を求める浪漫主義の象徴と見ることができる。

「人物自体に対する関心をもって」描かれた朧月夜は、このように述べられもする伊勢物語と、どのような関係を持っているのだろうか。以下、光源氏須磨退去以後の、朧月夜が登場する場面に注目しながら、特に伊勢物語との関係について考えてゆきたい。

2　朧月夜の涙

光源氏の須磨退去後しばらくして、朧月夜は、父右大臣の願いもあって参内を許されるが、「許されたまひて、参りたまふべきにつけても、なほ心にしみにし方ぞあはれにおぼえたまひける」（須磨）という状態で、「心にしみにし方」すなわち光源氏をひたすら恋慕している。その記述に続いて、七月に参内した直後の様子が次のように語られている。

七月になりて参りたまふ。いみじかりし御思ひのなごりなれば、人のそしりも知ろしめされず、例の上につとさぶらはせたまひて、よろづに恨み、かつはあはれに契らせたまふ。御さまかたちもいとなまめかしうきよらなれど、思ひ出づることのみ多かる心のうちぞかたじけなき。

すべてを承知のうえで、周囲の批判も無視して朧月夜を寵愛する朱雀帝。光源氏とのことについて恨み言を言いながら、その一方で深い愛情を示す帝が「御さまかたちもいとなまめかしうきよら」なりっぱな姿であるにもかかわらず、朧月夜の心は、語り手が「心のうちぞかたじけなき」と批判するように、光源氏の思い出から離れられずにいる。やがて管弦の宴の際に、その光源氏の不在のさびしさを帝は口にし、彼を都に留め得なかった自分の無力さに対する思い、ひいては父の遺言に背いた自責の念から、「世の中こそ、あるにつけてもあぢきなきものなりけれと思ひ知るままに、久しく世にあらむものとなむさらに思はぬ」と厭世的な死の予感がわき起こってくることを朧月夜に語って、帝はさらに次のように言葉を続ける。

「…さもなりなむに、いかが思《おぼ》さるべき。近きほどの別れに思ひおとされむこそねたけれ。生ける世にとは、げによからぬ人の言ひおきけむ」と、いとなつかしき御さまにて、ものをまことにあはれと思し入りてのたまはすにつけて、ほろほろとこぼれ出づれば、「さりや。いづれに落つるにか」とのたまはす。

たとえ自分が死んでもなお、朧月夜の心が光源氏の方から離れないことを朱雀帝は知っている。「いとなつかしき御さまにて、ものをまことにあはれと思し入りて」語る朱雀帝の言葉に感じた朧月夜が「ほろほろと」涙を流すと、朱雀帝は、その涙は光源氏のために流しているのではないかと、さらに恨み言を言う。光源氏にむかう自分の心を押さえきれない朧月夜、そしてそれを十分に知りながら、なおかつ朧月夜に深い愛情を注ぐ朱雀帝、二人の複雑に屈折する心情を描き出す印象的な場面である。光源氏との関係を容認する朱雀帝のこのような気持ちは、前にも見たように光源氏の須磨退去以前の部分でもすでに述べられていたが、ここではその心情が、朧月夜に対する言葉の形で、むしろ恨みをこめて、より赤裸々に語られている。少なくともこの場面だけに限って言えば、ここで主題的に描かれているのは、不在の光源氏の優越性などではなく、夫にあたる男性に愛されながら、それ以外の男に思いを寄せる女性と、それを承知のうえでその女性になお愛情を注ごうとする男性の、ぬきさしならない関わりの姿である。

次の「澪標」の巻の冒頭近く、都に帰り政界復帰を遂げた光源氏と周辺の人々の概況が簡潔に紹介された直後に、再び、この二人が対面する場面が長く語られている。譲位を決断した朱雀帝は、肉親の死去などで心細い思いでいる朧月夜をあわれんで次のように言葉をかけるが、その言葉は、またしてもいつのまにか、光源氏を思う朧月夜に対する恨みの言葉に変ってゆく。

「大臣《おとど》亡せたまひ、大宮も頼もしげなくのみ篤《あつ》いたまへるに、わが世残り少なき心地するになむ、いといとほしうなごりなきさまにてとまりたまはむとすらむ。昔より人には思ひおとしたまへれど、みづからの心ざしのまたなきならひに、ただ御事のみなむあはれにおぼえける。たちまさる人また御本意《ほい》ありて見たまふとも、おろかならぬ心ざしはしもなずらはざらむと思ふさへこそ心苦しけれ」
あなたが思いを寄せている「たちまさる人」すなわち光源氏も、私のようにはあなたを大切には思わないだろう、そのことまでが、心配でつらいと朱雀帝は述べて、そのまま泣くが、涙の中で、帝は、こちらも涙をこぼしている朧月夜の魅力的な顔を見て、「よろづの罪忘れて」「らうたし」と思う。朱雀帝を視点人物として朧月夜の魅力を活写する場面である。

女君、顔はいと赤くにほひて、こぼるばかりの御愛敬にて、涙もこぼれぬるを、よろづの罪忘れて、あはれにらうたしと御覧ぜらる。

続いて本文は、もう一度朱雀帝の恨みの言葉を語るが、それに続いて、その言葉を聞いている朧月夜の心中が、地の文と交錯するような形で、詳しく語られる。

…など、行く末のことをさへのたまはするに、いと恥づかしうも悲しうもおぼえたまふ。御容貌《かたち》などなまめかしうきよらにて、限りなき御心ざしの年月にそふやうにもてなさせたまふに、めでたき人なれど、さしも思ひたまへらざりし気色心ばへなど、もの思ひ知られたまふままに、などてわが心の若くいはけなきにまかせて、さる騒ぎをさへ引き出でて、わが名をばさらにもいはず、人の御ためさへ、など思《おぼ》し出づるにいとうき御身なり。

朧月夜は、最初は朱雀帝の寵愛が「限りなき御心ざしの年月にそふやう」であることを思い、それに対して「めでたき人」すなわち光源氏が「さしも思ひたまへらざりし気色心ばへ」であること、すなわちそれほど自分を思ってくれていないことをよく分別して、若さに任せて「さる騒ぎ」まで引き起こした自分と光源氏の関係を後悔するが、その後悔はここでもいつのまにか、光源氏に大きな迷惑をかけてしまったことに対する申し訳なさ、つまりは光源氏への思いへと変わってゆく。そんな朧月夜を、語り手は最後に「いとうき御身なり」と評するのである。さきの「須磨」の巻の対面の場面とこの場面は、さまざまな点でよく似ているが、朱雀院の視点から朧月夜の容貌が、

「顔はいと赤くにほひて、こぼるばかりの御愛敬にて、涙もこぼれぬる」と描写される部分や、いま見たばかりの朧月夜の心の動きなど、互いに屈折した形でからみあった二人の世界が、さきの場面よりもより踏み込んだ形で、巧みに表現されている。

複数の男性と関わる女性と、それを容認する男性。伊勢物語には、たとえば次のような段が見える。

〈第四十三段〉

昔、賀陽《かや》の親王《みこ》と申す親王おはしましけり。その親王、女をおぼしめして、いとかしこう恵みつかうまつりたまひけるを、人なまめきてありけるを、我のみと思ひけるを、また人聞きつけて文やる。ほととぎすの形《かた》を書きて、

　　ほととぎす汝《な》が鳴く里のあまたあればなほうとまれぬ思ふものから

と言へり。この女、けしきを取りて、

　　名のみ立つしでの田長《たをさ》は今朝ぞなく庵《いほり》あまたとうとまれぬれば

時は五月《さつき》になむありける。男、返し、

　　庵多きしでの田長はなほ頼むわが住む里に声し絶えずは

賀陽親王の寵愛を受けていることを知ったうえで、その女と契りを結んだ男が、他にもう一人、同じ女に言い寄っている男がいると聞きつけ、女を浮気な「ほととぎす」にたとえて非難する歌を女に贈る（人間関係がつかみにくい章段だが、いまこのように解しておく）。その女は、「けしきを取りて」、すなわち巧みに事情を察して、無実を嘆く「名のみ立つ」の返歌を詠む。五月という季節に合わせて詠まれた詩の中で、女は、ほととぎすの別名である「しでの田長」が「鳴く」と言うのに掛けて、「今朝ぞなく」つまり自分はいま疑われて泣いていますと言う。ここでは実際の涙ではなく、歌の中の涙にすぎないが、それでも男はその涙に勝てず、女の魅力に屈服し、「庵多き」の歌を

贈ってすべてを許すのである。さまざまな点で違いもあるが、この伊勢物語第四十三段と、源氏物語の朧月夜の物語は、複数の男性と関わる女性を男性が容認するという点で、また女性の涙によって男性が「よろづの罪」を忘れるという点で、よく似ている。今知られている限りでは、伊勢物語より以前には、このような男女の関係の姿を描いた文学作品や伝承は存在しない。源氏物語の朧月夜が、伊勢物語の第四十三段の女性を直接ふまえて作られていると言うことはもとより困難だが、伊勢物語ではじめて物語に描かれた、このような男女のあり方、特にはその女性像が、やがて源氏物語の朧月夜を生み出すひとつの母胎になったのではないかと考えられるのである。

3　伊勢物語の女性像と朧月夜

伊勢物語には、「色好みなる女」「色好みなりける女」などと呼ばれる女性が、数多くの章段に登場している（山本登朗『伊勢物語論　文体・主題・享受』〈平成一三年・笠間書院〉第二章一参照）。たとえば、第二十五段では、

昔、男ありけり。「あはじ」とも言はざりける女の、さすがなりけるがもとに、言ひやりける、

　秋の野に笹分けし朝の袖よりもあはで寝る夜ぞひちまさりける

色好みなる女、返し、

　みるめなきわがみをうらと知らねばやかれなで海人《あま》の足たゆく来る

のように、「『あはじ』とも言はざりける女の、さすがなりける」、つまり逢うことを拒否せず男に気を持たせて、しかしいざとなると逢おうとしない、そんな女性が「色好みなる女」と呼ばれている。その女性を「色好み」と呼ぶことによって、この女性が心の迷いや純真な思いから態度を決めかねているのではなく、意図的にこのような態度を取って男の気を引こうとしているということを、語り手は読者に知らせているのである。

次に第三十七段を見ると、

昔、男、色好みなりける女にあへりけり。うしろめたくや思ひけむ、

我ならで下紐解くなあさがほの夕影待たぬ花にはありとも

返し、

二人して結びし紐を一人してあひ見るまでは解かじとぞ思ふ

と、「色好みなりける女」の多情を「うしろめたく」思った主人公が、「我ならで下紐解くな」という歌を贈っている。女性は、私は浮気などしないという歌を詠んで返しているが、この女性が「色好みなりける女」と呼ばれている以上、その返歌も本当の気持ちを述べたものとは考えがたい。

さらに第四十二段では、

昔、男、色好みと知る知る、女をあひ言へりけり。されど、憎くはたあらざりけり。しばしば行きけれど、なほいとうしろめたく、さりとて、行かではたえあるまじかりけり。なほはたえあらざりける仲なりければ、二日三日ばかりさはることありて、え行かで、かくなむ、

出でて来《こ》しあとだにいまだ変はらじをたが通ひ路と今はなるらむ

もの疑はしさによめるなりけり。

のように、「色好みと知る知る」すなわちその女性が色好みであると承知の上で通い始めた男性が、行かずにおれないほど夢中になっているにもかかわらず、やはり女性の多情さが心配で、疑念をそのまま歌に詠んで贈っている。章段は「もの疑はしさに詠めるなりけり」という語り手の説明で終わっているが、主人公の「なほいとうしろめたく、さりとて、行かではたえあるまじかりけり」つまり女性の多情が疑わしくても行かずにはおれないというこれまでの状態は、今後も変わるようには見えない。

さきに見た第四十三段の、「ほととぎす」にたとえられた女性は、本文中で特に「色好み」と呼ばれてはいなかったが、そのふるまいは、以上に見た「色好み」と呼ばれる女性たちの姿と、きわめてよく似ている。第四十三段の主人公が、女性の多情を容認してしまっているのに対し、第三十七段や第四十二段では、主人公は女性の浮気をひたすら疑っている状態にあるが、その疑念は、まもなく容認に移行する、その一歩手前のようにも見える。第四十三段の女性は、伊勢物語の中でけっして孤立した存在ではなく、その周囲には、このような、色好みの女性が登場する章段が数多く存在する。それは、伊勢物語という歌物語が次第に現在の姿に近い形に作り上げられる中で、あえて意図的に追究され、創造された女性像のひとつであったと考えられる。そしてその女性像は、前に述べたように、やがて源氏物語の朧月夜を生み出す、ひとつの基底をなしていると考えられるのである。

後藤祥子氏は、前にも引いた「朧月夜の君」の中で、朧月夜の「浪漫性」について、次のように述べておられる。

そういう無防備さを物語は、「女も若うたをやぎて、強き心もえ知らぬなるべし」と叙す。身をあやまった女たちに共通の姿勢である。…のちの女三の宮や浮舟において心もとなさとして批判された性情を、ある意味では存分に持ち合わせていることになろう。

また、陣野英則氏は、「朧月夜の君試論」（『人物で読む源氏物語　朧月夜・源典侍』平成一七年・勉誠出版）で、後藤祥子氏のさきの論文の「良家の子女とはいささか趣を異にした造型」という一節などを引用しつつ、朧月夜と好色な女房たちとの連続性を指摘しておられる。朧月夜という女性の人物像には、やはりそのような、「色好み」に類似する一面の存在が否定できないのである。

近年公開された大澤本源氏物語の「花宴」の巻の末尾に、「かろがろしとてやみにけるとや」つまり朧月夜の軽々しい反応に軽率さを感じた光源氏が当座はそれ以上動こうとしなかったという意味の本文が記され、墨線で抹消されていることが報告され注目されたが（伊井春樹氏『幻の写本　大澤本源氏物語』平成二一年・宇治市源氏物語ミュージアム）、その本文によれば、そこでは、男性の歌に即座に歌を返してしまう無防備な軽率さが光源氏をたじろがせたことになる。「若菜」上の巻でも、久しぶりに朧月夜を訪ねた光源氏は、自分の誘いに応えてため息をつきながらすぐそばまで「ゐざり出で」てくるそのふるまいに、「さればよ、なほけ近さは」と、以前と変わらない彼女の軽々しさを慨嘆している。

4　身をあやまった女たち

さきに後藤祥子氏の論文「朧月夜の君」から引用した部分には、朧月夜が「のちの女三の宮や浮舟」のような「身をあやまった女たち」に共通した姿勢を持っていたことが指摘されたが、伊勢物語には、そのような「身をあやまった女たち」が登場する章段も見られる。まず、第六十段を掲げる。

昔、男ありけり、宮仕へいそがしく、心もまめならざりけるほどの家刀自《いへとうじ》、「まめに思はむ」といふ人につきて、人のくにへいにけり、この男、宇佐の使にていきけるに、ある国の祇承《しぞう》の官人の妻《め》にてなむあると聞きて、「女あるじにかはらけ取らせよ。さらずは飲まじ」と言ひければ、かはらけ取りて出だしたりけるに、さかなりける橘を取りて、

五月《さつき》待つ花橘の香をかげば昔の人の袖の香ぞする

と言ひけるにぞ、思ひ出でて、尼になりて、山に入りてぞありける。

「宮仕へいそがしく、心もまめならざりける」夫との関係を捨て、「『まめに思はむ』という人」のもとへ出奔し、落ちぶれて地方の「官人の妻」になっていた女性が、もとの夫と再会し、さまざまな思いに耐えきれず出家してしまうという話が、「五月待つ」というよく知られた歌を利用して作られている。

この段とよく似た内容の物語は、次の第六十二段でも、むしろよりはっきりした内容で語られている。

昔、年ごろ訪れざりける女、心かしこくやあらざりけむ、はかなき人の言《こと》につきて、人の国なりける人に使はれて、もと見し人の前に出できて、もの食はせなどしけり。「よさり、このありつる人たまへ」とあるじに言ひければ、おこせたり。男、「我をば知らずや」とて、

いにしへのにほひはいづら桜花こけるからともなりにけるかな

と言ふを、「いとはづかし」と思ひて、いらへもせでゐたるを、「など、いらへもせぬ」と言へば、「涙のこぼるるに、目も見えず、ものも言はれず」と言ふ。

これやこの我にあふみをのがれつつ年月ふれどまさり顔なき

と言ひて、きぬぬぎて取らせけれど、捨てて逃げにけり。いづちいぬらむとも知らず。

ここでも、男が「年ごろ訪れ」ずにいた女性が、別の男の言葉に誘われて出奔し、やがて落ちぶれた姿でもとの男と再会する。こちらでは、その女性の心情が「いとはづかし」「涙のこぼるるに、目も見えず、ものも言えはれず」などという言葉の形で表現されており、その女性にむかって「我をば知らずや」「など、いらへもせぬ」等と言って「きぬぬぎて取らせ」ようとする男の執拗な態度が印象的である。

この他、第二十八段では、「色好みなりける女」の出奔が、次のようにきわめて簡潔に語られている。

昔、色好みなりける女、出《い》でていにければ、

などてかくあふごかたみになりにけむ水もらさじと結びしものを

また、第二十一段では、「いとかしこく思ひかはして」すなわち深く思い合っていたはずの妻が、次のように突然に出奔している。

昔、男、女、いとかしこく思ひかはして、こと心なかりけり。さるを、いかなることかありけむ、いささかなる

ことにつけて、世の中をうしと思ひて、「出でていなん」と思ひて、かかる歌をなむよみてものに書きつけける。

出でていなば心軽しと言ひやせむ世のありさまを人は知らねば

と詠みおきて、出でていにけり。この女かく書き置きたるを、「けしう、心おくべきこともおぼえぬを、何によりてかかからむ」と、いといたう泣きて、いづかたに求めゆかんと、かどに出でて、と見、かう見、見けれど、いづこをはかりともおぼえざりければ、返り入りて、

思ふかひなき世なりけり年月をあだにちぎりて我やすまひし

と言ひて、ながめをり。（下略）

ここでは、出奔した女性は、歌の中で、事情を知らない世間の人が自分を「心軽し」と言うかも知れないと嘆いている。出奔という行為は、「色好み」の女性や心の「軽い」女性がおこなうものと考えられていたことが、第二十八段や第二十一段の事情からうかがわれる。

さらに、次の第二十四段では、出奔とは違った形で、「身をあやまった女」の物語が語られている。

昔、男、かたゐなかにすみけり。男、「宮仕へしに」とて、別れ惜しみてゆきにけるままに、三とせこざりければ、待ちわびたりけるに、いとねむごろに言ひける人に、「こよひ逢はむ」とちぎりたりけるに、この男来たりけり。「この戸あけたまへ」とたたきけれど、あけで、うたをなむよみて出だしたりける。

あらたまの年のみとせを待ちわびてただこよひこそ新枕《にひまくら》すれ

と言ひ出だしたりければ、

あづさゆみま弓つき弓年をへてわがせしがごとうるはしみせよ

と言ひていなむとしければ、女、

あづさ弓引けど引かねど昔より心は君を寄りにしものを

と言ひければ、男かへりにけり。女いとかなしくて、しりに立ちて追ひゆけど、え追ひつかで、清水のある所に臥しにけり。そこなる岩に、およびの血して、書きつける。

あひ思はでかれぬる人をとどめかねわが身は今ぞ消えはてぬめる

と書きて、そこにいたづらになりにけり。

ここでは、「宮仕へしに」と言って出て行ったまま三年間帰って来ない夫を「待ちわび」た結果、熱心に言い寄ってきた別の男と「こよひ逢はむ」と約束した女性が、ちょうどその日に帰ってきて事情を知って立ち去ってしまった夫を追いかけ、追いつけずにそのまま死んでしまうという物語が語られている。

これらの章段について、野口元大氏は論文「みやびと愛——伊勢物語私論——」（『古代物語の構造』昭和四四年・有精堂出版、初出は昭和三七年）の中で、女性に対する「愛」よりも「みやび」を重視する伊勢物語の主人公の残酷さ、ひいてはそのような主人公を描き出す伊勢物語という作品そのものの非人間性を、批判的に分析された。多岐にわたってさまざまな章段に触れられた野口氏の御論をここですべて紹介することはできないが、氏の御論は、伊勢物語の主題を「みやび」と捉える当時一般の伊勢物語理解をふまえ、主人公の行動原理をすべて「みやび」の美意識から説明されようとしたところに、大きな無理があったように思われる。そもそも伊勢物語には「みやび」という語は一度しか用いられていない。しかもその語義や用例の文脈的意味には、なお大きな問題もある（本書第二章二参照）。そのようなあいまいなキャッチコピーをいわば強引に伊勢物語にかぶせてしまった基底には、ある時期の伊勢物語研究の大きな偏向、ないしは思いこみがあったと言わざるをえない。野口氏が論文の中で発せられた、その「みやび」に対する疑問や異論は、読者が虚心な立場で伊勢物語を読むかぎり、むしろ当然提出されるべきものであったと言ってよい。野口氏は、この論文の中で、次のように述べておられる。

ところが不思議なことに、われわれが伊勢物語を読んでいついつまでも印象に残るのは、作者の強調している男の「みやび」であるよりも、その背後にひそかに息づいている女の愛であり、その悲痛な嘆きなのである。

これはいったいどうしたことなのであろうか。

「みやび」という呪縛から離れ、私たちはむしろ、このような虚心な読みから出発すべきであろうと思われる。さきに見た第六十段では、主人公について「宮仕へいそがしく、心もまめならざりける」と語られてた。第六十二段の男は、何年も女性を訪れていなかった。第二十八段や第二十一段の主人公は、妻や愛人が出奔に至った事情をまったく理解できていない。第二十四段の主人公も、「宮仕へ」を求めて出かけたきり、三年間音信不通であった。このような男たちは、いわゆる「みやび」の体現者として理想的な姿に描かれているとはけっして思えない。彼等はやはり、男女関係におけるある種の失敗者であって、第六十段や第六十二段では、その失敗の思いをどこまでも払拭できずにいるからこそ、「身をあやまった」過去の女性に執拗にかかわろうとしているのである。その姿は、源氏物語の終末部分で浮舟を執拗に求め続ける薫のありさまに、よく似ている。男も女もともに不幸な、そしてどちらかといえばもちろん女性の不幸の方がはるかに大きい、そのような物語を、伊勢物語作者はこれらの章段で、すでに生み出そうとしているように思われるのである。

5　朧月夜以前から朧月夜以後へ

次に掲げる伊勢物語の第五段では、恋人の通い路をせきとめられた女が「いといたう心やみけり」という状態であったと述べられ、それによって「あるじ許してけり」という結果がもたらされている。

昔、男ありけり。東《ひんがし》の五条わたりに、いとしのびて行きけり。みそかなる所なれば、かどよりもえ入らで、わらはべの踏みあけたるついひぢのくづれより通ひけり。人しげくもあらねど、たびかさなりければ、あるじ聞

きつけて、その通ひぢに夜ごとに人をすゑてまもらせければ、行けどもえ逢はで帰りけり。さてよめる、

人知れぬ我が通ひぢの関守はよひよひごとにうちも寝ななむ

とよめりければ、いといたう心やみけり。あるじ許してけり。

二条の后にしのびて参りけるを、世の聞こえありければ、兄《せうと》たちの守らせたまひけるとぞ。

この「心やむ」は、「腹を立てる」「怒る」「恨む」という意味の語であって、弱々しい心痛の意味に用いられることはない（山本登朗前掲書・第二章三）。章段末尾の説明部で「二条の后」とされるこの女性は、みずから積極的に主人公とのかかわりを望み、「あるじ」の妨害を「いといたう」恨んでいたということになる。人目を忍ぶ恋愛をみずから強く求める女性。さきに見た、伊勢物語に頻出する「色好みの女」と共通する性格は、入内以前ではあるが、このように二条后にも同様に見られる。これに続いて配列されている第六段は、芥川の段としてあまりにも有名だが、そこでも露を見て「かれは何ぞ」などと男に問いかける、いささか「かろがろし」く「け近」い女性像が描かれていた。二条后は、后という高貴な身分でありながら、一方で色好みの女性たちとに通じる性格を持つ人物として、しばしば描かれている。

本論の冒頭部で述べたように、伊勢物語に描かれた二条の后から、藤壺と朧月夜という二人の女性の構想が生み出されたと考えられるが、このような「色好みの女」と共通する性格は、藤壺には見られない。逆に、むしろそのような面を中心にして、朧月夜という女性は造形されているように思われる。高貴な身分にふさわしい雰囲気や教養を持ちながら、女房のように軽々しい一面を捨てきれない、そんな女性として、朧月夜は、光源氏と朱雀帝という二人の男性を、最後まで強く惹きつけ続けるのである。

さまざまな事情によって複数の男性と関わってしまう女性と、それを容認せざる得ない男性。伊勢物語に原形を持つ、朧月夜と朱雀帝に類似する男女の物語は、後藤祥子氏の前掲論文や深沢三千男氏「朱雀院」（『源氏物語必携Ⅱ』

昭和五七年・学燈社）等が指摘するように、光源氏と女三の宮、薫と浮舟のかかわりという形で、源氏物語の中に、さまざまな異なりを見せつつ繰り返し語り続けられ、その後も、はるか後の『しのびね』等に至るまで、むしろますます重要なパターンとして、日本の物語文学の歴史を形成してゆく。朧月夜は、伊勢物語にすでに萌芽的に見られたそのような男女関係、そのような女性像を、源氏物語の作者がより明確な形で具体化した、文学史上においても重要な登場人物であったと言わねばならない。

第六章　伝説と享受

一　謡曲「井筒」の背景
――櫟本《いちのもと》の業平伝説――

1　石上《いそのかみ》の在原寺

伊勢物語を素材にして作られている謡曲「井筒」は、世阿弥の作であることが明確であるだけでなく、数多く伝わる謡曲の中でもとりわけすぐれた作品とされ、高い評価を受けている。その「井筒」についてまとめられた、研究史をふまえた近年の作品研究として、大谷節子氏「作品研究〈井筒〉」（『観世』六八巻十号〜十一号・平成一三年十月〜十一月）があるが、そこでも詳しく紹介されているように、世阿弥が伊勢物語の本文だけを素材にしているのではなく、当時強い影響力を持って広まっていた、いわゆる「古注」を通して伊勢物語を理解していたことが、伊藤正義氏（「謡曲と伊勢物語の秘伝――「井筒」の場合を中心として――」『金剛』昭和四〇年六月）や堀口康生氏（『猿楽能の研究』昭和六三年・桜楓社）等、多くの人々によってすでに明らかにされている。大谷氏が言うように、「現在『井筒』は、中世における『伊勢物語』享受史との関わりにおいて論ずるのが定石になっている」のである。

だが、謡曲「井筒」には、なお、伊勢物語の古注類によっては説明のつかない内容が含まれている。その中でももっとも顕著なものが、この能の舞台となっている場所の名である。冒頭、ワキとして登場する僧はみずから「諸国一見の僧」と名乗り、さらに続けて、

「われこの程は南都七堂に参りて候。またこれより初瀬に参らばやと思ひ候。これなる寺を人に尋ねて候へば、在原寺とかや申し候ふほどに、立ち寄り一見せばやと思ひ候」

（鴻山文庫本を底本とする伊藤正義氏校注『新潮日本古典集成・謡曲集』により、一部表記を改めた。以下同じ。）

と言う。「南都七堂」から「初瀬」へと向かう道に「在原寺」という寺があって、この「諸国一見の僧」は、そこに「立ち寄り一見」しようとするのである。さらにワキの僧は、この「在原寺」の由来について、次のように述べる。

「さてはこの在原寺は、いにしへ業平、紀有常の息女、夫婦住み給ひし石《いそ》の上《かみ》なるべし。『風吹けば沖つ白波龍田山』と詠じけんも、この所にてのことなるべし」

「風吹けば沖つ白波龍田山」という歌を詠んだ、伊勢物語第二十三段の主人公の妻が、物語本文には実名が記されていないにもかかわらず、ここで「紀有常の息女」とされていることは、冷泉家流の伊勢物語古注の理解によるものと考えて、特に問題はない。問題は、その後の部分に「石上」という地名が、ことさらに述べられているという事実にある。謡曲「井筒」の世界は、その「石上」の「在原寺」を舞台にして展開される。

「井筒」が典拠としてふまえる伊勢物語の古注が、どのような注であったかについてはさまざまな議論があるが、いわゆる「冷泉家流古注」では、第二十三段の第一部・第二部の舞台は、「大和国春日野」とされるのが通例である。鉄心斎文庫蔵『十巻本伊勢物語注』（『伊勢物語古注釈大成・第一巻』〈平成一六年・笠間書院〉により、濁点を補い表記を一部改めた。以下同じ。）の第二十三段注の冒頭部分を次に掲げておく。

ヰナカワタラヘシケル人ノ子共トハ、阿保親王ト有常ト、大和国春日野ニ筑地《ツイ》ヲナラベテ住給ケル時ノ事也。子ドモトハ、業平ガオサナクテ曼陀羅ト云シト、有常ガ娘阿子ガ少カリシ時ノ事ナリ。（下略）

冷泉家流の伊勢物語古注が、このように、第二十三段の舞台となった場所を「春日野」とするのは、実は、初段の注記と深く関連している。同じ鉄心斎文庫蔵『十巻本伊勢物語注』の初段注の該当部分の二箇所を次に示しておく。

（A）其里ニ、イトナマメキタル女ハラカラ住ケリト云ハ、少納言形《（ママ）》部大輔紀有常、春日ノ里に住ケル、其娘姉妹をハラカラト云也。

（B）オモホエズ故郷ニトハ、奈良ノ京ヲ故郷ト云。大方古ノ京ナレバ故郷ト云ナルベシ。爰ニテハ不然。業平、天長二年四月一日、奈良ノ京ニテ生レタリシガ、平ノ京ニテ元服シテ、又奈良ノ京ニ来レバ、故郷ト云也。

『十巻本伊勢物語注』の初段注では、（A）部のように、まず、「春日ノ里」の「女ハラカラ」を、そこに住んでいた「紀有常」の「娘姉妹」であったと比定するが、それだけでなく、（B）部ではさらに、業平はこの「奈良ノ京」で生まれたのであり、だからこそその地が、ここで「故郷（ふるさと）」と呼ばれているのであって、一般に古京である奈良について用いられる「故郷（ふるさと）」の語の使い方とここの用法は違うのだと、『十巻本伊勢物語注』は主張している。

よく知られているように、伊勢物語の古注は各章段を別々のものとして理解するのでなく、同じ一連の事実が、断片的に、少しずつ形を変え、別々に語られたものがそれぞれの章段であると主張する。冷泉家流古注の世界では、第二十三段注に登場する業平と紀有常の娘は、初段注に見える二人と、当然のことながら同じ人物であり、その背後には、奈良の春日の里で隣同士の家に育った二人が、その後さまざまな出来事に出会うという「事実」があると考えられている。この二章段の他に、第二十四段や第四十一段なども同じ二人のことを物語る段とされるが、それはいまともかくとして、このように初段と同じ人物が第二十三段にも登場していると考える以上、この二人が幼時をすごしたのは、初段注で有常の娘が住み、また業平が生まれた「ふるさと」でもあると言われた、奈良の春日の里以外にはあり得ないことになる。伊勢物語初段の本文には「奈良の京春日の里に、しるよしして狩にいにけり」

と記されているが、その初段本文の記述が、冷泉家流古注の世界では、第二十三段の物語の舞台の地名をも決定することになるのである。このような事情からも明らかなように、冷泉家流古注の世界では、第二十三段の舞台を、謡曲「井筒」のように「石上」に設定することは、非常に困難なことであったと考えられる。

この冷泉家流古注とは別の内容を持つ『和歌知顕集』では、書陵部本系統・島原松平文庫本系統ともに、第二十三段を、業平の物語ではなく、より古い時代の物語が混入したものと考えており、物語の舞台については言及していない。その他、「井筒」との伊勢物語本文の一致などが指摘されている（片桐洋一氏『天理図書館善本叢書・和歌物語古注続集』〈昭和五七年・八木書店〉解題）『伊勢物語難儀注』でも、第二十三段の舞台は「大和国」とされるのみで、それ以上の説明は記されていない。

このように、謡曲「井筒」の本文が舞台として明示する「石上」の「在原寺」という地名は、伊勢物語古注の世界には見出だすことができないのである。

2　櫟本の伝説

その一方で、天理市櫟本《いちのもと》にある旧在原寺（現在は在原神社）の境内は、古くから在原業平の住居の跡とされ、また伊勢物語第二十三段の舞台となった場所であるとも伝えられてきた。現在そこには、地元の人々によって謡曲「井筒」にちなんだ井戸枠（井筒）が作られ、謡曲史跡保存会による解説板も立てられており、地元の篤志家によって現在も清掃や整備が続けられている。

寛政三年（一七九一）に刊行された『大和名所図会』には、当時の現地の様子を描いた図が掲載されている。その図と、その中の要所に地名等を書き加えた概念図を、合わせて参考までに掲げておく。図の下辺を左右に貫通し

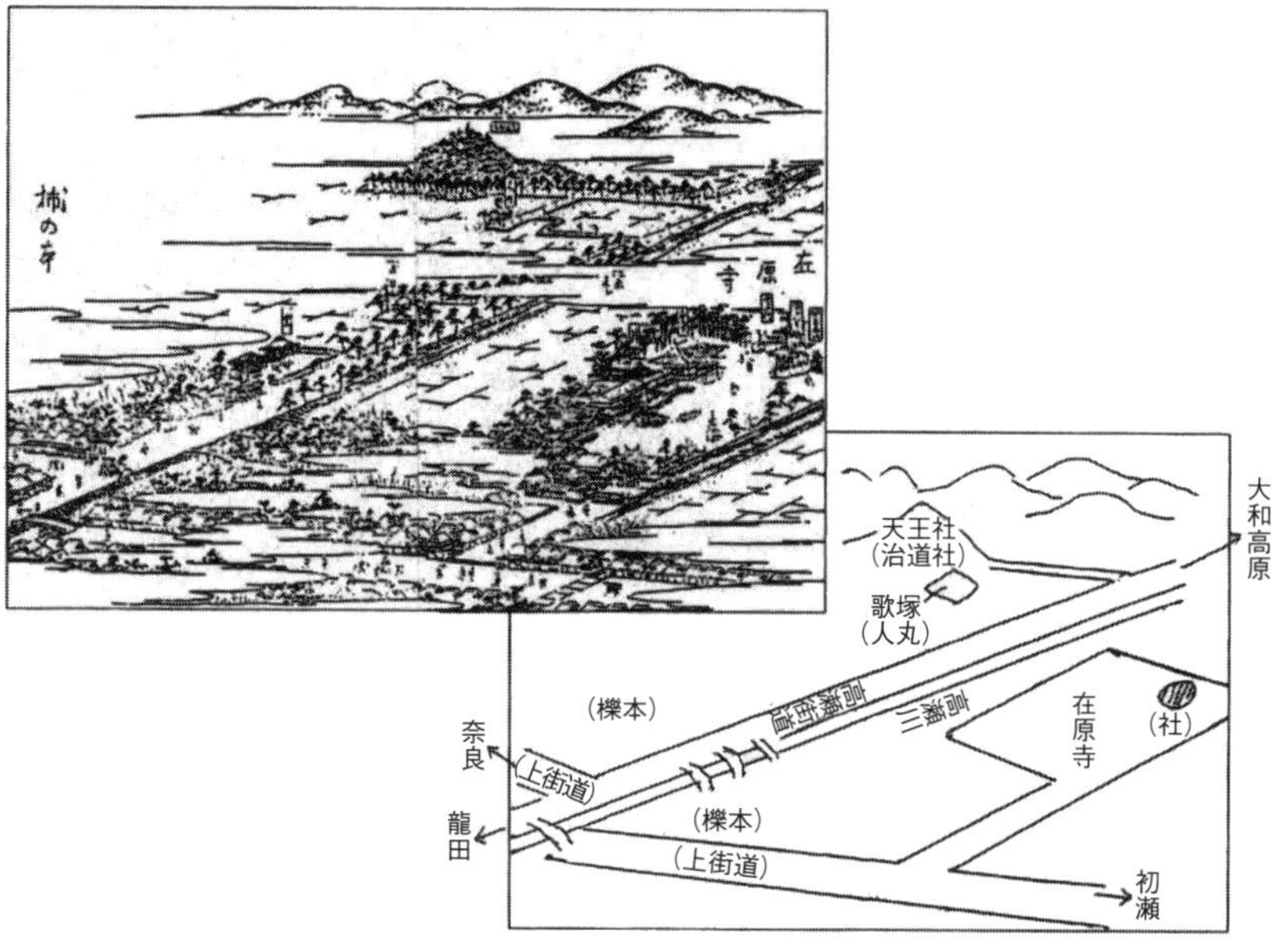

『大和名所図会』櫟本

ているのは、上代の「上ツ道」にあたり現在は「上街道」と呼ばれている道である。この道は、北は奈良の猿沢の池から南は桜井・初瀬へと通じており、長谷寺への参詣や伊勢神宮参拝にも用いられる、かつての幹線道路であった。一方、図の右上から左下に斜めにまっすぐ描かれている道は、高瀬川に沿って続く高瀬街道であり、右上は大和高原とも呼ばれる針などの山中の集落に向かって登ってゆき、左下は大和盆地を横断して法隆寺のある斑鳩や龍田に至っている。現在は、このルートにほぼ重なるように高速道路（名阪国道）が通っており、高瀬街道や在原神社（旧在原寺）境内の一部が、これによって大きく破壊されているのが残念である。図によれば上街道は、当時、この高瀬街道との交差部分でカギ型に曲がっていた。かつてこの櫟本一帯は、主要道路が交差する商業の町として繁栄していたようであり、その面影は現在の町並みの中にも残っている。図を見ると、在原寺には楼門をはじめいくつかの建物が見えるが、明治の廃仏毀釈によって寺はなくなり、現在は、境内にあった業平を祀る社だけが在原神社本殿として残されている。なお、図の中央上部に「人丸」と書かれた塚が描かれているが、これは古く柿本人麿の墓とされていたもので、現在は「歌塚」と呼ばれている。これについては後に触れることにする。ちなみに、『大和名所図会』巻四の「目録」には、「在原寺」と、隣接していた紀有常の邸宅跡とされる「有常田」の名が項目として記されているが、本文の中にはなぜか両者についての記載がなく、ここに掲げた図が掲載されているだけである。

天理市ホームページ（観光案内・文化財）には、現在の在原神社本殿の写真とともに、「在原寺跡」について、次のような解説が掲載されている。

和州在原寺の縁起によるとこの東の石上領平尾山に、光明皇后が開かれた補陀落山観音院本光明寺があり、本尊は聖武天皇御縁仏の十一面観音であった。第51代平城天皇の御子阿保親王はこの観音を信心して業平が生れたと称し、このため親王は承和2年（835）今の地に移し、本光明山補陀落院在原寺と称した。「寛文寺社記」によると元慶4年（880）5月28日業平が病没したので邸を寺にしたとある。天文23年（1554）三条西公条の『吉野詣記』には在原寺の記事が見え、延宝9年（1681）刊の『和州旧跡幽考』にも記され、江戸時代は寺領わずかに五石であったが、明治維新ごろまで本堂、庫裡、楼門などがあり、昔は、在原千軒と称せられたほど人家が建ち並んでいたという。在原寺は廃寺となり、本堂は明治初年に大和郡山市若槻の西融寺に移され、今は阿保親王と在原業平を祀る在原神社となっている。

上街道から在原神社の入口に、在原寺という標石が建っているが、その裏面に在原神社と刻まれているのはその事情を物語っている。（下略）

右の解説の冒頭にあげられている「和州在原寺の縁起」は、その一伝本が奈良市の不退寺に所蔵されている『在原寺縁起』（現在非公開）のことと考えられるが、その内容は、有岡努氏の「天理市櫟本町在原神社（寺）と在原業平に就いて」（奈良県立橿原考古学研究所友愛会『かしこうけん友史』第6号・平成一五年）に、次のように、原文の漢文を書き下した形で掲載されている。長大な引用になるが、以下にその全文を記しておく。ちなみに、有岡努氏は、櫟本在住で、旧在原寺（現在の在原神社）をはじめとする地元の史跡に詳しく、奈良県文化財保護指導委員をつとめるとともに、地元史跡の整備と保存に献身的に取り組んでおられる。

人皇四十五代聖武天皇御縁仏、十一面観音、御信心有りて二六時中尊心やむことなし。然るに、天平六時《ママ》、光明皇后西金堂を興福寺に於いて建て給ひし時に、此観音を衆生済度結縁の為に、大和国山辺郡平尾山に堂宇を建て、補陀落山と号し玉ひき。時人此観音を信心して利生を蒙ること雨露の恵に草木を養うが如し、然るに阿保親王此観音を心願して玉わく。予に秀才の子を与へ給へと祈誓ありき。此の親王の女は桓武天皇の女、伊登内親王なり。夢中に住吉に詣《ママ》を拝すると見しより懐脂《ママ》となり、天長二年（八二五）八月十八日、辰一点に御産の紐を解きて男子誕生あり。父母の親王甚だ欣然し給ひ、平尾丸と名付けて、いつきかしづき玉ふ。故に承和二年（八三五）に君に奏聞ありて、阿保親王の居住し玉ふ所は、即ち業平誕生の地なればとて平尾山より観音を移し、堂宇を建立し本光明山在原寺と改名し、堂宇、金楼、坊甍を並べ……（和州在原寺縁起）。亦、業平病没したので邸宅を精舎に起し十一面観音を安置、在原山本光明寺にしたとある（寛文寺社記）。又、搨鴫暁筆云ふ業平子息滋春、父の遺詞に任せ東山吉田の奥に、おくり納て廟をおく云々——又棟梁大和守たりし時、中将の骨を東山より掘り移し、大和国山辺郡に納め其処に寺を建てられたり。今の在原寺是なり。在原寺は、寺領五石、東西二十軒、南北十九軒九歩、面積は三百十八坪とある。其の全景図は、大和名所図会寛政三年（一七九一）に画かれ、当時の面影を偲ぶことが出来る。明治の廃仏毀釈で本堂、鐘楼門などは売却され、寺宝等も分散、最後の住職在原恒定は神官となる。明治九年（一八七六）（例祭）四月二六日。

右の文章は、『和州在原寺縁起』という書名が出典として注記されている部分までが同書からの引用であり、それ以後の部分は、『寛文寺社記』や『搨鳴暁筆《とうでんぎょうひつ》』、『大和名所図会』等を用いて有岡氏によってまとめられたものと考えられる。ちなみに、同氏のご教示によれば、在原寺の住職は業平の子孫と伝えられ、代々在原姓を名乗り、右の文の末尾にもあるように、明治の廃仏毀釈によって在原寺が神社に姿を変えるとともに神官となった。現在もその子孫が奈良市と静岡県に在住し、時折この在原神社にも来訪するとのことである。

この在原寺について記されているもっとも古い資料として、延宝九年（一六八一）刊の『和州旧跡幽考』以来多くの書に引かれているのが、『玉葉集』（正和元年・一三一二奏覧）に収められた、次に掲げる一首である。

初瀬に詣でけるついでに在原寺を見て詠み侍りける　　藤原為子

かたばかりその名残とて在原の昔の跡を見るもなつかし

この歌が詠まれたのは、世阿弥の生誕より以前の時代である。「在原の昔の跡」という表現は、漠然とした言い方ではあるが、この在原寺が業平の住居の跡と伝えられていたことを言うものと考えられる。伊勢物語古注に記載がないにもかかわらず、このころからすでに、在原寺をめぐってはそのような伝承があり、しかも、それは現地の住民だけではなく、都からやって来た高貴な歌人にも受け入れられるほど、すでに一般によく知られた伝承となっていたと考えられるのである。

有岡氏が引いておられる文献の中で『玉葉集』に次いで古いものとしては『搨鳴暁筆』を挙げることができる。同書は大永・享禄（一五二一～一五三二）ごろの成立かと考えられており（市古貞次氏『中世の文学・搨鳴暁筆』解説・平成四年・三弥井書店）、さきの『玉葉集』からは二百年以上後の資料ということになる。謡曲「井筒」は、その二百年の間に成立している。以下に、同書の該当部分を、前掲『中世の文学』によって掲げておく。

（前略）彼中将、元慶四年五月九日に病を発し、同廿八日子剋に生年五十六歳、北面にして身まかり給へり。滋春遺詞にまかせ、東山吉田の奥にをくり納て廟をつくる。（中略）又棟梁大和守へ参りし時、中将の骨を東山より掘うつし、大和国添下郡に納め、そこに寺を建られたり。今の在原寺是也。

「今の在原寺是なり」という記述からは、大永・享禄のころ、この在原寺の存在がそれなりに人々に認知されていた様子がうかがわれるが、ここに伝えられている伝承では、業平が誕生し生活した旧跡が在原寺になったとは語られていない点、他の伝承との関連について、なお疑問が残る。

次に在原寺の記事が見えるのは、天理市のホームページにも指摘されている、三条西公条の『吉野詣記』（天文二十三年・一五五四）である。『吉野詣記』は、さきの『榻鴫暁筆』とは違って、筆者の三条西公条が実際に在原寺に立ち寄った時のことを記した実録であり、当時の在原寺の実態をそのままに伝える記録として、その価値は大きい。以下に、その該当部分を掲げておく。

廿六日は、在原寺、柿本寺人丸塚と号す、木像の人丸おはしけり。

今日ぞ見る言葉は筆に柿の本もとより朽ちず残る姿を

道少し行きて、ある女わらべに問ひければ、昔の「筒井筒井筒にかけし」と詠みし井のもとなど教へける。かたのごとく残れり。

近年、天野文雄氏は「在原寺は『廃墟』にあらず」（『おもて・大槻能楽堂会報』78号）と題された文章の中で、この『吉野詣記』の記述を紹介され、『大和名所図会』の絵などとともあわせて、世阿弥の時代に在原寺が寺院として存続しており、けっして廃寺ではなかったことを主張された。その御趣旨は、これまでの通説を打ち破る重要な指摘と考えられるが、しかしながらこの『吉野詣記』の記述には、いくつかの不審な点が含まれている。まず気になるのは、筆者の三条西公条は、奈良方面から初瀬へと向かっているのだが、それにもかかわらず、「廿六日は在原寺、柿本寺人丸塚と号す」と書かれている、その順序の問題である。これによれば在原寺は、柿本寺（人丸塚）よりも奈良に近い位置にあったことになる。そして、逆に柿本寺（人丸塚）から「道少し行きて」の場所に、「昔の『筒井筒井筒にかけし』と詠みし井のもと」などが「かたのごとく残」っていたと公条は書いている。これをこのまま理解すれば、「在原寺」と筒井筒の井戸の跡は、少し離れた場所に、別々に存在していたことになるのである。そして、『大和名所図会』の絵に描かれ、現在もその位置に存在する在原寺（在原神社）の位置は、『吉野詣記』の「在原寺」の位置ではなく、むしろ後者の場所に一致するのである。

この問題については、若干の手がかりがないわけでもないが、それは後にふれることにして、以下まずは、謡曲「井筒」の舞台となった場所の地名をめぐる、もう一つの問題について考えてみたい。

3　石上と櫟本

さきに、謡曲「井筒」の中で、ワキの僧が、「さてはこの在原寺は、いにしへ業平、紀有常の息女、夫婦住み給ひし石の上なるべし」と語っていることに注目したが、そこでは「在原寺」は、「石上《いそのかみ》」という地名とともに語られていた。ところが、前章でとりあげた、現地の伝承の中で伝えられてきた「在原寺」は、「石上」の北に隣接する「櫟本《いちのもと》」に位置している。そしてそもそも、同曲の間狂言では、アイは自らを、「和州櫟本に住まひする者」として紹介している。いま、『新編日本古典文学全集　謡曲集』に翻刻の大蔵流山本東本によって示せば、アイの語り出しは次のようである。

「かやうに候ふ者は、和州櫟本に住まひする者にて候。某《それがし》このほどさる子細あって、在原寺へ日参仕り候ふが、今日《こんにち》満算にて候ふ間、急いで参らばやと存ずる」

この他、大蔵虎明の『間《あい》之本』（『大蔵流伝の書・古本能狂言』所収の複製による）の「井筒」には、「間ハ和州市ノ本ノ在所ノ者也。在原寺へ参リ僧ニ言葉ヲカワス也」と「和州市（櫟）ノ本」の地名が記され、『能楽資料集成・貞享年

間大蔵流間狂言本二種』（田口和夫氏校訂・昭和六十三年・わんや書房）所収の貞享松井本にも、

「是ハ。和州市の本に住居する者にて候。某去子細あつて。有原寺へ日参を致候間まいらばやと存る、か様に日参仕もしよくわんじやうじゆ致。祝の参にて候間一段と目出とふ存る」

と見える。

このように、謡曲「井筒」の古い間狂言でもアイはすでに櫟本の住人となっており、それが現在に至っている。いまも残る在原神社は櫟本にあり、謡曲「井筒」のアイもそこの住人であるにもかかわらず、謡曲「井筒」それ自体の本文では、なぜ在原寺は石上にあると言われているのだろうか。

実は、現存する在原神社の地は、櫟本と石上の境界に位置している。『大和名所図会』の図の、在原寺から向かって左側の地域が櫟本の中心部であり、右側は石上に属するのである。さらに、『天理市史』（改訂版・昭和五一年〜五四年・天理市役所）によれば、在原神社が位置する現在の「天理市櫟本町字在原」の地は、「もと石上町に属していたが後に櫟本町へ地籍の変更があった」という。変更の時期などは明らかではないが、現在の在原神社の場所は、「石上」と言われても「櫟本」と言われても通用する、そのような位置にあったということができる。

さらに、在原寺の場所を「櫟本」と明記した最古の文献資料として、大永三年（一五二三）十一月六日に宗印なる人物によって談ぜられたという記載を有する『伊勢物語宗印談』（『鉄心斎文庫伊勢物語古注釈叢刊・第四巻』〈平成元年・八木書店〉に影印、『伊勢物語古注釈大成・第四巻』〈平成二一年・笠間書院〉に翻刻）をあげることができる。この、宗祇の流れを汲むと自称しながら多岐にわたる内容を含み持つ、異色の伊勢物語注釈書の第二十三段注に、次のように「大和国いちのもと」という地名が見えることを、大口裕子氏が「『伊勢物語』百十九段の絵画と能『松風』」（早稲田大学美術史学会発表・平成一五年三月）の中で指摘された。

むかしいなかわたらひしける子どもとは、中将が事也。井のもとに出てあそびけるをとは、大和国いちのもとの一むらすゝきの井筒の女を云にや。

この『伊勢物語宗印談』については、すでに石川透氏が、『室町物語と古注釈』（平成一四年・三弥井書店）所収のいくつかの論文の中で、幸若舞曲『かわちかよひ』『伏見常磐』や室町物語『小式部』等への、おそらくは間接的な影響関係を指摘しておられるが、今の場合は、成立年次やその他の事情から考えて、『伊勢物語宗印談』から謡曲「井筒」への影響は考えられず、むしろ逆に、謡曲「井筒」から『伊勢物語宗印談』への影響が考えられねばならない。事実、『伊勢物語宗印談』には、「一むらすすき」や「井筒の女」といった言葉が用いられているが、これらの表現は伊勢物語の本文やその注釈書には見えず、謡曲「井筒」に用いられているものなのである。伊勢物語の注釈から能への影響は、これまで多くの人々によって指摘されてきたが、それとは逆方向の、能から伊勢物語注釈への影響は、従来指摘されたことがなかった。能と伊勢物語古注釈の関係を考えるうえで、この『伊勢物語宗印談』には、注目すべき内容が含まれていると言わねばならない（本書第六章三参照）。

だが、そうだとすれば、『伊勢物語宗印談』がふまえていた謡曲「井筒」では、「在原寺」はすでに石上ではなく、「大和国いちのもと」の寺院として理解されていたことになる。間狂言の古態については不明な点も多いようだが、おそらくは大永三年（一五二三）より以前から、「井筒」の間狂言の詞章には「櫟本」の地名が用いられていたと考えられるのである。

4　伝承と注釈

『天理市史』（資料編）の「本光明山在原寺（在原神社）」の項には、「縁起旧記写（玉井家文書）」として、次のような文書が掲載されている。長大な文章だが、いま全体を①～⑦に分けて掲げておく。

①旧記云、本光明山補陀落院在原寺初在原山観音院本光明寺也。近頃相改。者、阿保親王開基、本尊者十一面観音也。此像者、聖武天皇光明皇后御安仏也。一説、此像者小野篁所二自雕一云々。

②在原寺、又号二礒上寺一、又云二宝蓮寺一。当寺者真言宗。宝物者、業平常所二弄翫一硯箱、並業平所レ筆大般若経二巻、又有二業平御影一、棟梁之作也。

③当寺本寺興福寺一乗院。

④寺辺有二井筒井一、並紀氏有常女小社有レ焉。有二一村薄一。有二阿伽水一。此水入レ瓶。此池本号二銚子池・提池一。業平通二河内国一時、紀氏女嫉妬甚、所レ持銚子・提水為レ湯、擲レ地成レ池。号云二銚子・提池一云。

⑤礒上村之東有二松山一。麓有二小河一、号二無音川一。月之名所、人丸赤人詠二和歌一。

⑥自二礒上村一南三町余、有二田辺村一。此所道六町之間有二具羅加利所一。業平自二河内一帰二礒上村一時、河内女追二業平一、業平無レ由レ蔵レ身。到二此田辺村六町之間一、土地俄為二暗夜一、女迷惑、終遁蔵。業平者観音化権、故有二此変異一云々。

⑦自田部村東三町有二別所村一。此後山有二井筒井一。其傍有二柿樹一。業平遁来上二柿上一、業平姿映二井水一。河内女慕二業平跡一、来見三業平形映二井水一、投レ身死。業平亦投レ身死。

①に述べられている内容は、前に揚げた有岡努氏の「天理市櫟本町在原神社（寺）と在原業平に就いて」に引用されていた『和州在原寺縁起』の記述内容とほぼ一致するが、ここでは、本尊の十一面観音を小野篁の作とする異伝も紹介されている。②③については、いまはふれないことにして、ここで特に注意されるのは④の内容である。「寺辺」にある「井筒井」や「一村薄」等の存在が紹介された後、「銚子・提《ひさげ》池」と呼ばれる池の起源譚が語られる。業平が河内に通った際、「紀氏女」つまり有常の娘の激しい嫉妬の念のために、娘が持っていた「銚子・提」の中の水が湯となり、地に捨てられたその水がたまった池が、「銚子・提池」と呼ばれるようになったというのである。

前章で見た『伊勢物語宗印談』には、この話とよく似た話が、次のように述べられている。

女ねたむけしきは見えねど、夜な夜なの月の水精の冷ややかなるに、胸をさますとぞ。月くもる夜は五明の風にてさますにや。我が思ふは是程なりとて、かなひさげに水を入れて女の胸の上に置けば、あかがねのほむらとなる。是を捨てたるを、今も大和には、ひさげの水、思ひの池とて是あるとぞ。

『天理市史・資料編』掲載の「縁起旧記写」に見えた「銚子・提池」とは、「銚子池」と「提池《ひさげ》」という二つの池の名と考えられるが、このうちの「提池」は、『伊勢物語宗印談』に見える「ひさげの水」と同一の池の名であろうと考えられる。もとより小異はあるが、「縁起旧記写」が伝える伝承の少なくとも一部は、『伊勢物語宗印談』が成立した大永三年（一五二三）以前にまでさかのぼる、長い歴史を持つ伝承だったと考えられるのである。

⑤は、人丸と赤人に関する記事。ここに人丸の名が出ることは興味深いが、これについては後述する。

⑥は、高安から逃げ帰る際に、高安の女に追われた業平が、あたりが急に暗夜となったことで逃げ隠れたという伝承。その場所は今も「具羅加利所（くらがりどころ）」と呼ばれているという。この「変異」は、業平が「観音化権」であったから起こったのだと説明されている。

⑦も同じく、高安の女に追われた業平が、柿の木に登って身を隠し、横の「井筒井」に映っていたその影を実物と思った女が、身を投げて死に、業平もまた身を投げたという伝承。その柿の木と「井筒井」は今も残っているという。

以上、さまざまな伝承が、在原寺の「縁起」の一部として記されている。⑥〜⑦については他の文献に記載がなく、①などと同じく、おそらくは『伊勢物語宗印談』以後に発展した内容かと思われるが、石上や櫟本の周辺には、古くからこのように、さまざまな業平伝承が伝えられていた。謡曲「井筒」は、そのような伝承をふまえつつ、あくまでも「石上」の「業平寺」を舞台とする作品として、世阿弥によって作り上げられたと考えられるのである。

5　本光明寺の存在

天野文雄氏は、前に引いた「在原寺は『廃墟』にあらず」という文章の末尾に、「キーワード解説」として「その後の在原寺」と題された、次のような解説を付しておられる。

現在は在原寺という名の寺は存在していない。《井筒》の在原寺については、はやく寛保元年（一七四一）序の『謡曲拾葉集』が「在和州山辺郡、号石上在原山本光明寺、本尊は観音也」と、現在天理市石上にある在原山本光明寺であるとしているが、現在は、この本光明寺のほかにも、天理市布留の良峰山石上寺、添上郡櫟本の在原神社がかつての在原寺の遺跡の可能性があるとされているようで、このうちのどれが在原寺の跡なのかは決着をみていないようである。しかし、『南都名所集』には「在原寺」を「石上在原山本光明寺」として「本尊は十一面観音なり」としており、『新撰大和往来』には「在原寺、本尊、観世音、黄檗宗なり」としているから、かつての在原寺は『謡曲拾葉抄』が比定する天理市石上の本光明寺とみてよいと思われる。

謡曲「井筒」の舞台となっている「在原寺」が、現在のどこにあたるのかを確実に比定することは容易ではない。災害や地域状況の変化によって、寺院もまた場所や性格を変えることは多く、しかもこの場合、「井筒」という有名な謡曲の舞台が、能の広範囲な普及と人気に押されて、あらたに脚光をあび、その姿や場所を変えていったことも十分に考えられるからである。ただし、この「在原寺」に関しては、幸いにも、天野氏が引いておられる地誌類や、本稿でこれまで引用してきたさまざまな資料があって、その範囲での考察は可能である。

天野氏は、現在天理市石上にある在原山本光明寺と、天理市布留の良峰山石上寺、添上郡櫟本の在原神社（旧在原寺）の三つの寺社を候補地としてあげられたが、「石上」と「櫟本」をめぐる前述の事情や、さきに引いた「縁起旧記写」の「旧記云、本光明山補陀落院在原寺初在原山観音院本光明寺也。近頃相改。」という記述等からうかがわれるように、「天理市石上にある在原山本光明寺」と「添上郡櫟本の在原神社（旧在原寺）」は、同一の寺院である。もう一箇所の「天理市布留の良峰山石上寺」は、『天理市史』等によるかぎりでは現在は廃寺になっているようだが、「良峰山」という名称からも知られるように、良峯宗貞、すなわち僧正遍昭にかかわりを持つ寺院であり、謡曲「井筒」の舞台としてふさわしいとは言えない。要するに、謡曲「井筒」の舞台となった「在原寺」は、現在の櫟本の在原神社（在原寺）であった可能性がきわめて大きいのである。

この櫟本の在原寺は、さきに見たように、もとは「在原山観音院本光明寺」と号し、後に「本光明山補陀落院在原寺」と改めたと伝えられているが、実はその近辺に、名称の似通った寺院が、もうひとつ存在していた。現在は田原本町に移っているが、もとは和州櫟本大字森本（現在の天理市森本町）、すなわち「歌塚」よりもやや北方にあった「本光明寺」である。「本光明寺」は、『天理市史』等によれば、出土する瓦などから奈良時代から平安初期ごろには存在していたとされ、十一面観音像などが安置されていたが、明治十四年に住職が盗賊に殺害されて衰微し、本堂は売却され、仏像などは本山の西大寺に預けられた。その後、廃仏毀釈によって廃寺となっていた磯城郡田原本町千代の勝楽寺の跡に移ることとなり、現在に至っている。その十一面観音像は、平安前期から中期にかけての作と思われ、後の補修によって像容が損なわれてはいるものの、板光背を伴った、室生寺の諸像を思わせる雰囲気を持った秀作で、国の重要文化財に指定されている。在原寺の縁起類には「聖武天皇御縁仏の十一面観音」が寺院創建の契機として登場するが、本光明寺の観音像には、その伝承の観音像に通う面影が感じられなくもない。紹介されている資料によるかぎり、本光明寺には業平にかかわる伝承は伝えられていないようだが、在原寺との寺号の一致の背後にどのような事情があるのか、気にかかるところである。ちなみに、前に見た三条西公条の『吉野詣記』（天文二十三年・一五五四）では、「在原寺」の名が、業平の住居跡である「昔の…井のもと」とは別個に、「柿本寺（人丸塚)」よりも北方(奈良より)かと思われる書き方で記されていた。その『吉野詣記』における「在原寺」の位置は、この本光明寺の旧地をさすと考えれば矛盾なく理解されるが、今はそれ以上考察を進めることができない。

6　人丸と業平

さきに掲げた『大和名所図会』の図の中央上部には、「人丸」と書かれた小さい塚が描かれている。これは古く柿本人麿の墓とされていたもので、現在は「歌塚」と呼ばれている。そのうしろに大きな山のような隆起の森が描かれ、「てんおう」と記されているが、これは前方後円墳の後円部が神社となったもので、現在は式内社の「和邇下神社」に比定されているが、明治以前は「治道社(春道社)」「天王社」「柿本上社」などと呼ばれる郷社であった。古くは和邇氏の墓であったともされ、和邇一族につらなる柿本氏との関わりから、さきの「歌塚(人丸)」の存在が問題にされることもある。歌塚のすぐ北側の和邇下神社の境内には古く「柿本寺」があり、同神社の神宮寺の役割を持っていたが、後に寺は高瀬街道に面した櫟本町高品の地に移った。『大和名所図会』の図の中央左側にただ「堂」と書かれている寺院がそれである。図の左側に大きく「柿《かき》の本」と記されていることからわかるように、この図の少なくとも左半分は「歌塚」や「柿本寺」のために描かれているのである。

平安時代末期の歌人・藤原清輔(治承元年・一一七七没)の歌集『清輔集』には、

大和国石上といふ所に、柿本寺といふ所の前に人丸が墓ありといふを聞きて、卒塔婆をたてたり。「柿本の人丸墓」としるしつけて、傍らにこの歌をなむ書き付けける、

世をへてもあふべかりける契りこそ苔の下にも朽ちせざりけれ

そののち、村のものども、あまたあやしき夢をなむ見たりける。

柿本人麿の墓とされた「歌塚」について記されたもっとも古い資料だが、ここに記されている内容や当時の現地の様子については、清輔の義弟で歌人、歌学者であった顕昭の『柿本朝臣人麿勘文』（墓所事）に、次のように、より詳しく記されている。

清輔語云、下㆓向大和国㆒之時、彼国古老民云、添上郡石上寺傍有㆑社、称㆓春道社㆒、其社中有㆑寺、称㆓柿本寺㆒、是人丸之堂也、其前田中有㆓小塚㆒、称㆓人丸墓㆒、其塚霊所常鳴云々。清輔聞㆑之、祝以行向之処、春道社者、有㆓鳥居㆒。柿本寺者、只有㆓礎計㆒。人丸墓者、四尺計之小塚也。無㆑木而薄生。仍為㆓後代㆒建㆓卒塔婆㆒。其銘書㆓柿本朝臣人丸墓㆒。其裏書㆓仏菩薩名号経教要文㆒、又書㆓予姓名㆒、其下注㆓付和歌㆒。（略）帰洛之後、彼村夢感云、正㆓衣冠㆒之士三人出来、拝㆓此卒塔婆㆒而去云々。其夢風㆓聞南都㆒、知㆓人丸墓決定由㆒云々。

大和国に「下向」していた清輔が、「古老民」から「柿本寺」と「人丸墓」のことを聞き、早速現地に赴いて「柿本朝臣人丸墓」と書いた卒塔婆を立てたところ、土地の人たちが不思議な夢を見た、というのだが、当時、「春道社」には鳥居があり、「柿本寺」は礎石を残すばかりの状態だったという。また、鴨長明（建保四年・一二一六没）の『無名抄』には、次のような記事が見える。

人丸の墓は大和国にあり。初瀬へ参る道なり。人丸の墓と言ひて尋ぬるには、知れる人もなし。かの所には歌塚とぞ言ふなる。

鴨長明によれば、歌塚が人麿の墓であることは、当時の現地の人々にはほとんど忘れられていたようだが、そのような状況だからこそ、清輔はそこにわざわざ「柿本朝臣人丸墓」と書いた卒塔婆を立てたのであろう。そのように、特に都の歌人たちにとって、この地域は当時、何よりもまず柿本人麿の墓所として知られていたのであった。その人丸の墓所から業平の伝承地までは、徒歩にしてわずか十分あまりの距離である。

鎌倉時代には、伊勢物語や古今集に関する古注や秘伝書のたぐいが数多く作られ、業平も歌舞の菩薩や馬頭観音の化身等とされるようになったが、そのような状況の中で、たとえば伊勢物語を中心に秘伝を展開する『玉伝深秘巻』（片桐洋一氏『中世古今集注釈書解題・五』〈昭和六一年・赤尾照文堂〉の校訂本文による）には、次のような記述が数多く見える。

・そもそも業平は、もとは人丸より歌道を相伝せり。
・この明神（住吉明神）は、身たりといへる心なり。又は明神・人丸・業平、三人一体といへるこころなり。
・次に業平、人丸の歌の末をよむといふ事は、一体二名なるにより人丸の歌の末を業平よむなり。人丸化して業平となる。
・住吉の明神、はじめは人丸に化して、のちには業平と化す。

すなわちこれらの箇所では、『和州在原寺縁起』にもその名の見えた住吉明神を媒介とする形で、ともに和歌の達人である人丸と業平が実は一体の存在であったという秘伝が語られている。このような人丸・業平一体説は、当時の伊勢物語や古今集の秘伝書にはしばしば見られるもので、けっして特異な主張ではなかった。これ以上の根拠はないのだが、人丸の聖地の近隣に業平の聖地が生まれる背景には、このような両者のつながりがあったようにも推測されるのである。（なお、次節・第六章二を参照。）

二　「古注」前史
──平安末期の伊勢物語享受──

1　謡曲「井筒」の淵源

伊勢物語を素材にした世阿弥作の謡曲「井筒」は、天理市櫟本《いちのもと》の「在原寺」（現在は在原神社）を舞台にしていることが知られている。この櫟本の在原寺の地は古くから在原業平の住居の跡とされ、「筒井づつ」や「風吹けば」の歌で知られる伊勢物語第二十三段にまつわるものを中心に、さまざまな伝承が今も伝えられていて、その内容は、伊勢物語の享受史を考えるうえでもきわめて興味深い。それについては、本書前節（第六章一）でくわしく論じたが、平成二十二年八月に奈良・春日大社でおこなわれた能楽学会主催の世阿弥忌セミナーで、ほぼ同じ内容をやや視点を変えて述べた（その概要は同学会編『能と狂言』九号〈平成二三年四月〉に掲載されている）。

櫟本の在原寺について記されているもっとも古い資料として従来指摘されてきたのは、『玉葉集』（正和元年・一三一二奏覧）に収められた、次に掲げる一首である。

初瀬に詣でけるついでに在原寺を見て詠み侍りける　従三位為子
かたばかりその名残とて在原の昔の跡を見るもなつかし

この歌の作者「従三位為子」は、藤原為兼の姉の藤原為子で、その生没年は不詳だが、少なくとも『玉葉集』奏覧よりもある程度さかのぼる時期に、長谷寺参詣の途中、この為子が在原寺を見たこと、すなわち、長谷寺への参詣路にあたっている櫟本に、その時すでに在原寺が存在し、それが業平の「昔の跡」と思われていたことが、この歌によって知られるのである。

一方、この櫟本のすぐ近くには、柿本人麿の墓と考えられていた「歌塚」という塚が現在も残っている。藤原清輔《きよすけ》（治承元年・一一七七没）の歌集『清輔集』やその義弟顕昭《けんしょう》の「柿本朝臣人麿勘文」によれば、それまで都の人々に知られていなかったこの人麿の墓は清輔によっていわば再発見され、人々に知られるようになった。鴨長明（健保四年・一二一六没）の『無名抄』には、次のような記事が見える。

人丸の墓は大和の国にあり。初瀬へ参る道なり。人丸の墓と言ひて尋ぬるには、知れる人もなし。かの所には歌塚とぞ言ふなる。

藤原清輔の時代から為子の時代まで約百年。その間に、『玉伝深秘巻』などに見える、人丸と業平を一体と見る秘伝の影響下に、人麿の墓のすぐ近くに業平の旧跡が生み出されたのではないかという推測が、能楽学会の世阿弥忌セミナーで私が述べた、ひとまずの結論であった。

ところが、講演終了後、松岡心平氏から、これまで気づかずにいた重要な資料の存在について教示を受け、私の講演の内容、特にその結末部は、大きく変更することが必要となった。松岡氏から教示を受けたのは、平安時代末期の歌人・殷富門院大輔《いんぷもんいんのたいふ》（生没年未詳、正治二年・一二〇〇ごろまで存命か）の歌集『殷富門院大輔集』等に、殷富門院大輔をはじめとする何人かの歌人たちが、連れだって石上の人丸の墓、すなわち歌塚を訪れて経供養し、そのついでに業平の住居跡にも立ち寄った時の歌が収められているという事実であった。さきにも触れたように、この歌塚が人丸の墓であることをいわば再発見したのは藤原清輔だったが、その後、特に歌林苑と呼ばれるグループに属していた歌人たちはしきりにそこを訪れ、一部の人たちはさらに業平の住居跡にも立ち寄っていたのである。つまり、その淵源は不明だが、そのころからすでに、おそらくは櫟本の地に、業平の住居跡と伝えられるところが存在していたことが、これらによって知られるのである。このことが断片的にだがはじめて紹介されたのは久保田淳氏「殷富門院大輔の南都巡礼歌――『南都巡礼記』の「后宮」に関連して――」（『和歌史研究会会報』七六号・昭和五六年六月、『中世和歌史の研究』〈平成五年・明治書院〉に収録）であった。久保田氏のより詳細な見解は『能楽観世座第二回公演パンフレット』〈観世能楽堂・平成一六年〉収録の松岡氏との対談中で述べられている。また、半田公平氏の『寂連研究――家集と私撰和歌集――』〈平成一八年・新典社〉第一部第三章〈初出は平成八年〉にも業平住居跡訪問の事実が記されている。）

松岡氏の見解はその後刊行された著書『物語の舞台を歩く　能　大和の世界』（平成二三年・山川出版社）にも示されているが、教示の内容は伊勢物語の享受史を考えるうえでも大変興味深く、氏の学恩に応えるためにも、私なりに、この事実が伊勢物語の享受史を考える上でどのような意味を持っているか、あらためて考えてみる必要があると考えるに至った。以下は、そのささやかな報告である。

2　「人麿の墓」と「中将の垣内」

ここで考察の対象となるのは、『殷富門院大輔集』、『寂連法師集』、そして嘉禎三年（一二三七）に素俊が奈良に関わりのある歌を中心に編集した『楢葉《ならのは》和歌集』である。まずは、問題になる部分の本文をすべて掲げておく。（本文は『新編国歌大観』をもとに表記などをあらため、歌の末尾に同書の歌番号を示す。）

『殷富門院大輔集』

奈良のほとけ拝みにまゐりたるついでに、在中将の堂、沖つ白波心にかけけるすみかなど見て、具したる人のもとへつかはしし

Aしほれたる花のにほひをとどめけむなごり身にしむすまひをぞ思ふ（二一六）

返し　入道寂連

Bいにしへのなごりも恋し立田山よはに越えけむやどのけしきは（二一七）

（中略）

人まろの墓にて経供養すとて、人々の御歌申し具して読みあぐるついでに、古きを思ふ心を

法門

Cいにしへの名のみ残れるあとに又ものがなしさも尽きせざりけり（二三四）

D数ならぬうきみづくきのあとまでも御法《みのり》の海に入るぞうれしき（二三五）

このついでに、在中将花のころすみかなど、古きあとどもたづねゆきて、人々歌など詠みて帰りて、この経供養しつる人のもとより　実叡得業

E昔をば恋ひつつ泣きて帰り来ぬ誰かは今日をまたしのぶべき（二三六）

返し

F誰かまた今日をしのばむ群れゐつるちけ（ママ）かうへの友ならずして（二三七）

親にせむなど語らひたる人、この墓のところへ、同じ心に沙汰し出で立ちて、具せむとすれば

返し　ゑんぎ

Gもろともに柿の本へとゆく人はこのみとらむと思ふなるべし（二三八）

Hこのみとる柿の本へとたづぬれば君ばかりこそ道を知りけれ（二三九）

この人々の御歌書きたる物を、院の御方の女房たち、借りて返すとて書き付けられたりし　少納言

I柿の本あとしのびける言の葉に人のなさけの見えもするかな（二四〇）

J言の葉も聞き知る人のなかりせば柿の本にや朽ちはてなまし（二四一）

『寂連法師集』

むかし業平朝臣、河内国高安の郡に通ひけるころ、沖つ白波心にかけけるふるさとは、所の人中将の垣内となむ申し伝へて今に侍るを、中の春の十日あまり、もろともに見にまかりたりける人のもとより

K折る花のにほひのこれるふるさとの心にしみし名残をぞ思ふ（七二）

返し

Lいにしへの名残もかなし立田山よはに思ひしやどのけしきは（七三）

（中略）

人丸の墓たづねありきけるに、柿の本の明神にまうでてよみける

M古き跡を苔の下まで忍ばずは残れる柿の本を見ましや（七七）

『楢葉和歌集』

柿の本のまうち君の石上の墓にて人々歌よみ侍りけるに

前権僧正範玄

N吉野山桜を雲と見し人の名をばこけにもうづまざりけり（九二七）

元暦二年五月、奈良の人々殷富門院大輔にさそはれて、同じ人の墓にまかりて卒塔婆立てて帰りけるに、大輔はやがて太子のみ墓ざまにまうでけるが、かの高安のかたながめやりてうち休むほどに、実叡法師がもとより

O昔をば恋ひつつともに帰り来ぬ誰かは今日をまたしのぶべき（九二八）

かへし

大輔

Ｐげに誰か今日をしのばむ群れゐつつ野辺の草場の露のみにして（九二九）

ここに例示した三つの歌集の引用部の詞書には、柿本人麿（人丸）の墓（二重線部）への墓参や経供養の記事が散見するが、それとしばしば連続したり近接したりする形で、業平の住居跡（波線部）訪問のことが記され、それに関わって詠まれた歌が掲載されている。

『殷富門院大輔集』に見える実叡と大輔の贈答歌（Ｅ「昔をば」歌〜Ｆ「誰かまた」歌）と、『楢葉和歌集』に見える両者の贈答歌（Ｏ「昔をば」歌〜Ｐ「げに誰か」歌）は、本文に異同はあるものの同じ歌と考えられ、部分的に内容の異なった両者の詞書を同じ元暦二年（一一八五）五月の時のことを記したものとして重ね合わせて読むと、さまざまな事実が知られて興味深い。この時、殷富門院大輔は人麿の墓での供養の後、業平の住居跡を訪問し、そこからさらに「太子のみ墓」すなわち河内の叡福寺に参詣しようとして、その途上、伊勢物語第二十三段の舞台である「かの高安」をながめて休んでいる時に、人麿の墓参と業平住居跡訪問だけに同行してそのまま帰った実叡からの歌を受け取ったようである。

『殷富門院大輔集』に上記の贈答に先立って収められている大輔と寂連の贈答歌（Ａ「しほれたる」歌〜Ｂ「いにしへの」歌）と、『寂連法師集』に見える相手の名を記さない贈答（Ｋ「折る花の」歌〜Ｌ「いにしへの」歌）は、歌句にかなりの異同はあるが、これもまた同じ贈答と考えられる。年時は未詳だが「中の春の十日あまり」に、「奈良のほとけ拝みにまゐりたるついでに」、大輔と寂連を含む何人かの人々が、業平の住居跡を訪れたことが知られる。その業平住居跡訪問は、さきの元暦二年五月の人丸墳墓業平住居跡訪問とは季節が異なっており、また別個の時のことかと考えられる。また、こちらの訪問については、人麿墳墓の供養とあわせておこなわれた行事であったかどうかについて確証が得られない。

いま波線部だけを見ると、業平の住居跡は次のように記されている。

・『殷富門院大輔集』①（A「しほれたる」歌詞書）…「在中将の堂、沖つ白波心にかけけるすみか」
・『殷富門院大輔集』②（E「昔をば」歌詞書）…「在中将花のころすみか」
・『寂連法師集』（K「折る花の」歌詞書）…「むかし業平朝臣、河内国高安の郡に通ひけるころ、奥つ白波心にかけけるふるさとは、所の人中将の垣内となん申し伝へていまに侍る」

『殷富門院大輔集』①の「在中将の堂」という記述は、この住居跡が、この時すでに寺院ないしはそれに近い性格の「堂」となっていたことを暗示している。また、同じ『殷富門院大輔集』①の「沖つ白波心にかけけるすみか」という記述は、『寂連法師集』の「むかし業平朝臣、河内国高安の郡に通ひけるころ、奥つ白波心にかけけるふるさと」という記述と共通する部分があって興味深いが、後者の記述は、「業平が河内国の高安に通っていたころ、（別の女性の所に通いながらも実は）（「沖つ白波」をかけるように）心にかけていた本来の住まい」という意味に解されるように思われる。（森本元子氏『殷富門院大輔集全釈』〈平成五年・風間書房〉には別解が見えるが、通釈と語釈が一致しておらず、解釈にも不審があるのでいまは採らない。）言うまでもなくこれらの詞書は、よく知られた伊勢物語第二十三段をふまえ、高安に通っていたその時の業平の本来の住居がここであると述べている。さらに『寂連法師集』の詞書は、地元の人がそこを「中将の垣内」と呼んでいたことを伝えている。後代の伝説では、この場所からほぼまっすぐに西へ向かう道が業平が通った道とされて「業平道」と呼ばれ、その道は大和盆地を横断した後、十三峠を越えて高安にまで至っているが、それと同様の伝承が、この時代からすでに世におこなわれ信じられていたことが、これらの詞書によってうかがわれるのである。

3　伊勢物語第二十三段と第十七段

それに対して『殷富門院大輔集』②では、同じ業平の住居跡が「在中将花のころすみか」と呼ばれている。「花のころすみか」とはわかりにくい表現で、ふまえられている物語や伝承を容易には特定しがたいが、これはおそらく、「在中将（が）花のころ（に訪れた、または帰ってきた）すみか」という意味で、次に掲げる伊勢物語第十七段をふまえた呼称と考えられる。

年ごろおとづれざりける人の、桜のさかりに見に来たりければ、あるじ、

　あだなりと名にこそ立てれ桜花年にまれなる人も待ちけり

返し、

　今日来ずはあすは雪とぞふりなまし消えずはありとも花と見ましや

この伊勢物語第十七段は、数年の間来訪がなく、久しぶりに桜の花盛りに花を見にやってきた主人公とその家の「あるじ」との贈答の歌のやりとりで構成されている。同じ贈答歌が、古今和歌集（巻一・春上・六二～六三）にも、次のように収められている。

　桜の花のさかりに、久しく訪《と》はざりける人の来たりける時に、よみける

　あだなりと名にこそ立てれ桜花年にまれなる人も待ちけり　　よみ人知らず

　返し　　業平朝臣

　今日来ずはあすは雪とぞふりなまし消えずはありとも花と見ましや

この伊勢物語第十七段と古今和歌集（巻一・春上・六二～六三）の両者については、久しぶりの訪問を受けた「あるじ」すなわち家の主人が男性か女性かについて、さまざまな見解が示されている。この贈答は古今集では恋ではなく春の部に入れられており、親しい男性同士が男女の歌になぞらえて戯れて詠みあった歌である可能性が大きい。また、伊勢物語についても、契沖の『勢語臆断』のように、女性なら「女」または「女あるじ」と書かれているは

ずであり、これは男性同士の贈答であるとする意見も示されている。

平安末期の注では、教長の『古今集注』が「あだなりと」歌について「コレハ女ノ歌ナルベシ」とするのに対し、『顕昭古今集注』は「女ノ歌ニテモ、男ノ歌ニテモ、タガフベカラズ」とするなど、見解は一定していない。（定家が顕昭注に加注した『顕注密勘抄』には、この両首に対する注は見えない。）しかし、『殷富門院大輔集』の「花のころすみか」が、伊勢物語第十七段をふまえての呼称だとすれば、伊勢物語第二十三段の旧跡がそのまま第十七段の旧跡と捉えられていることになり、第十七段の「あだなりと」歌の作者は、第二十三段で「風吹けば」歌を詠んで龍田山を越える夫を案じていた女性と同一の人物ということになる。すなわち、櫟本の業平住居跡をめぐっては、伊勢物語第十七段と第二十三段の両段の内容が、ともにこの場所で起こったことがらと考えられていたと思われるのである。

片桐洋一氏が『伊勢物語の研究』（明治書院・昭和四三年）第八篇第一章ですでに注目しているように、藤原清輔や殷富門院大輔の時代よりややさかのぼった院政初期に成立したと考えられている『大鏡』（陽成紀）では、業平と二条后の関係を主題にした伊勢物語第六段や第四段だけでなく、本来別個の話であったと思われる第十二段や第九十九段までもが、すべて同じ業平と二条后の事跡を伝えるものとして同一の次元で語られているが、櫟本の業平住居跡をめぐっても、それとおなじような伊勢物語の享受がおこなわれていたと考えられる。伊勢物語の別々の章段の内容を、同じ登場人物が活躍するひと続きの事実として把握するという読み方は、片桐氏が前掲書で述べているように、『和歌知顕集』や冷泉家流伊勢物語注釈などの、いわゆる「古注」の読み方と基本的に同じである。事実、古注のひとつである冷泉家流伊勢物語注釈は、第十七段と第二十三段の女性について、ともに紀有常の娘であったと注している。（『和歌知顕集』も第十七段の女性を紀有常の娘とするが、第二十三段については、業平の事跡ではなく、「はるかに古き世の物語」であるとする。）殷富門院大輔たちが、この櫟本の地で業平と暮らしていた女性の名前まで意識していたかどうかは不明だが、後世の伝説では、ここに住んでいた女性は紀有常の娘であったとされている。また世阿弥の「井筒」では、シテの紀有常の娘が、伊勢物語第十七段の「あだなりと」歌について「あだなりと名にこそ立てれ桜花年にまれなる人も待ちけり、かやうに詠みしも我なれば、人待つ女とも言はれしなり」と述べていて、そこでも第二十三段と第十七段が、同じ紀有常の娘が登場する、同じ櫟本を舞台にした一連の事実を語る章段として受容されている。

二条后や惟喬親王が登場する章段相互なら、複数の章段が一続きの内容を語るものとして受容されてもそれほど不自然ではないが、一見それほど関連するとも思えない第十七段と第二十三段が同じ櫟本の住居でのできごととして受容されているという伊勢物語理解のありかたは、このように古注の伊勢物語把握にまでつながるものとして注目される。古今集の注ではあるが、先に見た『顕昭古今集注』のように「（第十七段の「あだなりと」歌は）女ノ歌ニテモ、男ノ歌ニテモ、タガフベカラズ」という、いわば研究的な読解が行われてもいた、その同時代に、伊勢物語は一方で、遺跡にまつわる伝承などを媒介にして、すでにこのような形で受容されてもいたのである。

4　伝承から「古注」へ

さきに人丸の墓についての記事を引用した鴨長明の『無名抄』には、在原業平に関わる記述が次のように三箇所に見えている。

①又、業平中将の家は、三条坊門よりは南、高倉おもてに近くまで侍りき。柱なども常のにも似ず、ちまき柱といふものにて侍りけるを、いつごろの人のしわざにか、後に例の柱のやうに削りなしてなむ侍りし。長押《なげし》もみなまろに角なく作りて、まことに古代の所と見え侍りき。なかごろ晴明が封じたりけるとて、火にも焼けずしてそのひさしさありけれど、世の末にはかひなくて、ひととせの火に焼けにけり。

②河内国高安の郡に在中将の通ひ住みけるよしは、かの伊勢物語に侍り。されど、その跡はいづくとも知らぬを、かしこの土民の説に、その跡さだかに侍るとなむ。いま中将の垣内と名付けて侍る、すなわちこれなり。

③ある人いはく、「業平朝臣、二条后のいまだただ人にておはしましける時、盗みとりて行きけるを、兄《せうと》たちに取り返されたるよしいへり。このことまた日本記にあり。ことのさまはかの物語に言へるがごとくなるにとりて、奪ひ返しける時、兄たちその憤《いきどほ》り休めがたくて…（下略）」

①の記事は、平安京の中の業平の邸宅についての伝承を伝えるものだが、「長押もみなまろに角なく作りて、ことに古代の所と見え」たなどという部分や、安倍晴明が封印して長らく火災にもあわなかったという記述などからは、普通の人ではなく、神仏にも通じる存在としての業平の姿が浮かび上がってくる。さきに見た『殷富門院大輔集』や『楢葉和歌集』の詞書からは、殷富門院大輔が人麿墳墓の供養と業平住居跡訪問の後、「太子のみ墓ざまにまうで」たことが知られるが、『無名抄』も含めて、これらの記事からは、人麿は言うまでもなく、業平もまた当時、聖徳太子と同様の神仏の化身と考えられていたことがうかがわれる。やがて業平は『和歌知顕集』（書陵部本系）では「極楽世界の歌舞の菩薩、馬頭観音」、冷泉家流伊勢物語注では大日如来の化身とされ、さまざまな形で神格化されてゆくが、それに連続する見方は、すでにこのころから、かなり一般的に広まっていたと考えられる。

『無名抄』②の記事は、現在も八尾市高安に伝えられている伝承にもつながる「土民の説」を伝えるものとして注目される。現在にまで伝わる「業平道」の両端にあたる櫟本にも高安にも、当時すでに「中将の垣内」と言われる場所があったのである。

最後の③では、業平が、盗み出した二条后を「兄たち」に取り戻されてしまうという、伊勢物語第六段をもとにした話が語られるが、引用部に後続する部分では、怒った「兄たち」によって髻《もとどり》を切られた業平が、髪が生えるまで歌枕を見てこようと東国に下り、小野小町のどくろを見て哀れみ、夢の中で聞いた上の句に下の句を付けるという、顕昭の『袖中抄』にも見え『古事談』にも収められている話が、「日本記」にあることがらとして詳細に語られている。この話は、当然のこととして、業平と小町がもと恋人同士だったことを前提にしているが、歴史的事実としては考えがたいこの二人の関わりは、伊勢物語の「古注」や、それに関連する古今集の古注で、さまざまな形で語られてゆくことになる。また「日本記（紀）」という書名はすでに『大鏡』にも見えるが、同名の書（偽書）は、伊藤正義氏が「中世日本紀」と名付けて早くから注目していたように（「中世日本紀の輪郭——太平記における卜部兼員説をめぐって——」『文学』昭和四七・十月、その他）、冷泉家流の古注をはじめ中世のさまざまな文献に、頻繁に引用されてもいる。

伊勢物語の「古注」と、以上に見てきた平安時代末期の伊勢物語理解やそれにまつわる業平についての伝承・説話との間には、言うまでもなく、まだ大きな隔たりが存在する。真言宗立川流の秘儀との関連や引用されているおびただしい偽書の問題など、「古注」の成立を考えるために問わなければならない問題はなお多い。しかしながら、伊勢物語の「古注」は、何もないところから突然に出現したわけではない。片桐洋一氏が前掲書で述べているように、「古注」の伊勢物語理解は、それまでの時代の物語理解をふまえる形で生み出されたと考えられる。櫟本の業平住居跡をめぐる殷富門院大輔をはじめとする歌人たちの動きや彼等の著述は、学問的な伊勢物語理解や文芸的な伊勢物語理解とは異なった、やがて「古注」へとつながってゆく要素を秘めた、もうひとつの伊勢物語理解が、当時幅広く行われていたことを、我々に教えてくれるのである。

ちなみに、松野陽一氏は『鳥帚　千載集時代和歌の研究』〈平成七年・風間書房〉所収の「歌林苑の原型——難波塩湯浴み逍遙歌群注解」〈初出は昭和五七年〉で、殷富門院大輔を含む花林苑グループの歌人たちが連れだって難波に「潮湯浴み」に行き、その際に、自分たちを難波に下った伊勢物語中の業平に見立てた歌を詠み、互いに贈答し合っていたことを紹介しておられる。そこには、櫟本の業平住居跡を訪れて、「なごり身にしむすまひをぞ思ふ」「いにしへのなごりも恋し」などという歌を贈り合っているのと同様の性格を持った、主人公業平の事跡を集団で追体験したり、それに同化したりしようとする伊勢物語享受の雰囲気がうかがわれて興味深い。

藤原範兼（長寛三年・一一六五没）の『和歌童蒙抄』には、次のような記事が見える。

あふさかのゆふつけどりにあらばこそきみが行き来をなくなくも見め

古今十四にあり。中納言昇の近江介に侍りける時、閑院の御が詠みて遣はしけるなり。斎宮の業平がためにはらへて出だしたりし鶏を、木綿《ゆふ》つけてあふ坂の関に放ちたりしによせて詠めるとぞ。（下略）

古今集の「あふさかのゆふつけどりに」歌の典拠として、「斎宮の業平がためにはらへて出だしたりし鶏を、木綿《ゆふ》つけてあふ坂の関に放ちたりし」故事ないし伝承が紹介されている。伊勢物語第六十九段で斎宮から贈られた上の句に主人公が「またあふ坂の関はこえなむ」という下の句を付けて返した部分を思わせはするが、そこからは大きくかけ離れた内容で、このような話は、『袖中抄』や『雑和集』に「和歌童蒙抄に見ゆ」などとして紹介されている以外には、どこにも見えない。これは、内容からは「古注」につながってもよい話のように見えるが、実際には受け継がれてはいない。この故事ないし伝承は、「古注」につながる可能性を有しながら、結果的には「古注」に入れられなかったものが、断片的にこのような形で残った、その一つであるように思われる。

櫟本の業平住居跡の伝承もまた、「古注」の母胎となり「古注」につながってゆく可能性のある内容を有しながら、その地名は、わずかに『古今和歌集灌頂口伝』の「業平中将の事」の項に「墓所は大和国在原寺也。布留郡の中也」と見えるのみで、他の伊勢物語や古今和歌集の古注には見えない。これもまた、『和歌童蒙抄』の記事と同じように、結果的には主流の「古注」世界に組み入れられることなく、独自の回路で後世に伝えられた、古い由来を持つ伊勢物語享受の断片であったと考えられるのである。

三　古注釈とその周縁
――『伊勢物語宗印談』をめぐって――

1　謡曲「井筒」の背景

伊勢物語第二十三段をもとに作られた謡曲「井筒」は、まず登場する旅僧姿のワキの、つぎのような言葉によって始まる。（鴻山文庫本を底本とする伊藤正義氏校注『新潮日本古典集成・謡曲集』により、一部表記を改めた。以下同じ。）

〔名ノリ〕「これは諸国一見の僧にて候。われこのほどは南都七堂に参りて候。またこれより初瀬に参らばやと思ひ候。これなる寺を人に尋ねて候へば、在原寺とかや申し候ふほどに、立ち寄り一見せばやと思ひ候。

〔サシ〕さてはこの在原寺は、いにしへ業平、紀の有常の息女、夫婦住み給ひし石の上《いそかみ》なるべし。「風吹けば沖つ白波龍田山」と詠じけんも、この所にてのことなるべし。

〔歌〕昔語りの跡訪《と》へば、その業平の友とせし、紀の有常の常なき世、妹背をかけて弔らはん。妹背をかけて弔はん。」

この「諸国一見の僧」は、「南都七堂」すなわち奈良の七大寺に参った後、「初瀬」すなわち長谷寺参拝を志してそちらにむかう途中、「在原寺」という名の寺に立ち寄る。そして、その寺について、「いにしへ業平紀の有常の息女、夫婦住み給ひし石の上なるべし。風吹けば沖つ白波龍田山と詠じけんも、この所にてのことなるべし」と述べる。すなわちこの「在原寺」は、業平が妻と暮らしていた邸宅の跡であり、「風吹けば沖つ白波龍田山」という歌も、ここで詠まれたと言うのである。

本来、伊勢物語第二十三段の主人公は、物語本文ではただ「男」と呼ばれているだけであり、他の登場人物どども、この段の原文には固有名詞はいっさい記されていない。その主人公が、ここでは「業平」と呼ばれ、その業平の妻が「紀の有常の息女」と呼ばれている。第二十三段が伊勢物語の一章段である以上、主人公の「男」を在原業平になぞらえて読もうとすることは、伊勢物語の読解として不自然なことではないが、その妻を「紀の有常の息女」とする理解は、原文の自然な読解だけからは導かれ得ない、特殊な解釈と言わねばならない。

本書第六章一でも述べたように、その特殊な解釈が、鎌倉時代から室町時代前半にかけて広く用いられていた、いわゆる「古注」の説によったものであることは、伊藤正義氏（「謡曲と伊勢物語の秘伝――「井筒」の場合を中心として――」『金剛』昭和四〇年六月）等によってすでに明らかにされている。世阿弥は、当時においては当然のことではあるが、「古注」を通して伊勢物語を理解し、それによって謡曲「井筒」を作ったのである。

しかしながら、謡曲「井筒」にはなお、伊勢物語の「古注」類によっては説明のつかない内容が含まれている。その中でももっとも顕著なものが、この能の舞台となっている場所の名である。さきに見たように、冒頭にワキとして登場した「諸国一見の僧」は、奈良から初瀬にむかう途中、「在原寺」という名の寺に立ち寄るが、その寺についてさらにワキの僧は「いにしへ業平紀の有常の息女、夫婦住み給ひし石《いそ》の上《かみ》なるべし。『風吹けば沖つ白波龍田山』と詠じけんも、この所にてのことなるべし」と述べる。「業平紀の有常の息女」という人名は既に見たように冷泉家流古注と同じだが、ここでは、二人が共に暮らし「風吹けば沖つ白波龍田山」という歌が詠まれた場所が、この「石の上」の「在原寺」であったとされるのである。

これに対し、冷泉家流古注によれば、初段の原文に「奈良の京、春日の里に」とある以上、業平と有常の娘は、あくまでもその春日の里で生まれ育ち、そこで二人の生活も営まれたことになる。鉄心斎文庫蔵『十巻本伊勢物語注』（『伊勢物語古注釈大成・第一巻』平成一六年・笠間書院）の第二十三段注の冒頭には、次のように記されている。

ヰナカワタラヘシケル人ノ子共トハ、阿保親王ト有常ト、大和国春日野ニ筑地《ツイ》ヲナラベテ住給ケル時ノ事也。子ドモトハ、業平ガオサナクテ曼陀羅ト云シト、有常ガ娘阿子ガ少カリシ時ノ事ナリ。（下略）

冷泉家流古注のこのような注釈世界から「石の上」の「在原寺」という場所を導き出すことは困難である。事実、この系統の古注に、第二十三段の舞台を「石上」近辺に比定しているものは見出されていない。また、『和歌知顕集』や『伊勢物語難儀注』にも、そのような注記はまったく見られない。

一方、これも本書第六章一で述べたように、現在の天理市櫟本《いちのもと》にある旧在原寺（現在は在原神社）の境内は、古くから在原業平の住居の跡とされ、また伊勢物語第二十三段の舞台となった場所であるとも伝えられてきた。謡曲「井筒」の古い間狂言でもアイは櫟本の住人となっており、それが現在に至っている。いまも残る在原神社は櫟本にあり、謡曲「井筒」のアイもそこの住人であるにもかかわらず、謡曲「井筒」それ自体の本文では、なぜ在原寺は石上にあると言われているのだろうか。

実は、現存する在原神社の地は、櫟本と石上の境界に位置している。現在の在原神社の場所は、「石上」と言われても「櫟本」と言われても通用する、そのような位置にあったということができる

そしてさらに、在原寺の場所、および謡曲「井筒」の舞台を「櫟本」と明記した最古の文献資料として、以下に述べる、大永三年（一五二三）十一月六日成立の記載を有する『伊勢物語宗印談』をあげることができるのである。

2　特異な注釈世界

『伊勢物語宗印談』（『鉄心斎文庫伊勢物語古注釈叢刊・第四巻』〈平成元年・八木書店〉に影印、『伊勢物語古注釈大成・第四巻』〈平成二一年・笠間書院〉に翻刻。以下、『宗印談』と略称する）は、宗祇の流れを汲むと自称しながら多岐にわたる内容を含み持つ、異色の伊勢物語注釈書である。その巻頭には「伊勢物語聞書」という端作題が記され、その下に「宗印談」、さらに二行に分けて「大永三年十一月六日」という文字が記されている。すなわちこの注釈書は、この記載を信じるかぎり、大永三年（一五二三）十一月六日に宗印なる人物がおこなった講釈を筆記したものと考えられる。宗印については不明だが、この時期の伊勢物語注釈書で講釈の年月日と講釈者の名がともに明記されているものはめずらしく、その意味でもこの『宗印談』の存在は貴重である。

その内容についてまず確認しておかねばならないのは、この注釈書が、宗祇の学統を継承していることを、次のように何度も強調しているということである。（一部原本の表記を改めた。以下同じ。）

師説、長公、あなかしこ定家より祇公長公までは十九代の伝にもひそかに口伝すとぞ。（第四段注）

此歌、古注には多種の儀を侍るとぞ。当流には定家より祇公まではすでに十九代の伝に沙汰のかぎりにあらず。（第百二十四段注）

「長公」とは、宗祇の高弟であった連歌師宗長であることが、他の部分の記述から知られる。第四段注の「師説」とはその宗長の説を言う。すなわち宗印は、宗長を介して宗祇すなわち「祇公」の説を伝えられたことを、このように繰り返し強調しているのである。宗祇の名をことさらに標榜し、その権威を借りようとするのは、正統からはずれた宗祇流末流の注釈書によく見られることである。この『宗印談』もまた、そのような注釈書のひとつであると、まずは考えられる。

ただし、ただ権威を借りているだけでなく、この注釈書の内容には、当然のことながら、宗祇の説と一致する内容がしばしば見られる。また、古注を否定するという宗祇流伊勢物語注釈の基本姿勢が、次のように受け継がれてもいる。

古注・知顕集には「ひじきも」を濁りて読むにや。定家卿の心に叶はず。澄みて「ひしきも」と読むとぞ。（第三段注）

「つつゐづつ」は、古注には、中将も女も五つの歳より契りはじむるとぞ。定家卿の心に叶ら《（は）》ず。（第二十三段注）

ここに挙げた第三段注では、「古注」と和歌知顕集の説があわせて否定されている。また、第二十三段注で否定されている「古注」の説は、冷泉家流古注の説に一致している。

このように古注を否定しながら、実際には古注の説をそのまま用いているところが多いのが、宗祇流末流の注釈書類のひとつの特徴であり、この『宗印談』も例外ではない。しかし、この注釈書には、古注の説をそのまま用いた部分よりも、古注と似通っているように見えるが実は大きく異なった、独自の内容の方がはるかに多く記されている。たとえば、初段の「女はらから」を、この『宗印談』は、冷泉家流古注と同じように「紀の有常と云者のむすめ」とするが、『宗印談』にはさらに、その「女はらから」について、次のような記述が記されている。

此女は、摂津国むばらの郡芦屋の里に紀の有常と云者の娘、春日の明神へ二月の臨時の祭に参詣す。中将、簾の内より見侍りて恋ひそむるとぞ。

伊勢物語本文に「その里に、いとなまめいたる女はらから住みけり」と明記されているにもかかわらず、『宗印談』では、その有常の娘は、春日の里に住んでいたのではなく、「あしやの里」から「春日の明神」参詣のために春日に来ていたと記されている。このように、『宗印談』には、古注とも異なった独自の内容が多く見られる、というよりも、この注釈書の大部分は、実はそのような記述によって占められているのである。たとえば、『宗印談』の第十七段「あだなりと」歌の注には、次のような記述が見られる。

あだなりと名にこそたてれ桜花としにまれなる人も待けれ

とは、あだなりとは、花は一夜に風に知らぬ別れとなるとぞ。中将も一夜にも異女に心変はる故に、年にとふ事まれなるに、花を待つやうに侍るに、来てとふ事うれしきと也。（A）いにしへはひと春に三春の花も咲き散るとぞ。唐土の事なりけるに、青蓮居士と云ふものありて学文に出づる時、家の女に三年のいとまをこひける。女、子細なしとぞ。男、証拠いかんとそ。女、庭の桜と云。男立より庭の桜に、我が妻こと心なく三年我待事ならば、花も三年咲かずとも待ちよ、と云ひて学文に出づ。三とせ学文し極めて、千日千夜すぎて家路に来る。弥生なりけるに、彼桜居士、桜に云ひけるは、いま帰るとぞ。桜聞いて、三年咲かざりける花つぼみ、はしりほに咲いて三七日すぎて葉ともに散るとぞ。居士かさねて、今二春はと言ひければ、花つぼみ咲き、三七日過ぎて散るとぞ。其後なを一入にほひ色もわくらばが咲きみちて、三七日ありて散りはてけるを、古き詩に書て我朝へ渡す。見れば、花に三春の約ありて人に一夜の情なしとぞ。此花、三春の約とて、三年の花一年に咲けば、我が妻は異心なしと書いて日本へ渡すとぞ。是をやはらげて、うたひといふ物に、花に三春の約ありて人に一夜をなれそめでと、「て」の字をにごりて読む事、居士か問に一夜のなさけなしの無の字を手《て》に移して使ふにや。（B）地書、

今日来ずは明日は雪とぞ降りなまし消えずはありとも花と見ましや

ここではまず、「あだなりと」歌についての特異な解釈が記されているが、その内容はともかくとして、それに続けて（A）以下に「青蓮居士」という人物の説話が長々と記されている。その説話は、「あだなりと」歌の解釈のために特に必要とは思えない、余談と言ってもよいものだが、その記事のあと、（B）という記号を付した部分

に「地書」という言葉が記されたうえで、注記は伊勢物語本文の「今日来ずは」の歌にもどっている。「地書」という言葉は、他書には例を見ないが、この注釈書にはしばしば見られるもので、この講釈、ないしはこの注釈がそれをめぐっておこなわれている書、つまりは「伊勢物語」のことをさしていると考えられる。『伊勢物語宗印談』では、長大に展開される余談こそが、「地」の上に展開される「文（あや）」なのであって、肝心の伊勢物語そのものは、そのための「地」の「書」にすぎないとも考えられるのである。

もう一例、同じく「地書」という語が見える第四十三段の「名のみ立つ」の歌注を、次に掲げておく。

名のみ立つしでの田長はけさぞなくいほりあまたとうとまれぬれば

とは、名のみ立つとは、われ太子に忍びたてまつると中将云ひければ、始めてきく。今朝ぞなくは、女涙を流すとぞ。いほりあまたとは、あまたの男の憎むを言ふにや。郭公を田長鳥とも言ふ。（C）時鳥は、夏の鳥と云ふ事にや。あるは古今の仮名書きには、春の空にも啼くとぞ引きけり。

ほととぎす思ひもかけぬ春きけば今年ぞ待たで初音聞きつる

あるは、新古今の暮秋にもほととぎすを書くにや。引歌、

時鳥なく五月雨にうへし田をかりがね寒み秋ぞ暮れぬる

とぞ。あるは、宗祇も八月十日の発句に時鳥を侍るにや。

郭公なくころうへしさ苗哉

とぞ。ほととぎすをば、花鳥とも云ふにや。祇公、

おもかげの花を散らすな時鳥

とぞ。宗長もほととぎすを、

郭公初音や花をわすれ草

とぞ。一条院も、

声の花あを葉にちらせ郭公

とぞ。（D）しかるに、古今の仮名書きには、三十一文字は、目に見ぬ鬼、鬼神もなだむるといふ証歌にも、時鳥の歌を書くにや。ある時。小式部、病して今をかぎりのころほひに、母の泉式部、涙を流して少女をあはれむ。少女も母に名残を惜しみ詠む時、引歌、小式部、

時鳥しでの山路のしるべせよ親にさきだつ道を知らねば

とぞ。此歌を聞て屏風のうしろより赤色なる鬼と黒色なる鬼と二人たち出でて、面白おもしろ、親に先だたつ道をしらねば、今度の命をば、此歌にまづ許し侍る、閻魔王にも申さん、と云ひてかき消すやうに失せて、小式部は病平癒するとぞ。力をもいれぬに、鬼神をたいらめなぐさむるとぞ。（E）あるは、三十一文字は、男女の中だちにもなるとぞ。ある時、泉式部、下京いなりの神へ参詣する折ふし、秋の事なりけるに、俄に一時雨す。道の辺に下すの男稲を刈るけるに、時雨かなしさにおとこに、「あおをかせ。時雨をよきたき」となり。男あをを貸す。あおとは、衣にあらぬ、布あさの衣の類を古今の仮名書きに云ふにや。しかるに、女、いなりより帰るさに、いまのあをを男又かへす。男、思はぬ外に今の女を恋ひそめて、あらぬ思ひにしづむ。せちに悲しさに、男、文をかき、歌をかきて、大裏へもちゆき、泉式部に出す。とりみれは、引歌、

時雨せしいなりの山の紅葉ばのあをかりしより思ひ染てき

とぞ。此歌にめでて寝にけりとぞ。時雨せしは、その時のしぐれなり。稲荷の山は、かの明神の事なり。紅葉ばとは、田をばもみぢとはいふにや。紅葉は田より生ずる故にもみぢとはいふとぞ。あをかりしとは、げすの衣にあらざる、あをを借りし時よりゆかしと思ひそめてきとぞ詠むにや。男女の中だちの三十一文字は、是を云ふにや。（F）地書。時は五月になんありけるとは、言葉に聞えたり。歌、

いほり多きしでの田長は猶頼むわがすむ里に声したえずは。
とは、女かなたこなたの文ありとも、我を忘れずは、幾度もたのまんとぞ。

ここでもまず最初に、「名のみ立つ」歌の解釈が示されている。「われ太子に忍びたてまつる」の「われ」とは女のこと。自分と太子の密通を中将に疑われ、女が「涙を流す」という、ごく一般的な解釈が示されているが、（C）部で時鳥を話題にし始めると、注記の内容は次第に伊勢物語本文から離れてゆく。その（C）部では、数多くの和歌や連歌を引用しつつ、夏以外の季節の歌にも「時鳥」という語を用いることができることを述べているのだが、伊勢物語の第四十三段そのものの季節は物語本文に「時は五月になむありける」と、夏であることがわざわざ明示されており、（C）の注記内容は、伊勢物語の注釈としては必要のない、いわば余談である。

（C）部の最初に、まず「古今の仮名書き」の歌が掲げられているが、「古今の仮名書き」とは、古今集の注釈書をいうものと思われる。「仮名書き」という語を注釈書の意味に使うのは、漢文文献の場合に準じた通俗的な用法であろうが、だとすれば「古今の仮名書き」とは、あるいは真名序を含む「序注」をさす言葉であったかとも考えられる。いま、この「ほととぎす思ひもかけぬ春きけば」の歌を引用した古今集の注釈を見出し得ないが、この歌そのものは、後拾遺集（巻二・春下）に「三月つごもりにほととぎすの鳴くを聞きてよみ侍りける」という詞書を付して載せられている藤原定頼の一首である。なお、以下の連歌の中にも、「おもかげの花を散らすな時鳥」の句が「おも影の花な散らしそ時鳥」という形で『自然斎発句』に見えるように、正統な出典が確認できるものもあり、今後の検討が待たれる。

その後、さらに（D）に至ると、注記の内容は「古今の仮名書きには、三十一文字は、目に見ぬ鬼、鬼神もなだむるといふ証歌にも、時鳥の歌を書くにや」という話題にまで展開して、小式部内侍の説話が語られる。この説話は、『無名草子』『古今著聞集』『十訓抄』などのほか、『尊円序注』（曼殊院蔵・『京都大学国語国文資料叢書二・古今序注』

〈新井栄蔵氏解説・昭和五二年・臨川書店〉にも見られるが、これらでは小式部内侍の歌は「いかにせむいくべき方も思ほえず親にさきだつ道を知らねば」という形になっている。それに対し、『宗印談』では上の句が大きく変えられ、時鳥の話題に合う歌となっているのである。おそらくはこの形で「古今の仮名書き」すなわち古今集の注釈に引かれていたのであろうが、そのような注釈書をまだ見出し得ていない。

（E）ではさらに「三十一文字は、男女の中だちにもなるとぞ」という話題が、小式部の内侍の母の和泉式部の、『袋草紙』以下の諸書に見える説話によって語られる。同じ説話と和歌は、『古今和歌集頓阿序注』〈片桐洋一氏『中世古今集注釈書解題二』〈昭和四八年・赤尾照文堂〉による〉にも見え、「古今の仮名書き」との関連がうかがわれるが、ここではすでに、話題は「時鳥」という語からも離れ、伊勢物語第四十三段とは無関係な内容になってしまっている。そして、長大な（E）の記述が終わったあと、（F）に「地書」と記され、伊勢物語の本文がようやく再び引用されるのである。

このように『宗印談』には、正統な宗祇流注釈とも古注とも異なった独自の注記が多く見られるが、その多くは説話的な内容を有している。近年、石川透氏は『室町物語と古注釈』〈昭和一四年・三弥井書店〉所収の諸論考の中で、この『宗印談』と室町物語『小式部』や幸若舞曲『かわちかよひ』『伏見常盤』等との、おそらくは間接的な影響関係の存在を明らかにした。これによって、大永三年〈一五二三〉十一月六日に成立した、この特異な内容を持つ伊勢物語注釈書が、けっして孤立した存在ではなく、同時代のさまざまな分野の文学作品と、さまざまな連関を持って成り立っていることが、始めて明らかになったのである。

この『宗印談』の第二十三段注に、次のように「大和国いちのもと」という地名が見えることを、大口裕子氏が「『伊勢物語』百十九段の絵画と能『松風』」〈早稲田大学美術史学会発表・平成一五年三月〉の中で指摘した。

むかしいなかわたらひしける子どもとは、中将が事也。井のもとに出てあそびけるをとは、大和国いちのもと

　の一むらすゝきの井筒の女を云にや。

石川透氏が指摘された、室町物語や幸若舞曲との関係は、あくまでも『宗印談』ないしは類似の内容の注釈書類の方を起点とするものだったが、今の場合は、成立年次やその他の事情から考えて、『宗印談』等から謡曲「井筒」への影響は考えにくく、むしろ逆に、謡曲「井筒」から『宗印談』への影響が考えられねばならない。事実、『宗印談』には、「一むらすすき」や「井筒の女」といった言葉が用いられているが、これらの表現は伊勢物語の本文やその注釈書には見えず、謡曲「井筒」に用いられている用語なのである。伊勢物語の注釈から能への影響は、これまで多くの人々によって指摘されてきたが、それとは逆方向の、能から伊勢物語注釈への影響は、これまで指摘されたことがなかった。能と伊勢物語古注釈の関係を考えるうえで、この『伊勢物語宗印談』には、注目すべき内容が含まれていると言わねばならない。

また、そうだとすれば、『宗印談』がふまえていた謡曲「井筒」では、舞台となっている「在原寺」はすでに石上ではなく、「大和国いちのもと」の寺院として理解されていたことになる。間狂言の古態については不明な点も多いようだが、おそらくは大永三年（一五二三）より以前から、「井筒」の間狂言の詞章には「櫟本」の地名が用いられていたと考えられるのである。

実はこの「井筒」だけでなく、『宗印談』には、謡曲が素材となっていることが明らかな部分が他にも存在する。さきに掲げた第十七段の「あだなりと」歌の注では、「青蓮居士」という中国の人物をめぐる説話が長々と語られていたが、さきの引用部に傍線を引いて示したように、そこには、

　是をやはらげて、うたひといふ物に、「花に三春の約ありて人に一夜をなれそめで」と、「て」の字をにごりて読む事、居士か問に一夜のなさけなしの無の字を手《(て)》に移して使ふにや。

という記述が見える。これが「うたひといふ物」すなわと謡曲の言葉を引いた記述であることは明らかであるが、

事実、この言葉は、謡曲「鞍馬天狗」に、次のように用いられている。

…言の葉しげき恋草の、老をな隔てそ垣穂の梅、さてこそ花の情なれ、花に三春の約あり。人に一夜を馴れそめて、後いたならんうちつけに、心そらに楢柴の、馴れは増さらで、恋の増さらん悔しさよ。

もっとも、謡曲「鞍馬天狗」では、「馴れそめて」の「て」は清音であり、「『て』の字をにごりて読む」とする『宗印談』の説明とは一致しない。

3　注釈書と伝承

『伊勢物語宗印談』が、伊勢物語の注釈としては珍しく、謡曲を素材とした注記を含み持っていること、中でも特に第二十三段の注記が、明らかに謡曲「井筒」をふまえていることを見たが、だからといって第二十三段の注記のすべてが、謡曲「井筒」によって作り上げられているわけではない。謡曲「井筒」は伊勢物語第二十三段の第一部と第二部をふまえているが、「井筒の女」が登場しない第三部は「井筒」の素材にはなっていない。しかし、当然のことながら『宗印談』には、第二十三段の第三部についても注記が記されている。まず、第二部の注の中に、

身も貧して悲しきとて、河内国高安の郡に行き通ふ所いできにけりとは、河内に高安に通ひ路の里のしもに、こいたやの里の女にみそかに通ふとぞ。

と、高安に通い始めたことが述べられているが、第三部に対応する部分の最初には、次のように記されている。

まれまれかの高安に来てみればとは、男、こいたやの女の所へいぬるには、いつも笛を吹き通ふとぞ。女、笛を聞き、こいたやの里より、夜、通ひ路の里を龍田の麓へ出であひて、夜すがら契るとぞ。ある夜のことなりけるに、中将、女の所へ笛をも吹かず忍びて行きて立てりて見るに、けこのうつは物にはんをいるるを見て、男、

きたなしと思ふにや。『知顕集』に書きけるは、この女いひかゆひ取りて盛るに、いいつぶの手に付ゐたるを食ひつゐて食ふを、中将見て悲しく思ふにや。あるは、けこのうつわをならべ、是には多く入れよ、是には少なく入れよと下知す。いつれもきたなき下すなりとてうちすつるとぞ。心うがりて行かずなりにけりとは、中将、三年通ふて長くかるるとぞ。

この、伊勢物語第二十三段の第三部を素材にした謡曲に「高安」という曲があり、諸資料から、室町時代に成立し、宝徳四年（一四五二）以降に上演もされていたことが確認されている（橋場夕佳氏「謡曲《高安》の背景とその行方──伊勢物語注釈との関わりを中心に──」〈『同志社国文学』58号・平成一五年三月〉）。だが、謡曲「高安」は、業平が高安の女を訪ねる際にそこでいつも笛を吹いて合図をしたという「笛吹の松」を舞台にしているが、『宗印談』の該当部分には、業平が笛を吹くという内容は見えるものの、この「笛吹の松」という名所の名はいっさい記されていない。橋場氏が前掲論文で指摘しているように、『宗印談』のこの部分は、謡曲「高安」を素材にして書かれてはいないと考えられるのである。

『宗印談』の該当部分には、業平が通った高安の女が「こいたやの里」に住んでいたこと、いつもは笛を吹いて合図していた業平が、ある夜、「笛をも吹かず忍びて行きて立てりて見」て、女の普段の暮らしをのぞいてしまい、その結果「心うがりて行かず」なったこと等が記されている。これらが何らかの典拠によって記されているのか、それとも宗印なる人物の創作であるのか、これだけでは判断しがたいが、享和元年（一八〇一）に刊行された『河内名所図会』には、これらと部分的に類似する、次のような記事が記されている。

《恋の水》山畑村の中にあり。在中将業平、ある時、枚岡明神へ詣で給ひし時、此高安里を過給ふに、容顔いとうるはしきむすめ、小板屋の内より硯の水くみに出しを、業平見初めたまひ、其より時々かよひ恋慕ひ給ふ。此水媒となりしかば、世の人、恋の水と、後の世までいひならはしける。小板屋とは、藁屋の軒の妻を小板にて葺けるにや。里人、小板屋殿とぞよびにける。今に此山畑の村の中にはいつくしき娘ひとりづつは生れ出けると里人かたりき。

ここには、『宗印談』で語られていた「こいたやの里」という里の名に類似する「小板屋」ないしは「小板屋殿」という言葉が、高安の女の住む家の呼称として記されている。両者の意味するところは若干異なっているが、この類似ないしは一致は、けっして偶然とは考えられない。

しかるに、橋場氏は前掲論文の中で、延宝七年（一六七九）刊行の『河内国名所鑑』に類似の記事が見えることを指摘している。以下に、その『河内国名所鑑』の該当部分を掲げておく。

〇業平高安通ひの事　いつの比にかありけん。平岡の大明神の宮うつしとて能のありける。見物のために高安の里御通りありしに、折ふし小板屋のむすめ、硯の水くみに出られけるを、なりひら見給ひ、かたち世にすぐれけん、恋忍び給ひしより、此水を恋の水と申侍るとなり。小板屋と申ゐんえんは、わら屋の軒のひさしを、こけらぶきにめされしを、里人こいたや殿と申ならはしさふらふと申つたへ侍る。

小異はあるが、『河内名所図会』と『河内国名所鑑』の記事はきわめてよく似ている。「こいたや」という言葉の本来の意味が、この両書の言うとおりなのかどうかは明らかでないが、『宗印談』の内容が語られた大永三年（一五二三）以前から『河内国名所鑑』刊行の延宝七年（一六七九）まで百数十年あまりの間、この「こいたや」という語は、おそらくは現地の伝承の中で、そのままの形を保ちながら継承されてきたと考えられる。『宗印談』は、謡曲を素材にしているだけではなく、各地に伝わっていた伊勢物語にかかわる伝承をも材料として取り入れながら、その内容を作り上げていたのである。

『宗印談』の、伊勢物語第二十三段の第二部に該当する部分の注記に、次のような記述が見える。

女ねたむけしきは見えねど、夜な夜なの月の水精の冷ややかなるに、胸をさますとぞ。月くもる夜は五明の風にてさますにや。我が思ふは是程なりとて、かなひさげに水を入れて女の胸の上に置けば、あかがねのほむらとなる。是を捨てたるを、今も大和には、ひさげの水、思ひの池とて是あるとぞ。

これと類似した内容は、もともと大和物語第百四十九段に見えており、それが原拠となって諸書に記されていると考えられるが、その大和物語第百四十九段では、女が水を入れた容器は「かなまり」と記されていて、「ひさげ」という言葉は用いられていない。これに関連して石川透氏は前掲書の中で、室町小説『かわちかよひ』等にも「ひさげ」という言葉が用いられていることに注意し、そのことを『宗印談』ないしは同類の書からの影響のひとつの手掛かりとした。この「ひさげ」という語は、実はさきに見た謡曲「高安」にも、

…紀のありつねが娘の、嫉む気色もなかりしを、男あやしめ思ひねの、胸のけぶりの立つや立たずやしらぬひの、ひさげの水のわきかへり、思ひぞくゆるうづみ火の、こがれける夜の恨みをばたれか知るべき。

と見え、また大蔵虎明の『間《あい》の本』の「井筒」の項にも、

高安へ通ヒ給ヒシ折々ハ、胸ノ煙ノ苦敷トテ、提《ヒサゲ》気ニ水ヲ入レ給ヒ、胸ノ当ニ置キ給ヘバ、其水忽湯ト成ル程ニ…

と記されている。これらさまざまな作品や文献が、どこかに共通の土壌を持ち、何らかの形でつながりあっていることを、この現象は示していると考えられる。さらに、『日本国語大辞典』（第二版）には「ひさげの水が湯となる」「ひさげの水が沸き返る」という項目が立てられ、評判記『もえくゐ』等の用例が挙げられている。

しかしながら、これらには、「ひさげ」という語は用いられていても、女がその「ひさげ」の水を捨てたところが「ひさげの水、思ひの池」になったという、『宗印談』に見えるような池の起源譚は記されていない。しかるに、『天理市史』（資料編）の「本光明山在原寺（在原神社）」の項に載せられている「縁起旧記写（玉井家文書）」の中には、次のような記述が見られる。

寺辺有二井筒井一、並紀氏有常女小社有レ焉。有二一村薄一。有二阿伽水一。此水入レ瓶。此池本号二銚子池・提池一。

業平通二河内国一時、紀氏女嫉妬甚、所レ持銚子・提水為レ湯、擲レ地成レ池。号云二銚子・提池一云。


　ここに記されている「銚子・提池《ひさげ》」とは、前にも見える「銚子池」と「提池」という二つの池の名と考えられるが、このうちの「提池」は、『宗印談』に見えた「ひさげの水」と同一の池の名であろうと考えられる。もとより小異はあるが、成立年次が明確でないこの「縁起旧記写」が伝える伝承の少なくとも一部は、『宗印談』が成立した大永三年（一五二三）以前にすでに存在し、『宗印談』の注記の素材ともなった、長い歴史を持つ伝承だったと考えられるのである。

4　周縁の享受

　かつて、鎌倉時代から室町時代前半にかけて、伊勢物語の本来の世界から大きく逸脱する内容を含む「古注」と呼ばれる注釈が作り出され、強い力で人々の間に広まって、世阿弥をはじめ、多くの人々の伊勢物語理解に大きな影響を与え続けた。しかしながら、それら「古注」の説は、あくまでも伊勢物語の本文の表現に過剰にこだわることによって展開されるものであった。物語本文の強引な曲解を試みようとする以上、「古注」の記述はその本文から離れることができなかったのである。

　それに対して『伊勢物語宗印談』は、以上のように、謡曲だけでなく、さまざまな伝承まで素材として取り入れることによって、特異な注釈世界を展開している。「古注」の場合と違って、その記述はしばしば伊勢物語本文を大きく離れ、あらぬ方向へと逸脱する。たとえば、『宗印談』の第八十七段の注には、次のような注記が見える。

　「つげの小櫛もささずきにけり」とは、魚釣るおのこ、舟に乗る時小さき桶に飯《いい》を入るるを、「つけのおくし」

と云ふにや。当流に「つげのおぐし」とぞ。伊勢の斎宮にそなはり（ママ）女を、つげの櫛にて髪をなでそろへて、「父が子にあらず」と言ひて一くしなでて、此櫛を投ぐる。母、此くしを取りて、「母が子にあらず」と一くしなでてくしを投ぐる。女取りて、「父が子にあらず、母が子にあらず」とて、二くしなでて斎宮にそなはるとぞ。投げ櫛取らぬいはれなり。

ここでは「投げ櫛」を取らないという風習が、伊勢の斎宮となって出発する女性と父母の別れの儀式から始まったと説明されている。「投げ櫛」を忌むことそれ自体は、現在の国語辞典類にも見える周知のことがらであり、たとえば四辻善成の源氏物語講釈を筆録した『源氏物語千鳥抄』の須磨の巻の注にも、次のように、この風習についての説明が記されている。

一ナゲ《日本紀》櫛イム事　イザナギノミコト黄泉へ行テ、ユヅノツマグシ、ホトリニハ一ヲヒキカケテ、火ヲトボシテ、イザナミノミコトヲ見給時、膿沸虫《ウミワキウジ》タカル間、キタナシトテ、此櫛ヲナゲラレタル、其故也。木一二火ヲトボスヲイムハ此故也。

片桐洋一氏は、『源氏物語以前』（平成一三年・笠間書院）所収の「当座の聞き書きと聞き書きの当座性――『源氏物語千鳥抄』新攷――」に、他の多くの例とともにこの部分を引用し、「須磨の巻には『投げ櫛』は勿論のこと「櫛」も出て来ない」ことを指摘した上で、次のように述べている。

…『源氏物語』の本文にはまったく存在しない語を見出し項目にして、このような逸話だけを一方的に述べることが多いのは、一座の好尚と聞書者（平井）相助の関心が『源氏物語』そのものを超えて、まさに中世的雑知識の世界に向けられていたせいと言うべきであろうが、それと同時に、このような中世的雑知識は、講説を含めた「ハナシノ場」において特に華やかに開花することをおのずからに物語っているのではないか。その意味において、『千鳥抄』は、もっとも中世的な『源氏』講読の当座の聞書であり、その当座性を今にまさしく伝えていると言えるのである。

『宗印談』は「当座の聞書」とは必ずしも言えないが、片桐氏が『千鳥抄』について述べたのと同じように、伊勢物語本文からかけ離れた話題、すなわち「中世的雑知識」が、ここでも、宗印なる人物の「講説を含めた『ハナシノ場』において特に華やかに開花」しているように思われる。ただし、一見して明らかなように、「投げ櫛」についての『宗印談』の記述と『千鳥抄』の説明は、まったく異なっている。『千鳥抄』の方が正統であることは『日本書紀』を見れば明らかであるが、片桐氏も指摘しているように『源平盛衰記』等にも「投げ櫛」の起源についての記述が見られ、「中世的雑知識」としても『千鳥抄』の説明の方が正統なものであったことが確認される。一方の『宗印談』に見える「投げ櫛」についての記述は、今のところ他に存在が確認できず、正統を離れた、きわめて特異な起源説と言わねばならない。

このような特異な内容のものも含め、『伊勢物語宗印談』には、伊勢物語に関わるさまざまな芸能や説話や伝承が集められ、さらにその語りの場では、伊勢物語と直接関わらない「雑知識」までが、連想の糸に導かれるようにして繰り出されている。そしてまた、そこで語られた内容は、さまざまな経路を経て、数多くの通俗的分野へと流れ出していったと考えられる。

伊勢物語の本体に対して、早くから注釈的記述が加えられ、それが伊勢物語のあらたな本体の一部になっていったと考えられることは、すでに片桐洋一氏などによってくりかえし説かれているところだが、やがて古典的（規範的）作品として固定した伊勢物語本体に対し、古注のような逸脱した本文解釈による注釈が加えられる。その延長上に、ないしはそれとは別な経路を通って、さらに外延に、さまざまな伝承や芸能が生み出されたが、それらの内容は、中心にある本来の伊勢物語の本文をもはや前提とせず、そこからすでに遠く離れた、多様に変容したものであった。

そのような、いわば周縁の世界に見られる伊勢物語理解の通俗性を笑うのは容易だが、現代の古典文学の享受にも、映画やテレビドラマやマンガや読み物の形をとった、ほぼ同様の通俗的受容は数多く見られる。そして実は、そのような、もっとも外側の通俗的受容に守られ支えられてはじめて、内側の古典文学そのものも、時代の変遷を超えて、千年以上の歳月を生き抜くことができたと考えられる。『伊勢物語宗印談』は、そのようなことを我々に考えさせてくれる貴重な遺品として、いまここに残されているのである。

四　吉田山の業平塚

1　後一条天皇陵と業平塚

竹村俊則氏の『昭和京都名所図会《ずえ》』（全七冊、昭和五五～平成元年・駸々堂）は、江戸時代に数多く出版された絵入り名所案内である「名所図会《ずえ》」の伝統を踏襲しながら、現在の京都の姿を、史跡や文化財を中心に、驚くべき精密さで描き出した名著である。竹村氏はこれに先立って旧版の『新撰京都名所図会』を刊行したが、それを全面的に改訂するにあたって、すべての現地にもう一度実際に出向き、実地調査に基づいて記述を修正し、写真を挿入し参考文献を明記するとともに、自筆の鳥瞰図まで、地域の現状に即して新しく描きなおしている。その記述の正確さや詳しさは一般の京都案内などとは比較にならず、まさに人生をかけた偉業と言わねばならない。出版社の倒産によって、このまたとない好著が絶版となったことは、まことに残念なことであった。

その『昭和京都名所図会』第二冊に、京都市左京区の吉田山（神楽岡）山頂付近、竹中稲荷神社の北西部に存在する在原業平の塚のことが記されている。脚注には参考資料として、『史迹と美術』第五十一号（昭和一〇年二月）に掲載された森口奇良吉氏の「後一条天皇陵と業平塚」という記事が紹介されている。その森口氏の記述によれば、吉田山の東麓にある現在の後一条天皇菩提樹院陵は、かつては「在原業平廟」とされていたが、御陵墓取調事務を委託されて調査をおこなった考証学者・谷森善臣（文化十四年・一八一七～明治四十四年・一九一一）の見解によって、明治二十二年（一八八九）、後一条天皇陵にあたると決定され、現在に至っているという。吉田山山頂付近にある、小さくて目立たない現在の業平塚は、森口氏によれば、これも以前から業平の塚と伝えられてきたということだが、本来は、今の後一条天皇陵が、「在原業平廟」として広く一般に知られていたのである。

『日本紀略』によれば、長元九年（一〇三六）に崩御した後一条天皇は、浄土寺西原で火葬され、遺骨はいったん浄土寺に安置された後、火葬の地に建立された菩提樹院に移された。同書によれば、「山陵」等を置かないようにと遺言もしていたという後一条天皇の陵墓が、吉田山の東斜面に円墳の形で存在することについては異論も多いことと思われる。ともかくも、それまでの伝承を無視する形で、いささか強引に、すべての天皇に「陵墓」が存在し、そして現存もするという前提のもとに、明治期の陵墓比定はおこなわれた。それは何よりも、明治という時代の要請をうけておこなわれた、国策としての事業だったのである。

2　伊勢物語第五十九段

しかしながら、そもそも、なぜこの吉田山東麓、ないしは山頂の地に、在原業平の墓と称するものが伝承されてきたのだろうか。まず考えられるのは、京を捨て、隠棲の地を求めて「東山」に分け入った主人公が、そこで病を得て「死に入」ったことを語る。伊勢物語第五十九段の次のような記述である。

昔、男、京をいかが思ひけん、東山に住まむと思ひ入りて、

すみわびぬ今はかぎりと山里に身を隠すべきやど求めてむ

かくて、ものいたく病みて、死に入りたければ、おもてに水そそぎなどして、生き出でて、

我がうへに露ぞ置くなる天の川とわたる舟のかいのしづくか
となむ言ひて、生き出でたりける。

しかし、ここでは主人公は、いったん絶え入った後、再びよみがえり、「我がうへに」の歌を詠んでいる。主人公は東山で死んだと語られているわけではないのである。吉田山の業平塚が生み出された背景には、この上にさらに別種の事情が考えられねばならない。

3　業平塚の来歴

森口氏の前掲記事には、今は後一条天皇陵とされている本来の「在原業平廟」の文献的根拠として、宝永三年（一七〇六）刊行の『本朝語園』や、蒲生君平の『山陵志』に引用されている『暁筆記』などが紹介されているが、『昭和京都名所図会』の脚注で竹村氏は、正徳元年（一七一一）に刊行された『山城名勝志』にもまた『暁筆記』が引用されていることを指摘しておられる。『暁筆記』とはすなわち、大永、享禄（一五二一～一五三二）ごろの成立かとされる雑録書『榻鴫暁筆《とうでんぎょうひつ》』（市古貞次氏『中世の文学・榻鴫暁筆』解説・平成四年・三弥井書店）の別称である。その『榻鴫暁筆』には、業平の吉田の墓所について、以下のような説明が記されている。森口氏が引用している『本朝語園』の記述も、実はこの『榻鴫暁筆』の記事をそのまま借用したものである。

（前略）しかるに彼中将、元慶四年五月九日に病を発し、同廿八日子剋に生年五十六歳、北面にして身まかり給へり。滋春遺詞にまかせ、東山吉田の奥にをくり納て廟を作る。（下略）

業平が遺言によって「東山吉田の奥」に葬られたという内容の記事は、他の文献には見られない。この『榻鴫暁筆』の記述に影響されて吉田山の古墳が業平塚とされるようになったのか、それとも逆に、当時すでに存在していた業平塚をふまえてこの記述がなされているのか、すべては不明とせざるを得ないが、ともかくも吉田山の業平塚の本来の来歴は、古く室町時代以前にまでさかのぼるものだったのである。

さらに、ここで注意されるのは、その業平の墓が「廟」と呼ばれているという事実である。「墓」は死者を埋葬した場所を言うと考えてよいが、「廟」は、死者の霊をまつる「みたまや」の意で、故人を一種の信仰の対象として神格化し、礼拝するための施設である。息子滋春が、「遺詞」に従って「東山吉田の奥に」作ったのは、業平を神格化し、その霊を崇拝するための「在原業平廟」であったと考えられる。

実は『榻鴫暁筆』には、さきに引用した記述に続けて、業平が死後に和泉国大鳥郡に出現し、その正体が住吉明神であることが知られたという話や、奇瑞を起した業平の霊が天暦年間に勅命によって神としてまつられたという話などが載せられている。これらの話を伝承していた人々にとって、業平はまさしく、「廟」にまつられるのにふさわしい神仏の化身であった。

業平に対するそのような見方は、さらにさかのぼれば、鎌倉時代から室町時代の中ごろまで広く用いられていた、伊勢物語の古注によってもたらされたものであったと考えられる。それら古注は大きく二種に分類されるが、そのうち『和歌知顕集』では業平は歌舞の菩薩・馬頭観音、もう一方の冷泉家流の古注では、大日如来の化身などと説かれている。現代の読み方とはまったく異なった、いかにも中世という時代にふさわしい読解を通して、当時の人々は伊勢物語を、そしてその主人公である在原業平を捉えていたのである。今は後一条天皇陵に姿を変えた、かつての「在原業平廟」は、伊勢物語の主人公である業平を人々が神仏の化身として敬い続けてきた、その古い姿を今に伝える遺跡であったと考えられる。

4　業平塚と陽成天皇陵

だが、このような事情だけでは、業平が「廟」にまつられた事実は説明できても、その「在原業平廟」がなぜこの吉田山東麓の地に設定されたかという問に答えることはできない。いったいなぜ、この地が業平の墓所に選ばれねばならなかったのだろうか。その答えはどこにも記されていないが、実は手がかりがないわけではない。それは、同じく吉田山の東麓の地に葬られた、陽成天皇の陵墓の存在である。

伊勢物語に、業平と二条后・藤原高子の恋愛がさまざまに語られていることはよく知られているが、さきにも見た冷泉家流の伊勢物語古注では、「陽成、業平の子なりければ」（九段注）などという注記がくり返し記されており、そこでは、高子が産んだ清和天皇の皇子、すなわち後の陽成天皇は、実は業平の子であったと理解されている。これはもとより何の根拠もない荒唐無稽な把握ではあるのだが、伊勢物語を大きくふまえて作られたと考えられる源氏物語の光源氏と藤壺の物語では、周知のように藤壺は源氏の子を宿し、その子はやがて冷泉帝として即位する。これを逆に伊勢物語にあてはめれば、さきの冷泉家流古注の把握のように、陽成天皇は実は業平の子であったということになる。紫式部が伊勢物語をどのように読みとって、それを源氏物語にどう生かしたか、詳細はもとより知るべくもないが、さきのように考えれば、冷泉家流古注の見解も、あながち荒唐無稽なだけの説とは言えなくなってくる。そのことの当否はともかくとしても、古注を通して伊勢物語を理解していた当時の人々に、陽成天皇が業平の子であることは、ほとんど自明のこととして受け入れられていたはずである。

その陽成天皇は、『日本紀略』によれば、天暦三年（九四九）九月二十九日に八十二歳で崩御、遺骸はまず円覚寺に移された後、十月三日に「神楽岡東地」、すなわち吉田山の東に埋葬された。その埋葬の位置が現在の陽成天皇神楽岡東陵そのものであるかどうかは容易に確認しがたいが、ともかくもそのあたりに陽成天皇の陵墓が作られたことは、ほぼ間違いない事実であろう。陽成天皇の陵墓の位置が、中世の人々にどの程度意識されていたかは問題であるが、さきの『日本紀略』の記述などが広く知られていたとすれば、その陵墓の近くの場所に、天皇の父と考えられていた在原業平の廟が設定されたのも、ごく自然ななりゆきではなかったかと考えられる。

いま現地に赴いて、宮内庁によって整備された後一条天皇陵、すなわちかつての在原業平廟と、東側の陽成天皇の陵を見ると、両者の間はわずか数十メートル、吉田山山裾の斜面にあって東面する業平廟の方がやや高い所にあり、そのほぼ正面に陽成天皇は眠っていることになる。両者の位置関係は、あたかも、光源氏ならぬ在原業平が我が子である陽成天皇の陵を、やや小高い所から静かに見守っているかのようにも見える。考えてみれば、天皇の母の二条后が晩年をすごした東光寺も、この地の南方ほど遠からぬ、現在の岡崎神社のあたりにあった。吉田山の業平塚の背景には、伊勢物語がこれまでさまざまな形で人々に理解され続けてきた。そのひとつの姿が、今もかいま見られるように思われるのである。

第七章

注釈書と絵画

一　講釈から出版へ

――『伊勢物語闕疑抄』の成立――

1　『伊勢物語闕疑抄』の位置

細川幽斎（天文三年・一五三四～慶長一五年・一六一〇）によって書かれた注釈書『伊勢物語闕疑抄《けつぎしよう》』の成立事情は、巻末に幽斎自身によって記されている次の跋文によって、ひとまずは明らかである。（『伊勢物語古注釈大成』第五巻所収の寛永十九年刊本により、誤脱と思われる部分等を他本によって改めた。以下同じ。）

此物語の抄出、年来あらましながら、花夷のいとまなくて空しく過ぎ侍るに、此の比、八条宮講読つかうまつるべきよし、かしこき給ひごとをたび〳〵うけ給はり侍るによて、もとよりの心ざしもしきりに催されつゝ、三光院内府、そのかみしるよししはべりし長岡といふ所にて御講釈有りし聞書、残りとゞまりしをみ出で侍る。其おりの厳命に、予が外祖父環翠軒宗尤、逍遙院殿へ聴聞せしを『惟清抄』と名付け侍りし。即ち其の趣をもて有余不足をわきまへよとはんべりしかば、愚かなる心に、かたのやうにひきあはせてしるしつけ侍る。（中略）…時に、文禄五年仲春十五日に是をおふるものなり。

『伊勢物語』の注釈執筆を長年こころざしながら実現できずにいた幽斎に、八条宮智仁《としひと》親王（天正七年・一五七九～寛永六年・一六二九）から下命があって講釈がおこなわれることになった。かつて幽斎は三条西実枝《さねき》（三光院、永正八年・一五一一～天正七年・一五七九）から、所領であった長岡で『伊勢物語』の講釈を受けており、智仁親王への講釈にあたって、幽斎はあらためてその際に記した聞書を取り出して準備をおこなった。長岡で講釈を受けた際、実枝は幽斎に対し、実枝の祖父実隆（逍遙院、康正元年・一四五五～天文六年・一五三七）の講釈を幽斎の母方の祖父である清原宣賢（環翠軒宗尤、文明七年・一四七五～天文一九年・一五五〇）が聴聞・筆録した『伊勢物語惟清抄《いせいしょう》』を基礎とし、その趣旨をふまえながら過不足をよく「わきまへよ」と「厳命」したので、幽斎はその教えに従って、『惟清抄』と実枝講釈の聞書を「愚なる心に、かたのやうにひきあはせて」、文禄五年（一五九六）二月十五日に講釈の草稿を書き終えた。それが、この『闕疑抄』だというのである。

ここに記されている、幽斎の八条宮智仁親王への『伊勢物語』講釈については、すでに大津有一氏『伊勢物語古注釈の研究』（昭和二九年・宇都宮書店、増訂版・昭和六一年・八木書店）によって、草稿完成の約一ヶ月後、文禄五年の三月二十一日から十二回にわたって行われたこと、他にも数名の聴衆がいたこと等が明らかにされている。細川幽斎が晩年の三条西実枝から、いまだ幼少であった嗣子公国《きんくに》に代わって、古今伝授を預かるような形で伝えられたこと、その三条西家流古今伝授を、皇族から町人にまで至る幅広い層に伝え、それが江戸時代の御所伝授や地下伝授の出発点となったことは、すでによく知られている。そのうちの御所伝授は、慶長五年（一六〇〇）に幽斎から八条宮智仁親王に伝えられた伝授をもとにしており、宮内庁書陵部等には、その伝授に関わる多くの資料が今も残されている（『図書寮典籍解題・続文学篇』昭和二五年・養徳社）。幽斎が智仁親王に『伊勢物語』を講釈したのは、それに先立つ四年前のことであった。

『伊勢物語闕疑抄』は、古今伝授と同じように、宗祇・三条西家伝来の『伊勢物語』理解を集大成したものとして高く評価され、写本として広まっただけでなく、後述のように早くから版本としても繰り返し出版された。そして、古今伝授と同じように多くの人に受け継がれ、加藤盤斎の『闕疑抄初冠《ういこうぶり》』や北村季吟の『伊勢物語拾穂抄《しゅうすいしょう》』

など、これをもとにした多くの注釈書が生み出された。また、これまでの古典学を激しく非難して新しい国学を樹立しようとした荷田春満の『伊勢物語童子問《どうじもん》』は、旧来の学を代表するものとしてこの『闕疑抄』の記述をひとつひとつ取り上げ、きびしい批判を加えている。さまざまな形で、『伊勢物語闕疑抄』は、きわめて大きな影響を後代におよぼしたのである。

2　『闕疑抄』と『惟清抄』

このように由緒正しい注釈書として重んじられ、広く読まれもした『伊勢物語闕疑抄』だが、その注記を具体的に検討すると、その性格について、さまざまな疑問がわき起こってくる。まず、『闕疑抄』が、三条西実隆の講釈を清原宣賢が筆録した『伊勢物語惟清抄』をもとにし、それに加除修正を加える形でまとめられたことが、先に見たように自跋に記されていたが、実際に『闕疑抄』の注記を見ると、ひとまとまりの『伊勢物語』本文に対して記された一項目の注記全体が、すべて『惟清抄』に一致する場合がきわめて頻繁に見られる。量的には『闕疑抄』の注記の半分程度が、『惟清抄』の注記を文章も変えずにほぼそのまま用いているのである。中には、第二十五段、第三十五段、第五十一段、第六十八段のように、ひとつの章段の注記のほぼすべてが『惟清抄』と一致する例も見られる。いま参考までに、第六十八段の『惟清抄』の注記と『闕疑抄』の注記の全文を掲げておく。（『伊勢物語惟清抄』は『伊勢物語古注釈大成』第四巻所収の天理大学附属天理図書館蔵清原宣賢自筆本により、表記などを一部改める。）。

《惟清抄》

昔、男、和泉ノ国へイキケリ。（中略）…アル人、住吉ノ浜トヨメトイフ。

此モ前段ノ続キ也。住吉ノ郡、只住吉ノ浜ヲユクトバカリ書カバ、余情アルマジキニ、住吉ノ郡、住吉ノ里、

住吉ノ浜ト、面白クカケリ。京極黄門、
今日ゾ見ル春ノ海辺ノ名ナリケリ住吉ノ里住吉ノ浜
トヨミ給ヘリ。住吉郡ハ、今ハナシ。上古ノ名ヲ変ヘタル事多キ程ニ、此物語ノ時分マデハアリゾスルラン。
○雁ナキテ菊ノ花サク秋ハアレド春ノ海辺ニスミヨシノ浜
住吉ニ雁鳴ク、住吉ニ花咲クヲヨムニハアラズ。世間ノ秋ノ景気ヲ云ヘリ。世ニ雁鳴テ、菊ノ花サク秋ハアレドモ、今春ノ海辺ニ住吉ノ浜ハ、ナヲマサレリト云フ心也。

トヨメリケレバ、皆人〳〵ヨマズナリニケリ。

感慨ヲヲコシテ、此ニ及ブモアルマジケレバ、贈答申サンニアラズトテ、皆人〳〵歌ヲヨマザル也。

《闕疑抄》
昔、男、和泉の国へいきけり。（中略）…ある人、住吉の浜とよめといふ。
爰も前の段の続きなり。ただ「住吉の浜を行く」とばかりかくは、余情あるまじきを、住吉の郡、すみよしの里、住吉の浜と、おもしろくかけり。
定家《ていか》
今日ぞ見る春の海辺の名なりけり住吉の里住吉の浜
とよみ給へり。住吉の郡、今は西生也。上古の名を変へたること多き程に、この物語の時分はありぞしつらん。
雁鳴きて菊の花咲く秋はあれど春の海辺にすみよしの浜
住吉に雁鳴く、住吉に菊の花咲くとよむにはあらず。世間の秋の景気を云ふ也。世に雁鳴き、菊の花の咲く秋はあれども、今春の海辺にすみよしの浜は、其の秋よりも猶まさされるといふ心なり。
白菊の匂へる秋も忘れ草生ふてふ岸の春の浦風

とよめりければ、みな人〳〵よまずなりにけり。

　感慨をおこして、此の歌におよぶもあるまじければ、贈答申さんに非ずとて、みな〳〵歌をよまざるなり。

このように両者は、傍線部を除いてほとんど同文である。これほどではなくても、ほとんどの注記が『惟清抄』と一致する章段はきわめて多い。『惟清抄』は、三条西実隆の説を伝える由緒正しい聞書でありながら、漢学者清原宣賢が筆録したものであったため、三条西家やその門人以外の人も自由に読むことができる注釈書として世に広まり、その内容もよく知られていたと思われる。その、いわば公開ずみの注をそのまま用いているこれらの注記を、幽斎が自分の考えに従って記した『闕疑抄』固有の内容と考えてよいのかどうか、疑問が残ると言わざるを得ない。

　『闕疑抄』の自跋より十一年後の慶長十二年（一六〇七）の自跋を持つ、後陽成天皇の『伊勢物語愚案御抄』もまた、『闕疑抄』と同じように『惟清抄』をもとにして作られた注釈書である。その事情は自跋の冒頭に「私云、此抄の内、本注は逍遙院自筆の『惟清抄』の説也」と明記されている。いま、比較のために、その第六十八段の注記を掲げる。（宮内庁書陵部蔵本により、一部表記を改める。）

《愚案御抄》

一、和泉の国へ　　╲此も前段の続き也。

一、住吉のこほり　╲只住吉の浜をゆくとばかりかくは、余情あるまじきに、住吉の郡、住吉の里、住吉の浜と、面白くかけり。住吉の郡は今はなし。上古の名を替たる事多き程に、この物語の時分迄は有りぞするらん。定家卿歌に、

けふぞ行《本ノママ》く春の海辺の名なりけり住吉の里住吉の浜

╲肖　住吉の郡、今は西生と号す。

一、おりゐつつゆく　　╲私云　ここには留まりてながめ、かしこには留まりてながめつつ行くこころ也。あ

ながち馬、車よりおり立ちてゆくにはあらず。

一、雁なきて菊の花咲く秋はあれど春の海辺にすみよしの浜

＼住吉に雁鳴き花咲くをよむにはあらず。世間の秋の景気を云へり。世に雁鳴きて菊の花咲く秋はあれども、今春の海辺にすみよしの浜は猶まされりと云ふ心也。　＼称‖　これは、住吉に雁も鳴かず菊もなけれど、世間の事也。春の海辺におきては、住吉に過ぎたるはあるべからずと也。

一、皆人よまず　＼肖‖　此歌を感じたる心にてやみたる也。　＼愚‖　中将の歌に及ぶまじければ、みな斟酌したる也。　＼逍‖　感慨をこして、此に及ぶも有るまじければ、贈答申さんにあらずとて、皆人々歌をよまざる也。

この『愚案御抄』の場合も、注記の多くは『惟清抄』をそのまま用いたものだが、そこに、「肖」（宗祇の説を伝える『伊勢物語肖聞抄《しょうもんしょう》』）・「逍」（逍遙院三条西実隆説、すなわち『惟清抄』）・「称」（称名院三条西公条《きんえだ》の説）・「私云」「愚」（後陽成天皇の説）などの記号とともに多くの説が加えられ（「逍」は『惟清抄』の説だが他注との区別が必要な場合のみ特記されている。）、さらに後陽成天皇自身の説も示されている。『愚案御抄』はこのように、『惟清抄』をもとにしつつも諸注の説や自説が多く加えられており、そこには、ひとつの章段の注がすべて『惟清抄』そのままであるような例は見られない。同様の形を取りながら、『闕疑抄』の場合は『愚案御抄』とくらべても、はるかに『惟清抄』への依存度が高いと言わざるを得ない。

3　『闕疑抄』の「御説」

このように『惟清抄』への依存度が異常に高い『闕疑抄』だが、その注記の中には、『惟清抄』の所説を否定し

て別の解釈を示しているものも見られる。例えば、第二段の「雨そほふる」について「すむといふ説あれど、にごるがよきなり」と記されているのは、『惟清抄』の「旧クハ『ブル』と濁レリ。濁ルベカラザルヤウニオボエタリ」という記述を否定した内容であること明白である。また、第十一段の「忘るなよほどは雲居に」の歌が『拾遺集』に橘直幹《ただもと》が女性に贈った歌として収められていることについて、『惟清抄』は、

『拾遺』ニハ直幹ガ歌ト見エタリ。此ニハ業平ノ歌トス。カヤウニ古歌また『万葉』ノ歌ナドヲ変ヘテカクコト多シ。

と注するが、『闕疑抄』は、この『惟清抄』の注記をそのまま借用して記した後、次のように続けている。

但し、是について称名院殿新義に、直幹が歌ならば、「人のむすめにしのびてもの言ひ侍りけるころ、遠きところにまかり侍るとて、此の女のもとに言ひつかはしける、橘直幹」とありて、次に歌あるべきを、詞書に「橘直幹が人のむすめに」と、このごとくあり。業平の歌を爰に似合ひたれば書きて送りたるとあそばす。此の義おもしろし。（下略）

ここに記されている「称名院殿新義」すなわち三条西公条の新説は、『拾遺集』のこの歌の詞書が異例な形になっていることを手がかりとして、『惟清抄』等の通説とは逆に、橘直幹の方が『伊勢物語』の歌を借用して女性に贈ったと考えるもので、『伊勢物語古注釈大成』第四巻所収の『伊抄　称名院注釈』（三条西家旧蔵学習院大学蔵）など、公条の説を伝える注釈書には広く見られる注説である。『闕疑抄』は、ここでは、『惟清抄』の説、すなわち実隆の説を否定して、この新説を「此の義おもしろし」とするのである。

さらに、第十五段の「なでうことなき人」という表現について、『惟清抄』は、

人ヲアナドリテ云フ辞也。サセル人ニモアラザルヲ云フ。

と注するが、『闕疑抄』には、該当する部分に、

『愚見抄』にはかろしめて見給ふ也。『肖聞』には、何ばかりの人にもあらずと云ふ心也。人をあなどりて云ふ辞也。させる人にもあらざるを云ふ。（中略）御説には、いづくを取りて捨てんやうもなき女也。『源氏』東屋の巻に、「なでうことなき人のすさまじき顔したる」と、少将をほめたることば也。

と記されている。まず『愚見抄』と『肖聞抄』を引いたうえで、「人をあなどりて」以下の『惟清抄』の注記をここでも書名をあげずに用いているが、この三種の注釈はすべて「なでうことなき」を否定的評価を言う語と捉えており、その内容はほとんど同じである。それらをあげたうえで、『闕疑抄』は続けて、『源氏物語』を手がかりに「なでうことなき」を「ほめたることば」とする「御説」を引用しており、結果的にそれに従っているように見える。

さきに見た幽斎の自跋には、『闕疑抄』は、『惟清抄』と実枝講釈の聞書を「かたのやうにひきあはせて」書かれたと述べられていたが、さきの「称名院殿新義」やこの「御説」、中でもとりわけ後者の「御説」こそが、その実枝の講釈の聞書の内容ではなかったかと、ひとまずは考えられる。

『闕疑抄』には、これ以外にも、「御説」として三十を超える数の注説が示されているが、その中の多くは、たしかに実枝の講釈の内容を伝えるものと考えられるものであり、それらのさまざまな注説の中にはきわめて興味深いものも多く含まれている。ところが、そのひとつひとつを検討してみると、それらの「御説」の中には、三条西実枝の説とは考えられない、三条西家の古典学の源流である祖父の実隆以来の説などと考えられるものも、少なからず含まれているのである。まず一例をあげれば、初段の「うゐかうぶり」について、『闕疑抄』には次のように記されている。

禅閤は、叙爵の事とあそばせり。しかれども、御説には、元服の事とす。

『闕疑抄』の中で、「御説」という標示を付して示されている最初の注記だが、「うゐかうぶり」を「叙爵」の意とする、一条兼良《かねら》が『伊勢物語愚見抄』で主張している説を否定して、「うゐかうぶり」を「元服」の意であるとするこの考えは、宗祇の説を伝える『伊勢物語肖聞抄』などに広く見える、宗祇・三条西家流の『伊勢物語』理解のいわば基本的な注説である。『惟清抄』には、これに該当する部分が、次のように記されている。

　禅閤ハ、ウヰカウブリハ叙爵ノコトトアソバセリ。シカレドモ、師説ニハ、只元服ノ事トス。

ふたつの注記を比較すれば、この部分も、『闕疑抄』が『惟清抄』をそのまま借用していることは明白である。そして『惟清抄』では「師説」、すなわちおそらくは宗祇以来の説の意で記されていた標示が、『闕疑抄』では「御説」に変わっているのである。

右の場合は、「師説」と「御説」は語形がよく似ているので、誤写や誤記の可能性も考えられる（ただし、ここが「御説」でなく「師説」と記された『闕疑抄』は未見）。しかし、次にあげる第百十九段の「あたなる」の注の場合は、誤写が原因になっているとは考えられない。まず、『闕疑抄』には次のように記されている。

　あたは、仇也。此物語にては仇とよみ、『古今』にてはあだとにごりてよむといふ説あり。御説に、あながちさはあるまじき歟。『古今』にも仇、あだ、両説あり。その中にあだを用ゆる也。又、定家卿の歌に、（下略）

ここも『惟清抄』をほぼそのまま用いているところであり、「御説に」という標示と傍点部以外は、引用部のあとに続く、定家の歌をあげてそれにまつわる逸話を述べるところまで、すべて『惟清抄』とほぼ同文である。その『惟清抄』に「…濁リテヨムトイヘルカ。アナガチサハ有マジキカ。定家卿ノ…」と続けて記されている注記の一部、すなわち実隆の説が、ここでは「御説」として示されているのである。これと同種の例は、なおいくつかあげることができる。さきに見た「称名院殿新義」のように公条などの名がはっきり示されている例もあるが、『闕疑抄』では、実枝の説だけでなく、時には宗祇や実隆の説までもが、ただ「御説」と呼ばれている。『闕疑抄』の「御説」は、単に実枝の講釈の聞書だけにとどまらない、より幅広い内容をさして用いられていると考えられねばならない。

4　智仁親王の聞書と『闕疑抄』

文禄五年三月二十一日から始まった、幽斎による智仁親王への『伊勢物語』講釈については、その講釈を智仁親王自身が書き留めた自筆の「伊勢物語講釈聞書」の原本が、宮内庁書陵部蔵の智仁親王筆『聴書抜書類』（三五三―六）の中に残されている（大谷俊太氏の御示教による）。その「聞書」は、おそらくは講釈の現場で記された原本らしく、要点だけを速筆で簡略に記したもので、横本（縦一五・〇cm、横二三・八cm）十面と一行に、講釈第二度（三月二十二日）の第四段から第十二度（四月十八日）の第百二十三段までの講釈内容が、きわめて断片的に記されている。いま参考までに、その冒頭の一面のみを以下に翻刻しておく。（改行は原文のままとし、私見によって濁点・句読点を加えた。）

文禄五年三月廿二日、玄旨法印
伊勢物語講釈聞書
一、たちてみゐてみのみの字は、見の
　字にみてもよき也。三光院説。
一、よみて、よんでと読よき。所によりて
　よみてともよむ也。大かたよんでよき也。
一、ついひちを、いをすこしもつ也。
　三光院説。
一、昔、おとこありけり。女のえうまじかりけるを、
　此段はつくり物語也。

一、ゐては、シヤウの字也。
一、くらは、ざの字也。
一、ふねこぞりては、一斉と云心也。
同廿三日

第一度の時の聞書がここに含まれず、表題が第二度の冒頭に書き付けられている事情は不明だが、この第一面には、第四、五、六、九の各章段の講釈のごく一部分が簡略に記録された後、末尾に第三度の日付だけが記され、裏面へと続いている。第七、八段のように、何も筆録されていない章段もあるが、それらも含めて、これだけの部分が第二度の講釈の範囲であった。このような断片的な筆録を『闕疑抄』と対照しながら読んでゆくと、当然のことながら、両者の内容は多くの部分でよく一致していることが確認できる。しかしながらまた、いくつかの点で、両者の内容には無視できない相違も見られる。実際におこなわれた講釈の記録と『闕疑抄』の内容は、かならずしも一致していないように見えるのである。

まず注目されるのは、『闕疑抄』の注記の記述のほぼ半分を占めていた、『惟清抄』をそのまま用いた部分に対応する注記が、「聞書」にはほとんど記されていないという事実である。右に掲出した聞書第一面の最初の注記は、『伊勢物語』第四段の「たちてみ、ゐてみ」という本文に関して記されたものだが、該当する『闕疑抄』の注記を、この前後も含めて示せば、次のようである。

こぞを恋ひて、去年の此の比まで西の対まで参りし物をと思ひ出だせるなり。立ちてみ、ゐてみ、「み」は、やすめ辞也。ふりみふらずみに同じ。起居するにも去年に似ぬ也。されば、立ちてみ、ゐてみ、を見の字にも書くべき歟。あばらなる板敷は、荒れたる体也。あながちにそれほど荒れずとも、人のすまず、主人なければ、荒れたる様に覚え侍るにや。業平の心、尤も此くの如くあるべし。月のかたぶくまで、と云へるは、名残を思ふさま也。

右のうち、傍線部は『惟清抄』をそのまま用いた部分である。幽斎は、「立ちてみ、ゐてみ」の「み」について、「『み』は、やすめ辞也。ふりみふらずみに同じ」とする『惟清抄』の注記をいったんそのまま掲げたうえで、それを否定して、「起居するにも去年に似ぬ也。されば、立ちてみ、ゐてみ、を見の字にも書くべき歟」と、「み」を「見る」の意に解する別説を提示しているが、聞書に前後の『惟清抄』に一致する部分がまったく筆録されていない中で、『惟清抄』に依拠していないこの部分だけが、智仁親王によって記されているのである。なおこの別説は、すでに一条兼良の『伊勢物語愚見抄』等にも見える解釈で、現在では通説になっているものである。『闕疑抄』には、この部分に「御説」などという標示は見えないが、聞書によってこれが「三光院説」、すなわち三条西実枝の説であったことが知られる。

『惟清抄』に依拠していない部分だけが智仁親王によって筆録されているという傾向は、これ以外のほぼすべての注記についても一貫して指摘することができる。たとえば、右に掲出した聞書第一面の「此段はつくり物語也」という注記など、いかにも『惟清抄』に記されていそうな、宗祇・三条西家流に特徴的な内容だが、実際には『惟清抄』のこの部分には見られない、『闕疑抄』のいわば独自の注記なのである。聞書第一面の中では、「くらは、ざ(座)の字也」という注記だけが『惟清抄』依拠部分と重なっているが、第二面以下には同種の例はほとんど見ることができない。前述のように『惟清抄』の注説はすでに広く知られていたと考えられるので、そのようなすでに公開された注記を、智仁親王があえて書き記そうとしなかったとも考えられるが、その事情を考えてもなお、『闕疑抄』の多くの部分を占めている『惟清抄』そのままに近い部分の注説が、「聞書」にほとんど記されていないという不一致には、なお疑問が残る。

次に注意されるのは、さきに掲出した第一面ですでに二箇所に見えたように、聞書全体にわたって、それが実枝の説であることを明示する「三光院説」という標示が全部で九箇所記されているという事実である。そのうち冒頭の「たちてみゐてみ」の注の場合は、先に述べたように『闕疑抄』には、この部分に「御説」などという標示は見えないが、それは例外であって、他の場合はすべて、聞書で「三光院説」という標示が付けられた注記には、『闕疑抄』では「御説」という標示が付けられている。すでに見たように、『闕疑抄』の「御説」という標示は、その多くが三条西実枝の説と思われる注説に付けられているが、それだけではなく、宗祇や実隆など、実枝以外の説に対しても「御説」という標示が付けられている場合がしばしば見られた。それに対して聞書の「三光院説」という標示は、言うまでもなく三条西実枝の説だけに対して用いられている。いま、『闕疑抄』で実枝以外の説と思われるものに「御説」という標示が付けられている場合について確認してみると、そのような注説は、ほとんどの場合聞書には筆録されていないか、筆録されている場合でも、たとえば第十六段の「とこはなれ」に対する聞書の注に「とこはなれ、とこ、御説には常の字よき也」とあるように、それに対しては「三光院説」ではなく「御説」などといった他の形の標示が用いられている。『闕疑抄』と異なり、聞書では、実枝自身の説とそれ以外の「御説」とは、明確に区別されているように見えるのである。

5　『伊勢物語闕疑抄』の成立

『闕疑抄』と聞書の間に見えるこのような不一致は、どのような事情から生じたものなのだろうか。まず言えるのは、『闕疑抄』という注釈書は、自跋の記述とは異なり、智仁親王に対する講釈の草稿そのものではあり得ないということである。『闕疑抄』に記されたような「御説」というあいまいな標示を講釈で聞いて、そのうちのどれが実枝の説かを見分け「三光院説」という標示を聞書に加えることは不可能である。講釈の現場では、幽斎は実枝の説とそれ以外の「御説」を、はっきり区別して説明していたはずである。むしろ逆に、そのようなはっきりした説明から、それをあえてあいまいな形にするために、より広範囲なものをさす「御説」という標示を幽斎は『闕疑抄』で用いていると考える方が、はるかに妥当である。『闕疑抄』は、智仁親王への講釈の草稿ではなく、講釈の草稿等をもとに、より幅広い読者を想定して別個に再編集された注釈書であったとしか考えられない。

『闕疑抄』がその注記の多くの部分で『惟清抄』の注記をそのまま用いているにもかかわらず、それらの部分が聞書にほとんど筆録されていないという事実も、そのように考えればよく理解できる。口頭でおこなわれる講釈の場で、『惟清抄』のような公開された既成の注釈書の注記がそのまま読み上げられたとは考えられない。そこではむしろ、『惟清抄』のような既成の注釈に見えない注説が、特に実枝の説や幽斎自身の説を中心に述べられたと考えられる。『闕疑抄』は、それとは別に、あくまでも注釈書としての形を整える必要から、『惟清抄』の内容を多量に借用して作り上げられたと考えられるのである。

大津有一博士は『伊勢物語古注釈の研究』の中で『玄与日記』慶長元年（文禄五年）十一月の記事を引き、十一月四日に幽斎の『伊勢物語』講釈を聞いた玄与が、二十八日に「八条宮様へ幽斎伝授」の「伊勢物語の注」を写したこと、その注はそれまでに後陽成院や智仁親王によっても書写されていたことを示しているが、智仁親王への講釈と同じ年内に書写されたこの「注」は、『玄与日記』ではまだ『闕疑抄』と呼ばれてはいない。

京都府立資料館蔵法眼祐孝筆本等には、次のように、智仁親王への講釈の翌年、慶長二年に記された奥書が見えるが、そこではこの注釈書は、すでに『闕疑抄』と呼ばれている。まず上冊の末尾に見える三種の奥書のうち、最初に記された「也《や》足《そく》子《し》素《そ》然《ぜん》」すなわち中院《なかのいん》通勝《みちかつ》（弘治二年・一五五六〜慶長一五年・一六一〇）のものだけを次に掲げる。

（傍点・訓点を加える。）

（上冊）

此闕疑抄上下両冊、被レ許二書写一之間、則染二愚筆一。可レ謂二此物語之奥秘一者也。不レ可レ忽レ之。猶注二下巻一畢。
　慶長第二丁酉冬十月初三書レ之。　　也足子素然　御判

最後に「猶注二下巻一畢」とあるが、その下冊末尾には、次のような興味深い奥書が記されている。

此闕疑抄上下、幽斎老新作之処也。旨趣見二奥書一。予亦被レ草之時、侍二几下一。仍被レ免二許書写一。深秘二函底一、莫レ出二窓外一耳。
　慶長第二孟冬十五夜終レ功訖。　　也足子素然　御判　四十二歳
　同十八日午刻、全部一校朱点等了。

ここに「旨趣見二奥書一」と見える、その「奥書」は、幽斎の自跋をさしている。この通勝の下冊の奥書によれば、幽斎がこの注釈を「草」した時、側に仕えていた通勝が許しを得て書写したということになるが、この奥書の後には、さらに次のような、きわめて重要なことがらが記されている。

此抄、正本之草、幽斎玄旨自筆。
中書、宗巴法師。
清書、村牛孝吉。　奥書、玄旨自筆。
外題、素然書レ之、同加二朱点一了。

右のうち、「正本之草」とは、通勝が許しを得て書写したと奥書に記している、その底本をさしているが、その本は、さきの奥書でもここでも「草」（草稿）と呼ばれている。そしてその書写された「草」は次に、『徒然草寿命院抄』の著者としても知られる寿命院宗巴《じゅみょういんそうは》によって「中書」された。『日本古典籍書誌学辞典』（平成一一年・岩波書店）の「中書き本」の項で、担当の青木賢豪氏は、智仁親王自筆の宮内庁書陵部蔵『古今和歌集聞書』を例にあげて、「中書き本」とは「草稿本と清書本との間に位置するもので、草稿本を整理したものをいう」としているが、その説明

は、いま問題にしている『闕疑抄』についてもよくあてはまるように思われる。その「中書」の作業が具体的にどのようなものであったか、いま知るよしもないが、さきに考えた、『惟清抄』の注記を多量に借用して、注釈書としての形を整えるという作業、また、三条西実枝の説に限らず、三条西家流伝来の説を広く「御説」と呼ぶという、不特定多数の読者を意識した一種の改変は、あるいはここで行われたのではないかと考えられるのである。その後、村牛孝吉によって清書された『闕疑抄』の末尾に、幽斎の自筆による「奥書」つまり自跋が加えられたことを考えれば、草稿から中書き本、そして清書本への作業は、すべて幽斎の了解のもとに行われていたことになる。さらにその清書本は最後に、中院通勝によって外題と朱点を加えられて完成したと記されている。これによれば、講釈のための草稿から整備された注釈書を作り上げるという一連の作業を、寿命院宗巴や村牛孝吉に依頼しつつ企画し進行させたのは、この中院通勝その人だったのではないかと考えられるのである。

6　貴顕と出版

『闕疑抄』以前の歌道伝授は、『伊勢物語』の伝授も含め、特定の相手だけを対象とする講釈を重視し、その記録としては聞き手の聞書だけが残されることが多かった。その聞書が書写されて『伊勢物語肖聞抄』や『惟清抄』のように注釈書として広まることもあったが、伝授の系譜と無関係だった一条兼良の『伊勢物語愚見抄』や和歌だけの注である『伊勢物語山口記』のような例外を除けば、講釈をおこなった側がその内容を注釈書の形にまとめて世に広めることは、講釈による伝授を重視する立場から、むしろ避けられていたと考えられる。ところが、『闕疑抄』は、智仁親王に対する講釈の内容を、注釈書の形に整備することによって、逆に堂々と公開している。中院通勝を中心に進められたと思われるこの作業は、『伊勢物語』の注釈史上初めておこなわれた、画期的な試みだったと考えられるのである。

『闕疑抄』はその後、権威ある注釈書として写本の形でも広まったが、それだけでなく、早くから版本として何度も出版された。現在三種類の存在が確認されている古活字版がその最初と考えられるが、その出版は幽斎の生前にすでにおこなわれていた可能性が大きい。『伊勢物語』の注釈書としては『闕疑抄』の他に、『伊勢物語肖聞抄』が古活字版で出版されているが、これらが、『伊勢物語』の注釈書が出版された最初の例である。そして『闕疑抄』はまた、おそらくは著者の生存中に出版された、はじめての『伊勢物語』の注釈書でもあった。『闕疑抄』はこの面でも、『伊勢物語』の注釈史上画期的な、新しい形の注釈書であったと言わねばならない。それらの版本の巻末には、すべて、さきに見た慶長二年の中院通勝の奥書（下冊の奥書）が載せられている。嵯峨本『伊勢物語』や他の古活字本と通勝の密接な関係を考えれば、『闕疑抄』の出版に関しても、やはり中院通勝の深い関与があったことが推測されるのである。

『闕疑抄』の成立・刊行からしばらくすると、天皇・上皇・親王などの貴顕に進講した内容や献上した書物を一般向けの注釈書として公開し、それを版本として出版するという事例が頻出するようになる。加藤盤斎の『闕疑抄初冠』（万治二年・一六五九刊）は、『闕疑抄』をもとにしてそこに頭注を加えた注釈だが、その自序によれば、三千院盛胤親王に対する講釈の内容をまとめたものである。また、乗阿の説を切臨がまとめた『伊勢物語集注』（慶安五年・一六五二刊）の跋文には、乗阿が後陽成天皇の「勅をうけ」て「和歌の道」を述べたことがことさらに記されている。さらに、高田宗賢の『伊勢物語秘訣抄』（延宝七年・一六七九刊）は、その序で「やんごとなき息女」のために書き記したものであるとうたっている。そして、北村季吟の『伊勢物語拾穂抄』（延宝八年・一六八〇刊）もまた、後水尾天皇の叡覧を受けたことを跋文に特記して出版されている。それぞれの貴顕との関わり方やその真偽などはさまざまであろうが、ともかくもこれらの注釈書は、『闕疑抄』も含め、貴顕との関わりを序や跋で誇らしげに語ったうえで、その内容を積極的に一般にも披露するものとして作られ、刊行されているのである。

『闕疑抄』をはさんで、その以前と以後では、『伊勢物語』の注釈書のあり方は大きく変わった。『闕疑抄』は、その結節点に位置する、というよりもむしろ、その新しい変化をみずから生みだした、新しい形の注釈書であったと考えられるのである。

二　伊勢物語の享受史と絵画
――第二十四段の場合――

1　前半部の解釈

伊勢物語の第二十四段は、「かたゐなか」に住んでいた男が「宮仕へしに」と言って出かけたまま三年間戻らず、「待ちわび」た女が「いとねむごろに言ひける人」に「今宵逢はむ」つまり今晩契りを交わそうと約束した、ちょうどその日に、もとの夫が帰ってきたという内容からはじまる章段である。まずはその前半部のみを以下に示しておく。

むかし、男、かたゐなかに住みけり。男、「宮仕へしに」とて、別れ惜しみてゆきにけるままに、三とせ来ざりければ、待ちわびたりけるに、いとねむごろに言ひける人に、「今宵逢はむ」とちぎりたりけるに、この男来たりけり。「この戸あけたまへ」とたたきけれど、あけで、歌をなむよみて出だしたりける。

あらたまの年の三《み》とせを待ちわびてただ今宵こそ新枕《にひまくら》すれ

この後、このもとの夫は、新しい男に女のことを託すという趣旨の返歌を贈って立ち去り、女はもとの夫を思う気持ちを歌に詠んでそのあとを追いかけるが追いつかず、倒れ伏して「いたづら」になってしまう、という形に物語は展開してゆくが、右に示した前半部の内容、特に三年ぶりに夫が帰宅した時の状況について、古注釈や絵画など、さまざまな資料からうかがわれる過去の理解は、後述のように必ずしも一定していない。

現在、我々は、「「今宵逢はむ」とちぎりたりけるに、この男来たりけり」という本文や「ただ今宵こそ新枕すれ」という和歌の表現から、「女は新しい男とこの日に結婚しようという約束をしていたが、その男はまだ訪れておらず、女はその来訪を待っていた、あるいは迎える準備していた。そこに、突然もとの夫が帰ってきて戸をたたいた」と、この場面を理解している。この理解は、さきにあげた本文の表現をそのまま読みとることによって自然に導かれるものであって、疑う余地もなく正しい理解であると考えられる。

竹岡正夫氏は『伊勢物語全評釈』（昭和六二年・右文書院）の中でこの部分について、『日本古典文学全集・伊勢物語』（福井貞助氏校注注・昭和四七年・小学館）の「「今夜逢いましょう」と結婚の約束をかわした、そこへ」という現代語訳を「通説」の代表として取り上げ、その「通説」を批判する森本茂氏『伊勢物語全釈』（昭和四八年・大学堂書店）の「通説は男と女が今夜結婚しようと約束していた所へ夫が帰ってきたと解するが、それならば家の中に新しい夫がいるはずである。……約束をしておいた結婚の日の夜に夫が帰ってきたのであり、二人が結婚の約束をしたのは少し以前のことであろう」という記述に賛意を示しておられるが、これは『日本古典文学全集・伊勢物語』の訳文の曲解であり、『日本古典文学全集・伊勢物語』をはじめとする現代の「通説」も、すべて森本茂氏と同じ意味にこの部分を理解していると思われる。結婚の約束をするために男が相手の女の家を訪問してその「家の中に」いるなどということは、言うまでもなくこの時代にはあり得ない。そもそも、たとえば昭和六年に刊行された竹野長次氏の『伊勢物語新釈』（天地書房）にもすでに、「新しい男がその折既に来てゐたのではない。たゞ来る約束があつたゞけである」と、ごく普通に記されており、それが当時からすでに「通説」であったことが、そこからもうかがわれる。

さらにさかのぼって、元禄五年（一六九二）にいったん完成した契沖の『勢語臆断』には、「後のをとこはまだこねど、すでにこよひあはむとちぎれば、にひまくらしつるとよめり」と明記されているが、それ以前のさまざまな古注釈を見ても、この点に関して、この理解に反した解釈を示しているものは、まったく見られない。文字で書かれた現存注釈書類を見るかぎり、鎌倉時代から現代まで、すべての時代を通じて、この「通説」はいつも「通説」であったと考えられるのである。

しかしながら、逆に考えれば、契沖や竹野長次氏や森本茂氏が、ことさらに以上のような同じ趣旨の注記を、時代を隔てて繰り返し述べつつ解釈を定めている、その背景には、この「通説」とは異なった、もとの夫が帰宅した際に新しい夫がすでに家の中にいたという理解が、ともすればこの部分についておこなわれがちであったという事情が存在していたように考えられる。少なくとも契沖たちは、そのような誤解が容易におこなわれかねない可能性を、敏感に感じ取っていたはずである。

そのような「誤解」は、実はたしかに存在していた。それは、文字で書かれた資料にはまったく残されていないが、文字以外の形を取って、今に至るまでその姿をとどめているのである。

2　「異本伊勢物語絵巻」における絵画化

伊勢物語を絵画化した鎌倉時代以前の作品は、それほど多くは残されていないが、その中にあって、東京国立博物館所蔵の「異本伊勢物語絵巻」と呼ばれる作品は、鎌倉時代に描かれたと考えられる原本を狩野養信（寛政八年・一七九六〜弘化三年・一八四六）とその一門が模写したもので、原本の所在が知られない現在、まことに貴重な資料となっている。いま問題にしている第二十四段の前半部を描いた絵画としてもっとも古い作例は、現在知られ得るかぎりでは、この「異本伊勢物語絵巻」の模本《挿図1》を通してうかがわれる、その原本の絵である（以下、伊勢物

語の絵巻・絵本については、羽衣国際大学日本文化研究所編『伊勢物語絵巻絵本大成』〈平成一九年・角川学芸出版〉による）。なお、鎌倉時代成立と考えられる「梵字経刷白描伊勢物語絵巻」の断簡のうち、男が室内で臥したまま頭をもたげて外に視線を向けている情景を描いた遠山記念館所蔵の一枚〈『伊勢物語絵巻絵本大成』の断簡19〉について、伊藤敏子氏『伊勢物語絵』〈昭和五九年・角川書店〉などは第二十四段のこの場面の絵の一部とするが、『伊勢物語絵巻絵本大成・研究編』の「絵を読む」〈澤田和人氏担当〉が言うように、むしろ第六十九段の絵と見る方が適切と考え、ここでは考察の対象としない（もっとも、この断簡は本来の絵のごく一部と考えられるものであり、これが第二十四段の絵だったとしても、本論の考察には特に影響しない）。

いま、「異本伊勢物語絵巻」の定家本第二十四段にあたる章段の絵を見ると、画面はきわめて長大で、前半と後半ではやや時間の異なったふたつの場面が、異時同図の形で連続して描かれている。さきに本文を見た、三年ぶりに夫が帰宅した場面はその前半（むかって右側）の、画面全体の約三分の二程度の部分に描かれているが、注目されるのは、その右端に描かれた女の家の室内から、手で簾を押しのけるようにして身を乗り出し、門の方をうかがっている男の存在である。建物のすぐ前では、三人の男が地面に座

《挿図１》異本絵巻・第24段

って語り合っているが、そのうち弓矢を持った男と背中向きに描かれた男は室内の男に従って来た供人であり、彼等に向かって門の方を指さしながら何やら説明している男はこの家の下僕と考えられる。室内から外をうかがっているこの男は、女に熱心に求婚して「今宵逢はむ」という約束を取り付けた「後のをとこ」としか考えられない。すなわち、「異本伊勢物語絵巻」の絵では、三年ぶりに夫が帰宅したその時、女の家の室内にはすでに後の男が、従者まで連れて乗り込んでいるのである。もとの夫が帰宅した際「家の中に新しい夫がいる」という、文字で記されたどのような注釈書にも見えない、第二十四段冒頭部の本文を読み誤ったとしか思えない理解を、この絵、ないしはこの絵のもとになった絵の作者や制作依頼者は採用し、それをそのまま絵に描くか、ないしは描かせているのである（この絵巻の伊勢物語本文は、定家本とは異なる「異本」だが、ここで問題にしていることがらについては、定家本等とまったく事情は変わらない）。

鎌倉時代から室町時代中期にかけて大きな力を持っていた伊勢物語の古注は、物語の背後に事実の存在を主張し、その事実、それも歴史上の事実とは必ずしも一致しない荒唐無稽な説話的事実を構築してみせるところに特徴があった。この第二十四段についても、その本性のとおり、「新しい夫」の実名を「みなもとの至」（『和歌知顕集』島原松平文庫本系統・鉄心斎文庫蔵本、『伊勢物語古注釈大成』による）や「「嵯峨の御子、常康《ヤス》ノ親王」（『十巻本伊勢物語注』・同）と暴露するなど、物語に独自の解釈を施しているが、そのような注釈でも、たとえば『十巻本伊勢物語注』に「彼御子ニ、今宵逢奉ラントシケル時、…来レリ」とあるように、もとの夫の帰宅時には、女はまだ新しい夫と逢ってはいなかったという「通説」的理解は、はっきりと示されている。そのような中にあって、そうではない解釈、本文の誤読としか考えられない、いわば通俗的理解が当時まぎれもなく存在していたことを、「異本伊勢物語絵巻」の絵は我々に示している。現存する伊勢物語の古注釈の種類はきわめて多いが、それらに示された多様な解釈とは異なった、また別個の読みが、当時の人々の間では行われていた。その読みに従えば、第二十四段の女は、あたかも源氏物語の浮舟のように、すでに二人の男と関係を持ち、その結果、もとの夫にも去られて、「清水ある所」に倒れ伏してしまうのである。本文そのものの言うところとは異なった、ある意味ではより類型的でわかりやすい、別個の伊勢物語が、このような読解を通して、当時の人々には受け入れられていたと考えられるのである。

3　室町時代後半の絵巻絵本

その後、時代を隔てて、室町時代後半から江戸時代初期にかけて描かれた伊勢物語の絵巻や絵本の中には、この第二十四段の前半部を描いた絵が数多く見出される。この時期の伊勢物語の絵巻や絵本には、「中尾家本伊勢物語絵本」などのように他に類例が見出されていない独自の作例もあるが、多くの作品は「大英図書館本系（小野家本系）」と「チェスター・ビーティー図書館本系」（本書次節参照）という二つのグループにまとめられることが知られている。それらのうち、ここではまず、「大英図書館本系（小野家本系）」の代表的な作品である、「小野家本伊勢物語絵巻」の第二十四段の絵《挿図2》に注目しておきたい。

ここでも画面はかなり横長で、その構図も「異本伊勢物語絵巻」に近く、異なった時間の場面が異時同図法を用いて同一の空間に描かれているところも共通しているが、「異本伊勢物語絵巻」の場合とは違って、「小野家本伊勢物語絵巻」では、女は全部で三箇所に登場しており、ここでは時間を異にする三つの場面が描かれていると考えられる。さらに注目されるのは、その三つの場面のうちもっとも右側の場面に、男と共寝をしつつ睦言を交わしている女が描かれているという点である。二人が語り合っている部屋のすぐ外の簀子（縁側）には、頭を笠で覆って寝ている従者が描かれている。以上の点は、「大英図書館本伊勢物語図会」をはじめとする「大英図書館本系（小野家本系）」に属する諸作品のすべてに、基本的には共通する特徴であると言ってよい。

この、「小野家本伊勢物語絵巻」の第二十四段の絵の右側三分の一に描かれた、いわば第一の場面は、いったい何をあらわしているのだろうか。これについて千野香織氏『日本の美術』三〇一号「絵巻＝伊勢物語絵」（平成三年・至文堂）は、「言葉で説明された事件の背景や事情」、すなわち、まだ実現していない（これから夫婦になるという）新しい男との約束を、「敢えてそのまま絵画化」したものとするが、それはあまりにも強引な説明と言わねばならない。全体の構図が類似している「異本伊勢物語絵巻」も含めて、これらの絵は、この場面がかつてこのように理解されていたという享受の実態を、そのままに反映しているものと考えられるべきであろう。

「小野家本伊勢物語絵巻」では、よく見ると、いま問題にしている右側の第一場面の男と、門をはさんで男と女が向かい合っている第二場面の男、そして、追う女を振り返ることなく去ってゆく第三場面の男は、すべてまったく同じ色彩と文様の衣服（狩衣）を着て描かれている。すなわちこれに注目すれば、この絵巻では、第一場面の男は、実は主人公であるもとの夫その人として描かれていると考えられるのである。そうだとすれば、第一場面は、主人公が「宮仕へ」を求めて都に行く前の、女と仲むつまじく暮らしていた時期の様子を描いていると考えられる。す

なわちこの絵では、新しい夫の姿は一度も描かれることなく、主人公と女の二人の関係の、さまざまな展開の様子が、三つの場面によって描かれているということになる。

　全体の構図が「異本伊勢物語絵巻」に類似していることを考えれば、「小野家本伊勢物語絵巻」等の構図は、「異本伊勢物語絵巻」ないしはそれに類する作品の横長の構図をそのまま伝え、それを借り用いていると考えられるが、それをもとにしつつも、「小野家本伊勢物語絵巻」等のもとの本の構図を作り出した絵師、ないしはその制作依頼者は、意図的かどうかはともかく、「異本伊勢物語絵巻」のような絵の一部を改めて、自分たちの物語理解に矛盾しない、よりふさわしい内容の絵に変えたものと考えられる。

　しかしながら、「小野家本伊勢物語絵巻」のような絵は、独特の魅力を有してはいるが、力量のある一人の芸術家の主導によって描かれたとは言い難く、工房のような場所で分業によって大量生産されたものと思われる。そのような絵の表現を根拠にして、そこに込められた物語の解釈まで論じるのはいささか無理のあることかとも思われる。事実、「大英図書館本系（小野家本系）」を代表するもう一つの作品「大英図書館本伊勢物語図会」の第二十四段の絵《挿図3》では、第一場面の男が着ている狩衣は、第二場

《挿図2》小野家本・第24段

面・第三場面の男のそれとは異なっていて、両者は別人のようにも見え、「小野家本伊勢物語絵巻」の場合とは事情が違っているように見える。ところが、この「大英図書館本伊勢物語図会」では、よく見ると女の方も、第一場面と第二・第三場面の衣裳はまったく異なっているのである。すなわちここでも、第一場面と第二場面・第三場面は時間的に連続しておらず、第一場面は三年以上もの時間をさかのぼった過去の夫婦の姿を描いたものであると考えざるを得ない。

また、いま図を示すことはできないが、ニューヨーク公共図書館蔵の「スペンサー・コレクション本伊勢物語絵本」（『伊勢物語絵巻絵本大成』に付録一の9として一部を収載）では、この第二十四段の絵は、一場面ずつ切り離され、絵本の三つの頁に分けられて描かれており、第一場面と第二場面は切り離されて連続せず、背景の図柄もまったく異なっている。これについても、「大英図書館本伊勢物語図会」と同じ事情が考えられる。

以上、「大英図書館本系（小野家本系）」に属する三点の作品を見たが、それらの三種類の絵には、さまざまに形態は異なりながらも、第二十四段の絵の第一場面を、以前の仲むつまじかった夫婦の姿として描いたとしか考えられない表現が見られた。当時普通

に考えられていた第二十四段の解釈、すなわち「通説」的解釈をそのままにふまえて、これらの絵は描かれているのではないかと思われるのである。

ちなみに、この「大英図書館本系（小野家本系）」以外の当時の伊勢物語の絵巻や絵本は、第二十四段の第二場面か第三場面のうちの一つの場面、またはその二つの場面それぞれを、連続させることなく別個に描いており、特に第一場面を問題にしている本論の考察には直接には関わることがない。いまそれらの中から、「大英図書館本系（小野家本系）」と並ぶ「チェスター・ビーティー図書館本系」の代表的作品である「チェスター・ビーティー図書館本伊勢物語絵本」の絵《挿図4》と、この章段についてはその系統の構図を用いている「嵯峨本伊勢物語」《挿図5》の第二十四段の絵を示しておく。

4　室町時代後期における解釈

鎌倉時代から室町時代中期まで大きな力を持っていた伊勢物語の古注の特異な内容をさきに見たが、一条兼良は『伊勢物語愚見抄』（初稿本は長禄四年・一四六〇成立）の序文でこれらの古注の荒唐無稽ぶりを激しく否定し、新しい、より実証的な注釈の時代を開いた。その兼

《挿図 3》大英図書館本・第 24 段

良の教えをも受けた宗祇は、同じように古注を否定しつつも、物語の作意を重んじることによって深い精神性や教戒性を読みとろうとする独自の伊勢物語注釈の方法を展開し、それは古今伝授とも結びついて、連歌師や三条西家をはじめとする公家など幅広い階層に広まっていった。その宗祇の講釈を弟子の肖柏が筆録した『伊勢物語肖聞抄』（文明九年本・片桐洋一氏蔵宗長注書き入れ本、『伊勢物語古注釈大成』による）には、いま問題にしている第二十四段の第一場面で女が男に「よみて出だし」た「あらたまの年の三とせを待ちわびてただ今宵こそ新枕すれ」という歌に対して、次のような注記が記されている。

（前略）三とせも過れば、他人に新枕すると云也。但、誠に新枕せんには、かやうにも言ひがたし。只中将を恨みて言へるにや。前の詞はわざとかやうに書く事、此の物語に多し。

これと同じ趣旨の注記は、『伊勢物語肖聞抄』の他本や、宗祇の説を伝える他の注釈書にも広く見られる。すなわち宗祇は、「…三とせ来ざりければ、待ちわびたりけるに、いとねむごろに言ひける人に、「今宵逢はむ」とちぎりたりけるに…」と明記されている伊勢物語本文をそのままには読まず、実際には新しく結婚の約束をした男などいなかったのであって、すべては女が「只中将を恨みて」言った虚言であったとするのである。物語本文の読解としては無理と言うほかない

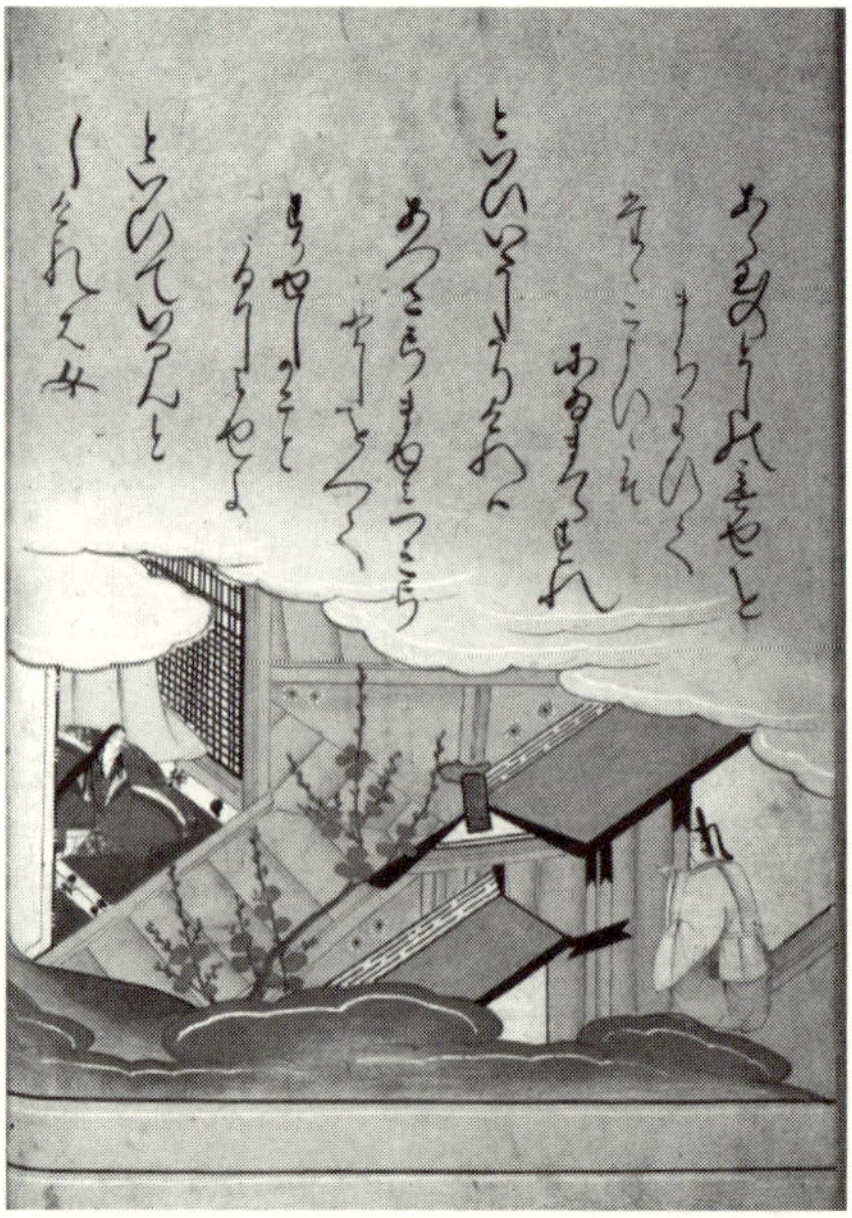
《挿図 4》チェスター・ビーティー本・第 24 段

《挿図 5》嵯峨本・第 24 段

解釈だが、それをなかば承知の上で、宗祇はあえてこのように伊勢物語本文を読み解き、自らが考える物語作者の執筆意図を汲み取ろうとする。それは、この部分に限らず、宗祇の伊勢物語解釈にしばしば見られる、いわば特徴的な読解の手法であった。この読みによればこの女は、新しい男と結婚の約束をしたりするような女ではなく、どこまでも主人公（宗祇の注では「中将」）だけを思い続け、だからこそかえって、三年ぶりに帰宅した夫を「恨みて」、ありもしない架空の再婚話を詠み込んだ歌を贈って門を開けようとせず、それによって結果的に夫を失ってしまう、貞節だがあまりにも愚かな女性として描かれているということになる。室町時代の後半以降、多くの人々はこの系統の解釈によって伊勢物語を読んでいたと思われるが、彼等はこのような女の物語として第二十四段を理解していたと考えられるのである。

　しかるに、この第二十四段の第一場面に関する、以上のような宗祇の理解は、一方では、あまりにも本文からかけ離れた無理な解釈として、宗祇説を受け継いだはずの三条西実隆などによって否定されてもいた。実隆の講釈を清原宣賢が筆録した『伊勢物語惟清抄』（天理大学附属天理図書館蔵宣賢自筆本、『伊勢物語古注釈大成』による）には、同じ部分に上記のような注は何も記されず、それに代わって、ただ「カクス所モナクイヘリ」という短い注記だけが記されている。すなわちこの歌は、自分が新しい男と「新枕」しようとしている事実を、包み隠さずそのまま述べたものだと言うのである。また「三条西家流に属する紹巴の注釈を根幹に据えつつ、猪苗代兼載の説や三条西家流の『惟清抄』などを用いて、「私」の立場から増補したもの」（青木賜鶴子氏『鉄心斎文庫伊勢物語古注釈叢刊・六』解題・平成一年・八木書店）とされる『伊勢物語兼如注』（鉄心斎文庫蔵本、同『古注釈叢刊』による）には、次のように、『伊勢物語惟清抄』の説をより詳細に述べた注記が記されている。

　業平の等閑を恨みて、かくす所なくよめる也。真実の新枕ならねども、男を恨みてかく言へるとあるは、まはりたる説也。

　ここでは、宗祇の説が、「まはりたる説」とされている。「まはりたる説」とは、深く読もうとして本文を正面から捉えようとしない、いわば持って回った解釈をいう語と考えられるが、このように、ここでは宗祇説がそのような説として否定されているのである。この種の注が細川幽斎の『伊勢物語闕疑抄』等に引き継がれてゆくのに対し、三条西実隆の子の公条の説を伝えている学習院大学日本語日本文学科研究室蔵『伊抄　称名院注釈』（『伊勢物語古注釈大成』）には『伊勢物語肖聞抄』と同じ宗祇的な解釈が示されているなど、事態は複雑だが、第二十四段の第一場面の理解については、宗祇の説が広まりつつも一方では否定もされていたという状況だったことは確かである。だが、宗祇説を否定した『伊勢物語兼如注』の注記にも、「業平の等閑を恨みて、かくす所なくよめる也」と記され、「新枕」を包み隠さず述べた歌の背後に、女の「恨み」が込められていることが強調されていた。「新枕」が事実だったか虚言だったかはともかく、そのどちらにせよ、この時期の注釈は、「あらたまの」の歌の背後に、主人公に対する女の「恨み」があったことを強調している。これらの注釈によって理解される第二十四段の女は、「異本伊勢物語絵巻」で描かれていた、二人の男と交わった浮舟のような女性ではなく、ひたすら主人公に思いを寄せ、三年間の不在を恨んで、帰宅した夫をいったんは拒んで結果的に失ってしまう、愚かなまでにけなげな女性であったと考えられるのである。

前章で見た、「大英図書館本系（小野家本系）」に属する絵巻や絵本、またそれ以外の室町時代後半から江戸時代初頭にかけて描かれた絵巻や絵本の第二十四段の絵の背後には、この時代の多くの注釈書に示されている、女に対するこのような見方があったと考えられる。

5　岩佐又兵衛の視点

江戸時代に入る直前、慶長年間に刊行された「嵯峨本伊勢物語」は、古活字を用いて印刷されたはじめての伊勢物語版本だっただけでなく、すぐれた挿絵を伴った絵入り版本でもあった。世間から高い評価を受け、版を改めて刊行されもした「嵯峨本伊勢物語」の影響力はその後も長く続き、およそ元禄年間ごろまでに刊行された伊勢物語版本の挿絵のほとんどは、この「嵯峨本伊勢物語」の絵の影響を強く受けて構図などを基本的には模倣したものがほとんどである。その影響は版本だけに留まらず、状況は絵入り写本についても同様であった。「嵯峨本伊勢物語」の構図をそのまま取り入れ、そこにさまざまな工夫や部分的変化を加えた絵を持つ絵本や絵巻はきわめて多い。

そのような中にあって、「嵯峨本伊勢物語」をあえて模倣していない「宗達伊勢物語図色紙」（羽衣国際大学日本文化研究所伊勢物語絵研究会編『宗達伊勢物語図色紙』〈平成二五年・思文閣出版〉参照）の存在が注目されるが、ここではもう一人、きわめて個性的な視点から伊勢物語第二十四段の絵を描いた絵師、岩佐又兵衛（天正六年・一五七八～慶安三年・

一六五〇）の作品に注目したい。

岩佐又兵衛は、伊勢物語第二十四段を好んで描いたらしく、似通った構図の作が二点、現在に伝えられてともに有名である。そのうちの一点は「樽屋屏風」として知られる八曲一双の屏風に貼られていたもの、もう一点は「金谷《かなや》屏風」と呼ばれる六曲一双の屏風に貼られていたもので、現在は文化庁の所蔵となっている。いま、ここでは仮に、前者を「樽屋屏風・伊勢物語第二十四段図」《挿図6》、後者を「金谷屏風・伊勢物語第二十四段図」《挿図7》と呼ぶことにする。（この二図については、和泉市久保惣記念美術館の展覧会図録『特別展・伊勢物語・雅と恋のかたち』〈平成一九年〉による。）

いま、「嵯峨本伊勢物語」の模倣にとどまらない個性的な視点から伊勢物語第二十四段の絵を描いた絵師として岩佐又兵衛の名をあげたが、実は「樽屋屏風・伊勢物語第二十四段図」の構図は、さきに《挿図5》として掲げた「嵯峨本伊勢物語」の第二十四段の絵を、基本的には踏襲したものである。さきにもふれたように、第二十四段の絵について、「嵯峨本伊勢物語」は「チェスター・ビーティー図書館本系」の構図（《挿図4》参照）を採用しているので、岩佐又兵衛が実際にはどのような伊勢物語絵の構図を用いて「樽屋屏風・伊勢物語第二十四段図」を描いたかは定かではない。ただし、いまこの「樽屋屏風・伊勢物語第二十四段図」《挿図6》と「チェスター・ビーティー図書館本伊勢物語絵本」《挿図4》や「嵯峨本伊勢物語」《挿図5》を見比べてみると、基本的な構図はたしかに共通するが、両方の絵から受ける印象は、大きく異なっている。

「チェスター・ビーティー図書館本伊勢物語絵本」と「嵯峨本伊勢物語」では画面の左右が反転しているが、前者ではほぼ水平に、後者では斜めの方向に、主人公の男と女が、門戸を隔てて向かい合う形に描かれている。画面は、主人公の方向から女を見るように構成されていて、絵を見る鑑賞者も、その方向で、いわば男の視点に近いところから女を見ることになる。だが、この場合、男は、かいま見をしているわけではなく、その目には門戸の内部

《挿図 6》樽屋屏風

《挿図 7》金谷屏風

は見えない。主人公には見えない家の内部の女の姿を、鑑賞者は見ているのである。しかも女は、正装した姿で正面から、特に「嵯峨本伊勢物語」等ではきわめて大きく描かれており、鑑賞者にとってその姿はきわめて印象的である。それに対して「樽屋屏風・伊勢物語第二十四段図」では、ほぼ同様な構図を取りながら、女は遣り戸をわずかに開け、半身だけのぞかせていて、その動きのある姿勢がまず「チェスター・ビーティー図書館本伊勢物語絵本」や「嵯峨本伊勢物語」と大きく異なっている。さらに、女の顔にはためらいの表情が読みとれ、全身の姿勢と相まって、その心理が克明に描き出されている。このように女の姿も「嵯峨本伊勢物語」等と大きく異なっているが、それ以上に印象的なのは、右下に描かれた主人公の男の姿である。門戸を叩いている男の服装は美麗であり、求めていた「宮仕え」が成就して立派な姿になって帰ってきたように見えるが、その顔には不安、ないしはけげんともいうべき複雑な表情が浮かんでいる。「チェスター・ビーティー図書館本伊勢物語絵本」や「嵯峨本伊勢物語」では、男女ともに無表情ではあったが、正面から描かれた女の姿が前述のように印象的であったのに対して、男の姿はうしろから、比較的簡単に描かれていた。その主人公の男の姿や表情が、「樽屋屏風・伊勢物語第二十四段図」では克明に描き出されていて、鑑賞者の目を惹きつけるのである。

女よりもむしろ男に焦点をあてるという岩佐又兵衛の志向は、もう一点の「金谷屏風・伊勢物語第二十四段図」では、より顕著に示されている。こちらでは、もはや女は描かれることなく、画面はただ門戸を叩く男の姿だけを大きく描いている。ようやく帰ってきて戸を叩いたが開けてもらえず、予想もしなかった展開に驚き、いぶかしさや裏切られた思い、そして絶望感にさえ襲われているかもしれない主人公の複雑な心理を、その姿態や表情を通して、鑑賞者は見つめることになる。こちらの構図も、基本的には「チェスター・ビーティー図書館本系」の伝統的構図をほぼそのままふまえているが、その一部分だけを切り取り拡大する形で、「金谷屏風・伊勢物語第二十四段図」は描かれている。この思い切ったトリミングは、これまでの伊勢物語の絵巻や絵本で、一度も見られなかったものであった。

そもそも伊勢物語の第二十四段は、本文そのものが、女の立場や視点に添って書かれている。三年もの間、男がどこで何をしていたか、なぜ女に音信できなかったかなど、主人公の男の事情や心理は、女が知らない以上、読者にもいっさい知らされていない。読者は自然に自分を女の立場に置き、女に同化してこの物語を読むのである。岩佐又兵衛の二つの絵、特に中でも「金谷屏風・伊勢物語第二十四段図」は、このような伊勢物語本文、そしてその享受の歴史に対して、絵の力で男の心理に焦点をあてることによってあえて異を唱え、これまで示されたことのなかった新しい視点から第二十四段の世界を描き出して見せたのである。それは伊勢物語第二十四段の読みの歴史に対する、絵画を通しての、ひとつの挑戦であったと言ってよい。

ちなみに、大胆なトリミングによってこの絵が伊勢物語第二十四段の絵であることがわからなくなることを防ぐために、ここでは主人公は、近衛の武官の姿をした歌仙絵の業平の形に描かれている。ここにも周到で大胆な岩佐又兵衛の工夫を見ることができる。

伊勢物語の本文と注釈書と絵画は、さまざまな形で関わりながら伊勢物語享受の世界を作り上げてきたが、江戸時代も中期以降になると、「見立て」「やつし」「もじり」といった方法で伊勢物語を変容させつつ享受する、新しい種類の絵画が多彩に生み出されることになる。岩佐又兵衛の「金谷屏風・伊勢物語第二十四段図」は、そのたしかな、そしてきわめてすぐれた先駆けのひとつであった。

三　伊勢物語の絵巻・絵本と絵入り版本

――地下水脈の探求――

1　「チェスター・ビーティー図書館本系統」の発見

平成十九年九月に『伊勢物語絵巻絵本大成』（羽衣国際大学日本文化研究所編・角川学芸出版）が刊行された。この『絵巻絵本大成』刊行をめざして、さまざまな国内外資料の調査を含む共同研究が続けられたが、その中でもっとも印象的だったのは、「チェスター・ビーティー図書館本伊勢物語絵本」についての成果である。アイルランド・ダブリンのチェスター・ビーティー図書館に所蔵されているこの絵本は、絵が描かれた画面の上半部に本文が書かれているという古い絵巻の形式を残した、個性的な魅力を持った大型の絵本で、室町時代末期から江戸時代初期の成立と考えられるが、従来は同類本の存在が知られておらず、特異な存在のように扱われることが多かった。近年、川崎博氏は、「嵯峨本伊勢物語」のいくつかの挿絵の図様がこの「チェスター・ビーティー本」と一致することから、その背後に「チェスター・ビーティー本系」の存在を想定されたが（「研究資料　嵯峨本『伊勢物語』の挿絵作者について」『國華』一二五八号・平成一二年）、今回さまざまな調査を進める過程で、この絵本と同じ図様を持った絵巻が二点、実際に発見された。その一点は広島にある「海の見える杜美術館本」、もう一点は三重県の「斎宮歴史博物館本」である。どちらも比較的新しい江戸時代成立のもので、個別に見るだけならそれほど注目されるものではないかもしれないが、この両本は、「チェスター・ビーティー本」と、絵の雰囲気はまったく違うにもかかわらず、図様がほぼ同一なのである。

たとえば第六段の、主人公が女を「くら」に押し入れ、「弓やなぐひを負ひて」警戒している場面を、「チェスター・ビーティー本」は《挿図1》のように、閉めきった建物（「くら」）の前に「弓やなぐひ」で武装した男を座らせ、その前に草花を配して、画面の右上には雷神を描くという構図に描くが、これとほとんど同様の図が「斎宮歴史博物館本」にも見られる。また、第五十八段の、主人公の隣家の女たちが田を刈ろうとする場面が「チェスター・ビーティー本」では《挿図2》のように描かれているが、画面の右側の建物の中にいる主人公の男が、画面の左半分に描かれた、田の中にいる貴族の女性たちを見ている構図は、「斎宮歴史博物館本」や「海の見える杜美術館本」にも共通しており、描かれた女性たちの人数に若干の違いはあるものの、その類似性は明らかである。

いまは一部の例だけを述べたが、同様の類似はほぼすべての絵におよんでいる。これによって、「チェスター・ビーティー本」はけっして孤独な存在ではなく、その背後にはもとになる共通した図柄があって、これらの三本はそれぞれそれを継承する形で作られた、同一の系統に属するものだということが明らかになったのである。さらに、いま詳細は省略略するが、より新しく成立した「海の見える杜美術館本」や「斎宮歴史博物館本」によって、かえって「チェスター・ビーティー本」よりも古い、より祖本に近い形が復元できる事例も見出されている。（『絵巻絵本大成』研究篇参照。）

一方、室町時代後期を代表する伊勢物語絵巻として以前からよく知られていた「小野家本伊勢物語絵巻」の方は、「大英図書館本伊勢物語図絵」をはじめとして、他にも同じ図様のものが多く知られている。こちらは、「嵯峨本伊勢物語」の絵の多くがこの小野家本系統と類似した図様であることもあって、これまでも一つの系統としての存在が広く認知されていたが、これに対して今回、「チェスター・ビーティー本」の系統が、それとは異なったもう

《挿図1》チェスター・ビーティー本・第6段

《挿図2》チェスター・ビーティー本・第58段

ひとつのグループとして、新しく浮かび上がってきたのである。

伊勢物語の絵巻・絵本に限らず、古い時代の作品のうち、現在まで残っているものは、膨大な量の作品が作られたうちの、ほんの一部にすぎない。その残されたほんの一部を手がかりにして、できれば時代をさかのぼって、かつての膨大な量の作品たちの全体像を浮かび上がらせてみたい、隠れた水脈を明らかにしたいというのが研究者の願いだが、今回はからずも、比較的新しい時代の作品を手がかりに、「チェスター・ビーティー本」の背後にある系統の存在やその祖型のおおよその姿を明らかにすることができたのである。

2　もう一つの発見

『伊勢物語絵巻絵本大成』によってもたらされた成果はこのほかにも数多いが、ここではもう一つ、「中尾家本伊勢物語絵本」にまつわる発見を取り上げておきたい。『絵巻絵本大成』研究篇の「中尾家本」解説の「概説」（林進氏担当）にも述べられているように、「室町時代後期の書写と見られる」「中尾家本」は、「今日、伝存する伊勢物語絵巻・絵本の中で極めて特異な作品」であり、「図様の上で直接その親本となる絵巻・絵本、また該本を写した作品は現在確認されて」おらず、孤立した特異な作品として注目されてきた。ところが、「概説」でも前引部に続けて付記されているように、『絵巻絵本大成』によってはじめて公開された「甲子園学院美術資料館本伊勢物語絵巻」には、その絵の一部に「中尾家本」とモティーフが共通するものが含まれているのである。

いま一例のみをあげれば、「中尾家本」は第五十段の絵として、《挿図3》のように「鳥の子を十《とを》づつ十は重《かさ》ぬとも思はぬ人を思ふものかは」という章段中の和歌の表現をそのまま絵画化した、男が卵を積み重ねようとしている情景を描いているが、他の伊勢物語絵巻・絵本には見られることのないこの特異な図柄が、「甲子園学院本絵巻」にも、全体の構図は異なってはいるものの、《挿図4》右上のように見られるのである。

さらに、『絵巻絵本大成』にわずか三図の図版だけしか掲載できなかった「スペンサー・コレクション本伊勢物語絵本」（同じコレクションの絵巻とは別の作品）にも、「中尾家本」とモティーフや図様が共通するものがあることが明らかになった。

たとえば、「中尾家本」の第四十七段には、《挿図5》のように「大幣《おほぬさ》の引く手あまたになりぬれば思へどえこそたのまざりけれ」「大幣と名にこそ立てれ流れてもつひに寄る瀬はありといふものを」という物語中の贈答歌の表現の一部をそのまま絵画化したと考えられる、水辺（「寄る瀬」）に幣が流れ寄っているような、他に例を見ない特異な絵が描かれているが、『絵巻絵本大成』資料篇の「スペンサー本絵本」の項にも収載されている《挿図6》にも、これと同様の図様が確認されるのである。また「中尾家本」の第十五段には、《挿図7》のように、「しのぶ山しのびて通ふ道もがな人の心の奥も見るべく」という主人公の歌の表現をそのまま絵画化した、男が山道を越えて女の

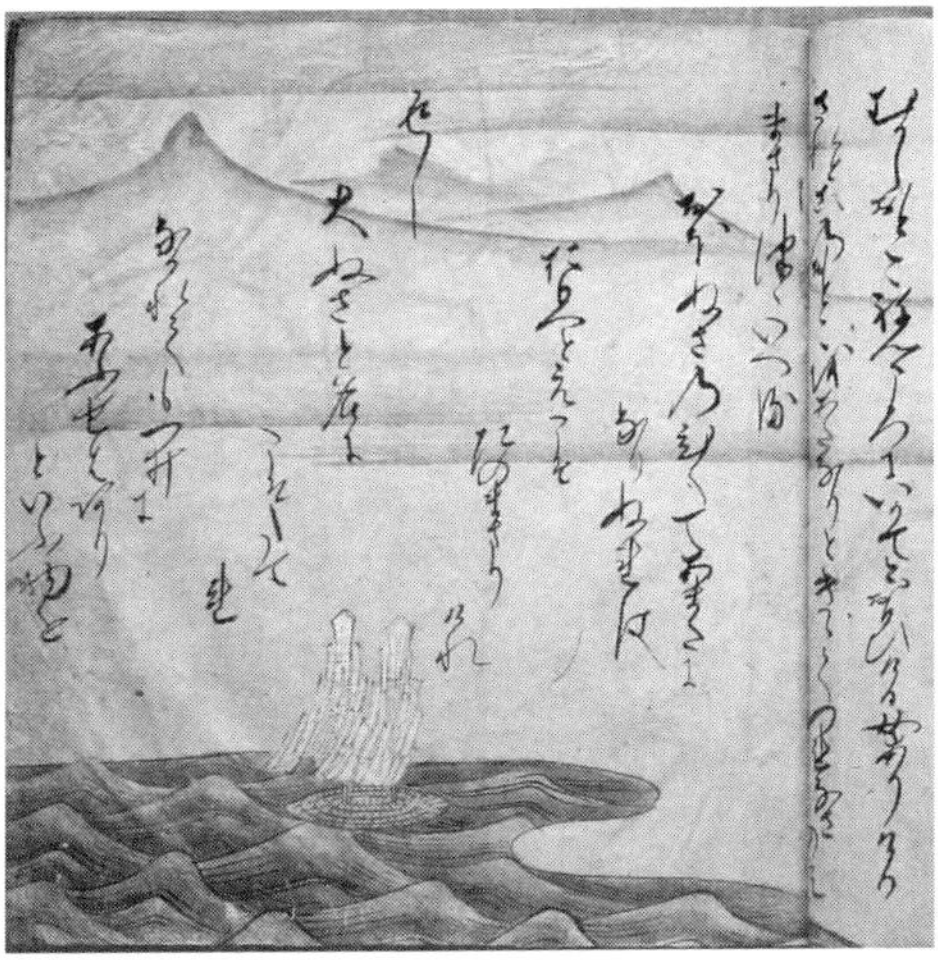

《挿図 5》中尾家本・第 47 段

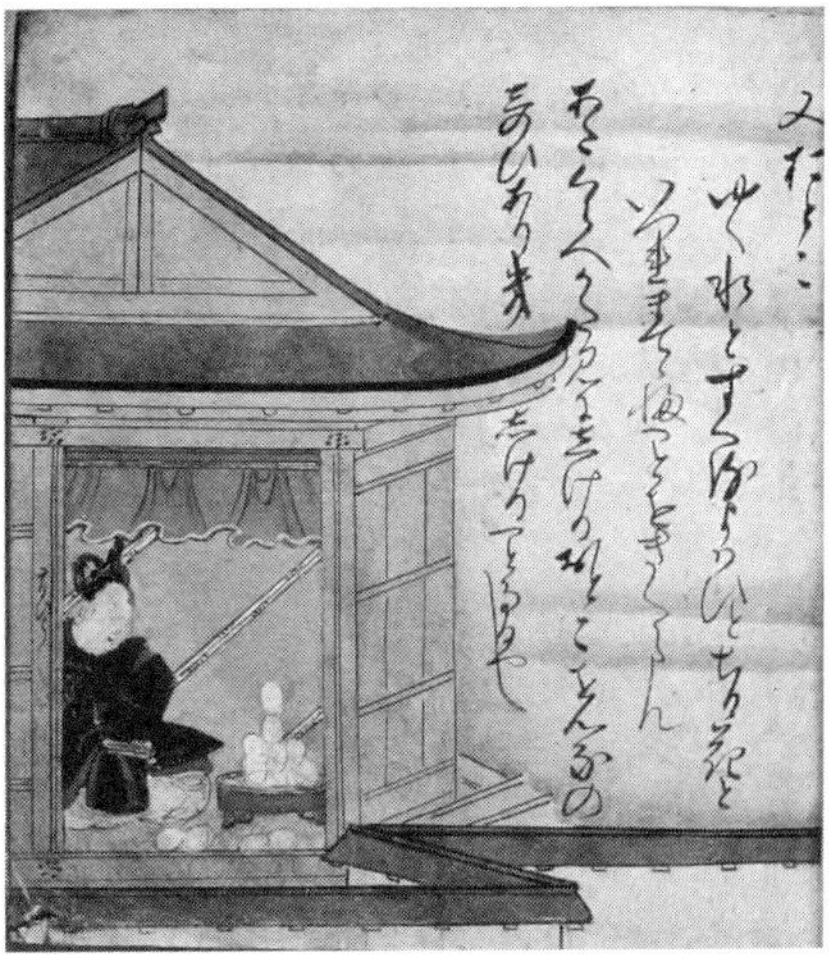

《挿図 3》中尾家本・第 50 段

《挿図 4》甲子園学院本・第 50 段

家をのぞき見ている、これも他に例を見ない特異な図様の絵が描かれているが、これとほぼ同じモティーフの絵が、いま挿図の形で絵を示すことができないが、「スペンサー本絵本」にも同じように見られる。

さらに、「中尾家本」の第十一段には、《挿図8》のように、従者を伴った主人公が、月夜に友人らしい男性を路上で見送っているような絵が描かれている。第十一段に絵を添えた絵巻・絵本は少なく、他には鎌倉時代に原本が成立したと思われる、東京国立博物館所蔵の「異本伊勢物語絵巻」（模写本）に、《挿図9》のように、この定家本第十一段にあたる本文に添えて絵が描かれているのが知られているのみだが、そこでは複数の従者を伴った二人の男性が道中で偶然行き会った場面が描かれている。その図様は、伊勢物語第十一段の本文で主人公が東国に下る道から「友だちども」に詠み送った「忘れるなよほどは雲ゐになりぬとも空ゆく月のめぐりあふまで」という歌の「めぐりあふ」という表現を実際の情景として絵画化したものと考えられる。「中尾家本」の第十一段の絵は、おそらくはこの「異本伊勢物語絵巻」の絵の図様を基本的には受け継ぎながら、従者の人数を減らし、上空に月を配して、主人公と友人の月下の別離という情景に作り替えたものかと思われる。この図様は前述のように他に例を見ない特異なものだが、実は、さきにも注目した「スペンサー本絵本」には第十一段に絵が加えられており、そこには、月下の水辺に立ちながら語り合っている三人の男性が描かれている。これもいま挿図を示すことができないが、その三人のうちの一人を、「中尾家本」の第十一段の絵に描かれていた主人公の従者が姿を変えた人物と考えれば、両者の図様は無関係ではなく、かなり近い関係にあることがうかがわれるのである。

以上、「中尾家本」の絵と「甲子園学院本絵巻」「スペンサー本絵本」に見られる図様やモティーフの類似に注目した。はっきりと指摘できる例はまだ数少ないが、孤立した特異な存在のように見られてきた「中尾家本」をめぐってもこのように、調査の展開の結果、地下に隠れた水脈のようなつながりが、あちらこちらに見え隠れするようになったのである。

《挿図 6》スペンサー絵本・第 47 段

《挿図 7》中尾家本・第 15 段

《挿図 8》中尾家本・第 11 段

《挿図 9》異本絵巻・第 11 段

絵入り本も含め、すべて写本の形で伝えられてきた伊勢物語は、本文部に古活字を用い挿絵も加えた「嵯峨本伊勢物語」が慶長十三年（一六〇八）に版行されたのを契機に、版本の時代を迎える。改版や再版以外の、まったく新しく版を作っての版行だけでも江戸時代を通じて五十種類を超える伊勢物語版本が生み出されたが、そのほとんどすべては絵入りの版本であった。その挿絵についても「嵯峨本伊勢物語」の影響はきわめて大きく、元禄以前に版行された伊勢物語の挿絵の構図は、たとえば「嵯峨本伊勢物語」の第二十七段の絵《挿図10》と寛文二年（一六六二）刊本の絵《挿図11》を見比べれば自明のように、そのほとんどが基本的には「嵯峨本伊勢物語」の挿絵の模倣であったと言っても過言ではない。その事情は、江戸時代に作られた、奈良絵本とも呼ばれる絵入りの写本についても同じであって、この時期に作られた伊勢物語写本の絵も、そのほとんどすべてが、「嵯峨本伊勢物語」の場面や図柄を、さまざまな工夫をくわえつつも、ほぼそのままに踏襲しているのである。

そのような中にあって、頭注部に絵を配した一部の版本などは、例外的にきわめて多数の挿絵を収録していて、その数は「嵯峨本伊勢物語」の挿絵の数（四十九図）を越えている。必然的にそれらの本には、「嵯峨本伊勢物語」には見られない図様の絵が、かなり含まれていることになる。いま、そのような本の代表として、頭注部に艸田氏三径すなわち苗村常伯の「図讃」が加えられた元禄六年（一六九三）刊の『新注絵抄伊勢物語』と、一面の頭部に二枚ずつ絵を入れている元禄十五年刊の『新版絵入伊勢物語』を取り上げてみたい。《挿図12》と《挿図13》は、それぞれの本の第六段後半部の一面（一頁）であり、そのうち頭部左側の絵だけを拡大したものが《挿図14》と《挿図15》である。

《挿図 10》嵯峨本・第 27 段

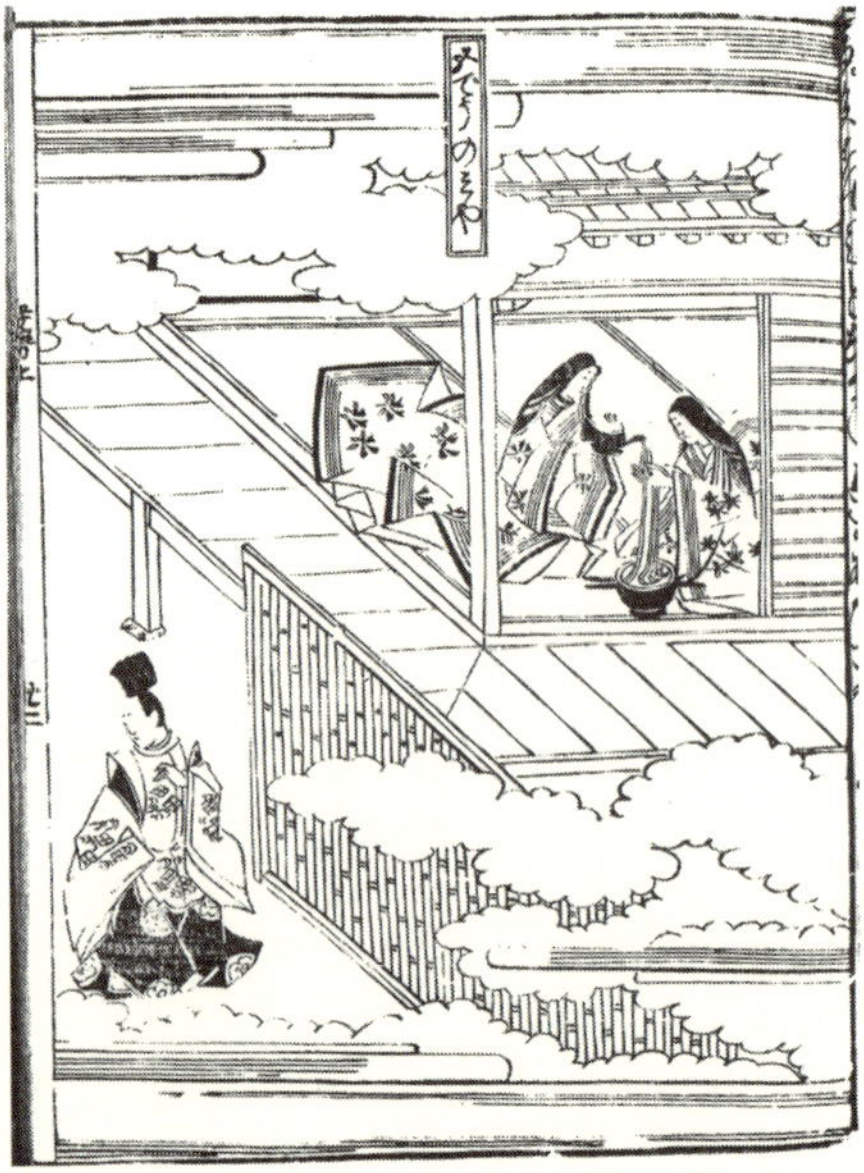

《挿図 11》寛文 2 年刊本・第 27 段

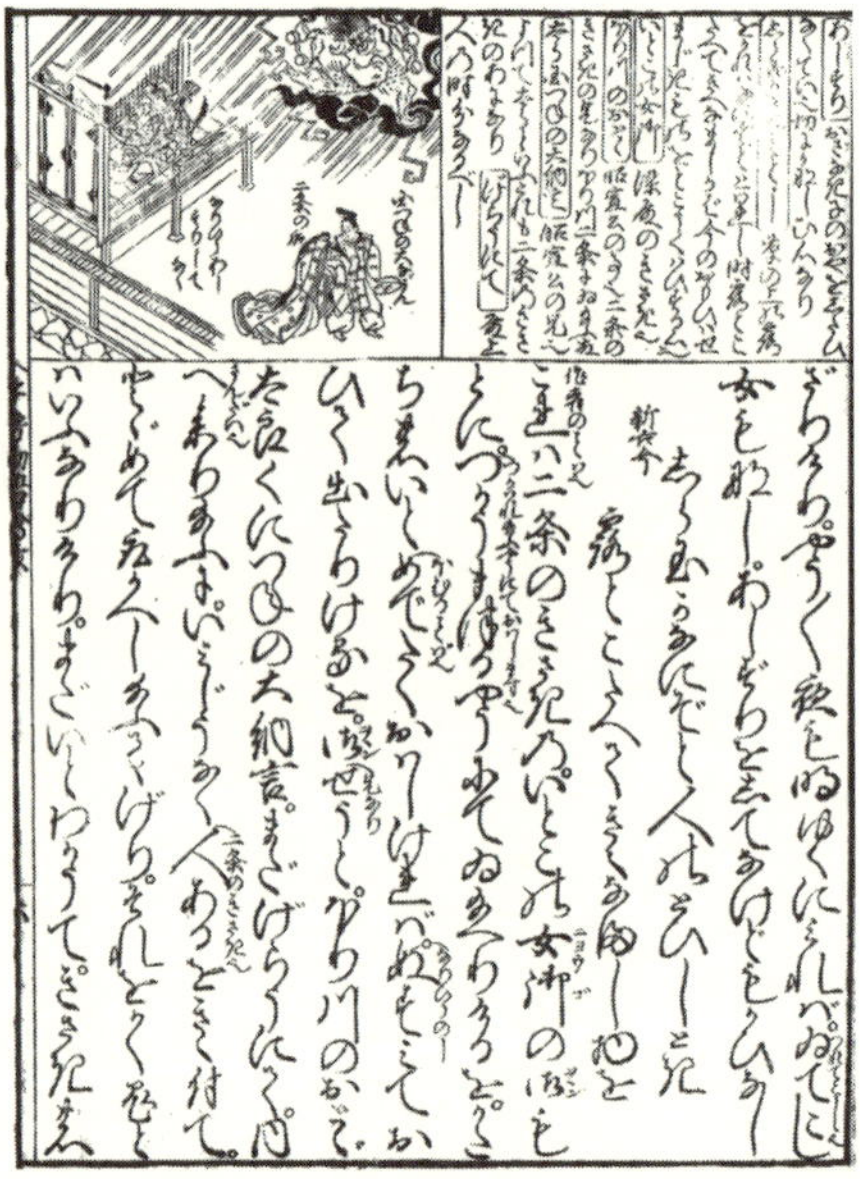

《挿図 12》元禄 6 年刊本・第 6 段後半

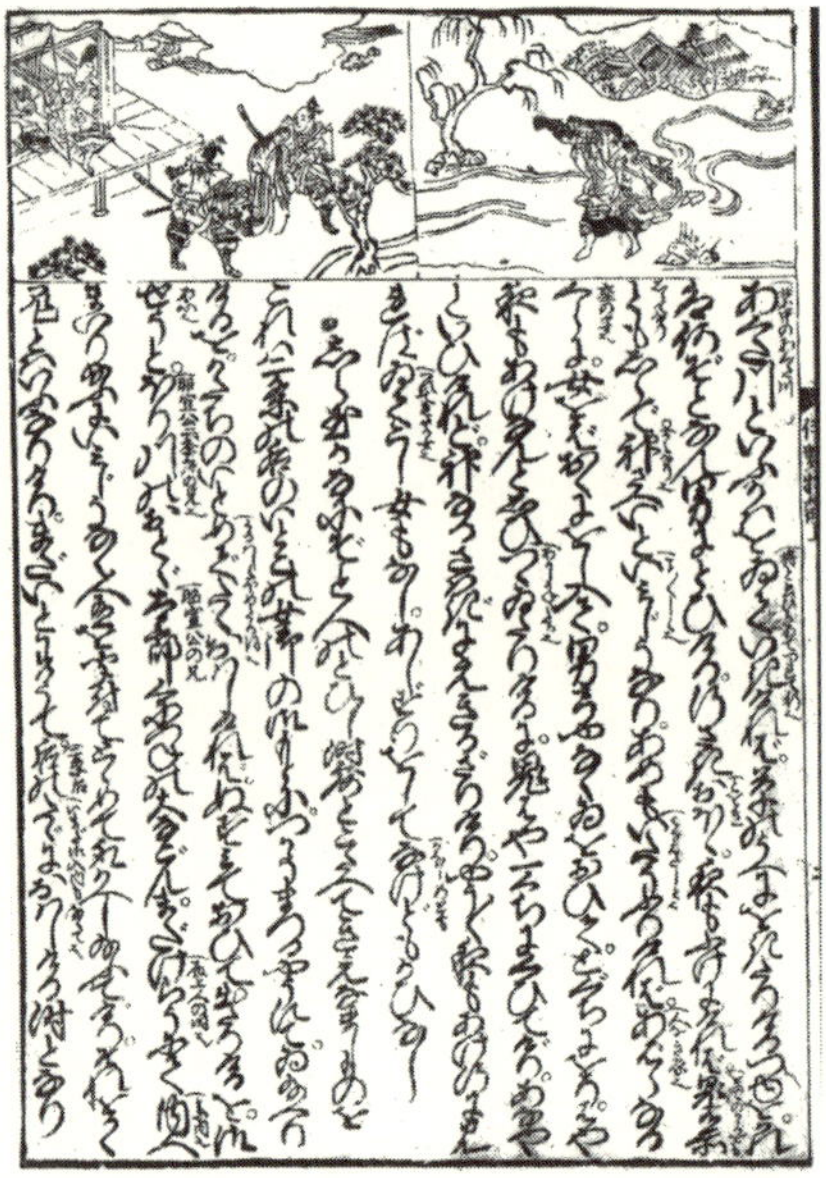

《挿図 13》元禄 15 年刊本・第 6 段後半

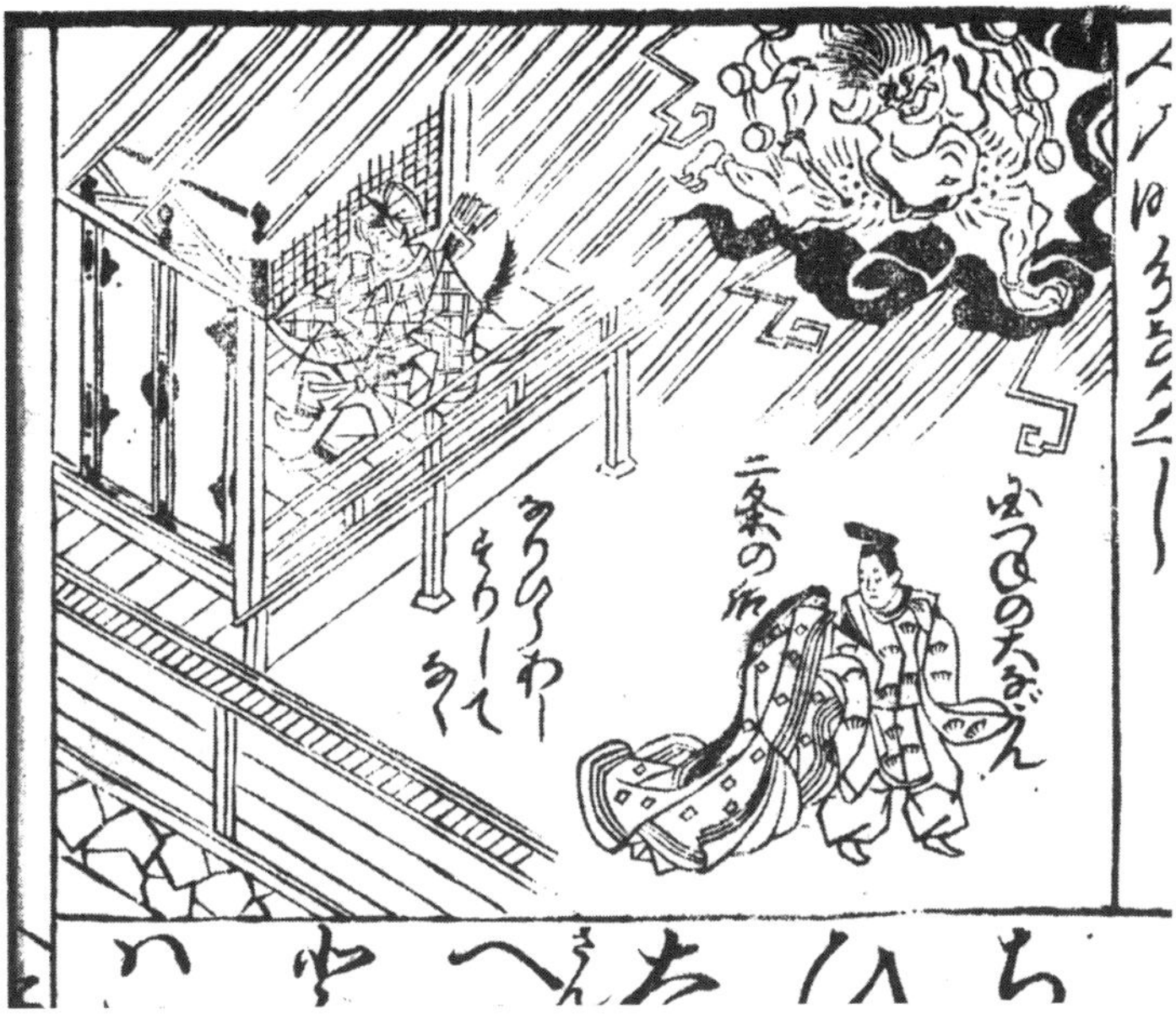

《挿図 14》元禄 6 年刊本・第 6 段後半拡大

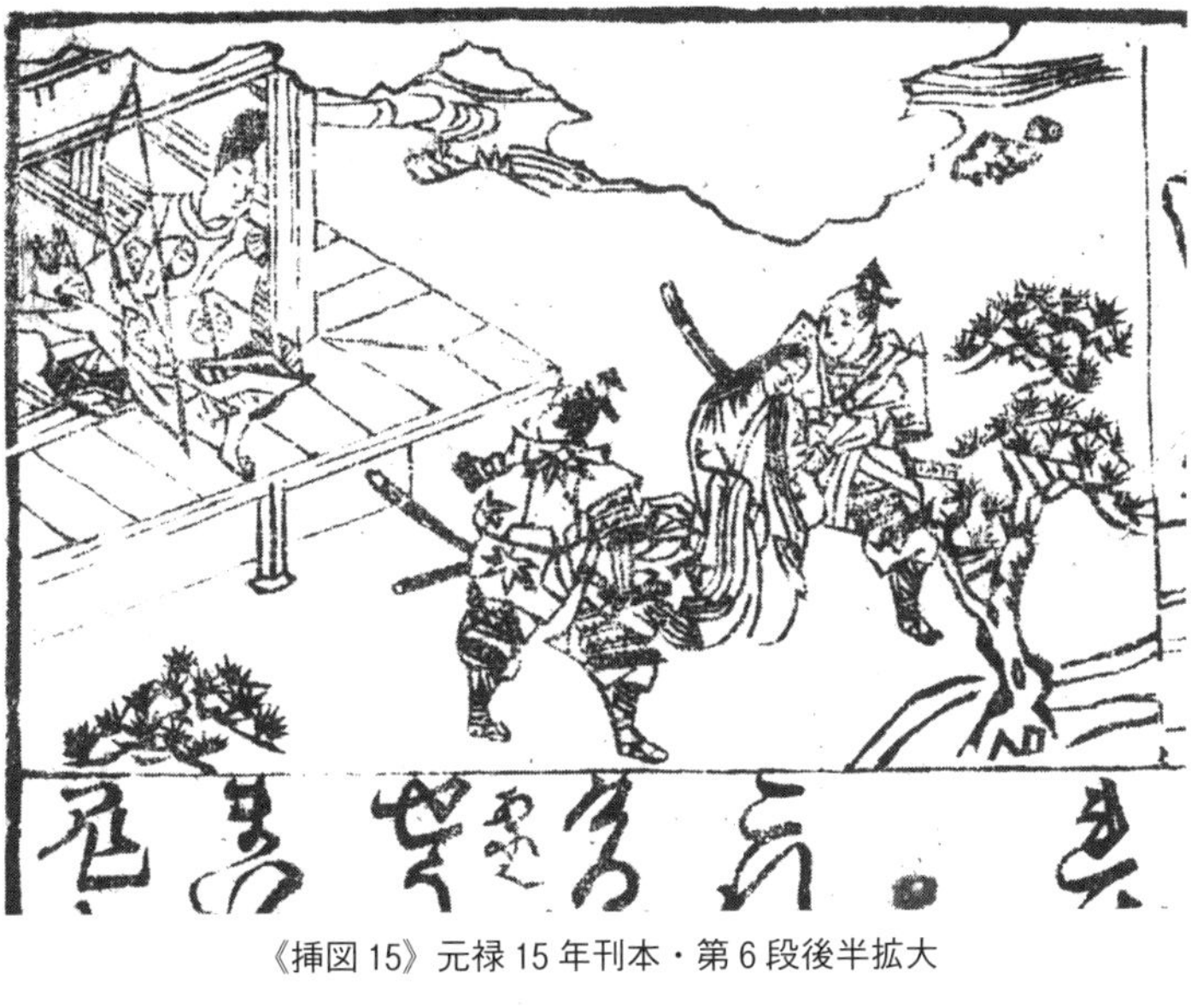

《挿図 15》元禄 15 年刊本・第 6 段後半拡大

伊勢物語第六段の本文には、ようやく盗み出した女が芥川の近くの「あばらなるくら」で鬼に食われてしまうという物語の後に、長い段末注記が加えられており、そこでは、物語で「鬼」と言われていたのは、実は盗み出された二条后の兄弟である「御せうと堀河のおとど、太郎国経の大納言」すなわち藤原基経、国経の二人であり、内裏に参上した際に、「いみじう泣く人あるを聞きつけて」妹の二条后を取り戻したのだと、物語の背後に隠された真相が種明かしされている。いま元禄六年刊『新注絵抄伊勢物語』の《挿図14》を見ると、右上に雷神が描かれているのは物語部分の内容を描いたものだが、その下には、男性が女性を連れ去る姿が描かれ、そこに「国つねの大なごん」「二条后」という注記が記されている。すなわちこれは、段末注記の内容を絵画化したものと考えられるのである。一方、もう一点の元禄十五年刊『新版絵入伊勢物語』の《挿図15》では、雷神は描かれず、右半分に二人の男が女性を連れ去ろうとしている情景が描かれている。こちらの本の絵には文字の注は記されていないが、この二人の男は藤原基経、国経であり、彼等が妹の二条后を連れ戻そうとしている情景がここに描かれていることは、容易に理解できる。こちらの絵もまた、元禄六年刊『新注絵抄伊勢物語』の《挿図14》と同じく、段末注記を絵画化したものと考えられるが、ここには雷神は描かれていない。元禄十五年刊『新版絵入伊勢物語』の《挿図15》は、元禄六年刊『新注絵抄伊勢物語』の《挿図14》以上に、ただ段末注記のみを描こうとしていると思われるのである。

さきに「チェスター・ビーティー本」の、これと同一の場面《挿図1》を見たが、そこにはただ、「くら」の前で警護している主人公と草花、そして雷神だけが描かれていた。すなわちそこでは、絵に描かれていたのは本来の物語の世界のみであって、段末注記の内容はいっさい描かれていなかった。この「チェスター・ビーティー本」だけでなく、現在知られている絵巻・絵本のうち、この場面を絵に描いている作品のほとんどすべては、本来の物語の世界のみを絵画化していて、いま取り上げている二種の版本のように段末注記の内容を絵画化している例を見出すことは容易ではない。そのような中にあって、わずかに見出される例外的な存在が、《挿図16》として示した「中

《挿図 16》中尾家本・第 6 段後半

尾家本」の絵である。そこでは、警護する主人公の目の届かない裏側から、一人の男がひそかに二条后に近づこうとしているが、その男の横には「国つね」という注記が記されている。右上に雷神を描きながら、同時に段末注記の国経を登場させている点で、この「中尾家本」の絵は、元禄六年刊『新注絵抄伊勢物語』の《挿図14》と近い性格を持っていると考えられる。

ちなみに、この元禄六年刊『新注絵抄伊勢物語』と元禄十五年刊『新版絵入伊勢物語』の絵の一部の構図が、木版の伊勢物語かるたの絵にも利用されていることが、藤島綾氏「伊勢物語歌がるた小考」（山本登朗編『伊勢物語　享受の展開』平成二二年・竹林舎）によって指摘されているが、いま問題にしている元禄六年刊『新注絵抄伊勢物語』の《挿図14》についても、木版伊勢物語かるた（鉄心斎文庫二三、『鉄心斎文庫伊勢物語図録』第四集および第八集参照）にそれと同種の構図の絵が見出される。「中尾家本」の《挿図16》にもつながるこの流れは、版本を介して、伊勢物語かるたの世界にまでつながっていたのである。

4　その他のつながり——絵入り版本の地下水脈②——

また、《挿図17》に示した元禄十五年刊『新版絵入伊勢物語』の第十一段の絵には、海岸らしい所で語り合う二人の男性と、それぞれの従者一人ずつ、合計四人の人物が描かれているが、この構図も、さきに《挿図8》で見た「中尾家本」の第十一段の絵に、人物の数などの相違はあるものの、なおよく類似している。「中尾家本」の《挿図8》では二人の男性はいま別れようとしているしているように見えるのに対し、『新版絵入伊勢物語』では二人はいま出会って、再会を喜んでいるように思われ、その点では「異本伊勢物語絵巻」の《挿図9》に近いが、「中尾家本」と『新版絵入伊勢物語』の図様には、その異なりを越える類似点が多く、両者はやはり何らかの地下の水脈で結ばれているのではないかと考えられるのである。

さらに、《挿図18》に示したのは、元禄十五年刊『新版絵入伊勢物語』の第十五段の絵である。そこでは、従者を伴った主人公が、山道のような高い所から、女性の住居をひそかに観察している。これは、「しのぶ山しのびて通ふ道もがな人の心の奥も見るべく」という主人公の歌の表現をそのまま絵画化したものであって、さきに見た「中尾家本」の《挿図7》と、絵の雰囲気や従者の有無は異なるものの、モティーフや図様においてきわめて類似していると言ってよい。

またもう一例、元禄六年刊『新注絵抄伊勢物語』の第六十二段の絵を《挿図19》として掲げたが、そこでは、もとの夫と再会した女性が贈られた衣も捨てて逃げ出した情景が描かれていて、画中にはその置き去られた衣が画面の中央に大きく描かれている。この図様は絵巻・絵本にはほとんど見られない特異なものだが、ここでも「中尾家本」の《挿図20》は、元禄六年刊『新注絵抄伊勢物語』の絵と強い類似性を示すのである。ちなみに、いま挿図で

《挿図 17》元禄 15 年刊本・第 11 段

《挿図 18》元禄 15 年刊本・第 15 段

《挿図 19》元禄 6 年刊本・第 62 段

《挿図 20》中尾家本・第 62 段

示すことはできないが、さきにも「中尾家本」との一致に注目した「スペンサー絵本」の第六十二段の絵は、ここでもやはり「中尾家本」によく類似している。

以上とりあえず四点の類似例のみを指摘したが、このような類似関係の存在から、元禄六年刊『新注絵抄伊勢物語』や元禄十五年刊『新版絵入伊勢物語』の絵の背後に、「中尾家本」にも連続するような、目に見えない何らかのつながりのあることが明らかになった。多くの版本が「嵯峨本伊勢物語」の強い影響力を受けている中で、それとは異なった隠れた水脈は、「嵯峨本伊勢物語」に圧倒されるようにして表面から姿を消しながら、けれどもそれ以前の時代からの流れを絶やすことなく、たとえ断続的であったとしても、このように流れ続けていたと考えられるのである。

5　背負わない芥川——版本の新展開と地下水脈①——

元禄の頃から、伊勢物語の版本にも浮世絵絵師の菱川師宣が絵を描いたもの、または師宣風の絵を伴ったものが出現する。登場人物の服装やしぐさに当世風のものが混じるようになって、絵の趣は一変するが、その構図や図様は、まだ「嵯峨本伊勢物語」の強い影響を脱しきれていない。やがて延享（一七四四〜一七四八）・宝暦（一七五一〜一七六四）の頃になると、浮世絵絵師の西川祐信や月岡丹下が挿絵を描くようになり、見開き全体を使ったワイドな挿絵も現れて、伊勢物語の絵入り版本はさらに新しい時代を迎える。

中でも上方画壇の絵師、月岡丹下が絵を描いている「宝暦五年刊本」は、宝暦三年に刊行された『絵本竜田山』の絵を再利用してそこに伊勢物語本文を加え、あらためて絵入り版本として出版したもので、もともと絵本の絵だったという事情もあって、その挿絵の構図にはそれまでとは異なったきわめて大胆なものが多い。そのような挿絵の構図の大胆さは、翌年に版行された「宝暦六年刊本」にも同じように見受けられる。たとえば第六段の、主人公が女を盗んで芥川のほとりを逃げる場面は、「嵯峨本伊勢物語」では小野家本・大英図書館系統の構図を継承して、《挿図21》のように主人公が女を背負って逃げる形に描かれており、その構図は幅広く継承されさまざまに応用されて、一般にもよく知られている。ところが、月岡丹下が絵を描いている「宝暦五年刊本」では《挿図22》のように、男女二人が築地塀に開いた穴をくぐって脱出する情景が描かれていて、主人公は女を背負っておらず、むしろ女の方が先に立って男を導いているように見える。これは、男が「築地のくづれ」を通って女のもとに通ったという内容を持つ第五段の内容と、いま問題にしている第六段の情景を結びつけた、きわめて斬新な構図だが、一方の「宝暦六年刊本」の同じ部分の挿絵でも、《挿図23》のように主人公は女を背負っておらず、二人は並んで立って草葉の露をながめているようである。このように両本の第六段の挿絵の構図はきわめて異例の姿と言えるのだが、実は、『絵巻絵本大成』で取り上げた絵巻・絵本の中にも、主人公が女を背負っていないものが見出される。《挿図24》は、「スペンサー・コレクション本伊勢物語絵巻」の同じ部分の絵だが、そこでも二人はただ並んで歩き、右側の塀の中からいま出てきたかのように描かれている。挿図を示すことはできないが、同様の図様は「スペンサー本絵本」にも見られる。

そもそも、伊勢物語第六段の物語本体の部分には、

昔、男ありけり。女のえうまじかりけるを、年を経てよばひわたりけるを、からうじて盗み出でて、いと暗きに来けり。芥川といふ河をゐていきければ、…（下略）

と書かれているだけで、主人公が女を背負ったとは記されていない。主人公が女を背負ったという記述は、段末注記に「盗みて負ひて出でたりけるを」と記されている。「嵯峨本伊勢物語」に採用されたこともあって広く知られるようになった、主人公が女を背負って芥川のほとりを逃げる図様は、実は、芥川のほとりの情景を物語の本体部

《挿図 22》宝暦 5 年刊本・第 5 ～ 6 段

《挿図 21》嵯峨本・第 6 段

《挿図 23》宝暦 6 年刊本・第 6 段

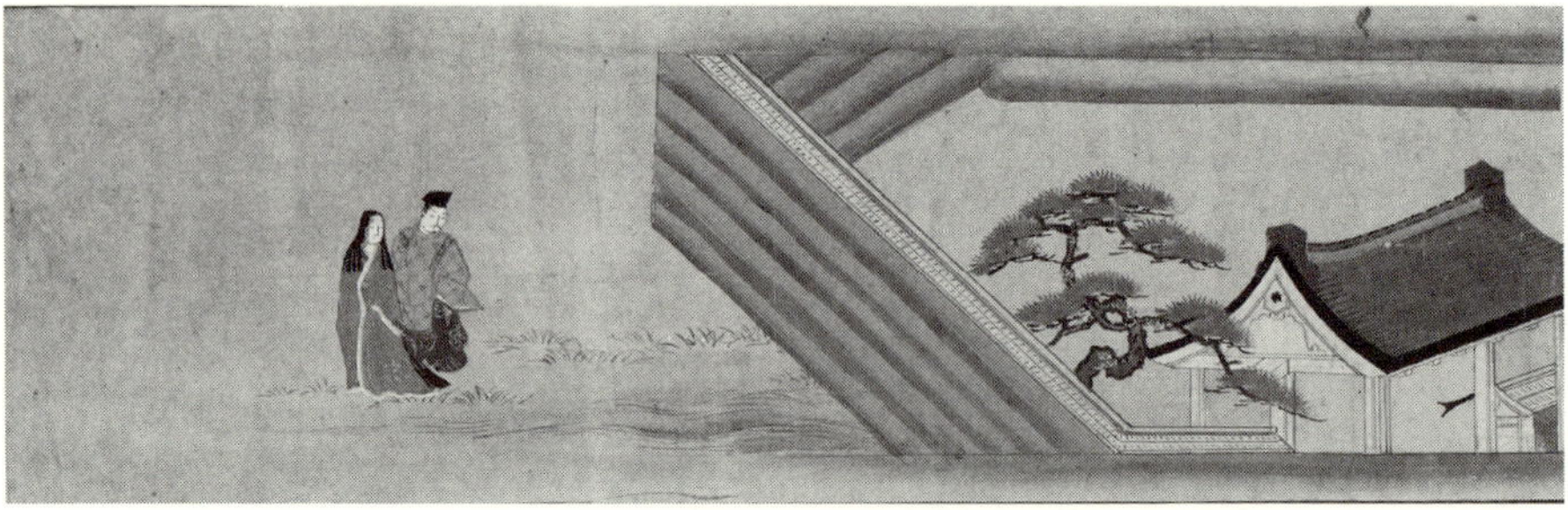

《挿図 24》スペンサー絵巻・第6段

分から、主人公が女を背負っている姿を段末注記からそれぞれ採って、その両者を一つの画面で融合させたものだった。それに対して、「スペンサー本絵巻」や「スペンサー本絵本」、月岡丹下が絵を描いている「宝暦五年刊本」や「宝暦六年刊本」に見られる、主人公が女を背負っていない図様は、伊勢物語第六段の物語本体部だけを、そのまま絵画化したものであると言うことができる。「宝暦五年刊本」・「宝暦六年刊本」に収載されている月岡丹下の第六段の絵は、単に斬新で新鮮であるというだけでなく、「スペンサー本絵巻」や「スペンサー本絵本」に見られるような、「嵯峨本伊勢物語」とは異なった系統の絵の図様と地下の水脈でつながり、何らかの形でそれらを継承していると考えられるのである。

6　開かれた「くら」の扉——版本の新展開と地下水脈②——

第六十五段の終盤、流罪になったはずの男は、女が「くら」に閉じこめられている屋敷の近辺に夜ごとに来て笛を吹く。《挿図25》は、その場面を描いた宝暦六年刊本の、見開きの挿絵である。

『絵巻絵本大成』所収の絵巻・絵本のうち、小野家本系統の「大英図書館本」の挿絵は、この場面を《挿図26》のように描いている。そこでは、締め切った建物の内部が吹き抜け屋台の手法で描き出され、目で見ることはできないが聞こえてくる笛の音だけを頼りに、「そこにぞあなる」と男の来訪を知って悲しんでい

《挿図 25》宝暦 6 年刊本・第 65 段②

《挿図 26》大英図書館本・第 65 段②

る女の姿が、その室内に描かれている。一方の「チェスター・ビーティー本」の同じ場面の挿絵《挿図27》では、同じように締め切った建物の内部が吹き抜け屋台の手法で描き出されてはいるが、そこには誰もおらず、「くら」に込められて泣いている女の姿はどこにも描かれていない。このように、小野家本系統の本のこの場面の挿絵とチェスター・ビーティー本系統の挿絵は異なっているが、両者に共通しているのは、女が閉じこめられている建物が閉め切られていて、どこからも外が見えない形になっていることである。伊勢物語の本文によれば、女は「いとこの御息所」によって「くら」に込められ、ただ笛の音によってのみ男の来訪に気づいているはずであって、この両系統の挿絵が閉め切った建物を描いているのは、いわば当然の絵画化であったと言ってよい。

そのような、第六十五段のこの場面の絵画化における伝統的図様と比べると、「宝暦六年刊本」の挿絵《挿図25》は、まことに異様である。この絵では、「くら」に込められて泣いているはずの女は、窓を開けて、笛の音が聞こえる方向に視線を向けている。笛を吹いている男との間には塀があって、男の姿が女に見えているかどうかは確定しがたいが、女はかなり高い位置から外を見ており、また塀はそれほど高いものではなく、男の烏帽子はその高さを超えているようでもあって、右側の女は左の男を視界に捉えているようにも見受けられるのである。男との交際を禁じられた姫君が自邸に軟禁されているとも知らず、男はやってきて笛を吹き、邸内の女性はその音を聞き、姿を見て、心を痛める。伊勢物語の本文からいささか離れたこのような別の物語を、この挿絵は語っているように思われる。

ところが、「中尾家本」のこの場面の絵《挿図28》を見ると、画面左下の塀の外で男が邸内に向かって笛を吹き、右上の建物の扉は開いていて、そこから室内の几帳の陰で嘆いている女性の横顔が見えている。ここでは女性は外を見てはいないようだが、その基本的な構図は、「宝暦六年刊本」の挿絵《挿図25》に類似している。少なくともそこでは、女性は閉めきった建物に閉じこめられているようには描かれていないのである。さらに、これまで何度

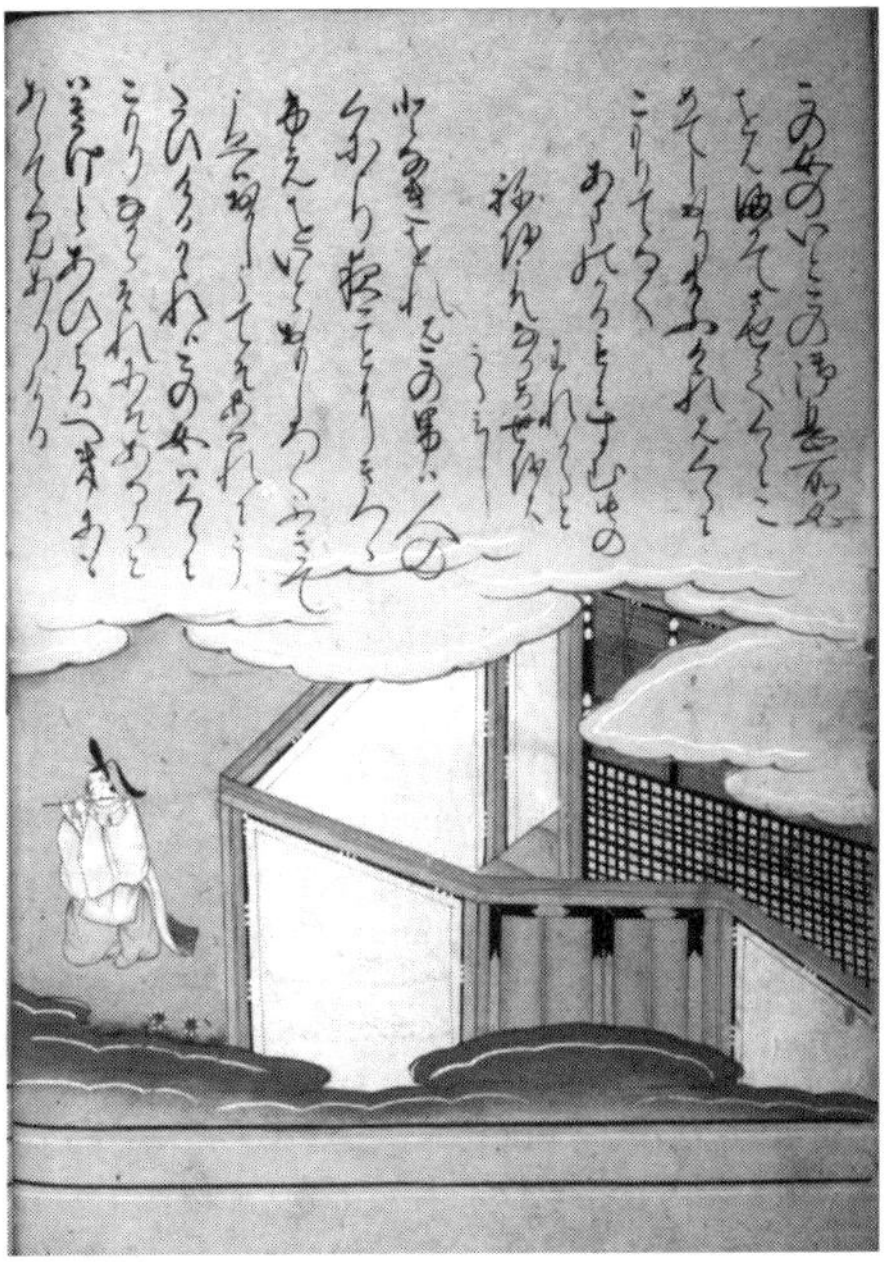
《挿図 27》チェスター・ビーティー本・第 65 段②

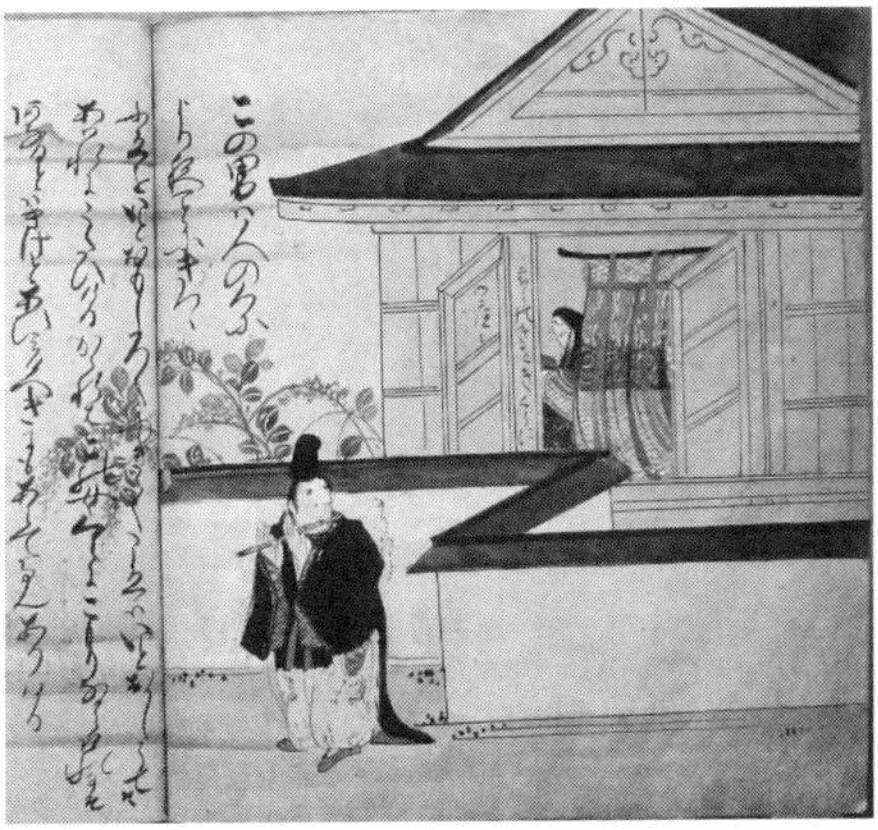
《挿図 28》中尾家本・第 65 段②

も引き合いに出している「スペンサー本絵本」のこの部分の絵を見ると、ここでも挿図の形で示すことができないのが残念だが、女性の前の扉はやはり大きく開かれていて、女性は外で笛を吹く男の方に向かって、いま一歩を踏み出そうとしているように見える。そこではもはや、二人の間を隔てていた塀はまったく描かれていない。

宝暦六年刊本の第六十五段のこの場面の挿絵《挿図25》の構図や図様は、以上のような「中尾家本」および「スペンサー本絵本」の構図や図様と、いくつかの点でよく似ている。この場合もやはり、両者を何らかの形でつなぐ地下主脈の存在が考えられるのである。宝暦六年刊本のこの挿絵の右下には、女性を見張る番人のような人物が二人描かれているが、二人とも居眠りしている。これは、すぐに連想されるように、「嵯峨本伊勢物語」等多くの本の第五段の挿絵に描かれてよく知られている、居眠りする番人の姿を、あえてこの段のこの部分に描き加えたものと考えられる。番人はいま、居眠りをしている。だとすれば、男に気づいた女性が、軟禁されているこの邸から脱出して男と会うことも、不可能ではないと考えられる。この「宝暦六年刊本」の図様は、このように考えれば、ますます、「中尾家本」や「スペンサー本絵本」のこの部分の絵に近い雰囲気に描かれているように思われてくる。伊勢物語本文からいささか離れた、別の物語を語り始めてしまっている点において、これら三点の絵は共通しているのである。

7　初紅葉を拾う——版本の新展開と地下水脈③——

第九十六段、秋風が吹きはじめるころに会おうと男に約束した女性だったが、噂を聞いて迎えに来た兄のために約束を果たせなくなった女性は、「かへでの初紅葉」を拾わせて、そこに歌を書いて男に贈る。この段を絵画化した作品は少ないが、「チェスター・ビーティー本」では《挿図29》のように、女性からの手紙を男が受け取る場面が描かれており、「チェスター・ビーティー本系統」に属する「海の見える杜美術館本」「斎宮歴史博物館本」でも、同様の図様の挿絵が描かれている。

これに対して、「宝暦六年刊本」では、この第九十六段の挿絵として、《挿図30》のような絵が描かれている。こちらは、歌の贈り手である女性が「かへでの初紅葉」を拾わせて、そこに歌を書こうとしている情景が絵画化されている。画面右側には紅葉を拾ってきた侍女、左側には、それを受け取ろうとしている主人の女性を描き、二人の美しい女性が美しい紅葉を手渡ししているという優雅な世界を描き出しているが、主人の女性の横には硯箱が置かれており、これから手紙を書こうとしていることが、それによって暗示されている。第九十六段をもとにしながら、これまでの「チェスター・ビーティー本系統」の絵とはまったく違った美しい世界を、絵師の月岡丹下はこのように作り出しているのである。

《挿図 30》宝暦 6 年刊本・第 96 段

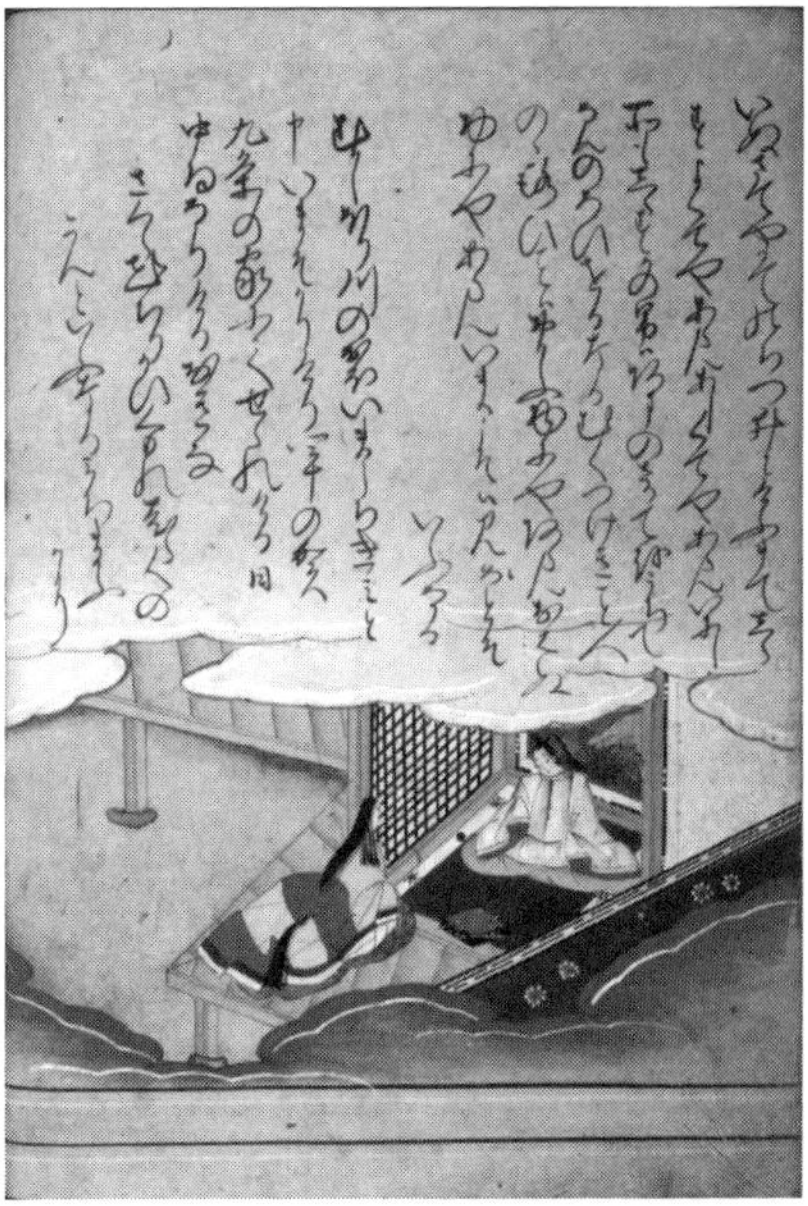

《挿図 29》チェスター・ビーティー本・第 96 段

《挿図 31》中尾家本・第 96 段

しかしながらこの場合も、月岡丹下の創作は、まったく独自の発想によって新しく作り出されたとは言えないようである。「中尾家本」はこの章段に、下絵風のものを含め三つの挿絵を加えているが、そのうち二番目の挿絵《挿図31》は、見開きの左右の面にそれぞれ別々の場面が描かれている形になっており、右側の頁には侍女たちが「かへでの初紅葉」を拾う場面が、左側の頁には主人の女性がその紅葉に歌を書き付けている場面が書かれている。「宝暦六年版本」の《挿図30》とこの「中尾家本」の《挿図31》は、このように全体の構成が大きく違っているように見えるが、「中尾家本」の二頁の絵をもし一頁に縮約すれば、おおよそ「宝暦六年刊本」の挿絵のようになると考えられる。両者の間には、やはりこの場合も、何らかの関係が潜んでいるように考えられるのである。ちなみに、「スペンサー本絵本」には、主人の女性と二人の侍女の三人が庭に降りて秋の草花を愛でている情景が挿絵に描かれているが、これも「中尾家本」《挿図31》の右側の頁が変形したものと捉えることが可能である。

以上、指摘できた事例は多いとは言えないが、月岡丹下によって大胆に展開されたまったく新しいスタイルと考えられる挿絵にも、実は「嵯峨本伊勢物語」の陰に隠れていた古い流れが断続的に流れ込んでいる可能性が大きいことを、いくつかの手がかりによって推測してきた。逆に言えば、「中尾家本」や「スペンサー本絵本」等がけっして孤立した作品ではなく、その周囲に類似する図様を持ったもっと多くの作品が存在していたであろうことが、これらの版本によって暗示されていると言ってもよい。かつて豊かに広がり流れてさまざまな作品を生み出していたはずの水の流れ、今はかすかな伏流水となっているその水脈の展開の様相には、豊かだったかつての伊勢物語享受の痕跡が残されていると考えられるのである。

※本節の挿図のうち、『伊勢物語』の絵巻・絵本の画像はすべて『伊勢物語絵巻絵本大成』（羽衣国際大学日本文化研究所編・平成一九年・角川学芸出版）資料篇所収のものによっている。また、本節の内容については、関口一美氏のご示唆によるところがある。

四　嵯峨本から整版本へ

1　絵巻・絵本の歴史

源氏物語の中の二つの場面（「絵合」「総角」）で、伊勢物語は、すでに絵を伴った形で登場している。平安時代の伊勢物語の絵は残念ながら残されていないが、おそらくは当時、伊勢物語はさまざまな形で絵画化され、絵を伴った伊勢物語の絵本や絵巻が、数多く作り出されていたと考えられる。わずかに残っている鎌倉時代以降のいくつかの絵巻や絵本を通して、私たちはただ間接的にその状態を想像するしかないが、それら鎌倉時代以降の伊勢物語の絵巻や絵本は、一方で、描かれたそれぞれの時代の伊勢物語理解のあり方をそのままに映し出してもいる。それらの絵の内容は、当時の人々の伊勢物語享受の姿を具体的に伝えるものとしてきわめて貴重であり、また伊勢物語本文を絵画化するさまざまな方法がそこに示されているという点においても、きわめて興味深い。

たとえば伊勢物語第六段の「芥川」の場面は、原本が鎌倉時代に描かれたと考えられている「異本伊勢物語絵巻」《挿図1》（以下、伊勢物語の絵巻・絵本については『伊勢物語絵巻絵本大成』〈羽衣国際大学日本文化研究所編・平成一九年・角川学芸出版〉を参照）以来、主人公の男が女を背負って川のほとりを急ぐ形に描かれることが多いが、この第六段の本文は、物語そのものを語る前半の本体部分と、前半部の物語を虚構としてその背後に隠されている事実を述べる段

末注記から構成されており、男が女を「背負って」逃げたことは段末注記にのみ書かれていて、前半部にはただ「率《ゐ》て行きければ」と記されているだけである。また、二人が芥川という川のほとりを通ったことは、逆に前半部にだけ述べられている。この段末注記がそのまま歴史的事実であったとは考えにくく、これもまた注釈の形をとった一種の物語であったと考えられるが、それはともかく、主人公の男が女を背負って川のほとりを急ぐ形に描かれた、あのよく知られた構図は、実は虚構を語る前半部と事実を述べる段末注記の、それぞれ別個に記された記述を意図的にまぜあわせて作り出されたものであって、第六段の本文をそのまま忠実に絵画化したものでは、かならずしもなかった。別個の記述をひとつに重ね合わせることによって作り出されたこの図柄は、当時の人々の第六段に対する読解の姿勢を反映したものと考えられるが、それは結果的に、伊勢物語本文にはなかった別個の世界を作り上げていて、だからこそその独特の魅力が、はるか後世まで多くの人の心を捉え続けたのである（前節参照）。

また、伊勢物語第五十段は、ともに浮気者の男女が互いに相手を恨んで贈答しあった五首の歌で構成されているが、室町時代後期に描かれた「大英図書館本伊勢物語図会」《挿図2》や「小野家本伊勢物語絵巻」等では、流水に文字を書こうとしている女性の姿が、この段の

《挿図1》異本絵巻・第6段

絵として描かれており、同じ図様は嵯峨本《挿図3》にも継承されて広く長く用いられ続けた。この絵は、この段の第三首目の、女からの返歌「ゆく水にかず書くよりもはかなきは思はぬ人を思ふなりけり」の上の句の譬喩表現を、そのまま絵画化したものである。ここでは、物語の内容ではなく、物語中で詠まれている和歌の表現、それも実際にはあり得ない言葉の上だけの架空の表現が注目され、絵に描かれて示されている。それが実際にはあり得ないことであることを十分に承知しつつ、ことさらにそれを実際の情景のように描いてみせるというこの絵の趣向は、その事情を承知したうえでこの絵を楽しむことができる高度に知的な享受が、当時広く行われていたことを示している。和歌の表現をさまざまに描き出した絵を歌絵と言うが、この第五十段の絵は、物語の絵と言うよりも基本的には歌絵であると言ってよい。和歌を中心にして各章段が構成されている歌物語である伊勢物語の、ひとつの享受のあり方を、この絵は示しているのである。

伊勢物語第十四段は、陸奥国の女性に思いを寄せられて一夜をすごし、けれども夜明け前に早々に帰っていった主人公に、女性が「夜も明けばきつにはめなでくたかけのまだきに鳴きてせなをやりつる」という歌を詠んだことなどを語る段だが、さきほどの第五十段の場合と同じく、「大英図書館本伊勢物語図会」や「小野家本伊勢物語絵巻」《挿

《挿図 2》大英図書館本・第 50 段

《挿図 3》嵯峨本・第 50 段

図4》、そしてそれを承けた嵯峨本《挿図5》等には、後ろを振り返りもせず従者をつれて立ち去ってゆく主人公と、その姿を見送る女性のほかに、樹上にいる鶏と、その鶏に視線を向けている狐が描かれている。さきに掲げた女性の詠歌の「くたかけ」は、鶏をののしって呼んだ言葉と考えられている。一方、「きつにはめなで」の「きつ」は、現在では水槽の意と考えられているが江戸時代末期まではそうではなく、狐のことだと解されていた。つまりこの歌は、主人公が早く帰ったことを鶏が早く鳴いたためだとし、夜が明けたらこんな鶏は狐に食わせてやるとののしっている一首であると、長い間解され続けていたのである。絵に描かれていた鶏と狐、中でも特に狐は、ここでもまた、物語に実際に登場するものではなく、登場人物の詠歌の表現中にのみ見られるものであった。ここでは、物語の内容を描いた図の中に、歌絵的な要素が加えられ、両者の融合によって独特の世界が作り出されている。そしてまた、この絵の中に描かれている狐の姿は、かつての人々がこの章段から読み取っていた、現在の解釈とは異なった理解を、そのままの姿で現在に伝えてもいるのである。

以上に紹介したのは、ほんの一部の例にすぎないが、早い時代から積み重ねられたこのような豊かな蓄積が前提となって、やがて伊勢物語版本の多様な世界が生み出されることになるのである。

2　嵯峨本伊勢物語の出現

日本における木版印刷の歴史は古いが、印刷は一種の社会事業として行われることが多く、その対象は仏教や儒教の経典、また医書など、社会的に有用なもの、あるいは学問の対象である漢詩文等に限られていた。和歌や物語のような、非実用的で娯楽的、趣味的な文学作品は、印刷の対象として考えられることがなかったのである。伊勢物語も例外ではなく、慶長十三年（一六〇八）に、朱印船貿易や水運の開発などに活躍した豪商・角倉了以《すみのくらりょうい》の子の

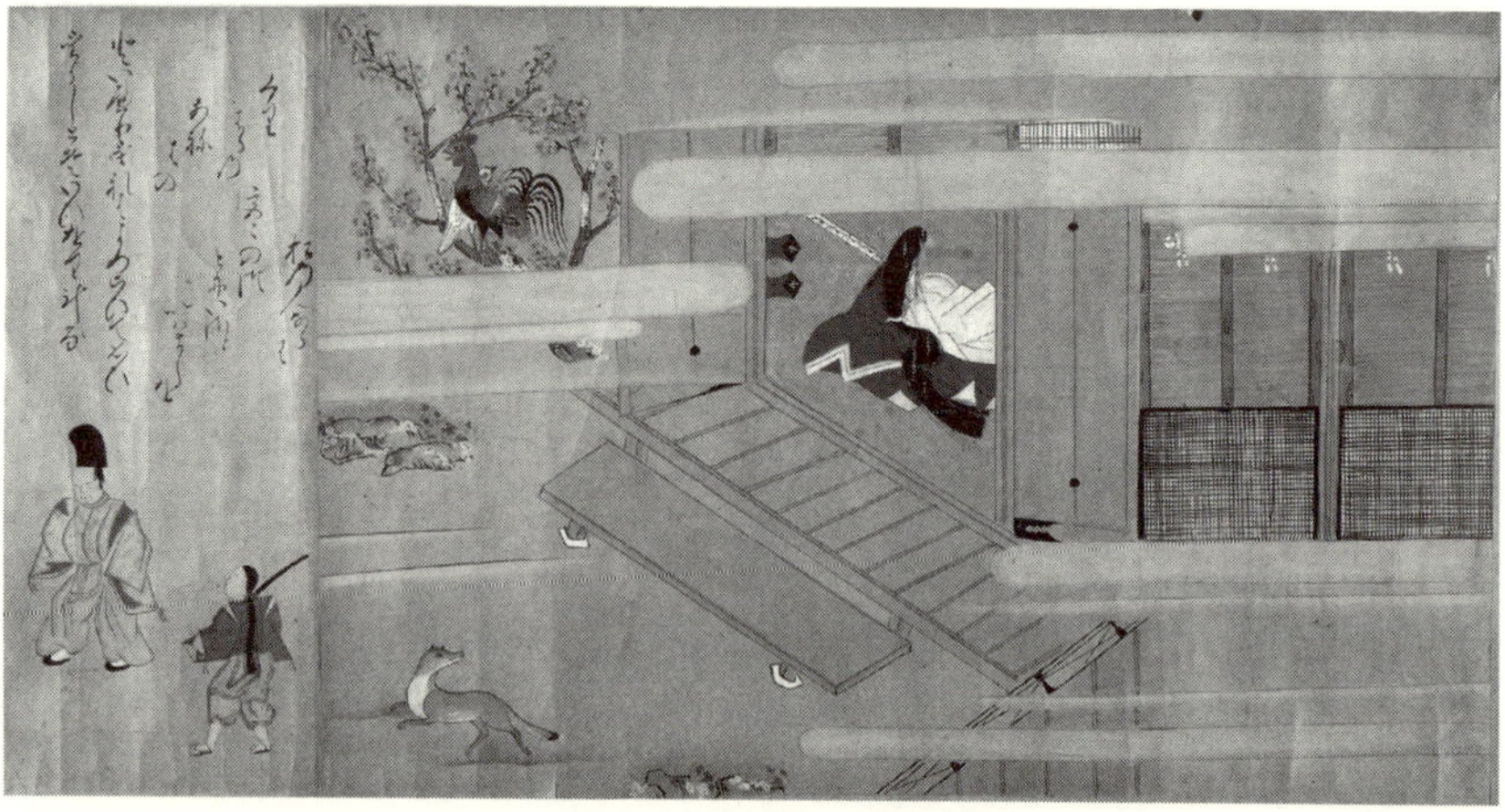

《挿図 4》小野家本・第 14 段

《挿図 5》嵯峨本・第 14 段

角倉素庵《そあん》（元亀二年・一五七一～寛永九年・一六三二）によって嵯峨本伊勢物語が刊行されるまで、伊勢物語はすべて写本によって伝えられ、享受されていた。

その伊勢物語が慶長十三年に至って、なぜ、古活字（木製活字）を用いた豪華な絵入り版本として刊行されることになったのか、その事情や意味するところについては、嵯峨本という出版企画全体の問題としても、あらためて考える必要がある。

その嵯峨本伊勢物語は、川瀬一馬氏（『古活字版の研究』〈初版昭和一四年、増補版昭和四二年・ＡＢＡＪ〉等）によって、慶長十三年（一六〇八）に刊行された第一種本（以下、慶長十三年古活字初刊本と呼ぶ）、同じく慶長十三年の刊だが第一種本とほとんどの活字を異にする第二種本（以下、慶長十三年古活字再刊本と呼ぶ）、慶長十四年刊行の第三種本（以下、慶長十四年古活字本と呼ぶ）、同十五年刊の第四種本（以下、慶長十五年古活字本と呼ぶ）の四種があること、それぞれの中に部分的に活字を取り替えた異植版があることが明らかにされている。異植版については、片桐洋一氏（『伊勢物語・慶長十三年刊嵯峨本第一種』〈昭和五六年・和泉書院影印叢刊〉解題）等によってさらに多くの異版本の存在が指摘されているが、大きな種類としては、この四種の区分が現在も用いられている。なお川瀬氏は、以上のものとは異なる、絵を伴わない古活字版伊勢物語を慶長中期刊の嵯峨本第五種本としているが、これについては後述する。

ここで注目したいのは、慶長十三年古活字初刊本（嵯峨本第一種本）から慶長十五年古活字本（第四種本）までの本に加えられている刊語である。まず最初に刊行された慶長十三年古活字初刊本（第一種本）と慶長十三年古活字再刊本（第二種本）には、巻末に次のような文面の刊語が加えられており、その末尾には、当時を代表する和学者であった中院通勝《なかのいんみちかつ》（弘治二年・一五五六～慶長一五年・一六一〇）の号「也足叟《やそくそう》」が記され、さらにそこに通勝の花押が、印刷でなく手書きで加えられている。（まず原文を、句読点を補い一部の表記を改めて掲げ、続いて私解による書き下し文を示す。以下同じ。）

伊勢物語新刊就余需勘校。抑京極黄門一本之奥書云、此物語之根源古人之説々不同云々。如今以天福年所被与孫女本正之。然而猶恐有訂校之遺欠也。更図画巻中之趣、分以為上下。是雖不足動好女人情、聊為令悦稚童眼目而已。

慶長戊申仲夏上浣　　也足叟（花押）

《伊勢物語を新《あら》たに刊するに、余に就《つ》きて勘校を需《もと》む。抑《そもそも》京極黄門の一本の奥書に云《い》はく、此の物語の根源古人の説々不同なりと云々《うんぬん》。如今《いま》天福年に孫女に与えられたる所の本を以て之を正す。然れども猶《なほ》恐るらくは訂校の遺欠有らん。更に巻中之趣を図画せしめ、分かちて以て上下と為す。是好《これよ》き女人の情を動かすに足らずといへども、聊《いささか》稚童の眼目を悦ばしむるのみ。》

冒頭から「然而猶恐有訂校之遺欠也」までの前半部には、伊勢物語を新しく刊行するにあたって、刊行者（おそらくは角倉素庵）が中院通勝に本文の校訂を依頼したことが記されている。依頼された通勝は「京極黄門一本」すなわち定家が校訂した本の一種で「此物語之根源…」以下の奥書を持つ、当時「世間流布の本」と言われていた本を底本にしたが、その奥書には、伊勢物語については様々な見解があって一致しないと記されていた。本文についても様々な異同があると思われたので、さらにもう一本、定家が天福年間に孫娘に与えるために書いたいわゆる「天福本」によって本文の校訂を行ったが、なお校訂の誤りや見落としがあることを恐れている。そのような内容が、奥書の前半には記されている。ここまでを見れば、通勝はただ刊行者である素庵から本文の校訂を依頼されただけの存在のように思われるが、奥書の残りの部分には、伊勢物語の興趣を絵に描かせて絵入り本にしたことと、全体を上下二巻に分けたことが記されている。これによれば、中院通勝は単に依頼されて本文を校訂しただけでなく、この伊勢物語をこれまでの本にはなかった、まったく新しい形の絵入り本に仕立てることや、上下二巻二冊に分けて本にすることをも、自分で企画し決定したことになる。さまざまな点で画期的であったこの出版は、角倉素案だけでなく、多くの古典籍やその注釈の刊行に関与していたことが知られている文化人貴族・中院通勝によって企画され、推進されたと考えられる。だからこそ通勝は、この奥書の末尾に、まるで写本のように一冊ずつ自筆で花押を記し、自身の関与を明確に示していると考えられるのである。それはまた、和田維四郎氏が『嵯峨本考』（大正五年・審美書院）で述べているように、この伊勢物語が「貴顕及び知友に贈与することを目的として」出版したものであって、利益を求めるための商品として刊行されたものでなかったことをも、はっきりと示している。

なお、さきに川瀬氏が「嵯峨本第五種本」としている、絵も刊語も伴わない古活字版伊勢物語の存在に触れたが、この伊勢物語と同一の活字を用いて、慶長十四年に『伊勢物語聞書（伊勢物語肖聞抄）』が刊行されており、そこにも中院通勝による刊語や自筆の花押が記されている。通勝はさまざまな形で、古活字による伊勢物語の刊行に関わっていたと考えられるのである。

3　嵯峨本と商業出版——慶長十四年古活字本刊語考——

慶長十三年には、中院通勝による上記のような刊語を伴った慶長十三年古活字初刊本（嵯峨本第一種本）と慶長十三年古活字再刊本（嵯峨本第二種本）が、何度も部分的に活字を取り替えて数多くの異版本を生みながら刊行されたが、その翌年には、活字だけでなく絵の版木も新しく作り直した慶長十四年古活字本（第三種本）が出版されている。その巻末には、慶長十三年古活字初刊本・慶長十三年古活字再刊本とは異なった、次のような無記名の刊語が記されている。

伊勢物語新刊世酷多矣。然京極黄門一本之奥書云、此物語之根源古人之説々不同云々。而今以天福年所被与孫女本正之。猶恐有字画之差互聊加訂校。又図巻中之趣、而分為上下。蓋為令好事童蒙悦目也於戯。予老懶衰堕而不弁烏焉。豈無紕謬。博洽君子改匡焉幸甚。

慶長己酉仲春上浣日

《伊勢物語の新刊、世に酷《はなは》だ多し。然《しか》るに京極黄門の一本の奥書に云はく、此の物語の根源古人の説々不同なりと云々。而今《いま》、天福年に孫女に与えられたる所の本を以て之を正す。猶《なほ》字画之差有ることを恐れ互いに聊《いささか》訂校を加ふ。又巻中之趣を図《えが》かしめ、分けて上下と為す。蓋《けだ》し好事の童蒙をして戯れに於いて目を悦ばしむる為也。予、老懶衰堕にして烏焉を弁ぜず。豈《あに》紕謬無からんや。博洽《はくかう》なる君子改め匡《ただ》さば幸甚なり。》

右の原文に点線の傍線を加えた部分には、小さな相違はあるものの、前に見た慶長十三年古活字初刊本・同再刊本の刊語とほぼ同じ文章が記されている。慶長十四年古活字本の刊語のかなりの部分は、慶長十三年古活字初刊本・同再刊本の刊語をそのまま利用、踏襲して書かれているのである。しかし、慶長十四年古活字本の刊語の冒頭には「伊勢物語新刊世酷多矣」という、慶長十三年古活字初刊本・同再刊本の刊語には見えなかった記述が記されている。この部分は、いったいどのようなことを、何のために述べているのだろうか。伊勢物語が刊行されたのは、そもそも言うまでもなく前年の慶長十三年古活字初刊本・同再刊本が初めてであった。だとすれば、川瀬氏も前掲書で述べているように、この「伊勢物語新刊」とは、慶長十三年古活字初刊本・同再刊本のことをさし、「世酷多」とは、この慶長十三年古活字初刊本・同再刊本が多くの異版本を生みながら刊行されたことを述べているとしか考えられない。その記述の後、慶長十四年古活字本の刊語の文章は、「然」という文字を挟んで、さきに見た点線部に続いている。自然な読みに従えば、この奥書は、世間で刊行されている伊勢物語は多いが、それらは本文に不十分な所があるので、いま、点線部のような行き届いた校訂を行った本を新たに出版する、という趣旨の内容を述べているとしか考えられない。しかしながら、点線部に述べられている校訂の方法は、冒頭で批判の対象になっている慶長十三年古活字初刊本・同再刊本の刊語の記述をそのまま模倣したものである。また、片桐氏が『伊勢物語・

慶長十四年刊嵯峨本第三種』（昭和四九年・国書刊行会）の解題で述べているように、慶長十四年古活字本の本文は、そもそも字配りに至るまで慶長十三年古活字再刊本と同じである。このような事情を考えれば、この慶長十四年古活字本の刊語の、特に前半は、具体的に何を言っているかわからない、意味不明な記述としか考えられない。しかし実は、これと類似する記述は、これ以降の整版本伊勢物語の刊語に、きわめて一般的に見られるのである。次に、いくつかの例を掲げておく。

〈延宝七年・一六七九刊『新板伊勢物語頭書抄』〉

伊勢物語板行、世間に多しといへども、文字のちがひ、或はかなつかひにあやまりこれありて、重宝にならざるゆへ、ことぐ〵くあらため、…（下略）

〈元禄十年・一六九七・六月刊本〉

世間流布する所の伊勢物語、板本多しといへども、清濁文字のあやまり有につき、此の度正本を求て、是を改、絵図にして文句のこころをしらしむ事、ゐいじの見安からんがため歟。

〈享保六年・一七二一刊『花玉伊勢物語』〉

伊勢物語板行、世に数多有といへども、仮名づかひ、文字の誤り少なからず。今あらたに其誤りをあらため、…（下略）

右に例示したのはごく一部であって、同種の奥書は他にもおびただしく見出される。そして、一部の例外を除けば、それらはごく形式的に、定型にならって自己の優位性を主張しているだけであって、「今あらたに其誤りをあらため」などと言っていても、ほとんど実体は伴っていないと言ってよい。いま問題にしている慶長十四年古活字本の刊語には、「仮名づかひ、文字の誤り少なからず」というような記述は見られないが、「伊勢物語新刊世酷多矣」と言っておいて、それに続けて慶長十四年古活字本の優位性を述べる文脈は、結局のところ右に代表例を挙げた整版本の奥書と性格を同じくすると言わねばならない。ここでは、はっきりと言われてはいないものの、慶長十三年古活字初刊本・同再刊本が、「世に酷だ多い」本として暗に批判されており、しかもそれはさきに見たように、事実とは異なった虚偽の批判なのである。片桐氏も前掲解題で指摘しておられるように、慶長十四年古活字本の活字は、他の三種とは風格を異にしている。慶長十四年古活字本は、慶長十三年古活字初刊本・同再刊本とはまったく別の主体によって、もちろん中院通勝とは無関係に、嵯峨本を模倣しつつ商業出版として刊行された、言わば疑似嵯峨本とでも言うべき本ではなかったかと考えられる。贈与を目的とした嵯峨本伊勢物語が画期的な姿で生み出されてわずか一年後に、伊勢物語の版本は、早くも商業出版の段階に入ったのではないかと考えられるのである。

　さらに翌年四月、次のような刊語を伴った慶長十五年古活字本が刊行されているが、この奥書は、かつて中院通勝が刊行した慶長十三年刊本を模して新しく版を作り、それを「再び世に流布せしむる」ということだけを、中院通勝の名を明示しつつ述べている。その内容は穏健だが、これだけではこの慶長十五年古活字本の性格については不明と言うほかない。ちなみに、中院通勝はこの年の三月二十五日、五十五歳ですでに世を去っている。

　抑京極黄門一本之奥書云、此物語之根源古人之説々不同云々。故去慶長戊申仲夏之比、中院也足軒素然、以天福年所被与孫女本正之、幷加画図巻中之趣、分以為上下行于世矣。今亦以其印本正之、再令流布世而已。

　　慶長庚戌孟夏日

《抑《そもそも》京極黄門の一本の奥書に云《い》はく、此の物語の根源古人の説々不同なりと云々《うんぬん》。故に去る慶長戊申仲夏の比《ころ》、中院也足軒素然、天福年に孫女に与えられたる所の本を以て之を正し、幷《あは》せて巻中の趣に画図を加へ、分ちて以て上下と為して世に行ふ。今亦其の印本を以て之を正し、再び世に流布せしむるのみ。》

　以上のような考察をふまえ、本論では慶長十三年刊の古活字本伊勢物語のみを嵯峨本と呼び、それ以外の古活字本伊勢物語はすべてただ古活字本と呼ぶことにする。

4　古活字本から整版本へ——整版本刊語の性格——

上記のような古活字版の刊行に続いて、おそらくは嵯峨本の好評による需要に応じるため、はじめての整版本伊勢物語として、慶長十三年古活字再刊本をそのまま覆刻した覆刻整版本が作られたが、その後、新しく版を起こして作られた整版本は、それほどすぐには現れなかった。刊行年時が明記された独自の版の整版本は寛永六年（一六二九）になってはじめて登場する。嵯峨本は江戸時代の伊勢物語絵入り整版本盛行の大きなきっかけとなったが、そのきっかけが最初の結実を生み出すまでに、仮に慶長十五年古活字本が刊行された慶長十五年（一六一〇）を起点とすれば、実に十九年という時間が必要だったのである。そしてその後もながらく、伊勢物語絵入り整版本、特にその挿絵は嵯峨本の強い影響下にあった。さまざまな新しい趣向は試みられたものの、嵯峨本という母体からの完全な独立までにはなお長い時間が必要だったのである。

最初の伊勢物語整版本である寛永六年刊本は、本文部分については新しく版を起こしてはいるものの、実は絵と刊語については、慶長十五年古活字本（いわゆる嵯峨本第四種本）の版木をそのまま用いていることが明らかにされている（関口一美氏「嵯峨本伊勢物語から絵入り整版本へ」『伊勢物語　享受の展開』平成二二年・竹林舎）。古活字本と整版本は、絵と刊語の版木の継承という形で、物理的にも連続していたのである。一方、その寛永六年本をもとにしつつ本文などを一部改めたと考えられる寛永二十年（一六四三）本は、同じ古活字本でも慶長十四年古活字本（第三種本）の絵と刊語の版木をそのまま利用している（関口氏前掲論文）。その後、嵯峨本の版木そのものの利用はなくなったものの、その商業主義的な内容をさきに問題にした慶長十四年古活字本の刊語は、万治三年（一六六〇）刊本等に至るまで、そのままの形で数多くの本に使われ続けてゆく。初期の整版本の嵯峨本に対する依存は、このような点にも強くうかがわれるのである。さきに延宝七年（一六七九）刊の『新板伊勢物語頭書抄』等の刊語をとりあげ、慶長十四年古活字本の刊語との言い回しの共通性に注目したが、実際には、整版本の刊語として頻繁に使われ続けていた慶長十四年古活字本の刊語がもとになって、『伊勢物語頭書抄』以下の刊語の定型的スタイルが生み出されたと言った方が正しいであろう。伊勢物語整版本にしばしば見られる独特の奥書は、ひとつにはこのような、慶長十四年古活字本の刊語を起点とするみちすじをたどって生み出されたと考えられるのである。

一方、寛永年間の刊行かと推定される無刊記九行本の末尾には、まず天福本の定家奥書が記された後、さらに次のような、原本奥書めいた文章が記されている。

右書本者為定家卿自筆　禁裏御本也。随有縁申出為所証本。不違一字一点令透写遂再校訖。雖然魯魚之誤猶難遁者歟。于時長禄第二暦仲陽初三候記之。
桑門尭空在判
此本定家卿之以自筆、写書校合之上者、尤証本無疑者也。

この奥書は、室町時代の長禄二年（一四五八）に、禁裏から借り出した定家筆の天福本原本を法橋玄津《ほっきょうげんしん》が書写した際に記され、その本の流れをくむ系統の天福本諸本にも転記されている次のような奥書を借用し、改変したものである。すなわちそれらの本には、天福本の奥書に続けて、次のように、法橋玄津の書写奥書と、それを保証する正徹《しょうてつ》の加証奥書が記されている。

右書本者為定家卿自筆　禁裏御本也。随有縁申出為所証本。不違一字一点令透写遂再校訖。雖然魯魚之誤猶難遁者歟。于時長禄第二暦仲陽初三候記之。
執筆法橋玄津（花押）
此本定家卿之以自筆、写書校合之上者、尤証本無疑者也。
休止正徹（花押）

このうち、最初の奥書の「執筆法橋玄津」という署名を消し、後の加証奥書の署名を正徹から桑門尭空《そうもんぎょうくう》、すなわち三条西実隆《さねたか》に書き換えたのが、無刊記九行本の刊語である。これは、おそらくは当時一般に古今伝授の家柄として知られていた三条西家の、学祖とも言うべき実隆の名を借りて作られた偽作、すなわち虚偽の奥書であったと考えられる。

この虚偽の原本奥書は、さらに、次のように大きく姿を変え、創作された虚構の奥書となって、明暦元年（一六五五）刊本、寛文二年（一六六二）刊本、元禄十年（一六九七）刊『伊勢物語大成』等、数多くの本に用いられ続けてゆく。

近代以狩使事為端之本出来、末代之人斤案也。更不可用之。此物語古人之説々不同。或云、在中将之自書、或称伊勢筆作。就彼此有書落事等。上古之人強不可尋其作者。只可翫詞花言葉而已。戸部尚書在判

右書本者為定家卿自筆　禁裏御本也。随有縁申出為所証本。不違一字一点令透写遂再校訖。雖然魯魚之誤猶難遁者歟。于時長禄第二暦仲陽初三候記之。

最初に記されている「近代以狩使事～只可翫詞花言葉而已」という奥書は、定家本の一種である武田本の奥書の冒頭部を省いたもので、一部の武田本の写本にもこの形でよく用いられているものだが、ここではこのように、天福本の奥書が書かれるべき場所にこの武田本の奥書が記され、それに続いて法橋玄津の奥書が、その署名を取り去った形で加えられている。本来は何の関係もない二種類の奥書が、数多くの伊勢物語整版本ではこのように、強引に結びつけられて記されているのである。

以上、絵入り整版本に多く見られる刊語や原本奥書のうち、慶長十四年古活字本の刊語を起点とすると考えられるものと、武田本奥書に署名を省いた法橋玄津奥書を加えたものの二種類について、その成立を概観した。前者は、既刊の多くの本の本文が乱れているので、それを証本によって正したと述べるが、それは単なる定型的な記述に過ぎず、実体を伴ってはいなかった。後者もまた創作された虚構の奥書であって、実質的には何の意味も持っていない。これらの刊語や原本奥書は、整版本の伊勢物語本文に架空の権威を与えるためにことさらに記されている、い

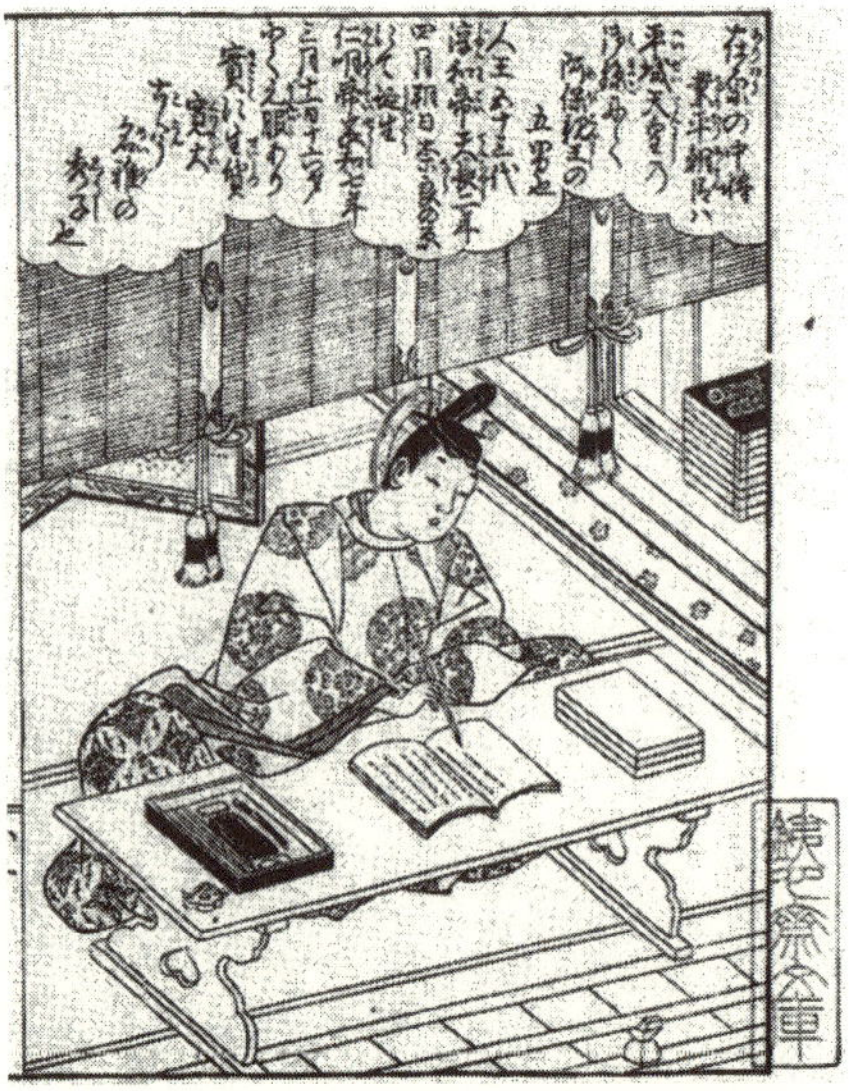

《挿図 6》延享 4 年刊本・上冊扉

《挿図 7》延享 4 年刊本・下冊扉

わば形式だけの存在であったと考えられるのである。

5　整版本の伊勢物語理解

伊勢物語絵入り版本の多くは上冊と下冊からなる二冊本だが、その二冊それぞれの見返しや扉には、絵が描かれていることが多い。中でも中期以降の版本に多く見られるのは、上冊に在原業平らしい男性が何かを執筆したりしている様が描かれ、下冊に一人の女性が、こちらも何かを執筆したり、あるいは完成した書物らしい物を捧げ持って運んでいる情景が描かれている事例である。延享四年（一七四七）刊本《挿図6》《挿図7》や明和四年（一七六七）刊本など、その類例はきわめて多い。業平の像が描かれるのは伊勢物語版本として自然なことと言ってよいが、もう一方の図は、延享四年本等の上欄の記述からも明らかなように、室町時代以降伊勢物語の作者と目されていた伊勢（伊勢御）の姿を描いたものである。

たとえば、室町時代後期の代表的な伊勢物語注釈書のひとつである『伊勢物語肖聞抄』（文明十二年本）には、伊勢物語のなりたちが、次のように説明されていた。

…伊勢が作にをきても、…畢竟作り物語と見侍るべきなり。されど、源氏物語のやうにはあらず。此内に業平自記の詞も相交るべし。業平一期の事を書けるうちに、少々旧歌などを取り寄せて書ける所、みな作り物語の作法なり。

『伊勢物語肖聞抄』をはじめ、二条流歌学の流れを汲む旧注の諸注は、伊勢物語の作者を歌人として名高い伊勢であるとし、伊勢物語という書名の由来をそこに求める。ただし、伊勢物語の一部は業平が実体験をそのまま書き置いた自筆であったとし、業平の死後、それを愛人であった伊勢が預かり、その一部を、古歌などを使って創作した新しい章段と入れ換えたりして世に広めたと考えるのである。数多くの絵入り版本の製作者たちは、伊勢物語の成立に関する旧注以来のこの説をそのまま継承しており、その結果として、これらの本には、業平と伊勢の姿が、伊勢物語の二人の作者として、見返しや内扉に掲げられているのである。

国学者の荷田春満《かだのあずままろ》の『伊勢物語童子問《どうじもん》』（享保十五年・一七三〇ごろ以降に成立）や賀茂真淵の『伊勢物語古意』（宝暦三年・一七五三ごろ成立）では、旧注の業平作者説や伊勢作者説がきびしく否定され、伊勢物語は在原業平とは無関係な虚構の作品であるということが強く主張されているが、彼等の周囲では、おびただしい種類の、このような通俗的伊勢物語が、業平と伊勢を描いた美しい絵を伴って、繰り返し出版されていたのである。

また、元禄期以降の整版本には、さきにも見た元禄十四年（一七〇一）刊本のように、巻頭や巻尾に「伊勢物がたりよみくせ」などと題して音読に関わる故実を列挙したものを掲げ、表紙の題簽にも「よみくせ入」と明示して付加価値をねらったと思われるものが多いが、それらの多くには「右よみくせ清濁は細川玄旨の御説也」などという注記が付され、三条西家から古今伝授を受けて多くの人に伝えた細川幽斎の名がことさらに記されている。

さらに、たとえば鉄心斎文庫蔵の寛文九（一六六九）年刊本の巻末には、墨筆で次のような書き入れが記されている。

右、当流二条家之点也。（本）読方一通リ記矣。文句中釈之義者、可為別伝者也。

この鉄心斎文庫蔵寛文九年刊本の本文には、実際には「読方」の「点」がそれほど書き入れられておらず残念だが、上述のような刊語や原本奥書によって架空の権威を付与され、時に「伊勢物がたりよみくせ」などの付録を加えられ、さらには業平と伊勢の画像を見返しや扉に示して刊行された整版本伊勢物語には、このように享受の段階で、三条西家から細川幽斎、さらに望月長孝、有賀長伯《あるがちょうはく》へとつながる地下派の二条流歌学伝授との具体的関わりがうかがわれる場合も見られる。整版本伊勢物語の刊語その他が主張する擬似的な正統性と、地下歌学伝授がことさらに強調する正統性とは、互いに似通った性格を有し、このように互いに交わってもいたように思われるのである。

6　書き入れ——テキストとしての享受——

二条流歌学伝授との関わりを示す書き入れを見たが、実は古活字本・整版本を問わず、伊勢物語版本の多くの伝本には、さまざまな内容の書き入れが加えられている。

たとえば、古活字本のうち、慶長十三年刊古活字再刊本（嵯峨本第二種）甲種と同乙種の取り合わせ本である鉄心斎文庫蔵本（版1、富岡鉄斎旧蔵・宝玲文庫旧蔵）には、全冊にわたって、契沖の『勢語臆断』からの抜粋かと思われる注釈が、行間や頭部に丁寧な朱筆で書き込まれている。また、別々の古活字覆刻整版本の上下冊を取り合わせたと考えられる鉄心斎文庫蔵本（版2、谷森善臣旧蔵）には、前半部にのみ、朱筆と墨筆で詳細な注記が書き入れられており、そこには真名本や後水尾院の講釈を筆録した道晃親王の抄、細川幽斎の『伊勢物語闕疑抄』などが引用されている。これ以外にも、古注も含めたさまざまな注釈を書き入れた本は古活字本・整版本を通して多く見られるが、その書き入れには、伊勢物語の注釈史や享受史を考えるうえで貴重な資料になり得るものも多く含まれており、中には、書き入れられたその本全体がすでにひとつの注釈書になっていると思われるものもしばしば見られる。たとえば鉄心斎文庫蔵（版233）本は明暦元（一六五五）年刊の絵なし本だが、その行間には朱筆で多くの注が書き入れられており、そこには「愚見」「祇注」などの引用のほかに「草紙の地」などのような術語も見られて、書き入れ全体がひとつの注釈として興味深い存在となっている。

注釈と並んで数多くの本に見られる書き入れは、他の本文との異同である。無刊記整版本の後刷りである鉄心斎文庫蔵（版225）本のように、天福本との校合が書き入れられている例も多いが、もっとも多く見られるのは、江戸時代に発見されて大いに注目された塗籠本の本文を書き入れたものである。鉄心斎文庫蔵本（版144）と同（版145）は、元禄三（一六九〇）年刊の豆本だが、その小さい版面の所々に、塗籠本との異同と思われる書き入れが朱筆で記されている。このように、塗籠本本文を書き入れた本は多いが、その中でも注目されるのは鉄心斎文庫蔵（版73）の元禄十七（一七〇四）年本（万治三年刊本の後印）である。その巻末には朱筆で、寛政六年（一七九四）の久陳の奥書に続いて、翌寛政七年の佐々木萬彦による長い奥書が書き入れられているが、その冒頭には次のような記述が見られる。

　此伊勢物語絵入、俗版といへども本文あやまらざるにより、久陳校合の古写本をもてかさねてここに校合す。世にいふ朱雀院ぬりごめの御本これなり。（下略）

伊勢物語整版本は、さきに見たようなさまざまな通俗的要素を持っているにもかかわらず、その本文は「俗版といへども本文あやまらざる」、信頼するに足るものとして、研究や講釈のために注記を書き込んだり、本文校合の底本に使われたりしていた。鉄心斎文庫蔵本（版121）は、下河辺拾水画とされる浮世絵風の挿絵を伴った天明二（一七八二）年刊本の寛政五（一七九三）年改正本の、さらに文化年間（一八〇四〜一八一七）以降の後印本だが、伊勢物語整版本の最末期に近い本と言ってよいこの版本にも、その上冊には朱筆と墨筆による、おそらくは講釈に関わると思われるおびただしい注記が書き込まれている。そこからは、伊勢物語版本がこの時期に至るまで「俗版といへども本文あやまらざる」、信頼に足るものとして用いられ続けていた事実がうかがわれるのである。

また、版本に書き入れられたさまざまな注記の中には、賀茂真淵や本居宣長の説を記したものも見られ、さきに見たように室町時代以来の歌学伝授を背景に持つこれらの版本が、広く国学者流の人々にも伊勢物語テキストとして用いられていたことが、それらの書き入れによってうかがわれもする。後述のように次第に本文から離れ通俗的な方向に変貌してゆく挿絵を伴いながら、浄瑠璃の六段本を模した享保十四年（一七二九）刊本のような特殊なものを除いて、ほとんどの版本の本文がいつまでもこのように認識され続けていたところに、伊勢物語版本が持っている特異な性格や、その独特の魅力の一端を見ることができるように思われる。

7　絵の自立へ

嵯峨本の影響を強く受けた初期の絵入り整版本のうち、一部の版本では、物語の舞台となっている場所の名が画中に、「あくた川」「うつの山」などと標示されている。その中でも、寛文二（一六六二）年刊本は特に評判がよかったらしく、明治に至るまで何度も刷り直して刊行されている。

しかし、それらの本に示された場所の標示には、首をかしげざるを得ないものが多く含まれている。嵯峨本の初段「かすがののさと」と同じ図柄を、絵の質は落ちるもののほぼそのままに踏襲している寛文二年本の初段の挿絵に「かすがののさと」という標示があるのは当然だが、主人公にようやく追いついた侍女が手紙の返事を渡そうとしている場面を描いたと思われる嵯峨本の初段第二図と同じ情景を描いた絵に加えられた「みちのく」という標示

《挿図8》寛文２年刊本・第69段

《挿図9》寛文２年刊本・第50段

などは、この絵がどの場面を描いたものであるかがわからなくなった後に、いわばむりやりに加えられた標示のように思われる。この他にもたとえば第二十三段の冒頭、まだ子供だった主人公たちが「井のもと」で遊ぶ場面を描いた絵になぜか付されている「かはちの国たかやす」という標示や、伊勢の斎宮が登場する第六十九段を描いた絵《挿図8》に付された「大内」すなわち宮中という標示等についても、これと同様の、杜撰としか言いようのない事情を推定することができる。

中でも興味深いのは、「あだくらべかたみにしける男女」の歌の贈答で構成されている第五十段の絵《挿図9》に付された「しれず」という標示である。「しれず（知れず）」とはすなわち不明ということだが、さきにも見たように、この絵には女が詠んだ「ゆく水に数かくよりもはかなきは思はぬ人を思ふなりけり」という歌の「ゆく水に数かく」情景が、まるで物語中の実景でもあるかのように描かれている。本来これは、はかないことの例として歌の中に持ち出された架空のことがらなのであり、その場所を特定することが不可能なのは当然である。そんなケースにまで、寛文二年刊本はあえてわざわざ「不明」という場所標示を、言わばむりやりに加えているのである。

寛文二年刊本の絵の場所標示がこのように物語の内容からかけ離れ、しばしば奇妙な錯誤を見せてさえいることを、誤りとして批判したり笑ったりすることはたやすいことだが、重要なのはむしろ、このような、あまりにも素朴な過誤を多く含んだ伊勢物語版本が、にもかかわらず人々に歓迎され続けていたという事実である。さきにも述べたように寛文二年刊本は特に人気が高く、明治時代まで後刷りが作られ続けていて、その中には書き入れが加えられた本も多く見られる。それほどまでに、伊勢物語版本の享受は幅広い層に広がっていたと考えるべきであろう。

寛文二年刊本などの絵の場所標示に誤りが多く見られる、その理由のひとつに、絵が置かれている位置が、本来の段落の位置とかなり離れてしまっていることがあげられる。事実、絵と該当の章段が、一冊の書物の中で互いの関連が認識しがたいほど離れた位置に置かれてしまっていることが、この時期以降の伊勢物語版本には多い。たとえば、さきに「みちのく」という標示を問題にした寛文二年刊本の第二図は第四段、「しれず」と記された第五十段の絵は第五十四段～第五十八段の次の頁に配されている。該当章段の本文から離れて置かれている挿絵は、当然、挿絵だけで、極端な場合には該当本文も不明なまま鑑賞されることが多くなるはずである。前に見た嵯峨本のように章段本文と密着して絵が鑑賞される場合には、その挿絵にことさらに標示を付け加えることは必ずしも必要ではなかった。挿絵が本来の章段から離れて絵だけで鑑賞されることが多くなったことと、絵に、わざわざ場所の標示が付け加えられるようになったことは、いわば同一の動きの両面であったと考えられる。伊勢物語版本の挿絵は、このような形を通して、次第に本文から離れ、自立への道を歩み始めていったのである。

8　伊勢物語の版本と絵本

寛文二年刊本から七年後の寛文九年（一六六九）には、一頁を上下に分けて二枚の絵を入れた本が出現する。この形は、安価に多数の絵を提供できるためか、これ以後も多くの本に踏襲されてゆくが、これもまた、絵が物語本文から離れて一人歩きするという前述の傾向を、さらに一歩進めたものと言ってよい。絵と該当章段の距離は、これによってますます大きくなったと考えられるからである。

《挿図10》宝暦5年刊本・第5～6段

さらに、大坂に住んだ絵師・月岡丹下が絵を描いている本では、挿絵画家としても人気の高かった西川祐信画の延享四（一七四七）年刊本等のあとをうけて、人物の姿や衣装もすっかり当世風になっているが、中でも宝暦五（一七五五）年〔以前〕刊本では、画中の余白に物語の概略が書き入れられており、絵はこれまで以上に本文を離れていて、もはや絵にとって本文は不要といっても過言ではない状態になっている。そのうち、「ついひぢのくづれ」が描かれていることから第五段の

《挿図 11》宝暦 6 年刊本・第 65 段

絵と思われる《挿図10》では、主人公らしい男と相手の女性が、その「ついひぢのくづれ」を通って屋敷の外に抜け出そうとしている情景が描かれている。そもそも第五段は、人目を忍ぶ主人公が「ついひぢのくづれ」を通って屋敷内の女性の所に通ってゆくという内容の話であって、そこには、男女が外に抜け出すような場面は含まれていない。本来の第五段の内容と大きく異なった図柄が注目されるのだが、その絵の上部の余白には、次のような説明が書き込まれている。（ふりがなも原文のまま。）

業平《なりひら》、二条院《にじやうのゐん》のたゞ人にてましませし折《おり》、忍《しの》びて連《つれ》出て、あくた川に行給ひぬ。

「二条院」は「二条后」の誤りと思われるが、この説明によれば、この挿絵は、主人公である業平が二条后を「忍びて連出て」、「あくた川」に行ったときの情景、つまりは第六段の様子を描いたものであることになる。しかも、画中でいま二人は、まぎれもない第五段の「ついひぢのくづれ」を通って外に出ようとしている。ここでは、第五段の内容と第六段の内容がもは

《挿図 12》宝暦 6 年刊本・第 106 段

や区分不可能な形で融合し、両者が一体化することによって、本来の伊勢物語にはなかった、まったく新しいストーリーが語られているのである。

実はこの宝暦五年（以前）刊本は、宝暦三年に刊行された月岡丹下画の『絵本龍田山』に伊勢物語本文を新たに加える形で作られたものである。以上に見たような、新しいストーリーを語る大胆な図柄の絵は、実は当初、伊勢物語本文を伴わない絵本の絵として作成されたものであった。だからこそこれらの絵は、本文の制約を受けることなく、このように自由に描かれることができたと思われる。

宝暦五年の翌年には、同じ月岡丹下が絵を描いた宝暦六年（一七五六）刊本が刊行されたが、この本では挿し絵の多くが見開きの大きさになっており、本文よりもむしろ絵を鑑賞し絵を楽しむという伊勢物語版本の傾向は、そこではより一層顕著なものになっている。その、見開きいっぱいに描かれた絵のひとつに、第六十五段の末尾部分、密通の露見によって「くら」に監禁されている「女」の居場所を求めて、流罪になったはずの主人公が「人の国より夜ごとに来つつ、笛をいとおもしろく吹きて、声はをかしうてぞあはれに」歌をうたった場面を描いたもの《挿図11》がある。右上に監禁されている「女」、左下に笛を吹く主人公が描かれているが、ここで注意されるのは、絵の右下、「女」の下の部分で居眠りをしている二人の男たちの存在である。このような番人のことは、第六十五段の本文には何も書かれてはいない。この男たちは、いったいなぜ、ここにいるのか。「女」を見張る番人だとしても、なぜ彼等は、役目を忘れたかのように居眠りをしているのだろうか。

この、居眠りをする二人の人物の姿は、多くの版本に描かれている。厳重に監視された「女」を主人公が尋ねるという点でも、第五段と第六十五段の場面設定はよく似通っている。第五段の「ついひぢのくづれ」の前で監視をしていた番人たちの姿に、きわめてよく似ている。第五段の絵の中で番人たちが居眠りをしているのは、この第五段で主人公が詠んでいる、「人知れぬ我が通ひ路の関守はよひよひごとにうちも寝ななむ」という歌の「うちも寝ななむ」という願望の世界を、そのまま絵画化して示したものと考えられるが、絵師・月岡丹下は、第五段の絵から「居眠りする番人」を取り出し、それを、場面設定が類似する第六十五段末尾部の絵に書き加えたと考えられるのである。彼ら二人の番人は、主人公と女の深い恋情に心を打たれ、わざと居眠りをして見て見ぬふりをしているのだろうか。だとすれば、第五段と同じように、第六十五段の男女も、最後は許され、結ばれることになるのだろうか。もとより第六十五段の設定ではそれはあり得ないことではあるが、この『絵入伊勢物語』の絵に加えられた二人の番人の姿を見ていると、そんなことまで想像されてしまう。ここでもまた、このような形で、絵によって、物語の内容に変容が加えられていると考えられるのである。（本書前節・第七章三参照。）

同じ宝暦六年刊本の挿絵のうち、親王たちの「逍遥」の現場に参上した主人公が「ちはやぶる」という和歌を詠んだという第百六段の挿絵《挿図12》には右半分に三人の人物が描かれているが、一番左側に立っているのが主人公であろうと考えられる。しかしながら、この主人公の姿は、親王たちの遊興のお供にしてはいささか異様である。

矢を収めた平胡籙《ひらやなぐい》を負い、弓を持ち、巻纓《けんえい》の冠に緌《おいかけ》まで着けたこの服装は、近衛府などに属する五位以上の武官の正装すなわち束帯姿だが、正式な行幸ならともかく、「親王」たちの個人的な「逍遙」の場には、いかにもふさわしくない。古活字本をはじめとする一般の絵入り版本では、第百六段の主人公はこのような服装ではなく、よりくつろいだ烏帽子と狩衣の姿に描かれている。いったいなぜ、この本に限って、第百六段の主人公はこのような異様な服装に描かれているのだろうか。

この宝暦六年刊本の第百六段の挿絵に描かれた主人公の姿は、よく見ると、百人一首の絵札や画像として描かれた在原業平の姿と、きわめてよく似ている。百人一首の画像では通常、近衛の中将であった業平は武官の正装の姿に描かれているからである。この第百六段で主人公が詠む「ちはやぶる」の歌は、いうまでないことだが、当時の人々がよく知っていた、百人一首に入れられた一首であった。月岡丹下は、伊勢物語の絵入り本の中にあえて、人々がよく見知っていた百人一首の業平の画像を登場させていると考えられるのである。伊勢物語第百六段の場面の中に、百人一首の業平が登場して「ちはやぶる」の歌を詠む。ここでもまた、本来の物語とは異質な要素が絵の中に導入され、それによって本来の伊勢物語は、少なくとも絵の中で、その姿を大きく変えている。人々は、もはや物語の本文にこだわることなく絵を楽しみ、絵で遊びはじめているのである。

近世には、伊勢物語をさまざまにもじった『仁勢物語』などのパロディー本が多く作られたが、そのパロディーも、原拠に大きくよりかかった「もじり」から、内容的な趣向を楽しむ「見立て」や「やつし」へと次第に進化していった。同様の手法が絵画の世界でもさかんにおこなわれたことは、信田純一氏「にせ物語絵――『伊勢物語』近世的享受の一面――」（『日本屏風絵集成』第五巻・昭和五四年・講談社、後に『にせ物語絵　絵と文　文と絵』平成七年・平凡社に所収）に詳しく述べられている。宝暦五年〔以前〕刊本や宝暦六年刊本に見られる月岡丹下の挿絵は、建物や登場人物の衣装などが前述のように当世風に変わっており、それだけでも一種の「やつし」に近い要素を持っていると考えられるが、ここで見た例のように、そこでは絵は物語の本文からすでに大きく離れ、物語を自由に改変したり異質なものを付加したりするといった遊びが、それらの絵の中ではさかんにおこなわれているのである。

伊勢物語の絵入り版本の挿絵は、上述のように物語本文から次第に自立し、人々は一方で「俗版といへどもあやまらざる」本文をテキストとして使用し続けるとともに、その一方で、絵を通して物語を鑑賞し、絵の趣向を楽しむようになっていったと考えられる。その後、伊勢物語版本を成り立たせていた二つの要素である本文と絵はさらに分離して、絵の方は物語本文を必要としない絵本や浮世絵等にその座を譲ることになった。かくして、伊勢物語版本の新しい版が刊行されることはなくなったが、これまで刊行された既製の伊勢物語版本の多くはその後も刷り直しを重ね、一部は明治時代に至るまで版行され続けて、多くの人々に用いられ続けたのである。

※本節で例示した伊勢物語版本については『伊勢物語版本集成』（平成二三年・竹林舎）を参照されたい。

初出一覧

第一章　物語の始発

一　「在原業平と伊勢物語の始発」山本登朗編『伊勢物語　成立と享受1　伊勢物語　虚構の成立』平成二〇年十二月・竹林舎

二　「伊勢物語の日本神話──在原業平と「神代」──」王朝物語研究会編『論叢伊勢物語2──歴史との往還──』平成一四年十一月・新典社

第二章　伊勢物語の方法

一　「伊勢物語『初冠』考」秋山虔編『平安文学史論考』平成二一年十二月・武蔵野書院

二　「『いちはやきみやび』──伊勢物語の主人公と語り手──」片桐洋一編『王朝文学の本質と変容　散文編』平成一三年十一月・和泉書院

三　「伊勢物語と毛詩──段末注記という方法──」『国語国文』八二巻八号・平成二五年八月

四　「『かれいひ』の意味──伊勢物語九段・八橋の場面をめぐって──」『礫』二三〇号・平成一七年十二月

五　「『歌さへぞひなびたりける』──『伊勢物語』の『みちのくに』」『国文学解釈と鑑賞』七一巻五号・平成一八年五月

六　「仙査説話の意味──伊勢物語八十二段をめぐって──」『礫』二二〇号・平成一七年二月

七　「沈黙と死──初冠本『伊勢物語』の結末──」『国文学解釈と鑑賞』七三巻三号・平成二一年三月

第三章　恋愛譚としての伊勢物語——中国説話との関わり——

一　「仙女譚から『伊勢物語』へ——『かいまみ』を手がかりに——」　山本登朗、ジョシュア・モストウ編『伊勢物語　創造と変容』平成二一年五月・和泉書院

二　「『遊仙窟』文化圏」構想は可能か——『かいまみ』と『女歌』——」（後半）『和漢比較文学』四四号・平成二二年二月

三　「中国の色好み——韓寿説話と伊勢物語」　永井和子編『源氏物語へ　源氏物語から』平成一九年九月・笠間書院

四　「王朝物語と宮廷秘話——『伊勢物語』第六十五段成立の意味」　仁平道明編『平安文学と隣接諸学1　王朝文学と東アジアの宮廷文学』平成二〇年五月・竹林舎

五　「伊勢物語の成熟期——六十五段とその周辺——」『国語と国文学』八〇巻四号・平成一五年四月

第四章　解釈をめぐって

一　「伊勢物語の高安の女——二十三段第三部の二つの問題——」　関西大学国文学会『国文学』八八号・平成一六年二月

二　「平安末期における『けこのうつはもの』——『伊勢物語の高安の女』補遺——」　関西大学国文学会『国文学』九六号・平成二四年三月

三　「『春別』と『春の別れ』——伊勢物語第七十七段の問題点——」　関西大学国文学会『国文学』九一号・平成一九年三月

四　「『千尋あるかげ』——伊勢物語七十九段をめぐって——」『礫』一八〇号・平成一三年十月

第五章　伊勢物語から源氏物語へ

一　「伊勢物語と『準拠』」『むらさき』三九輯・平成一四年十二月

二　「朧月夜と伊勢物語」　森一郎・岩佐美代子・坂本共展編『源氏物語の展望　第七輯』平成二二年三月・三弥井書店

第六章　伝説と享受

一　「謡曲『井筒』の背景――櫟本の業平伝説――」説話と説話文学の会編『説話論集　第十五集　芸能と説話』平成一八年一月・清文堂出版

二　「『古注』前史――平安末期の伊勢物語享受――」『国語と国文学』八八巻一一号・平成二三年十一月

三　「古注釈とその周縁――伊勢物語の内と外――」『展開する伊勢物語』平成一八年三月・人間文化研究機構　国文学研究資料館

四　「吉田山の業平塚」『礫』二〇〇号・平成一五年六月

第七章　注釈書と絵画

一　「講釈から出版へ――『伊勢物語闕疑抄』の成立――」山本登朗編『伊勢物語　成立と享受2　伊勢物語　享受の展開』平成二二年五月・竹林舎

二　「『伊勢物語』の享受と絵画――第二十四段の場合――」髙橋亨編『平安文学と隣接諸学10　王朝文学と物語絵』平成二二年五月・竹林舎

三　「地下水脈の探求――『伊勢物語』の絵巻・絵本と絵入り版本――」久下裕利編『物語絵・歌仙絵を考える――変容の軌跡』平成二三年五月・武蔵野書院

四　「伊勢物語版本の世界」山本登朗編『伊勢物語版本集成』平成二三年一〇月・竹林舎

あとがき

これまでの探究の過程で、数多くの方々から多大な御学恩、御指導、御助力をいただいた。まことにありがたく、この場を借りて心より御礼申し上げる。

とりわけ、鉄心斎文庫の芦澤新二・美佐子ご夫妻には、四十年近くにわたって御蔵書の閲覧や調査を快くお許しいただき、あわせて数多くの御厚情をたまわった。品川の、そして小田原の芦澤家をお訪ねすると、そこにはいつも伊勢物語の豊かな世界があった。研究だけでなく、私の人生の恩人として感謝申し上げたい。

また、本書の出版にあたっては、笠間書院の橋本孝編集長と重光徹氏にお世話になった。あわせて御礼申し上げる。

著者略歴

山本　登朗（やまもと・とくろう）

昭和24年大阪府生まれ。京都大学大学院文学研究科博士課程単位取得退学。京都光華女子大学教授、京都光華中学校・高等学校長（兼任）などを経て、現在、関西大学文学部教授。博士（文学）関西大学。

（主要著書）
『伊勢物語論　文体・主題・享受』（笠間書院、平成13年）
『伊勢物語古注釈大成』（既刊5巻、笠間書院、平成17年～、責任編集）
『伊勢物語　成立と享受（１虚構の成立・２享受の展開）』
（竹林舎、平成20 ～ 22年、編著）
『伊勢物語版本集成』（竹林舎、平成23年、編著）
『日本を愛したドイツ人　フリッツ・ルンプと伊勢物語版本』
（関西大学出版会、平成25年、編著）
『日本古代の「漢」と「和」　嵯峨朝の文学から考える』
（勉誠出版、平成27年、共編著）
『絵で読む伊勢物語』（和泉書院、平成28年）

伊勢物語の生成と展開

2017年（平成29）5月31日　初版第１刷発行

著　者　山　本　登　朗

装　幀　笠間書院装幀室
発行者　池　田　圭　子

発行所　有限会社 **笠間書院**
〒101-0064　東京都千代田区猿楽町2-2-3
☎03-3295-1331　FAX03-3294-0996
振替00110-1-56002

ISBN978-4-305-70829-8　組版：ステラ　印刷／製本：モリモト印刷
落丁・乱丁本はお取りかえいたします。　（本文用紙：中性紙使用）
出版目録は上記住所までご請求下さい。http://kasamashoin.jp/

人名索引

●ゆ

●よ

●り

●れ

●わ

書名索引

●さ

●し

●す

●せ

事項索引

●み

●む

●ゆ

和歌索引

●あ

●い

●う

●お

●か

●き

●ち

●つ

●と

●な

●ぬ

●は

●ひ

●ふ

●ほ

●ま

●み

●む

●も

●や

●ゆ

●よ

●わ